다이리

당인리

대정전 후 두 시간

우석훈 장편소설

해피북스투유

차례

1장

행복과 희망은
같이 다니지 않는다

제 인생에서 가장 행복했던 순간이요?

"네? 제가 살아온 인생에서 가장 행복한 순간이요?"

이제는 50대 중반이 된, 두 아들의 아빠 오세영은 느닷없는 질문 앞에서 잠시 머릿속이 멍해졌다. 진행자는 순간 당황을 하면서도 지난날들을 떠올리려 애쓰는 세영의 입을 빤히 바라보았다. 세영의 뒤로 촬영용 카메라 세 대가 그의 얼굴을 입체적으로 잡아내고 있었다.

행복, 그런 것들을 물어보면서 산 적이 있나? 지난날들을 떠올리는 것이 세영에게는 고통스럽기도 하지만, 지난 순간들을 회상하면서 살아가기에는 그동안의 삶이 너무 벅찼다. 어떻게 지난 10여 년을 살았는지도 사실 잘 기억나지 않는다. 어느 순간부터는 초등학생인 두 아이와 함께 그냥 하루하루를 보낸, 그래서 더는 한 장면, 한 장으로는 기억나지 않는 뭉텅이 기억밖에 없다.

오래된 앨범을 머릿속에서 한 장씩 넘겨보고 싶을 때가 있다. 반지하에 사는 사람들 중 몇은 가끔 장마철에 비가 넘쳐 집으로 들어오는 순간들을 맞게 된다. 버려도 그만인 물건들 사이에 끼어 있던 앨범이 집 안까지 밀려 들어온 물살에 흠뻑 젖고 나면, 사진들이 서로 엉겨 붙어서 더는 떼어낼 수 없게 된다. 세영의 기억은 그렇게 빗물에 잠겼던 오래된 앨범처럼 가끔 뜨문뜨문 떨어지는 페이지만 남았다. 그럼 물에 빠졌을 때, 바로 떼어내고 잘 말리면 안 돼? 농담하시나? 반지하 살림집에 물이 쏟아져 들어오는데 초등학생 둘 데리고 사는 아빠가 무슨 정신으로 앨범까지 챙기고, 말리고 할 수 있나? 당장 내일 학교에 가야 하는 아이들 학용품도 제대로 챙기기 어렵고, 살림 도구 말릴 정신도 없는데, 그 와중에 앨범을 챙길 경황이 있을까?

세영은 그렇게 뭉텅이로, 몇 개 몇 개로 포개진 기억 속에서도 찬란하고 화려한, 뭉개지지 않는 장면 하나가 떠올랐다. 어느 해수욕장에서 세영은 네 살, 여섯 살, 두 아들과 함께 즐겁게 놀고 있었다. 둘째는 아빠의 목에 매달려 함박웃음을 짓고, 큰 아이는 아빠가 팔을 잡아주는 동안 열심히 물장구를 쳤다. 이를 뒤에서 지켜보던 아내 이현주가 활짝 웃으면서 남편과 아이들에게 물을 튀겼다. 서해안에서 이렇게 파란 하늘을 본 적이 있었던가? 미세먼지 하나 없는 여름의 푸른 하늘 아래, 엄마와 두 아들, 그리고 아빠는 다시 오지 않을 것 같은 행복한 시간을 보내고 있었다. 무의식 속에서 잊힌 듯한 사진 한 장이 세영의 기억 속에서 튀어나왔다.

"2019년 여름일 것 같아요. 아내 회사 근처에 있는 대천해수욕장에 놀러간 적이 있어요. 보령에 살던 시절, 둘째가 폐렴으로 병원에 거듭 입원을 하다가 좀 괜찮아진 때였습니다. 그날이 아마 제 인생에서 가장 행복한 순간으로 기억될 것 같네요."

이윽고 입을 연 세영을 묵묵히 지켜보던 진행자는 또랑또랑하지만 지극히 사무적인 말투로 질문을 이어갔다.

"오 작가님. 그 순간이 가장 행복한 이유가 둘째 아드님께서 안 아프게 된 거, 그런 것 때문인가요?"

잠시 생각을 하던 세영은 파란 바다를 그리워하는 것 같은 목소리로 차분하게 이야기를 시작했다.

"저는 미대에서 그림 공부하던 사람이었습니다. 당연히 글은 안 써봤구요. 회사 다니다가, 이거 아닌 것 같아서 그만뒀습니다. 꽤 힘들게 동화 작가가 되었네요. 그래 봐야 겨우 코에 풀칠하는 수준이지만요. 아내 회사가 보령으로 옮겨갔는데, 그때쯤 둘째가 폐렴으로 입원을 했어요. 어쩔 수 없이 서울의 작업실 다 정리하고 따라 내려가서 열심히 애를 봤습니다. 아내는 중부발전이라고 하는, 한국전력공사 자회사인 발전회사 직원이었습니다. 결혼 초에는 대학원에도 다녔고, 중간에 애도 둘이나 낳느라 이래저래 승진이 늦어졌습니다. 보령에서도 만년 대리였습니다."

세영은 탁자 위에 놓인 물 한 잔을 마셨다. 오랫동안 잊고 지내던 지난 일들을 떠올리는 것이 결코 마음 편하지는 않았다.

"발전회사, 그것도 진짜 석탄으로 발전하던, 그런 회사의 거친 분위기에서 '유리천장'이라는 말들을 했죠. 뭐, 여자들이 남자들 틈에 끼어서 승진하기 어려운 데가 있다잖아요? 제가 보기에는, 꼭 그런 이유만은 아닌 것 같았습니다. 아내는 태권도 4단입니다. 잠시지만 선수 생활도 했었구요. 함부로 개기다가는, 죽습니다. 그래서 남자 상사들, 특히 간부들이 싫어했어요. 그래도 저는 그 시절이 아주 좋았어요. 둘째도 병원에 입원하는 건 멈췄고, 저도 조금씩이지만 원고 청탁이 들어오기 시작했구요. 뭐, 승진 늦어지면 또 어떻습니까? 안 해도 그만이구요. 어차피 우리, 돈 많이 쓰면서 사는 스타일도 아닌데요. 그런데 보령에서의 조용한 삶에 변화가 왔습니다. 그때가 2019년이었죠, 10여 년 전쯤."

세영의 말이 잠시 끊겼다. 느릿느릿, 조금 어눌한 듯 느껴지지만, 그의 말투에는 무언가 다음 말을 기다리게 하는 묘한 힘이 있었다. 역시 동화 작가인가, 진행자는 잠시 생각을 했다.

"아내 회사 따라가 지방에 살던 시절이기는 했지만, 우리는 행복했습니다. 그때는 아내가 칼퇴근을 했었습니다. 무엇보다도 그 시절에는……."

2019년 여름
└ 너, 너무 많이 놀았다

삶의 흐름은 누구도 알 수 없는 곳에서 변곡점이 생겨나기도 한다. 2019년 여름은 그런 시간이었다. 40대 후반의 한정건, 그는 더 이상 복잡한 일에 얽히고 싶지도 않았고, 애국에 목숨 걸고 싶지도 않았고, 좋은 세상을 만들고 싶지도 않았다. 그냥 모든 것이 귀찮았다. 그는 한국전력공사 자회사 중 하나인 중부발전의 1직급, 처장이었다. 공기업에서 처장은 1직급, 평직원이 올라갈 수 있는 가장 높은 위치. 더 높이 올라가기 위해서는 민간 회사와 마찬가지로 사직서를 내고 '임시직원'이라 불리기도 하는, 임원이 되어야 했다.

조선 최초의 화력발전소였으며, 서울의 마지막 대형 발전소였던 당인리 발전소는 서울시 대기환경 개선이라는 명분으로 문을 닫기 직전이었다. 깨끗한 공기를 위해서 발전소는 시내에 남아 있기 어렵게 되었다. 무엇보다도 한국 에너지의 실권을 틀어쥐고 있는 원전파들이 서울 시내에 대규모 발전 설비가 남아 있는 것을 못마땅해했다. 친환경을 이유로 당인리 발전소는 폐쇄될 처지가 되었다. 그때 지상의 발전 설비를 문화 공간으로 전환하고, LNG 발전기를 지하로 집어넣어서 오히려 서울시 발전 수요의 20퍼센트를 감당하게 하는 기반시설로 키운 사람이 한정건이었다.

한정건은 조용한 전쟁을 완승으로 이끌었지만, 전쟁은 상처를 남겼다.

정보보안처, 이름은 무시무시하다. 박정희 시절에 힘을 쓰던 정보 라인과 전두환 시절에 힘을 쓰던 보안 라인이 합쳐진 어마 무시한 것? 발전 자회사에 무슨 정보가 있고, 무슨 보안이 필요하겠나. 발전사에서 공을 세우고 승진하는 곳은 발전소를 새로 짓는 건설 라인과 그렇게 만들어진 발전소를 운영하는 발전 라인이다. 정보보안처는 발전사에서 유일하게 컴퓨터를 다루는 곳이기는 하지만, 그렇다고 정식 IT 계통 전문가들이 일하는 것도 아니다. 여기저기 사고 쳐서 더는 승진하기 어렵게 된 사람들이나 유능한 여성들이 어깨들에게 내몰려, 밀리다 밀린 끝에 결국 자리 잡는 곳이기도 하다. 발전소를 새로 짓든지, 만들어진 발전기를 돌리든지, 이런 회사에서 컴퓨터로 DB를 관리하는 일들은 변방 중 변방이다. 그리고 애당초 컴퓨터에는 젬병인 한정건 같은 사람이 가는 자리도 아니다. 그렇지만 기획본부 아래에 있고, 기획본부장은 당인리를 비롯한 수많은 일을 같이 처리한 한정건의 선배 중 선배, 이준원이다. 한국의 LNG 파 중에서는 현재의 사장과 함께 가장 높은 자리에 가 있는 사람, 그가 한정건의 직속 지휘관이다. 아무도 한정건에게 일하라고도, 이제라도 컴퓨터 코딩 같은 기술을 배우라고도 하지 않는다. 당연한 것 아니겠는가?

그렇게 물고기 대신 시간을 낚고 있는 한정건에게 어느 날

이준원이 느닷없이 지시를 했다.

"야. 니가 가야지, 누가 가겠어. 여기 그 복잡한 상황, 이해할 사람, 너 말고는 없다."

"형, 왜 그래. 난 손 놓은 지 오래야. 잘 몰라, 이젠."

한정건은 심드렁하고, 전혀 관심 없는 목소리로 반응 아닌 반응을 보였다. 그렇지만 기획본부장인 이준원은 단호했다.

"몰라? 다 니가 만들어놓은 일이야, 여기까지. 하여간 너 가는 건 사장 결재까지 다 났어. 문제는, 서울시에서 좀 독특한 요구가 왔는데, 괜찮을 것 같아서 하기로 했어. 계통팀 하나 만들어. 니 직할로, 티 안 나게. 티 안 나는 거, 니가 잘하잖아!"

이준원은 덩치가 주는 인상이 좀 미련해 보일 것 같지만, 공대 나온 사람 중에 이런 기획통이 있나 싶을 정도로 잔머리 하나만큼은 기가 막히게 돌아가는 사람이었다. 그는 실패할 일은 아예 하지 않았다. 그래서 그가 하는 일은 실패가 없었다. 물론 평소에는 거의 일을 하지 않았다. 전형적인 게으른 관리직이지만, 일단 판단해서 실행한 일만큼은 절대 실패하지 않았다. 그리고 무엇보다, 이준원의 뒤에는 언제나 한정건이 있었다. 2001년 한국전력공사에서 다섯 개 아니, 원전을 맡고 있는 한수원까지 여섯 개 발전 자회사가 떨어져 나왔다. 이준원과 한정건은 그때 중부발전을 선택해서 자발적으로 나왔다. 직장에서도 의리라는 것이 존재할까? 어쨌든 한정건은 이준원이 외부에서 오는 낙하산들에게 밀리지 않고 중부발전의 사장이 되는 것까지는 보고 싶었다.

"에휴, 그래. 내가 그만둘 때 그만두더라도, 형 사장은 시키고 관둬야지."

한참 묵묵히 생각하던 한정건이 드디어 입을 열었다.

"지랄을 해라, 지랄을 해. 너는 그때 내 말을 듣고 그냥 청와대에 갔어야 해. 그럼 벌써 국회의원도 했고, 나도 여기 사장하고 있었을 거 아냐? 당인리에 처장으로 보내는 내 마음이 찢어진다, 찢어져. 서울시장 따가리 하라고 보내는 내 심정도 좋은 건 아냐. 그렇지만 어쩌겠냐, 너 말고 할 사람이 없다."

이준원의 말이 이어졌다.

"그리고 말야, 너 너무 많이 놀았어. 이제 움직일 때도 되었지. 조선의 전기쟁이들이, 한정건 이름도 까먹겠다."

보령의 여름 저녁
└ *우리, 당인리, 같이 가자!*

2019년 여름은 5월부터 시작됐다. 6월이 되기도 전에 사람들은 반팔로 겨우겨우 더위를 피해갔고, 에어컨은 이미 4월부터 주문이 밀리기 시작했다. 무더위가 몇 년째 계속되자 한국에너지공단은 에어컨에 대한 등급 기준을 상향 조정했다. 얼마 전까지 에너지 소비 효율 1등급 마크를 달고 팔리던 에어컨들이 갑자기 3~4등급 마크를 달게 되었다. 소비자들은 갑자기 4등급 마크를 단 제품을 사면서 찜찜해했다. 예전에도 비슷하게 기준을 상향한 적은 있지만, 시중에 있는 어떤 제품도 1등급을 받지 못할 정도로 급하게 상향 조정한 경우는 없었다. 에어컨이 1등급인지 2등급인지, 아니면 4등급인지, 남자들은 거의 모르는 세계의 일이다. 대기업이나 공기업들이 주로 사용하는 대형 건물은 건물 자체에 에어컨이 장착된 시스템 에어컨인 경우가 많다. 그게 무엇으로 작동하는지는 물론, 에어컨 제어실이 어디에 있는지도 모른다. 그렇지만 여성, 특히 가정주부의 경우는 다르다. 혼자 사는 남성을 제외한다면 에어컨을 사는 사람들은 대부분 가정주부 등 여성이다. 나머지 가전제품도 마찬가지다.

우리의 지식은 언제나 제한적이다. 유난히 더웠던 2018년과 2019년. 그 시절에는 지구가 더워지고 있다는 것과 한국도 더워지고 있다는 정도는 알았지만, 그 여파로 한반도에 바람의 총량이 줄어들고 있다는 것까지는 몰랐다. 적도 인근에 광범위하게 무풍지대가 펼쳐져서 원거리 항해에 나선 범선들을 곤란하게 했던 것처럼, 내륙지역 중심으로 점점 바람이 줄고 있다는 것도 잘 몰랐다. 미세먼지가 점점 더 심해지는 것과 여름에 에어컨 없이 버틸 수 없는 날이 늘어나는 것이 내륙 무풍지대 현상과 연관되어 있는 것을, 2019년에는 미처 잘 몰랐다. 미세먼지도 미세먼지지만, 바람이 불지 않으면 에어컨 도움 없이 여름을 버티기가 더욱 어려워진다. 요즘은 기상 방송에서 미세먼지

예보뿐만 아니라 바람 총량과 무풍지역 예고도 한다. 그렇지만 2019년에는 그런 걸 잘 몰랐다.

한정건이 강선아 과장과 이현주 대리를 보령의 어느 작은 식당에서 만난 날도 여름 무풍 현상이 한참 나타나던 2019년 무더운 여름날이었다. 발전소에서 일하던 이현주가 유니폼을 입은 채 호들갑을 떨면서 작은 식당 안으로 들어오자마자 식당 주인에게 말했다.

"아이고, 너무너무 덥네. 사장님, 여기 에어컨 좀 세게 틀어주세요."

한정건과 강선아는 먼저 와서 기다리고 있었다. 벽에 걸린 시계를 보던 한정건이 말했다.

"야, 이현주 대리. 처장이 부르면 제시간에 좀 와라. 이런 보령처럼 한적한 데서 무슨 중요한 일이 있다고 늦냐?"

"하나도 중요한 일 없는 만년 대리, 낼모레면 마흔인데 아직 석탄발전기 하계 비상운전 하다 왔습니다. 오늘 너무 더워서 피크 부하 비상치까지 올라가서 비상 대기가 좀 늦어졌네요, 한정건 처장님! 저는 두 분처럼 저 앞 본사가 아니라 저기 바다 쪽 발전소에서 일해요."

이현주는 의자에 앉자마자 한정건에게 한마디 쏘아붙이더니, 잔에 소주부터 따랐다. 차가운 소주 기운이 목을 타고 내려갔다. 금세 소주 한 잔을 비운 이현주는 잔을 옆자리에 앉은 강선아에게 건넸다.

"강선아 과장님, 간만이네요. 같은 보령에 있어도, 이게 본사랑 발전소랑 떨어져 있으니까 통 볼 일이 없어요."

강선아는 이현주에게 소주를 받자마자 한입에 털어 넣었다. 그리고 다시 잔을 돌려주면서 말했다.

"그러게. 그래도 이 대리, 뭐라도 할 일이 있어 좋아 보여. 난 팔자에 없는 보안 프로그램 깔았다, 지웠다, 이러고 있어. 코딩이 삽질은 분명 삽질인데, 하거나 말거나 아무 티가 안 나. 일을 하는 건지, 도를 닦고 있는 건지. 그래도 칼퇴근은 하니까, 인기는 없어도 나름 꽃보직이라는데……. 발전사에서 코딩 쓸 일이 뭐가 있어. 외주 주면 그만이지. 관리까지 다 하청 주고 외주하면서 이건 또 왜 직접 하래!"

다시 한 번 소주잔을 입안에 털어 넣은 이현주가 빈 잔을 한정건에게 거칠게 건넸다. 한정건이 엉겁결에 잔을 받자, 이현주가 잔을 채워주었다.

"강선아 과장님. 이 인간, 요즘 일 좀 해요? 옛날에도 빈둥빈둥, 맨날 회사 밖으로 돌아다니면서 사람들과 술 처먹으면서 의미도 없는 작전만 죽어라고 짰어요. 주위 사람도 다치고, 자기도 다치고……."

강선아가 피식 웃으면서 대답했다.

"보령 처장 중에 일하는 사람이 있나? 아니, 이 서해안의 발전소 처장들이 다 그럴 거야. 일은 무슨 일을 하겠어. 그래도 전에는 사람들 만나는 거라도 했다며? 요즘은 딱 제시간에 출근하고,

제시간에 퇴근하고, 아무도 안 만나. 하루 종일 만화책만 읽어."

이현주는 한정건에게 받은 술잔을 단숨에 비우고, 다시 한정건에게 건넸다.

"처장님, 한 잔 더 하시죠. 처장님 때문에 대학원에서 전력 시스템이랑 코딩 배운다고 죽어라고 굴렀더니, 당인리에 버려놓고 혼자 도망가신 건 이미 다 잊었어요. 아, 내가 사람을 너무 잘 믿는구나, 그러고 말았어요. 같이 서울 가서 꼭 승진시켜준다고 약속한 것도 다 잊었어요. 그런 건 괜찮아요. 월급은 꼬박꼬박 나오니까요. 뭐, 발전기 앞에 처박혀서 발전기 돌리면서, 다 잊었어요. 괜찮아요. 근데, 나중에라도 미안하다는 말은 했어야 하는 거 아녜요? 지금 소주 한잔으로 이렇게 때우실 게 아니라."

"미안하게 됐다. 할 말이 없어. 내가 이 꼬라지가 될 줄은 나도 몰랐다."

한정건은 난감한 표정을 지으며 다시 이현주의 잔을 채웠다.

"뭐, 미안하다는 생각 정도는 할 줄 알았어요, 아무리 무책임한 인간이라도. 지난 얘기 다시 꺼낼 생각은 없어요. 애들하고 애기 아빠까지 다 보령으로 데리고 와서 정착하고 나니까 이젠 좀 지낼 만해요. 세상 좋아져서 발전소도 오늘같이 특별한 날 아니면 꼬박꼬박 칼퇴근 시켜주구요. 애들 낳는다고 몇 년, 대학원 다닌다고 몇 년, 이러다 보니 낼모레가 마흔인데 아직도 대리예요. 이게 뭔가 싶다가도…… 나 꼬박꼬박 월급 줄 데가 여기 말고 또 있겠냐, 고맙다 발전기야, 그럽니다."

중간에서 잠시 난감한 표정을 짓던 강선아가 두 사람 사이에 끼어들며 말했다.

"왜들 이래요, 안주도 나오기 전에. 남들 보면 흉봐요, 요즘 누가 이렇게 술을 먹고 그래, 발전소 사람들 아니랄까 봐. 사장님, 여기 뭐라도 좀 빨리 주세요. 이 사람들 깡소주 먹고 있네요."

식당 주인은 서둘러 회가 담긴 접시를 들고 나왔다. 식당 주인이 부산하게 움직이는 동안, 잠시 침묵이 흘렀다. 한정건은 별 이야기 없이, 소주잔을 몇 번 입에다 가져다 댔다. 테이블에는 서해에서 나온 회와 수산물로 가득 찼다. 잠시 젓가락이 오가는 동안 깨지기 어려운 진공 같은 침묵이 흘렀다. 그 침묵을 깨기 위해 한정건은 다시 소주 한 잔을 입에 털어 넣었다. 그리고 천천히 이야기했다.

"나, 다시 당인리 가. 우리, 당인리 같이 가자!"

빈속에 취기가 오르기 시작하던 이현주가 수년간 눌러놓고 있던 감정이 순간적으로 폭발했다.

"야, 이 개쉐끼야, 한정건. 뭐 어딜 같이 가자고?"

옆자리에서 보고 있던 강선아도 순간 놀랐다. 잠시 숨을 고른 이현주가 가방을 집어 들고 자리에서 일어났다.

"아, 이 그지 같은 새끼들이, 애 엄마 열 받게 하네. 어서 오라가라야. 애들 어린이집도 겨우 자리 잡아 들어가서 이제 좀 살 만한데. 나도 좀 살자고, 이 지밖에 모르는 것들아!"

순식간에 자리를 박차고 일어나는 이현주, 그러나 살짝 취기가 돌았는지 휘청거렸다.

"이 대리, 조심해!"

강선아가 금방 자리에서 일어나 이현주를 부축하면서 식당 밖으로 나갔다. 두 사람이 후다닥 빠져나가자마자 거의 손도 대지 않은 회 한 상을 쳐다보며 한정건은 마치 지금 자신의 삶을 보는 것 같았다. 평소의 그 같았으면 갈 사람 가고, 남을 사람 남고, 꿈쩍도 하지 않았을 것이다.

"야, 싸늘하네."

한정건도 지난 몇 년간 한직에서 시간을 때우는 삶을 보내면서 뭔가 좀 변한 것 같기는 했다. 습관과 관성 그리고 약간의 오만은 그를 자리에서 일어나지 못하게 했지만, 지금 그럴 형편이 아니라고 누군가 계속 이야기하는 것 같았다.

"아이고. 내 인생이 어디서부터 꼬였냐."

결국 한정건도 두 여자를 따라서 자리에서 일어났다. 정말 폼 안 나는 일이지만, 방법은 없었다. 발전사에서 똑똑한 사람들은 승진하기 좋은 발전소 건설 아니면 발전 기획 쪽으로 갔다. 컴퓨터 만지고, 계산하고, 코딩하고, 그런 일 할 사람을 내부에서 찾으려면 고속 승진에서 살짝 밀려난 여성들밖에 없었다. 천문학 초기에 별자리를 관찰하고 기록한 사람들이 여성이었다. 미국 나사에서 처음으로 인공위성 날릴 때, 그걸 손으로 계산하던 계산원들도 다 여성이었다. 나사에 컴퓨터가 도입된 후에도 키펀처는 물론 전산계산 자체가 오랫동안 여성들 담당이었다. 초기 IBM 오퍼레이터들 역시 대부분 여성이었다. 지금 한국의 발전사들이 딱 그런 단계에 와 있었다. 몇 년 전만 해도 한정건은 이런 세계를 전혀 몰랐지만, 한직에서 지내다 보니 한직이라는 또 다른 세계에 대해서 약간은 이해하게 되었다. 무슨 엄청난 승진을 약속할 수 없는 지금의 한정건에게는 다른 선택의 여지가 없었다.

2011년 9월 15일,
삼성동 전력거래소 5층 계통상황실
└ 모든 것의 시작

2011년 9월 15일에 발생한 전국적인 정전사고(이하에서는 9.15 정전)는 우리나라의 전력 시스템 운용의 허점을 여실히 보여준 사고였으나, 당시 전력정책을 총괄하던 지식경제부는 사고의 원인을 확인하려는 상세한 기술분석보고서를 내놓지 않았다. 미국에서 블랙아웃이 발생할 경우, 발생 10일째에 33만 9,000여 명이 사망할 것이며, 1조 2,780달러의 경제적 손실이 발생할 것이라는 시뮬레이션 결과를 제시한다. 블랙아웃은 인간이 만들어낸 시스템을 잘못 운용해 생기는 재난으로서는 가장 큰 재앙이 아닐 수 없다."

– 《블랙아웃과 전력시스템 운용》 중에서

이명박에게는 정권 차원의 위기가 세 번 있었다. 2008년 5월 광우병 사태로 터져 나온 촛불집회와 그 직후 리만 브라더스의 파산으로 생긴 글로벌 금융위기는 잘 알려져 있는 사실이다. 집권 후반기인 2011년 9월의 소위 9.15 정전사태는 전기 수요 예측 실패로 전기계통이 붕괴하여 전국적 정전이 이어지는 블랙아웃 직전까지 갔던 긴급사태였는데, 결국 순환정전으로 위기를 벗어났다. 1971년 9월 27일 마포 당인리 5호기의 고장으로 전국적인 블랙아웃이 일어난 적이 있기는 했는데, 그 뒤로는 가장 큰 전력계통의 위기였다. 명박 시대, 사람들의 무관심 속에서 적어도 외부로는 크게 알려지지 않은 채 넘어갔고, 횟집 수족관에 있던 물고기들의 집단 폐사 정도로만 피해 추정이 되었다. 장관과 차관 그리고 전력거래소 이사장과 담당자들의 해임으로 사태는 외형적으로 수습되었지만, 당시 청와대가 느꼈던 압박감은 엄청났다. 그들이 꽂아 넣은 고위직 낙하산들의 행정적 무능함이 전면으로 드러나면 수습하기 힘들어질 수도 있었다.

2011년 9월 15일. 9월이지만 아직 더위가 맹위를 떨치고 있었다. 오후 2시 40분, 아직 나주로 이전하기 전, 삼성동 한국전력공사 5층에 있는 전력거래소의 중앙급전소 상황실에서 상황이 벌어졌다. 그 시절에는 서울에서 전국의 모든 전기계통을 제어했다. 중앙급전소 상황실은 흔히 여름철 전기를 많이 쓰는 피크타임 때 주로 TV 뉴스에서 나오는 바로 그곳이다. 커다란 모니터 몇 개가 벽에 붙어서 지역별 송전 현황과 전력예비율 같은 것을 보여준다. 그리고 몇 명의 당직자가 앉아서 주로 상황을 점검하고 있거나, 긴급 제어 같은 것을 한다. 발전기를 기동, 즉 켜는 순간을 제외하면 오퍼레이터들이 계통 시스템에 개입할 일은 별로 없다. EMSEnergy Management System라고 부르는 컴퓨터 프로그램이 5분에 한 번씩 자동으로 계산을 해서 최적값으로 운전을 한다.

지금 상황실에 긴급 상황이 발생했다. 전력예비율을 나타나는 바가 20퍼센트에서 15퍼센트로 빠르게 내려가고 있었다. 그 옆에서는 전력 총수요 바가 천천히 올라가고 있는 중이었다. 모니터를 주시하던 오퍼레이터가 호출용 마이크에 대고 급히 팀장을 호출했다.

"실장님, 여기 좀 들어와 보시죠. 전력예비율이 너무 빨리 내려갑니다."

40대 초반의 훤칠한 남성이 중앙급전실 유리문을 열고 다급히 들어왔다. 전력거래소 상황실장 최철규는 이미 아침부터 뭔가 잘못 되어가고 있다는 생각을 하고 있었다. 그는 공기업 간부가 되기에 딱 적절한 성격을 가진 인물이었다. 적당한 애국심과 적당한 절차주의 그리고 강렬한 승진 욕구가 그의 특징이다. 과도한 애국심은 결국 절차를 무시하게 만들기 때문에 공기업 승진에 문제를 일으키게 된다. 물론 승진만을 위해서라면 애국심이 아예 없는 편이 낫다. 그러나 그런 사람들은 더 많은 연봉을 약속하는 민간 기업으로 옮겨갔다.

최철규는 몇 번이나 전력거래소 이사장에게 전화 보고를 시도했다. 그러나 그 시간, 이사장은 잡지사 인터뷰를 하고 있었고, 전화 연락이 닿지 않았다.

"지금 속도면 10분 후 예비율 10퍼센트 밑으로 내려갑니다. 곧 400만 킬로와트 아래로 내려갑니다, 실장님."

굳은 얼굴이 된 최철규는 급하게 모니터 여기저기를 살폈다.

"전기 많이 쓰는 대규모 공단 한두 군데라도 당장 꺼야 합니다. 아니면, 진짜로 나갑니다."

옆자리에 앉은 또 다른 오퍼레이터가 다급하게 외쳤다.

"지금 주파수 관리 안 하면 10분도 못 버틸 것 같습니다. 실장님이 더 잘 아시겠지만, 일단 연쇄 반응 시작하면 시스템 나가는데, 8초 걸립니다. 잘 버텨야 20초. 우리 힘으로는 절대 제어 못 합니다."

"알아, 알아."

다급히 핸드폰을 꺼내며 최철규가 대답했다. 신호가 한참 걸렸지만 다행히 이사장과 연결이 되었다.

"이사장님, 계통 긴급 상황입니다. 지금 바로 부하 관리 들어가야 합니다. 전계통 정전까지, 잘해야 10분 남았습니다. 주파수 60헤르츠 밑으로 내려가기 시작하면, 더 이상 관리 못 합니다. 이사장님, 판단을 내려주십시오."

최철규가 전화를 끊고 주위를 돌아보니 중앙급전소 계통상황실 직원 모두가 한곳을 쳐다보고 있었다. 초조한 표정으로 다들 기다리고 있는 동안, 잠시 정적이 흘렀다. 중앙급전실 모니터 스피커로 이사장 목소리가 흘러나왔다.

"전력거래소 이사장입니다. 지금부터 시스템 안정화될 때까지 순환정전 들어갑니다. 한전 사장의 명으로, 현재 시간 2011년 9월 15일 15시 10분, 매뉴얼에 따라 순환정전 조치 시작합니다. 아무쪼록 당황하지 마시고, 매뉴얼 절차대로 집행해 주시기 바랍니다."

딱딱하고 무미건조한 목소리로 행정 집행을 지시하던 이사장의 말투가 갑자기 변했다.

"야, 최철규. 이거 나가면, 장관까지 다 모가지야. 매뉴얼대로, 침착하게, 그리고 나중에 흠 잡히지 않게, 집행! 다들 잘 들어. 나는 매뉴얼대로 하라고 했어, 분명히! 나중에 딴 소리 안 나게 잘해."

이사장의 긴박하고도 절박한 지시를 받은 오퍼레이터들은 당황하며 일제히 최철규를 쳐다봤다.

"근데 이사장님이 말씀하시는 매뉴얼이 뭡니까? 우리가 그런 게 있습니까?"

"장난하나? 너, 몰라서 물어? 우리가 그런 게 어딨어. '대정전 위기 시, 예비 전력 100만 킬로와트 미만 시 순환정전을 할 수 있다', 그게 다 아냐? 급하면 순환정전 해라, 나머지는 니들 맘대로 알아서, 그게 우리 매뉴얼 아냐?"

난감한 상황이지만 상황실장 최철규는 방금 짧게 자신의 직속상관인 전력거래소 이사장이 한 이야기가 무슨 말인지 또렷하게 이해했다. 결정은 한국전력공사 사장이 한 거고, 지시는 상황실장이 한 거고, 이사장은 그 중간에서 지시 상황을 전달해 준 것 외에 한 게 없다는 이야기였다. 오퍼레이터가 난감한 표정으로 최철규의 얼굴을 보면서 말했다.

"네, 알고는 있습니다만. 아무리 순환정전이래도 민간인 지역을 그냥 꺼버리는 건 좀 아닌 거 같습니다. 전력 수요도 많고, 자체 발전기도 갖춘 대기업들이 많은 공업단지, 공단부터 하는 게……."

"야, 이 답답한 인간아!"

최철규가 전화기가 놓인 벽 한쪽을 가리키며 소리를 질렀다. 그도 지금 절박했다.

"그건 청와대가 저 전화기 너머에 핫라인으로 바로 있고, 거기에 최소한 와트나 헤르츠 같은 얘기 정도는 알아 처먹는 놈이 앉아 있고, 또 그놈이 서울인지, 경상도인지 아니면 전라도인지, 어디 끄라고 찍어줘야 할 수 있는 일 아냐? 지금 그런 놈이 어딨어? 게다가 우리는 지금 한전 본사도 아니고, 그냥 계열사 중 하나 아니야? 잡지 인터뷰한다고 점심시간 내내 전화기 꺼놓고 있던 양반이 지금 니들 하고 싶은 대로, 아무 데나 대충 전원 끄라는 거 아냐? 매뉴얼? 걔가 매뉴얼이 뭔지나 알겠어?"

시간은 끔찍하도록 빨리 지나갔다. 다급해진 오퍼레이터가 외쳤다.

"예비력 24만 킬로, 예비율 0.35퍼센트입니다. 헤르츠 59.8, 마지막 순간입니다. 59헤르츠 밑으로 내려가면 계통 탈락 위기입니다."

최철규의 목소리가 다시 침착해졌다.

"자, 시스템 수동으로 전환하고, 전력 부하 많은 순서대로 끈다. 실시!"

"여의도, 강남, 서초, 종로, 이런 데가 서울에서 지금 부하 높은 곳들입니다. 이 순서대로 다운 들어가면 되나요?"

최철규의 목소리가 차분해졌다. 그도 최악의 상황을 결심한 것 같았다.

"들어가. 나중에 말 나오지 않게 전기 많이 쓰는 순서대로, 30분씩 정전! 순환정전 실시!"

거의 마지막 순간인데도, 실무자들 역시 꼼꼼하게 확인했다.

"그냥 병원도 끄고, 군부대도 끕니까?"

"지금 우리 배전 시스템상, 건물별로 골라서 끌 수가 없어. 우리가 무슨 '스마트 그리드'야? 당장 통으로 내려. 지체하면 전체 다운이야. 내가 책임져. 실시!"

한국 근현대사에서 최초이자 마지막이었던 순환정전 지시가 그렇게 최철규 전력거래소 상황실장의 판단하에 진행되었다. 실무 오퍼레이터들이 지역별로 정전을 시키기 직전에 마지막 추가 지시가 내려졌다.

"대규모 공단 지역은 빼. 나중에 대기업들이 수출 업무에 지장받았다고 항의하기 시작하면, 진짜로 수습 안 된다."

그 시간, 지식경제부 무역투자실 수출산업과 팩스에 '전력 관심 통보'라는 제목을 단 공문서 한 장이 출력된 채로 방치되어 있었다. 무심코 공문서를 집어든 수출산업과 직원이 표지도 제대로 읽지 않은 채 낮게 한마디 하고 문서를 내려놓았다.

"이건 또 뭐야? 전력거래소? 요즘은 전기도 수출입하나?"

표지만 얼핏 본 직원은 손에 든 문서를 분류되지 않은 서류들 위로 무심코 던지고 지나갔다. 대한민국의 운명을 결정할지도 모르는 그 공문서는 누구의 관심도 끌지 못했다. 전력정책과로 갔어야 할 긴급 공문서가 이런 비상 상황을 처음 접해본 전력거래소 사무직 인턴의 손에 의해 수출산업과로 잘못 보내졌다. 오후 1시 45분에 송신된 팩스. 수신처가 정확했고, 모든 사람이 정위치에 있고, 정확하게 의사소통이 진행되었다면 훗날 '9.15 정전'이라고 불리게 되는 이 사건은 벌어지지 않았을 것이다.

9월 15일, 전국적으로 진행된 순환정전은 정권으로서는 충격적인 일이었다. 군사정권 시절에도 없었던 전국적 블랙아웃 위기가 실제로 벌어졌다면? 누구도 정권의 평온을 보장할 수 없는 상황이 왔을 것이다. 이명박 정권은 이 사건을 정권 차원의 위기로 간주했고, 청와대는 신속하게 인사 조치에 나섰다. 책임 전가는 한국 중앙행정의 1번 덕목이다.

총리는 그냥 두는 대신 장관 이하 실무자들까지, 관련된 사람들을 전부 도려냈다. 실무자들? 그들은 절체절명의 위기로부터 시스템을 구한 사람들이 아니라, 사태가 그 지경이 되도록 제대로 보고도 못 하고 그냥 방치한 무능한 사람들 취급을 받았다. 현장에서 나름 최선을 다해 오퍼레이터들을 지휘한 최철규도 인사위원회에 회부되었다. "공을 세우면 먼저 잘리고, 공을 세우지 못하면 바로 잘린다." 한때 국정원에서 유행했던 말이라고 한다. 중요한 위치에 간 사람에게는 '먼저' 잘리는 것과 '바로' 잘리는 것 사이의 선택밖에 없을지도 모른다. 그래서 한국은 뒤에서 병참을 담당하거나 후방에서 작전 짜는 사람들이 꽃보직으로 불리는 것 아니겠는가?

최철규가 현업에서 물러나는 동안, 이제 막 마흔이 넘은 한정건에게는 청와대 자문이라는 새로운 기회가 왔다. 블랙아웃에 대비한 청와대 내부 매뉴얼을 만드는 작업 등 외부에는 알리지 않은 몇 가지 조치가 부산하게 움직였다. 그때 한정건은 청와대 근무를 선택하지 않았다. 만약 한정건이 자문역 대신, 에너지 담당관으로 청와대 근무를 고맙게 받아들였다면 역사는 어떻게 흘러가게 되었을까? 누군가의 불행이 누군가에게는 기회가 되고, 또 그 기회로부터 생겨난 다른 불행이 다른 사람에게는 또 다른 기회가 된다.

보령 직원아파트
└ 세영의 어느 하루

2019년 7월, 세영은 호흡기가 좋지 않은 네 살 둘째와 아직 노는 것밖에 모르는 여섯 살 큰아이와 함께 이제는 보령에서의 삶에 어느 정도 적응해서 비슷한 일상을 보내고 있었다. 두 아이들과 함께 그냥 하루하루 버티는 삶이지만, 그게 진짜 행복이라는 것을 그때 세영은 알지 못했다. 그는 좀 더 대중적인 동화책 구상을 하면서 푼돈이라도 받을 수 있는 원고 청탁들을 기다리고 있었다. 행복과 희망은 서로 친하지 않고, 그들은 같이 다니지 않는다. 미래에 대한 희망이 집으로 찾아올 때, 집에 머물고 있던 행복은 슬그머니 자신을 더 필요로 하는 다른 집으로 떠나간다.

"큰애는 아무 일도 없이 잘 컸는데, 둘째가 두 살 때 폐렴으로 입원을 했어요. 그러고도 몇 번을 더 입원했죠. 그 시절, 저는 홍대 앞에서 정말 허랑방탕하게 살았습니다만, 방법이 없었죠. 아내는 바빴고, 애들은 같이 살던 부모님이 키워주시다시피 하고. 그 즈음 아내는 결국 회사 본사가 있던 보령으로 이동을 하게 되었습니다. 보령이요? 첨 와봤죠."

세영은 보령을 떠나게 된 2019년 여름의 어느 하루를 매우 세밀하게 기억했다. 카메라 앞에서 그는 차분하게, 그 시절의 일상적인 루틴과 함께 그날의 대화들을 기억해냈다.

그날 아침, 이현주는 좀 일찍 일어났다. 큰아이와 둘째는 새벽부터 일어나 엄마를 깨웠다. 늦게 잠이 든 아빠는 깨워도 잘 일어나지 않았다.

이현주는 전날 세영이 준비해놓은 국과 장조림 같은 반찬들에 계란 프라이를 더해서 아이들과 함께 아침을 먹었다. 좀 일이 있거나 급할 때에는 시리얼을 먹기도 했다. 밥을 먹고 나면 현주는 가끔 폐렴 증상이 있는 둘째의 호흡기 치료를 했다. 익숙하게 가정용 네블라이저에 호흡기용 물약을 하나 끼워 넣고 둘째를 무릎에 앉힌 후 호흡기를 입에 댔다. 스위치를 올리자 수증기 형태의 약제가 아이의 목으로 분사되었다.

호흡기 치료가 끝나고 출근 준비를 할 즈음, 세영이 부시시 일어났다. 세영은 추리닝을 입은 채 네 살, 여섯 살 두 아들의 손을 잡고 주차장으로 향했다. 빨간색 모닝 뒷자리에 두 아이들을 차례로 앉혔다. 그 사이에도 아이들은 뭔가 재잘대면서 열심히 이야기를 했다. 세영이 시동을 걸고 잠시 기다리는 동안 헐레벌떡 이현주가 내려왔다.

아이들의 초등학교와 어린이집은 중부발전 본사와 직원아파트가 있는 보령 시내에서 멀지 않았다. 본사에서 이현주가 근무하는 보령발전소까지는 차로 20분 정도 걸렸다. 보령시는 인구 10만의 한적한 지방도시라서 크게 길이 밀리거나 엄청나게 특기할 일이 벌어지지는 않았다. 최근에는 기후변화로 겨울에 눈이 좀 많이 내렸다. 그 외에는 대천해수욕장 정도, 무슨 엄청난 관광

지가 있거나 스키장이 있는 것도 아니라서 큰 변화는 없었다.

아이들은 어린이집으로, 아내는 발전소로 가고 나면 세영은 거실 한쪽에 있는 식탁에 노트북을 켜고 글을 쓰거나 태블릿에 그림을 그렸다. 가끔은 종이를 꺼내 직접 손으로 그림을 그리기도 하지만, 요즘은 태블릿으로 그리는 일이 더 많아졌다. 보령으로 내려온 다음에 일정한 생활 패턴을 고수해서 그런지, 그림에 좀 더 안정감이 생겼다. 세영은 자신이 최근에 그리는 그림들이 덜 예술적이고 덜 감각적이라서 별로 좋아하지 않았지만, 고객들은 그의 최근 그림들이 좀 더 편안하고 상업적이라고 선호했다.

오후 4시 30분이 되자, 세영은 다시 빨간색 모닝을 타고 어린이집으로 향했다. 아이들을 차에 태우고 다시 바닷가의 보령발전소에 가기 전 잠시 쇼핑을 했다. 5일장인 중앙시장에 가는 날도 있고, 좀 떨어져 있는 로컬푸드 매장으로 가는 날도 있지만, 간만에 술도 사고, 간단한 공산품들을 사기 위해 대형 마트에 갔다. 세영은 그렇게 선호하지 않지만, 이것저것 물건이 많은 대형 마트에 가는 날이면 아이들은 신나게 매장 여기저기를 뛰어다니고, 엄마가 질색하는 과자들을 샀다. 쇼핑을 마친 세영은 퇴근하는 아내를 데리러 아이들과 함께 대천방조제 옆을 달려 보령발전소로 갔다.

그리고 저녁 시간. 저녁은 대부분 세영이 준비하지만, 너무 힘들지 않은 날이면 이현주가 뭔가 번잡하지 않은 요리를 만들기도

했다. 해안지역인 데다 농촌지역이라서 말린 생선을 비롯해 싱싱하고 싼 찬거리가 많았다. 아파트 베란다 한쪽에 시래기나 무청 같은 것을 말려놓는 일은 어느덧 세영의 취미생활이 되었다.

"남편, 간만에 소주나 한잔할까?"

아이들을 재우고 나서 이현주가 세영에게 술 한잔을 권했다.

"소주, 좋지. 웬일이래, 술을 다 마시게 해주고."

"할 얘기도 좀 있고, 남편한테 미안하기도 하고."

한참동안 이현주의 이야기를 듣던 세영이 물었다.

"잠깐 잠깐. '계통'이야, '개통'이야? 그게 무슨 말이야? 난, 잘 모르겠네."

"그리드라는 단어는 알아? 모눈종이 할 때."

현주가 편안하게 대답했다.

"그거야 알지. 모눈, 격자, 그리드."

"그래 바로 그 그리드! 전기선이 모눈처럼 서로 연결되었다고, 그걸 그리드라고 불러. 한 국가 안의 전기선들은 내셔널 그리드, 국가 간에 전기선이 연결되어서 그걸로 막 국가끼리 송전하고 그러면 슈퍼 그리드라고 부르지. 컴퓨터랑 연결해서 집이나 건물마다 이쪽에서 막 끄고 켤 수 있게 하면 스마트 그리드. 그리고 지역에서 소규모로 직접 관리하는 전기선들은 마이크로 그리드, 대충 그렇게 돼. 그 그리드라는 단어를 '계통'이라고 번역을 한 거야. 그리고 모든 전선에 전기가 다 나가면, 그걸 '전계통 정전'이라고 불러."

세영이 슬쩍 눈살을 찌푸렸다.

"계통? 그래도 말이 어렵다. 전계통 정전, 이게 도대체 우리 말이야? 전계통? 난 이런 어려운 말은 첨 들어보네. 그냥 그거 블랙아웃이라고 하지 않나?"

이현주가 크게 웃었다.

"블랫아웃은 일상적으로 쓰는 용어인데, 행정용어가 좀 거지같아서 그래. 일본에서는 대정전이라고 부르고, 우리는 행정 용어로 그걸 '전계통 정전'이라고 불러. 모든 계통이 다 나갔다, 싹 죽었다, 그런 거지."

이현주의 친절한 설명에도 세영의 의문은 여전히 풀리지 않았다.

"옛날에도 정전은 많이 됐었지 않아? 어렸을 때, 촛불 켜고 좀 기다리다 보면 전기 다시 들어오고 그랬는데. 그동안 얼마나 기술이 발전했어? 전기, 기다리고 있으면 한전에서 뭐라도 해서 다시 들어오는 거 아냐?"

이현주가 다시 웃으면서 대답했다.

"그게 말이에요, 기술이 발전해서 그렇게 됐네요. 그냥 전국의 모든 전깃줄, 그리드가 나주에 있는 컴퓨터 한 대에 물려 있다고 생각하면 간단해. 그 프로그램 이름이 EMS야. 뭐, 어떤 이유로든 그 컴퓨터가 다운되면 모든 발전소가 갑자기 없어진 것과 똑같아지거든. 모든 전깃줄, 전계통, 정전, 결국 모든 게 다 나갔다는 얘기야. 대정전, 블랙아웃은 같은 의미고. 유럽의 경우 그런 일이 생기면 옆의 나라에서 전기를 대줘, 슈퍼 그리드. 일본만 해도 전력사별로 따로 관리하니까, 일본 전체가 나가는 일은 없어. 그런데 우리는 북한이 막혔잖아? 일본이나 중국에서 전기를 공급해줄 수 있는 것도 아니고. 그걸 단일망이라고 불러. 나주에서 컴퓨터 나가면? 그냥 다 나가는 거지."

"백업은 없어? 그렇게 중요한 거면 백업을 해둘 거 아냐?"

"형식적으로는 천안과, 의왕에 있지. 근데 전문 인력이 없으니까 나주에서 전문가가 달려가야 제대로 돌아. 게다가 일단 나가면 부팅 자체가 좀 어렵게 구성되어 있어."

대화를 나누던 세영의 인상이 점점 더 굳어졌다.

"안전 관리 행정 보면, 뭐 그럴 만도 하겠네. 근데 현주야, 그게 우리가 다시 서울에 가는 거랑 뭔 상관인데?"

"서울시에서 불안하시다는 거지. 궁극적으로는 우리도 유럽이나 일본처럼 마이크로 그리드로 가서, 지역별로 분산시켜서 별도로 계통 운전을 하는 게 유리해. 태양광이나 풍력 같은 작은 발전원 관리도 그게 편하고. 그런데 한전이 자기 밥줄을 놓아주겠어? 죽어라고 잡고 있는 거지. 그러다가 혹시라도 나가면 어쩌지? 뭔가 자기들이 제어할 수 있는 비상용 예비 시스템 같은 게 있어야 할 것 같잖아? 서울이 그걸 하겠다는 거지."

세영은 그제야 다소 이해가 되었다.

"그렇겠지. 유비무환, 사전준비! 있어서 나쁠 거 없겠네. 한전에서는 자기 밥그릇 위협받으니까 싫어할 거고."

"아, 남편. 이제야 머리가 좀 돌아가네. 한전에서 싫어할 테니까 승진하고 싶은 사람들은 이래저래 핑계 대고 피하는 자리고. 결국 아무리 서울 근무라도 그건 싫다는 거고. 결국 이 몸같이 승진 포기한 '승포자'들 재활용 프로그램이 된 거지."

이현주의 설명을 듣던 세영의 얼굴이 잠시 어두워졌다.

"당신, 한정건 싫어하잖아. 보령 내려오면서 다시는 그 인간 안 본다고 했잖아?"

"물론 그렇기는 한데, 조직이 가라면 가는 거지, 뭐. 모난 놈 옆에 있다가 같이 벼락 맞을 텐데, 피할 길이 없다! 남편도 다시 홍대 근처로 가면 작업에 도움이 될지도 모르고."

가만히 이야기를 듣던 세영은 말없이 소주 한 잔을 입에 가져갔다.

"난, 지금도 좋아. 괜히 옛날 친구들 만나봐야, 실없이 술만 더 마시고. 여긴 술 마실 사람도 별로 없어, 동네 친구도 없고. 진짜 일 열심히 하는 작가처럼 루틴대로 살아. 난 바닷가에 사는 지금이 딱 좋아!"

세영이 술 마시는 동안, 현주는 일어나서 늘 하던 습관대로 냉장고에 한쪽 다리를 쭉 펴서 걸치고 스트레칭하는 자세로 설거지를 했다. 분명 편한 자세는 아니지만, 따로 운동할 시간을 내기 어려워 얼마 전부터 이 자세로 설거지를 하기 시작했다. 세영은 익숙해져서 별 느낌이 없지만, 이럴 때는 태권도 4단이라는 걸 다시 환기하게 된다. 설거지하던 이현주가 세영에게 말했다.

"참, 다음 주에 일본 히로시마에 출장 가."

"히로시마? 왜?"

"강선아 과장이랑 같이 가래. 출장 목적은 잘 모르겠고. 강선아 과장이 팀장이 될 거야. 서울 가기 전에 회사에서 보내주는 마지막 연수 같은 건가 봐."

중부발전 보령 본사
└ 잘 좀 부탁드립니다

중부발전의 핵심 발전소들은 보령시에 있는 본사와는 좀 떨어져 있다. 폭염경보가 내린 2019년 여름 어느 날, 좀 특별한 손님들이 견학을 왔다. 서울시장과 시장 에너지특보가 된 전력거래소 상황실장 출신 최철규 그리고 서울에너지공사의 기획본부장인 정성진 박사가 일반인들에게도 공개되는 견학 코스에 들어갔다. 규모로 치면 보령은 한국 최대이면서 동양 최대의 석탄화력발전소다. 온실가스와 함께 미세먼지 문제로 점점 더 구시대의 산물로 여겨지고 있으며, 이미 수도권 지역에는 점차적으로 석탄발전소가 빠지는 중이다.

안전모를 쓴 이들 일행은 가뜩이나 폭염인데, 대형 터빈의 기계음과 공간을 가득 채운 스팀 열기에 정신이 얼얼할 지경이었다. 30대 후반의 정성진은 발전기가 뿜어내는 열기를 도저히 견디기 어려워 여름용 트위드 재킷을 벗었다. 폭염을 생각하지 않고 시장 수행이라 정장을 갖춰 입은 게 후회될 정도로 발전소 내부 온도는 견디기 힘들었다.

잠시 후 그들은 석탄화력발전소 내부를 빠져나와 발전기 오퍼레이팅룸으로 안내되었다. 오퍼레이팅룸에서는 발전기 설비 현황과 작동 방식 등에 대한 통상적이고 기능적인 설명이 진행되었는데, 정성진의 귀에는 잘 들어오지 않았다. 다만 여기는 실내라서 에어컨이 잘 들어왔다. 컴퓨터와 제어기 등 열을 많이 뿜으면서도 열에 취약한 기계들이 많기 때문에 오퍼레이팅룸은 일반적인 에어컨보다 강력하게, 때로는 과하다 싶을 정도로 공기 조절 장치가 돌아갔다. 그제야 정성진은 땀이 좀 식으면서 고통에 가깝던 불쾌감이 사라졌다. 그녀도 공학박사이고, 행정 최전선에 있기는 하지만, 이렇게 현장에서 일을 해본 적은 없었다. 그녀의 현장은 더 이상 실험실이나 발전기가 아니라 사무실과 컴퓨터 그리고 회의실이었다.

발전소 설비에 대한 안내 설명이 끝나자 정성진이 작은 목소리로 물었다.

"저, 여기에 이현주 씨라고 계시지 않나요?"

모니터 앞에 앉아 있던 오퍼레이터 중 한 명이 뒤를 돌아봤다.

"전데요."

푸른색 현장 유니폼을 입은 이현주가 뒤를 돌아보며 대답했다. 샤넬 스타일의 트위드 투피스 정장을 입은 공학박사와 현장 유니폼을 입은 엔지니어, 두 동갑내기 여성은 이렇게 처음 만났다. 고위직과 주로 만나는 서울에너지공사의 기획본부장과 발전기 제어판 앞에서도 통 고위직이라고는 아예 볼 일이 없는 한국전력공사 자회사 대리, 직급 차이만큼이나 모든 것이 대척점에 놓여 있는 두 사람이었다.

"아, 여기 계셨구나, 이현주 씨! 반갑습니다. 저, 서울에서 같이 일하게 될 공학박사 정성진입니다. 중부발전에서 에이스 두 분을 보내주신다고 해서, 겸사겸사 인사나 하려구요."

"에이스요? 푸핫."

별 감흥 없이 기계적으로 정성진과 악수를 하던 이현주는 에이스라는 말에 도저히 참지 못하고 뿜었다. 아마 물이라도 한 잔 마시고 있었으면 분수처럼 튀어나왔지도 몰랐다. 한정건, 이 인간이 어디서 팔던 광을 또 팔아! 이현주가 침착함을 잃고 뭔가 불평을 하려던 순간, 정성진이 서울시장을 향해 말했다.

"시장님. 이현주 대리, 당인리에서 일하게 될 우리 실무자입니다. 대학원에서 마이크로 그리드로 논문 쓰셨습니다."

"아, 딱 우리에게 필요한 재원이네요. 네네, 반가워요. 서울시장입니다, 이현주 대리님."

서울시장이 유니폼을 입은 이현주에게 손을 내밀었다. 엉겁결에 이현주는 서울시장과 악수를 하게 되었다. 그녀도 자신이 얼핏 생각했던 것보다 더 무거운 일이 움직이고 있다는 것을 직감했다. 중부발전은 정규직만 3,000명에 가까운 큰 조직이었다. 이현주는 아직 사장도 따로 만나본 적이 없었다. 지역 국회 의원도 만난 적이 없던 그녀가 서울시장 같은 높은 고위직 인사를 만난 것은 정말 태어나서 처음이었다.

"이현주 대리님, 서울에서 만나면 잘 부탁드립니다. 정말 우리에게는 너무너무 중요한 일입니다."

창졸간에 TV에서나 보던 서울시장을 만나 얼떨떨해하는 이현주를 뒤로 하고 시장 일행은 보령 시내의 본사로 향했다. 차로 약 20분 떨어진 중부발전 본사 사장실에는 아까부터 중부발전 사장, 이준원 기획본부장, 한정건 처장 그리고 이제 막 팀장으로 발령이 나게 될 강선아 과장이 기다리고 있었다.

엘리베이터에서 내린 서울시장은 최철규, 정성진과 함께 사장실로 들어갔다. 당인리까지 오게 된 경로는 다르지만, 이 시설을 중요한 일로 생각하는 두 집단의 최고 의사결정권자들이 차 한 잔을 앞에 놓고 마주하게 되었다. 짧은 인사가 끝나고 서울시장이 먼저 입을 열었다.

"당인리가 곧 문을 엽니다. 저희도 기대하는 바가 매우 큽니다."

중부발전 사장도 차분하게 이야기를 했다.

"다 관할 지자체인 서울시에서 인허가 문제 등 세심하게 도와주신 덕분입니다. 당인리 발전소, 이제 저희 중부발전의 자랑이 될 겁니다."

"그거, 말도 마십시오. 지역주민들이 위험한 설비라고 말도 많았지만, 하지 말라는 압력이 사방에서 그렇게 많이 들어올 줄 진짜 몰랐습니다. 청와대는 물론이고, 별의별 생각도 않던 데에서 다 하지 말라고 하더군요."

서울시장은 정치인치고는 지나치게 실무형이라는 지적을 가끔 받기도 하지만, 정치인 특유의 과장은 별로 없는 스타일이었다. 그의 평소 화법 같지 않게 호들갑스러울 정도의 하소연은, 당인리 발전소 추진이 그만큼 힘들었기 때문이다. 국가 위기 시에 서울시의 20퍼센트, 최소한의 발전 설비가 필요하다는 명분이 아니었으면, 그리고 비록 중앙정부에 속해 있지만 서울시의 1급 재난시설을 바라보는 서울시장의 관심이 각별하지 않았다면 당인리가 서울에 남아 있기는 힘들었다. 발전소 건설도 끝난 마당에 서울시장이 굳이 보령의 중부발전 본사까지, 발전소 견학을 핑계로 온 이유는 무엇일까? 호들갑스러운 어법은 가끔 상대방에게 뜻하지 않은 진심을 이끌어내기도 한다. 머뭇거리면서 잠시 생각을 하던 중부발전 사장은 자기 방에 모인 사람들을 돌아봤다.

정치에서 상대방이 마음을 열었을 때에는 자신도 마음을 열어야 다음 단계가 진행된다. 하나마나한 소리 하면, 상대방도 하나마나한 소리 한다. 피차 시간 낭비. 중부발전 사장은 한국전력공사 아래에 있는 자회사 사장에 불과하다. 그렇지만 말단 직원에서 사장의 자리까지 그리고 자회사 사장으로 내려오려는 무수한 낙하산들을 제치고 그 자리에 가면서, 그도 아주

날탕으로 살아온 인생은 아니었다. 그는 서울시장이 던진 호들갑스러운 진심을 받기로 했다.

"시장님도 이제는 어느 정도 이해하셨겠지만, 에너지 내에는 오래된 갈등이 몇 개 있습니다. 부끄럽지만 전기산업 내에도 그런 게 좀 있습니다. 김대중 대통령 시절, 러시아 천연가스 파이프를 건설하자는 논의를 둘러싸고 그걸 추진하려는 사람과 그걸 막으려는 사람들 사이에 갈등이 생겼습니다. 어떻게든 더 싼 LNG를 안정되게 공급받자는 LNG파와 그걸 막으려는 원전파, 그렇게 사이가 벌어져버렸습니다. 당인리를 없애려던 시도를 막아낸 사람들이 바로 LNG파입니다. 우리가 친환경발전소라고 드러내놓고 추진을 하거나 대대적으로 홍보하기 좀 어려운 이유가 있습니다."

서울시는 전력 공급에 관한 권한을 좀 더 가지고 싶어 했다. 그렇지만 이런 시도가 전기에 관한 모든 것을 쥐고 있는 한국전력공사 그리고 그 뒤에서 전기를 자신의 산업 영역으로 생각하는 중앙정부인 산업통상자원부를 불편하게 할 수도 있었다. 조금 더 지방자치나 지방분권에 여건이 생길 때까지, 서울시는 세심하면서도 조심스럽고 유능한 기술적 파트너가 필요했다. 당인리 발전소가 그 조건에 딱 맞았다. 서울시장은 본론을 꺼내기 시작했다.

"어렴풋이 짐작만 할 뿐입니다만, 지금의 전기 공급 체계인 계통망, 그리드라고 하나요? 여기에 문제가 있는 건 좀 알겠습디다. 2017년에 구로구 등 서울 남부지역 전체가 정전이 된 일이 있어요. 요즘 '서울남부정전'이라고 부르는 바로 그 사건이요. 변전소 고장 때문이라고는 하는데, 기술적으로 이런 일이 벌어질 수가 없다면서요? 원래는 자동으로 우회해서 보내주게 되어 있다던데. 와! 일곱 개 구에 정전이라고 그냥 전기가 꺼지는데, 시에서 할 수 있는 게 아무것도 없더군요. 한전 조치만 쳐다보고 있어야 한다는 게, 이건 좀 아니다 싶었습니다."

서울시장 뒤에 서 있던 최철규가 잠시 말을 보탰다.

"중앙급전소에서 변전소 이상이 감지되면 EMS가 자동으로 바이패스해서 우회 경로를 찾아 공급하게 되어 있는데, 그게 작동을 안 했습니다. 뭐가 문제인지 지금까지 아무도 모르고 있습니다. 위험하지요."

"그렇죠, 바로 그거죠. 이래서는 안 된다, 그런 공감대가 서울시청 내에서 생겼습니다. 참, 저희들 소개가 늦었습니다. 이분은 최철규, 시장 에너지특보입니다. 서울남부정전 직후, 9.15 사태 때 책임지고 나오신 전력거래소 상황실장님을 시에서 모셨습니다. 저희 자문해주고 계십니다."

중부발전 사장은 이제야 서울시가 당인리에 대해서 단순히 유지만이 아니라 후속 연구사업들을 제안한 진짜 이유를 이해했다. 같은 한국전력공사 출신인 이준원과 한정건이 가볍게 눈인사를 했다. 최철규도 살짝 고개를 숙였다.

"아, 그러셨군요. 그게 참. 큰 위기를 막고 공을 세우신 분들을 오히려 책임지라고 내몰다니, 이거야 영 송구스러워서. 왜 그렇게 야박하게 했는지, 그때 사람들 말이 많았습니다."

"기왕 소개하는 김에 여기 정 박사도 마저 소개할까요? 정성 진 박사는 시에서 준비하는 에너지기구의 실무를 총괄하는 기 획본부장입니다. 언제가 될지는 모르지만, 우리나라도 선진국 처럼 분산형 그리드로 갈 날이 올 거라고 보고 있습니다. 서울 시민이 1,000만 명입니다. 스웨덴, 노르웨이, 스위스, 어지간한 유럽 국가보다 더 큽니다. 그냥 나주의 중앙급전소 눈치만 보고 있는 건, 서울시장으로서 할 일이 아닌 것 같아요."

전직 전력거래소 실무 총괄과 유능한 젊은 박사를 확보한 서 울시장에게 괜히 밀리고 싶지 않다는 약간의 자존심이 사장을 자극했다.

"시장님, 여섯 개 발전 자회사 중에 서울에 대형 발전소를 가 지고 있는 게 저희 중부발전밖에 없습니다. 저희도 서울을 지킨 다는 마음으로 일하겠습니다. 사정상 서울시 연구사업 형태로 하지만, 저희도 돈 벌려고 이런 일 하는 건 절대 아닙니다. 우리 도 나름 에이스들 꾸려서 당인리로 보냅니다. 당인리 발전소 프 로젝트를 기획하고 추진한 한정건, 바로 그 사람을 보냅니다. 그리고 중부발전 전산 시스템 전체를 총괄하고 있는 최고의 전 산요원, 강선아 과장이 계통팀장으로 실무를 맡을 겁니다."

한국은 OECD 국가라고 하기에는 중앙형 시스템이 너무 강 해져버렸다. 청와대도 강하지만, 중앙정부도 권력이 너무 강하다. 지자체나 자회사 혹은 지방 공기업이 하는 일들은 이제 전부 '지방방송' 정도가 아니라, 초동에 제압해야 하는 '건방진 도전' 과 같은 것이 되었다. 한국에서 현장은 세종시 공무원들의 페이 퍼웍이고, 중앙에서 보내주는 TV만 보는 사람들이 현장에 눈길을 주는 것은 여러 명, 그것도 수십 명이 한꺼번에 죽었을 때 잠깐이다. 물론 그나마도 사건이 해결되면 빛의 속도로 잊힌다.

청와대 행정동 회의실
└ 개나 소나 말이나

보령에서 당인리에 갈 팀을 인선하는 동안, 계통 관리를 총괄하는 중앙급전소의 수장, 전력거래소 이사장이 청와대 행정동으로 산업비서관과 에너지담당관을 찾아왔다. 청와대 에너지담당관이 작은 회의실로 들어오는 전력거래소 이사장을 반갑게 맞았다.

"교수님, 정부에서 일해보니까 좀 어떠십니까?"

전력거래소 이사장은 손을 휘휘 저으면서 정색을 했다.

"말도 마십쇼. 이거, 사공들이 얼마나 많은지. 이게, 말만 좋아 기관장이지, 사실은 말단 중 말단입니다. 이럴 줄 알았으면 그냥 한전 사장 시켜줄 때까지 기다리고 있을 걸, 괜히 낮은 데를 덥석 갔더니, 영 스타일 안 나옵니다."

에너지담당관이 좀 쑥스럽게 웃는다.

"공공 부문이 좀 그렇습니다. 그래, 누가 제일 괴롭힙니까? 최고 전문가를 모셔다 놓고서요."

이사장은 웃는 얼굴이지만, 정말로 고생 많이 한 사람의 표정으로 대답을 했다.

"한전 놈들이, 비용 좀 줄이라고 아주 난리입니다. 한전 처장들이 심심하면, 그래도 내가 명색이 기관장인데, 커피 마시러 오라 가라, 여 인사해라, 저 인사해라, 상전 노릇 아주 제대로 합니다."

옆에서 지켜보던 산업비서관의 표정이 일그러졌다.

"제가 각 기관에, 힘들게 학계에서 모셔온 분이니까 잘 좀 모시라고 몇 번이나 당부를 했는데요."

에너지담당관이 민망한 표정을 지으면서 말했다.

"비서관님, 제가 한전이랑 관련 기관에 이사장님 잘 좀 모시라고 한번 더 당부를 해두겠습니다."

다시 온화한 표정으로 돌아온 산업비서관은 전력거래소와 관련된 질문을 했다.

"그나저나 지난 국감 때, 그 뭐라나, EMS 문제로 좀 골치 아팠습니다. 별거 아니라고 얼버무리고 넘어가기는 했지만 진짜로 전력 거래 시스템에 문제가 있는 겁니까? 저도 궁금합니다."

이사장이 진지한 표정으로 돌아왔다.

"그건 큰 문제는 아닙니다. 진짜 문제는, 급전소 백업들이, 이게 좀 그렇습니다.”

에너지담당관이 노트를 꺼내 필기를 하면서 물었다.

“뭐가 문제입니까? 기존에 백업으로 있던 천안급전소 말고 서울에도 의왕급전소를 얼마 전에 새로 만들지 않았습니까? 이제 백업 시스템이 두 개나 되는데요.”

이사장의 표정이 난감함으로 가득 찼다.

“그게, 참나 황당해서…… 만들기야 만들었죠, 근데…….”

메모를 하던 에너지담당관이 펜을 내려두고 이사장의 입을 쳐다봤다.

“비상급전소, 여기에 설비만 있고 사람이 없어요, 사람이.”

에너지담당관이 다소 김빠지는 표정으로 물었다.

“천왕, 의왕, 두 군데 다 기본 인력 정도는 있는 거 아닙니까? 저는 그렇게 알고 있는데요, 교수님.”

이사장이 답답하다는 듯이 잠시 호흡을 멈추고는 대답했다.

“숫자도 택도 없고, 전문성도 택도 없습니다. 그냥 컴퓨터 켜고 *끄고*, 설비 지키는 사람만 있다고 보시면 됩니다. 결국 문제 생기면 백업 시스템까지 나주의 전문 인력들이 가야 합니다. 이 시스템, 문제 생기면 절대 안 돌아갑니다.”

에너지담당관이 수첩에 마지막 몇 글자를 쓰고 나서 수첩을 덮으면서 말했다.

“그럼, 전문 인력을 추가로 배치하면 되는 거 아닙니까? 인건비, 그게 몇 푼이나 한다고요.”

전력거래소 이사장의 목청이 조금 더 높아졌다.

"그게 안 된다니까 제가 여까지 쫓아온 거 아닙니까? 인력을 추가 배치해주시든가, 그것도 아니면 나주 바로 옆에 있는 한전 본사에라도 백업 시스템을 만들어주든지 하셔야 합니다. 급하면 우리 급전 오퍼레이터들이 바로 뛰어갈 수 있게요. 이번 예산에 뭐라도 좀 반영을 해주셔야……."

두 사람의 대화를 묵묵히 지켜보던 산업비서관이 환하게 웃는 표정으로 두 사람 사이의 이야기를 마무리했다.

"자, 그런 실무적인 얘기는 저희가 잘 상의해서 정리해보도록 하겠습니다. 뭐, 저는 에너지 업무 경험이 별로 없어서 잘은 모르겠지만, 요즘 국회에서 연일 폭염이다 보니 블랙아웃 어쩌구저쩌구, 하여간 말들이 많습니다. 저희는 그저 교수님만 믿습니다. 자, 그럼, 저희는 또 다음 미팅이 있어서 이만."

전력거래소 이사장은 서둘러 회의실을 나섰다. 에너지담당관이 직속상관인 산업비서관을 돌아보면서 물었다.

"비서관님, 바로 조치를 취할까요? 크게 어려운 일 아닌 것 같습니다."

계속해서 편안하게 웃는 얼굴을 하고 있던 산업비서관의 표정이 싸늘하게 변했다. 에너지담당관이 전력거래소 이사장과의 미팅 분위기로 예상했던 그런 표정이 아니었다.

"미쳤어? 지가 교수면 교수지, 찍어서 내려온 주제에 어디 청와대에 함부로 기어 들어와? 저런 개인 민원 들어주기 시작하면 우리나라 산업계 모든 인간들이 다 이 방으로 기어 들어올 거야. 내 거 좀 해줘, 내 거 좀. 행정 질서가 무너져서 안 돼. 전력거래소 같은 꼬래비 기관까지도 꼴에 교수라고 청와대로 막 기어 들어와? 지금 이 나라에 급한 게 어디 한둘이야? 개나 소나 말이나, 이러면 행정 체계가 무너져!"

아직 행정 경험이 많지 않은 에너지담당관은 고위직 관료의 이 급격한 표정 변화에 감정적 패닉을 느꼈다. 도저히 뭐라고 대꾸를 할 수가 없었다. 산업비서관의 질타가 이어졌다.

"정부가 다 계통이 있는 거야, 니가 밖에서 들어와서 잘 모르나 본데. 지가 뭐라고 막 기어 들어오고 지랄이야. 한전 계열사면 한전 통해서, 그리고 산업부 통해서, 그렇게 예산 협의를 해야지. 하여간 교수 새끼들은 청와대 알기를 개떡으로 알아요. 지가 교수면 교수지, 어디 감히 청와대 산업비서관한테 이거 해내라, 저거 해내라, 지랄이야. 내가 지 조교야? 산업부 기획실에 얘기해서 전력거래소 예산 더 깎으라고 해."

에너지담당관에게 한참 뭐라고 하던 산업비서관은 핸드폰을 꺼내 들면서 이야기했다.

"아니다, 내가 직접 연락할게."

전화를 걸면서 산업비서관은 계속해서 에너지담당관을 질책했다.

"하여간 저런 새끼들, 버르장머리 없이 청와대에 기어 들어오게 두면 다음엔 내가 너 가만 안 둔다. 알아서 해. 급전? 지가 급전을 뭘 알아? 염병을 하고 자빠졌네!"

이때 전화가 연결됐다.

"어, 오 실장. 나야, 산업비서관. 거기 저, 전력거래소 예산 말이야, 그거 좀 깎자. 미안, 그럴 일이 좀 생겼어."

행정 경험이 많지 않은 에너지담당관은 귀 끝까지 얼굴이 붉어졌다. 행정이, 생각처럼 간단한 일은 아니다. 나주에 있는 전력거래소 내의 중앙급전소 기능이 마비되는 위급한 경우에 대비해 복수의 백업 시스템을 만드는 것은 당연한 일이다. 최근에 새로 만든 서울급전소는, 명칭은 서울급전소인데, 서울에 없고 경기도 의왕에 있다. 이유는 비용 절감이다.

주고쿠 전력과 히로시마 원폭병원
ㄴ 괜찮아질 거예요

"후쿠시마 사태 이후 원자력발전소 가동을 일시적으로 멈추고 여름에 전국적인 순환정전을 했었습니다. 그때 저희가 원전이 거의 없어서, 오히려 순환정전이 덜 고통스러웠습니다."

히로시마 시내, 중국 아니 주고쿠 전력의 본사에서 경영기획부 직원이 강선아와 이현주에게 순환정전 현황에 대해 설명을 하고 있었다.

"여기도 시마네 원전이 있는 걸로 알고 있는데요."

강선아가 통역을 맡고 있는 현지 코디를 통해서 질문을 했다. 일본인 직원이 자신 있게 대답했다.

"네, 시마네 현에 원전 2기가 있고, 한 기는 지금 공사 중이기는 합니다. 그렇지만 히로시마 지역은 남쪽 바다에 있고, 시마네 현은 북쪽 해안입니다. 정반대 지역이고, 히로시마 지역에는 원전이 없습니다. 주고쿠 전력에 원전이 아주 없는 건 아니지만, 다른 데 비하면 정말 적은 비율입니다."

흥미롭게 이야기를 듣고 있던 이현주도 질문을 했다.

"뭐, 특별히 그렇게 된 이유라도 있나요?"

주고쿠 직원이 얼굴에 자랑스러운 눈빛을 띠면서 대답했다.

"저도 히로시마 출신이기는 합니다만, 이 지역에 원전 계획 자체가 아예 없었던 건 아닙니다. 하지만 원폭 투하 지역에 어떻게 원전을 놓느냐, 그런 지역 여론이 아주 강했습니다. 정부도 강하게 밀어붙이지는 않았습니다. 그게 순환정전 시기에 오히려 도움이 된 것입니다. 저는 이렇게 히로시마라는 지역에 대해 배려해주는 주고쿠 직원인 게 만족스럽습니다."

주고쿠 전력에서는 중부발전 직원들에게 생각보다 친절하고 자세하게 자신들의 계통 운영 방식과 순환정전 체계를 설명해주었다. 전력 회사 정문을 나오면서 일본 직원들은 몇 번이나 관심을 가져주어서 고맙다고 인사를 했다. 이제 출장 목적은 완수. 주고쿠 전력 정문을 나오면서 강선아가 이현주에게 부탁했다.

"이현주 대리. 이제 출장 일정은 끝났고, 잠시 코디 선생님이랑 시내 관광 좀 하고 있으면 안 될까? 내가 개인적으로 좀 볼 일이 있어서, 미안. 코디 선생님, 안내 좀 부탁드려요. 이따가 그라운드 제로 앞 카페로 갈게요."

강선아는 마침 앞에 선 택시를 타고 떠났다.

"그라운드 제로? 코디님, 그라운드 제로가 뭔가요?"

"1945년 8월 7일 오전 8시 16분, 히로시마에는 원폭이 투하되었습니다. 폭격기에서 목표 지점이 정확하게 보일 수 있는 시내의 T자형 다리가 타깃이었죠. 그렇지만 바람 때문에 200미터 정도 떨어진 병원 상공에 떨어졌습니다. 여기서는 그곳을 그라운드 제로라고 부릅니다. 미국의 9.11의 피해 지점도 같은 이름으로 부르지만요."

코디가 상세하게 설명을 해주었다. 원폭 이후에도 앙상하지만 건물 골격이 살아남은 원폭 돔과 히로시마 성 앞에서, 원폭 이후에도 살아남은 '피폭 수목'인 유카리 나무를 돌아본 후 이현주는 히로시마 평화공원 안으로 들어갔다. 코디가 방명록 앞에서 말했다.

"선생님, 여기까지 기왕에 오셨으니 기념으로 서명 한번 하시죠."

이현주는 아까부터 마음이 편안하지는 않았다. 이렇게 시내 한가운데에서 원자폭탄이 터졌다는 것은 그녀도 자세하게는 몰랐다.

'한국 중부발전 이현주, 세계 평화를 기원합니다!'

이현주는 한 자 한 자, 한글로 천천히 방명록에 이름을 썼다.

"잘하셨습니다."

이현주가 방명록에 서명하는 것을 지켜보던 현지 코디가 말했다.

"좀 오래 걸렸지, 미안."

해가 질 무렵, 그라운드 제로에서 멀지 않은 카페로 강선아가 돌아왔다. 핵폭탄이 떨어졌던 자리에서 커피 한 잔을 마시면서 이현주는 말로 표현하기 어려운 느낌에 빠져 있었다.

"보기는 잘 봤는데, 기분이 좀 묘하네요. 이렇게 시내 한복판에 원폭이 떨어졌는지는 잘 몰랐어요. 그냥 그런 거 있나 보다, 좀 무감각하게 생각하기도 했구요. 기분 이상해요."

"그렇지, 그렇겠지. 어차피 앞으로 매일 얼굴 보고 일해야 할 텐데, 나도 내 얘기를 좀 해볼게. 괜찮지?"

강선아가 편안한 목소리로 말하기 시작했다.

"여기가 평화공원도 유명하지만, 더 유명한 건 적십자에서 운영하는 히로시마 원폭병원이야. 아무래도 치료랑 임상 경험이 제일 많으니까 그렇겠지."

"원폭병원이요? 진짜 그런 병원이 있어요?"

이현주가 물었다. 한 번도 생각해보지 못한 종류의 이야기였다.

"전에 원전에서 일할 때, 사고가 있었어. 방사능 피폭사건. 방사선 작업 종사자는 5년간 100미리시버트 이하가 최대치인데, 그보다 몇 배를 한 번에 넘었지. 그래서 한전 분사할 때 원전이랑 아예 상관없는 우리 회사로 밀려나온 거야. 한마디로, 피폭자지!"

강선아의 갑작스러운 이야기에 이현주는 뭐라고 말을 해야 할지, 갑자기 말문이 막혔다. 강선아도 이현주의 당황스러운 표정을 쳐다보았다.

"오래전 일이기는 한데, 우리나라 병원에서는 아이 가져도 별문제 없을 거래. 그래도 알 수 없는 일이지. 서울 가면 더 바빠질 거라서, 여유 있을 때 검사 한번 받고 싶었어, 경험 많은 병원에서."

"뭐래요? 괜찮대요?"

강선아가 가볍게 웃었다. 웃음에도 슬픔이 있는 경우가 있고, 아쉬움이 묻어 있는 경우가 있다. 강선아의 웃음에는 바닥이 어딘지 모르는 심연의 울림 같은 깊이가 있었다. 강선아의 가벼운 웃음 속에 담겨 있는 그 깊이에 이현주는 편안해지는 마음을 느꼈다.

"오늘 검사했으니까, 곧 연락 오겠지. 애 낳을 일 있을 것 같지는 않지만, 피폭 때문에 찝찝해서 애를 아예 안 낳는다는 게 좀 그래. 어머니, 그렇게 매력 있는 캐릭터는 아니지만 엄마라는 건 좀 해보고 싶어. 엄마, 그건 좀 귀엽고 신선하지 않아?"

이현주는 강선아의 어깨를 살포시 안았다.

"괜찮아질 거예요, 다 괜찮아질 거예요."

21세기, 우리는 많은 것을 안다고 생각한다. 그러나 사실 명확하게 인과관계를 아는 것은 아주 드물다. 어느 정도의 방사능에 노출돼야 출산에 영향을 주게 되는지, 그런 것까지 정밀하게는 잘 모른다. 이 모든 것을 다 알고 세상을 사는 것은 아니다. 적당히 안다고 생각하고, 대충 살아간다. 이현주는 자신이 모르거나 상상해보지 않은 세계에 대해 잠시 생각하면서 마음이 무거워졌다.

2장

세상은 어지간해서
좋아지지 않는다

세상이 좋아질 것을 믿나요?

"세상이 좋아질 거라고 믿느냐고요? 그런 질문도 대본에 있나요?"

이현주가 한정건과 함께 서울로 옮겨가던 2019년 여름까지의 이야기를 듣고 있던 진행자는 세영에게 느닷없는 질문을 했다. 세영은 잠시 난감한 표정을 지었다.

"네. 질문지에 있는 건 아니지만, 선생님 말씀 듣다 보니 해보고 싶어진 질문입니다. 저는 세상이 좋아질 거라는 말 같은 건 안 믿습니다만, 이 모든 것을 다 지켜본 선생님 같으면 혹시 어떻게 생각하실까, 궁금해졌어요. 10년 조금 지난 일인데, 사실 선생님 가족이 보령에서 서울로 이사하면서 이 모든 얘기가 시작된 거 아닙니까?"

"저는 아내는 믿지만, 세상을 믿는지는, 그건 잘 모르겠네요.

그런 생각 안 해본 지 너무 오래되었어요."

세영은 기억의 저 깊은 구석을 더듬었다.

"세상이 좋아질지는 여전히 잘 모르겠습니다. 그렇지만 2019년 여름, 서울로 오면서 아내와 약속을 했습니다. 저는 아내가 하는 일에 간섭하지 않고, 아내는 제가 요리하는 음식에 상관하지 않기로요. 아내가 더 이상 살림을 돕기 어려워질 테니까요."

순간 건너편에 앉아 있던 젊은 여성 스태프들이 웃음을 참지 못했다. 눈짓으로 나무라는 카메라 감독의 모습이 보였다.

"죄송합니다. 웃으면 안 되는데."

작은 목소리로 젊은 스태프 중 한 여성이 조그맣게 사과했다.

"클린턴이 연방 대법관으로 임명한 루스 베이더 긴즈버그의 남편이 그랬다더군요. 물론 유능한 변호사 남편보다는 훨씬 아내에게 덜 도움이 됐겠지만요. 당인리에 온 다음, 아내는 제시간에 집에 못 왔어요."

"그 시절에 진짜로 중요한 일 하시던 건데요."

"저는 사실 그게 무슨 일인지 정확히는 잘 몰랐어요. 그리고 서울에 와서는 한정건 처장하고 꽤 친하게 되었습니다."

진행자가 다시 물었다.

"한정건 처장요? 그건 의원데요."

"계기가 있었습니다. 한정건, 그 인간이 보기보다는 정이 많은 인간이에요. 방사능 피폭 후유증으로 고민하던 강선아 팀장을 히로시마 원폭병원에서 검사할 수 있게 해준 것도 한정건이었죠. 당인리로 가면서 당인리 발전소 홍보용 동화책 원고를 저에게 맡겼어요. 뭐, 큰돈은 아니지만, 현금을 봉투에 딱 넣어서 주더라구요."

"현금으로요?"

"네, 그걸 그대로 아내에게 주었어요. 생활비로 쓰지 말고, 그냥 쓰라고 했어요. 서울에서는 옷도 좀 사 입어야 할 것 같고요. 당인리 준공식 할 때, 애들 데리고 한강변에서 발전소 전경 스케치하던 건 아직도 또렷이 기억이 나요. 그날, 참 재밌었어요. 둘째도 폐렴이 좀 괜찮아졌고요."

세영의 기억 속에서 당인리 준공식 날이 떠올랐다. 아주 오래 전 한 순간, 세영의 가족에게 아직 큰 걱정이 없던 시절이었다.

"자, 아빠 일해야 하니까, 여기서 잠깐 놀고 있어."

"네."

한강과 풀밭의 어색한 조합 사이로 높은 사무용 건물 하나가 서 있었다. 두 아이는 잔디밭에서 뛰어놀기 시작했다. 세영은 잔디 위에 앉아서 스케치북과 색연필로 당인리 준공식이 열리고 있는 사무동 전경을 그리기 시작했다. 거칠고 빠르게 그려 나가는 선들 사이로 당인리 발전소의 모습이 화사하게 펼쳐졌다.

멀리서 준공식 마이크 소리가 들렸다.

"당인리, 한국 최초의 발전소. 70년대까지 서울 전기의 75퍼센트 담당, 이제 신규 LNG 발전소 2기, 800메가와트로 서울 전기의 20퍼센트를 담당하게 됩니다. 자랑스러운 서울화력본부의 당인리 발전소의 역사적인 준공이 지금 시작됩니다."

서울시장을 비롯해, 한국전력공사 사장, 중부발전소 사장 그리고 산업, 에너지를 담당하는 국회의원들이 테이프 커팅을 준비하고 있었다. 청와대 산업비서관도 참석했다. 그렇지만 인근 지역의 국회의원들은 보이지 않았다.

겉으로는 야심찬 프로젝트의 마감을 알리는 통상적이고 공식적인 행사처럼 보이지만, 모두가 이 행사를 반기는 것은 아니었다. 그러나 그 팽팽한 긴장감은 적어도 지금 세영의 스케치북 위에서 빠른 속도로 그려지는 슈트 입은 남자들의 밝지만 공식적이고, 어쩌면 놀라울 정도로 무표정하다고 할 수도 있는 그 모습에서는 잘 드러나지 않았다. 세영은 스케치북을 다음 장으로 넘겨서 준공식에 참가한 사람들의 모습을 거친 크로키 형식으로, 표정 중심으로 잡아내고 있었다.

"아빠, 목말라요."

한참을 자기들끼리 한강공원을 뛰어놀던 아이들이 세영에게 뛰어왔다.

"그래그래, 아빠가 일 너무 많이 했다. 자, 주스 마시고 싶은 사람?"

숨을 헐떡이던 아이들이 동시에 손을 들면서 외쳤다.

"저요!"

세영은 주섬주섬 가방에서 컵을 꺼내 주스를 따랐다. 아이들은 헐떡이던 숨을 진정시키며 잔을 받자마자 벌컥벌컥 마셨다. 주스를 다 마시고 난 후, 세영도 아이들과 함께 뛰기 시작했다. 아이들은 '우' 소리를 내면서 다시 뜀뛰기를 시작했다. 세영은 40대 중반의 무거운 몸에도 불구하고 제법 예민하게 아이들의 손 사이를 피해 다녔다. 아이들은 자신들을 위해서인지, 아빠가 자꾸 몸을 움직이게 만들었다. 너무 멀리 가지도, 너무 가깝게 있지도 않았다. 한참 뛰던 둘째가 숨이 차서 자리에 누웠다. 세영은 숨을 거칠게 몰아쉬는 둘째를 무릎 위에 눕혔다. 숨을 잘 못 쉬는 아이를 보는 부모의 마음이 편하기는 어려웠다.

2019년 8월, 중앙과 지방
└ 중앙 나주, 지방 마포

전력거래소 내의 계통 관리 프로그램인 EMS를 운영하는 중앙급전소는 전라남도 나주에 위치하고 있다. 행정상으로는 나주 혁신도시라는 이름을 가지고 있는 허허벌판에 한국 전기와 계통의 총지휘부인 한국전력공사 본사가 뒤에 있고, 옆에는 한국농어촌공사와 한국농촌경제연구원, 앞에는 한국문화예술위원회와 보통은 콘진이라 부르는 한국콘텐츠진흥원이 자리하고 있다. 이런 중앙기구들 옆에 지역기관인 광주전남연구원이 위치하고 있다. 나주의 중앙급전소, 우리의 집에 들어오는 전기계통의 총지휘가 여기에서 이루어진다. 물론 그걸 아는 사람은 많지 않다. 우리나라 전기를 총괄하는 곳은 서울이 아니고, 세종시도 아니고, 전라도 광주 밑에 있는 나주다. 전기에서는 그곳이 중앙이고, 그곳에 있는 전력거래소 내부에 중앙급전소가 존재한다. 그 방에 있는 전산 프로그램 하나가 우리나라 전기의 전 계통을 지휘한다.

중앙급전소의 EMS가 꼭 나주에 있어야 하는 기술적 요인이 있을까? 없다. 서울에 있던 공기업들을 이것저것 찢어서 전국에 보내다 보니까 전력은 나주에 가게 된 거다. 원자력발전, 원전은 전기 아냐? 어랍쇼, 이건 또 경주에 가 있다. 이게 끝이 아니다. 에너지의 브레인 역할을 하는 에너지경제연구원과 후방지원을 맡는 한국에너지공단은 울산에 있다. 세종시, 나주, 울산, 경주 여기에 서울의 청와대가 협업해서 한국의 전력 시스템을 움직인다는 말이다. 누가 설계한 게 아니라 상황 논리에 따르다 보니 그냥 이렇게 된 거다. 서로 긴밀하게 협력하기에는, 좀 너무 멀다.

2019년 여름, 전력거래소 본관과 별도로 떨어진 중앙급전소 상황실. 길게 연결된 복도를 따라 전력거래소 이사장과 수행원들이 들이닥쳤다. 비서가 상황실 문을 열며 외쳤다.

"이사장님 들어가십니다."

상황실 팀장만 자리에서 일어나고, 다른 오퍼레이터들은 앉은 채로 간단한 목 인사만 했다.

"어쩐 일이십니까, 급전소를 다 오시고."

팀장이나 직원들 반응이 영 살갑지 않았다. 사실 기관장과 현장 직원들이 친한 기관은 별로 없기 때문에 별스러운 일도 아니었다.

"오늘이 시범 운전 마치고 당인리가 정식으로 계통 연결되는 날 아닙니까. 좀 봐두려구요."

"그깟 800메가, 그것도 두 기로 나눠서. 그게 뭐 중요한 일이라구요."

팀장의 반응이 영 시원치 않았다. 그래도 이사장은 무시하고 자기 관심사를 드러냈다.

"그래도 서울로서는 큰일 아닙니까. 전기 자급률이 한번에 20퍼센트를 넘어가게 되지요."

"그게 현실에서 무슨 큰 의미가 있겠습니까, 이사장님……."

머뭇머뭇하며 말을 끌던 팀장이 힘들게 말을 이어갔다.

"그나저나, 저희 인력 예산은 좀 올려주셔야 할 텐데. 오퍼레이터들, 지금 무리입니다. 교대 순번이라도 좀 늘리던지. 이런 상태로 오래는 못 갑니다. 그렇다고 여기가 다른 데처럼 적당히 비정규직 쓸 수 있는 업무도 아니구요."

인력 예산 이야기가 나오자 이사장의 표정이 어두워졌다.

"이번에는 국회에 직접 부탁해보려고 합니다. 예산 증액이 꽁꽁 막힌 게, 우리가 한전에 밉보인 게 있나 싶기도 하고."

상황실 팀장도 기왕 이야기가 나온 김에 조금 더 끌고 나갔다. 엄청난 대의를 생각해서가 아니었다. 당장 버티기가 힘들기 때문이었다.

"한전 기획실 사람들이랑 식사 자리나 한번 마련해볼까요?"

전력거래소 이사장도 그렇게 해달라는 말이 입 밖에까지 나왔지만, 내뱉지를 못했다. 이 상황이 어이가 없기도 하고, 자존심도 상했다. 팀장도 이번에는 쉽게 물러서지 않았다.

"이사장님. 제가 드릴 말씀은 아니지만, 한전 간부들 술도 좀 사고 그러셔야 할 겁니다. 그리고 여기 나주에, 이렇게 열심히 계속 계실 게 아닙니다. 서울 가서 국회의원들 술도 좀 사시고, 세종시 가서 고위 관료들하고 공무원들도 좀 만나보시고. 이사장님이 여기 이렇게 찾아오는 사람들만 맞고 계시면, 우리 기관까지 같이 촌놈 취급받고, 점점 더 촌구석 기관으로 밀려납니다. 당장 제가 힘들어서, 이렇게는 더 못 하겠습니다. 풍력이다 태양광이다, 점점 더 쪼만한 것들이 그리드에 계통 연결해달라는데, 품 엄청 듭니다. 규모로만 볼 게 아니라니까요. 이 인력으로 택도 없습니다. 차만 마신다고 될 일이 아닙니다, 지금 상황이."

코너로 몰린 이사장이 난감한 표정을 지었다.

"이거 참. 여기 오면서 부인한테 술은 안 마시겠다고 철석같이 약속했는데."

이사장과 팀장의 대화를 듣고 있던 오퍼레이터들, 킥킥거리면서 웃고, 일부는 한숨을 쉬었다. 참다못한 팀장이 가슴을 치면서 말했다.

"제가 언제 술 드시라고 했습니까? 술 사시라고 했지. 가끔은 2차도 좀 가시구요."

원래는 일이 중요한 순서대로, 특히 눈에 보이지는 않아도 안전과 관련된 곳에 예산과 인력이 먼저 배정되어야 좋은 정부다. 그러나 우리는 중앙과의 거리에 의해서, 기관장과 간부들의 설득력, 아니 로비 능력에 의해서 많은 것이 결정된다. 전기를 생산하고 분배하는 것을 결정하는 계통 제어는 1년에 폭염경보가 내린 며칠만 TV에 나온다. 가끔은 너무 추워서 전열기들이 최고치로 돌아갈 때에도 잠깐 예비율 걱정을 하기도 한다. 나주에 있는 중앙급전소, 모든 것을 서울이 틀어쥐고 있는 상황에서 극심한 어려움을 겪고 있었다.

현장 오퍼레이터의 목소리가 답답한 현실을 깨고 들어왔다.

"당인리가 계통으로 들어올 시간입니다. 급전 콜 보낼까요?"

팀장이 모니터 사방에 떠 있는 시계를 얼핏 봤다.

"오케이! 자, 연결해보자고."

같은 시간, 당인리 행정동 오퍼레이팅룸에서는 시험 운전 이후 정식으로 당인리 발전기들을 계통에 연결하기 위한 준비가 한창이었다. 정식으로 계통에 연결된다는 말은 돈을 받고 전기를 판다는 말이다. 원칙대로라면 그 시간에 가장 싸게 발전할 수 있는 발전기에 의해 전기 가격이 결정되고, 그렇게 발전기끼리 더 값싸게 발전을 하기 위한 경쟁을 하게 되어 있다. 그걸 '비딩'이라고 부른다. 그래서 중앙급전소의 정식 명칭이 전력거래소다. 물론 말만 그렇다. 전날 미리 발전 계획을 중앙급전소에 보내고, 계획된 시간에 발전을 시작한다. 차이 나는 비용은 나중에 정산한다.

당인리 발전기의 첫 계통 연결은 처음으로 돈을 번다는 의미이기도 했다. 거창하게 부르면 '본격' 상업운전이다. 사람으로 치면 첫 월급과 같았다. 20대 직원 신동호가 오퍼레이팅 데스크에 앉아 있고, 강선아 팀장이 당인리 발전기의 첫 운행을 지휘했다.

"기기 점검."

강선아의 목소리와 함께 당인리의 첫 번째 계통 체결 절차가 시작됐다. 콘트롤 보드의 수치들을 확인한 신동호가 씩씩하게 외쳤다.

"기기 이상 무."

강선아가 이미 시운전을 끝낸 발전기들에 대한 가동을 지시했다.

"1호기, 가동."

"1호기, 가동 시작. 이상 무."

한강변 잔디공원 지하에 자리한 거대한 발전기기에 LNG 가스가 주입되기 시작하고, 거대한 날개 모양의 터빈이 굉음을 내면서 점점 빠르게 돌아갔다. 순차적으로 당인리 발전소의 핵심

시설인 두 대의 LNG 발전기가 가동을 시작했다. 두 대의 발전기를 가동시킨 후 강선아는 주파수를 체크했다.

"헤르츠는?"

"1호기 60.02, 2호기 59.09, 둘 다 헤르츠 양호합니다."

한국은 60헤르츠의 전기를 사용한다. 질 좋은 전기, 질 나쁜 전기를 가르는 가장 큰 기준은, 교류에서는 바로 이 헤르츠를 말한다. 발전기가 한 대만 움직일 때에는 조금 빨리 돌거나 조금 늦게 돌거나, 큰 일이 벌어지지 않는다. 그렇지만 두 대 이상의 발전기가 한 계통에서 같이 돌 때, 지금은 제어하는 나주 쪽에서나, 아니면 발전기 자체적으로나 계통의 주파수에 맞추도록 되어 있다. 만약 지나치게 천천히 도는 발전기가 있으면 평균 주파수를 60헤르츠에 맞추기 위해 나머지 발전기들이 더 빨리 돌게 된다. 실제로 블랙아웃, 행정적으로는 전계통 정전이라고 부르는 현상이 벌어지는 것도 바로 이 동조발전 때문이다. 특정한 발전기에 문제가 생기면 나머지 발전기가 더 빨리 돈다. 그 시간이 길어지고, 그 규모가 커지면 노후된 발전기나 정비 불량인 발전기가 먼저 과열로 파열된다. 그러면 나머지 발전기가 그 추가분까지 떠안아야 하니까 더 빨리 돌게 된다. 전체 발전기가 터지거나 계통에서 떨어져 나오는 파국의 순간까지 대략 8초에서 20초 정도 걸린다. 그래서 적정 주파수 관리가 되지 않는 발전기는 아예 계통에 들어오지 못하게 한다.

"좋아, 이 상태에서 스탠바이."

급전용 전화기에 벨이 울렸다. 중앙급전소와 발전소 등 전력 주요 지점 사이에는 일반 전화선과는 다른 별도의 급전 통신망이 존재했다. 평상시에는 문제가 없지만, 지진과 같이 통신선 자체가 끊어지는 경우 혹은 화재나 침수가 발생하는 경우 불통될 가능성이 높았다. 전력거래소도 이 문제를 알고는 있지만, 예산 문제 등으로 아직 손을 못 대고 있었다. 20대 평직원 신동호가 스피커폰의 스위치를 누르자 스피커 너머로 나주 중앙급전소의 목소리가 울렸다.

"당인리지요? 여기는 나주 중앙급전소입니다."

신동호도 대답했다.

"네, 여기는 마포 당인리. 수신 양호. 1호기, 2호기, 모두 계통 체결 준비 완료 상태입니다."

"좋습니다. 일일 전력 수급 계획에 따라, 당인리 1호기, 2호기, 계통 연결을 지시합니다."

신동호가 발전기를 계통에 연결하기 위한 첫 번째 버튼을 눌렀다.

"1호기 체결."

빛의 속도로 움직이는 전자들의 운동이 전기가 되고, 그 힘이 전압이 된다. 1호기의 터빈운동이 만들어낸 교류전기는 당인리 발전소 바로 옆에 있는 한국전력공사가 운용하는 승압용 변압기를 거쳐 고압전송이 시작된다. 필요하면 이 전기가 서울 바깥으로 나갈 수도 있지만, 그럴 일은 아마도 없을 것이다. 서울은 언제나 전기가 부족하다, 그것도 아주 많이. 인체의 혈관은 복잡하기는 해도 전부 하나로 연결되어 있다. 그리드, 계통도 마찬가지다.

스피커를 통해서 나주의 지시 사항이 흘러나왔다.

"1호기 헤르츠 안정화 완료. 상태 좋습니다. 2호기 체결해서도 좋습니다."

신동호가 다시 2호기의 버튼을 눌렀다.

"2호기 체결."

이번에는 잠시 정적이 흘렀다. 발전기에는 변수가 아주 많다. 계통에 처음 연결되는 순간은 위성이 우주를 향해 발사되는 순간만큼이나 아슬아슬하다. 개별 발전소가 인근에 송전을 하던 시절에는 그렇지 않았지만, 전체가 하나의 계통으로 연결되는 순간에 중앙망은 개별 발전기의 실수를 허용하지 않고, 허용치를 넘는 이상이 감지되면 자동 프로그램이 바로 탈락시켜버린다. 뒤에서 발전기들의 첫 운전을 지켜보던 한정건 등 당인리 직원들의 긴장이 점차 고조됐다.

"헤르츠가 살짝 내려갑니다. 2호기 출력 살짝만 높이시기 바랍니다."

신동호가 2호기 출력 제어 다이얼을 돌렸다. 더 많은 연료가 발전기 안으로 주입되자, 회전력이 조금 더 높아지며 속도가 빨라졌다. 헤르츠는 회전수의 단위다.

"네, 살짝 높였습니다."

나주에서 바로 반응이 왔다.

"OK. 지금 헤르츠 좋습니다. 2호기 체결 완료."

"2호기 체결 완료."

표정이 밝아진 신동호가 강선아 쪽을 돌아보면서 흥분에 찬 목소리로 말했다.

"당인리 발전기, 가동 및 체결 과정 종료했습니다."

"우와!"

뒤에서 요란스러운 박수가 터졌다. 나주의 목소리가 스피커에서 흘러나왔다.

"당인리, 첫 기동을 축하드립니다. 오늘은 피크타임 두 시간 동안만 가동 예정입니다. 지금부터 운전과 가동 중지까지는 중앙급전소 EMS가 맡으니까, 모니터링 요원을 제외하면 쉬셔도 좋습니다. 참, 당인리 여러분. 이사장님이 인사 말씀 하고 싶어 하십니다."

"네, 저는 전력거래소 이사장입니다. 서울화력본부 여러분들, 오늘 당인리 첫 기동 축하드립니다. 1,000만 도시 서울의 핵심 발전시설 담당으로 첫째도 안전, 둘째도 안전, 사고 없는 가동을 부탁드립니다."

뒷자리에서 지켜보던 한정건이 서둘러 앞으로 나와 마이크에 대고 인사를 했다.

"네, 저는 중부발전을 책임지고 있는 서울화력본부의 한정건 처장입니다. 벌써 인사드렸어야 했는데, 아직 못 드려서 송구합니다. 오늘 첫 기동이라서, 아직 안정화시키려면 많은 도움이 필요합니다. 잘 좀 부탁드립니다."

"한 처장, 반갑습니다, 저도 존함, 말로만 들었습니다, 발전계의 최고 기획통이시라는. 네, 그럼 금회차 급전 지시는 이만 종료하겠습니다."

중앙급전소의 개시 통화가 종료됐다. EMS는 5분마다 전국의 모든 발전소와 송배전 라인의 상태를 살펴보고 실시간으로 최적 상황에서 발전소를 제어한다. 그렇지만 아직까지 발전기를 켜는 것만큼은 직접 전화로 한다. 급전 프로그램도 점점 더 AI 형태로 발전하게 될 것이고, 집집마다 달린 태양광 등 미세 발전원들이 점점 더 계통에 많이 들어오게 된다. 그리고 이런 작은 발전기도 중앙에서 직접 제어할 수 있는 스마트 형태로 발전하는 중이다. 언젠가는 지금의 EMS 대신 AI 제어가 일반화될지도 모른다.

한정건이 첫 기동을 지휘한 강선아의 어깨를 쳤다.

"고생했어, 강 팀장."

살짝 긴장했던 강선아의 얼굴이 풀어지는가 싶더니 까칠하게 말을 받았다.

"뒤가 더 문제지요. 이제 팀원도 짜야 하지만, 도대체 뭘 해달라는 건지, 요구가 불분명해요. 서울시도 그렇지만 처장님도 지시 좀 분명하게 내려주시면 좋겠어요. 뭘 하라는 건지, 말라는 건지."

한정건은 강선아의 말을 웃음으로 얼버무렸다.

"자, 내일 일은 내일 걱정하구요. 나가자, 오늘은 내가 쏜다. 신동호, 마무리 잘할 수 있지. 부탁해."

신동호가 씩씩하게 대답했다.

"걱정마세요, 처장님. LNG가 원래 피크 부하에서만 운전하는 첨두부하인 데다가 오늘은 첫 운전이라 두 시간만 돌리게 되어 있습니다. 자리 잡아놓으시면 저도 금방 따라가겠습니다. 마포에 맛난 거 많다고 들었습니다. 마포 갈비도 좋고요, 마포 주물럭도 좋고요."

원전은 24시간 가동된다. 기저부하라고 부른다. 아무 때나 켜고 끌 수가 없어서 가격이 싸게 책정된다. 늘 식탁에 따라오는 밑반찬 같은 거라고 사람들은 생각한다. LNG 발전소는 기동 시간이 짧아 위기 때 급하게 켜고 끌 수가 있다. 맨 마지막에 기동한다고 해서 첨두부하라고 부른다. 기동이 용이하기 때문에 가격을 높게 쳐준다. 더운 여름, 혹은 아주 추운 겨울에 먹는 값비싼 특식 같은 거라고 생각하는 사람들도 많다. 알뜰한 살림, 특식이라도 줄이자, 그게 원전파가 내세우는 기본적인 논리다. 특식은 비싸기는 하지만 건강에 좋고, 암 예방에도 도움이 된다, 그렇게 주장하는 사람들도 생겨난다. 상용 발전기 중에서 가장 싼 전기와 가장 비싼 전기 사이에 결국은 정치적 갈등이 존재하게 된다. 그 와중에 핵심 기능을 하던 석탄발전은 일상식 같은 거다.

당인리팀 보강 작업
└ 별 인기 없는 특별팀

한강이 내려다보이는 당인리 사무동의 꽤 큰 방. 작은 의자 몇 개만 있고 다른 건 아무것도 없이 텅 비어 있다.

"저도 계통팀에서 일하고 싶습니다."

혼자 방 안으로 걸어 들어온 20대 평직원 신동호는 강선아와 이현주에게 또렷한 목소리로 자신의 의지를 밝혔다.

"물론 우리야 신동호 씨가 같이 해주신다면 도움이 되겠지만, 여긴 IT가 주 업무인 곳입니다. 제어 계통이야 어느 정도 아시겠지만, 코딩 교육도 받으셔야 합니다. 그리고 좀 잔인한 얘기지만, 본인 경력에도 별 도움이 안 될 수 있어요."

강선아가 신동호에게 먼저 알아야 할 것들에 대해 이야기를 했다. 당인리 계통팀은 진짜로 인기 없는 부서다. 자원한 사람은 딱 두 명뿐이었다.

"신동호, 잘 생각해봐."

보령에서 같이 발전기 오퍼레이터로 일했던 이현주가 한참을 생각하다 입을 열었다.

"동호야, 넌 본사가 있는 보령 출신이야. 지역 안배가 있어서, 얌전하게 별 탈 없이 있으면 처장까지는 무난하게 올라갈 거야. 여긴, 생각보다 험악한 데야. 발전사에서 건설과 발전 아닌 부문, 이거 답 없어. 나도 오고 싶어서 온 게 아냐. 한정건 처장이

하도 지랄을 해서 온 거지. 후회한다, 너. 누나 말 들어."

신동호가 두 사람을 쳐다보면서 입을 열었다.

"저는 누님 보고 따라왔는데요. 농담이고요. IT도 배우고 코딩도 배우고 싶습니다. 지방대 출신, 어지간히 줄 잘 서고 내부 정치 잘하지 않으면 승진 어렵습니다. 웃고 지내지만 저도 다 눈이 있습니다. 같이 일할 수 있게 해주십시오. 저도 뭔가 좀 다른 일을 해보고 싶습니다."

"알았어요, 신동호 씨. 저희가 잘 검토해서 연락드릴게요."

신동호가 방에서 나가고, 기다리던 또 다른 20대 여성이 들어왔다. 20대 후반 여성, 입사한 지 얼마 안 된 신입 직원이 주섬주섬 자리에 앉았다. 서류를 뒤적거리던 강선아가 물었다.

"하누리 씨 전공은? 산업공학이네. 발전소 일 좋아요? 여기 생각보다 된데, 특히 여자한테는."

"솔직히 말씀드릴까요? 일이 재밌지는 않습니다. 전공 쓸 일이 없습니다."

강선아가 웃었다. 이현주도 옆에서 이유 없이 웃음이 나오는 걸 참지 못하고 있었다. 강선아가 먼저 입을 열었다.

"전공? 사실 전기공학과 아니면 여기서 공학 전공 살리기 어려운 건 다 마찬가지예요. 코딩 정도는 좀 하시죠?"

코딩 이야기가 나오기 시작하자 지친 듯한 표정을 짓던 하누리의 눈빛이 갑자기 빤짝거렸다. 전형적인 너드 스타일이다. 코딩 중노동과 게임 중독 사이에 사는 이공계 전문직들, 요즘은 흔히 볼 수 있는 스타일이지만 아직도 넥타이를 입은 화이트칼라보다는 작업복을 입은 블루칼라 느낌을 많이 주는 발전소에서는 보기 드문 스타일이었다. 하누리의 목소리에 윤기가 돌고, 눈동자에는 생기가 돌기 시작했다.

"그것보다는 좀 더 합니다. 시스템 다이나믹스 모델링이 전공이라 그거 좀 더 해보고 싶은데, 발전소에서는 벤짐Vensim 같은 프로그램 쓸 일이 없어요."

이현주가 갑자기 박수를 치면서 눈을 반짝거렸다. 1972년, 로마클럽이 돈을 댄 〈성장의 한계〉라는 제목의 연구 보고서가 나온 적이 있었다. 세계적인 빅히트였다. 당시만 해도 시스템 다이나믹스 방식으로 글로벌 모델링을 하기 위해서는 슈퍼컴퓨터가 필요했다. MIT 대학의 슈퍼컴퓨터가 동원되었고, 이 작업을 지휘한 사람이 바로 서른한 살의 도넬라 메도우였다. 벤짐은 그런 시스템 다이나믹스 방식으로 시뮬레이션을 할 수 있게 해주는 상용 프로그램이다. 요즘은 개인용 PC에서도 운용이 가능하다.

"오, 벤짐! 나도 대학원 때 시뮬레이션 할 때 벤짐 좀 썼었는데. 이야, 발전사에 벤짐 쓰는 사람이 있다니! 아깝다, 야. 한전 같으면 공부도 시켜주고, 유학도 보내주고 그럴 텐데, 우린 자회사라 그런 게 없어."

하누리가 고개를 저었다.

"공부는 이제 그만하고 싶어요. 게임이나 실컷 하러 게임 회사 갈까도 생각했는데, 거긴 조건이 너무 열악해서 엄두가 안 났어요. 낮에는 일하고, 밤에는 오픈 소스 커뮤니티에서 같이 시뮬레이션 만들어보고…… 지금처럼 사는 것도 괜찮아요. 어차피 인터넷 커뮤니티라, 지방 근무해도 상관없을 것 같구요."

잠자코 두 사람의 대화를 지켜보던 강선아가 질문했다.

"하누리 씨, 우리 팀에서 뭘 약속해줄 수 있는 게 거의 없어요. 유학은 고사하고, 오히려 승진에 불이익을 받을지도 몰라요. 하누리 씨 포함해 자원자가 두 명밖에 없어서, 더 뽑을 여유가 있어도 다 못 채울지도 몰라요. 그래도 괜찮으시겠어요?"

하누리가 대수롭지 않다는 표정으로 가볍게 대답했다.

"심심하거나 따분해서 미쳐 죽는 것보다는 밤새서 해보고 싶은 뭔가가 있는 게 나아요. 그러면 게임이라도 좀 덜 하겠죠. 저는 그거면 돼요."

그때 컴퓨터와 모니터 등 고가의 상황실 관련 장비들이 배달되어 들어오기 시작했다. 사방이 시끄러워졌다.

"우와, 거의 다 서버급이네요."

하누리가 장비들을 보면서 행복한 표정을 지었다. 이현주가 담담하게 이야기했다.

"사장님이 우리한테 정치하는 거야. 최선을 다해서 죽도록 일해라. 비상용 계통 프로그램 하나 돌리는데, 뭐 이런 고사양 장비들이 필요하겠어? 우린 충분히 지원하니까, 할 일 다했다, 이제 너희 차례야, 그런 얘기겠지."

그렇지만 하누리에게는 이현주의 말이 잘 들리지 않았다. 장비빨, 제대로 한번 즐겨보고 싶은 표정뿐이었다.

당인리에서 목동까지
└ 우리도 좀 묻어가자

당인리 계통팀 네 명이 탄 차가 당인리 발전소 정문을 빠져나와 성산대교를 달렸다. 한낮이라 한강물은 태양빛을 받아 환하게 흔들리고 있었다. 도로에 차가 많지 않았다. 차는 순식간에 목동으로 들어가, 목동 초입에 있는 서울에너지공사 정문으로 들어갔다. 성산대교를 넘어가는 도로상으로는 당인리에서 서울에너지공사까지 6.8킬로미터지만, 한강을 가로질러 선유도를 넘어가는 직선거리로는 3킬로미터밖에 안 됐다. 작업장에서 많이 사용하는 모토로라 무전기가 8킬로미터 정도는 커버하니까, 일반 무전기로도 사무실에서 연락을 할 수 있는, 정말 가까운 거리였다.

한강을 마주 보고 당인리 건너편에 있는 서울에너지공사는 전두환의 목동 개발과 함께 생겨난 목동 지역난방공사의 후신이다. 덴마크 같은 추운 유럽 북쪽 지역에서는 지역에 열을 공급하는 것이 중요한 일이다. 그래서 지금도 사무동 오른쪽으로 열과 전기를 같이 공급하는 LNG 발전설비들을 가지고 있다.

한때 목동을 책임지는 설비였지만, 이제 규모 자체로는 큰 의미가 없었다. 전두환 정권은 지역별로 열을 공급해야 한다는 정도의 생각은 가지고 있었다. 지금은 분당에 있는 한국지역난방공사, 한난을 1985년에 만든 것도 전두환이었다. 서울에너지공사는 한난과는 별도로 서울시가 직접 관장하는 기관이다. 서울시 기구로 전환되면서 지역난방 대신 이제는 서울의 에너지 전환은 물론, 안전도 책임지는 기관으로 자신의 위상을 가지려고 한다.

서울에너지공사 사무동 세미나실에서 당인리팀과 목동팀이 처음 만났다. 실무진들은 이제야 처음 만나지만, 양 진영의 최고 의사결정권자인 서울시장과 중부발전 사이에서는 이미 몇 달 전에 이야기가 끝났다. 아, 물론 원칙대로 따지면 중부발전의 상급기관으로 한국전력공사 사장이 있고, 그 위에 갑 중의 갑 산업부가 있고, 그 위에는 대통령이 있다. 이것이 중앙기관과 지방기관의 차이다. 한국전력공사에 보고해봐야 좋은 소리 들을 것 없는 중부발전으로서는, 서울시 위탁 연구과제의 형식으로 일을 추진하게 되었다. 마포에 있지만 지역에 눈치 봐야 하는 발전사 입장에서는 서울시가 하라는 일을 피할 도리가 없었다. 좋은 명분이다. 돈은 서울시가 대고, 일은 당인리가 한다. 공기업이 위탁받는 일은 익숙하지 않지만, 어쨌든 이게 나름 행정과 기획에 익숙한 이준원 기획본부장과 한정건 처장이 짜낸 꾀였다. 그렇게 복잡한 형식을 취하다 보니, 서울에너지공사가 연구사업을 발주하고, 중부발전이 그 돈을 받아 연구를 하게 되는 상황이 펼쳐졌다. 현장에서는 과제관리자인 정성진이 갑이고, 과제수행자인 강선아가 을이다. 갑이 오라는데 어쩔겨? 을이 참고 가야지.

목동 세미나실까지 당인리의 을들을 불러낸 정성진이 먼저 인사했다. 스와로브스키 크리스털 귀걸이와 목걸이 세트를 하고 있고, 전통적인 문양인 스완 레이크 브로치도 했다. 발전소에서 귀걸이를 한 여직원은 가끔 있지만, 브로치까지 하는 경우는 정말 드물었다.

"이렇게 누추한 곳으로 모시게 되어서 죄송합니다. 제가 이런 곳에서 일합니다. 자, 서로 시간이 없으니까 본론으로 바로 들어가겠습니다. 이쪽은 최철규 서울시 에너지특보, 9.15 정전 때 중앙급전소 상황실장이셨죠."

강선아가 가볍게 인사를 했다.

"저번에 한번 뵈었죠."

서로 인사하느라고 어수선한 동안에 정성진이 파워포인트를 열었다. '에너지 자립도시, 서울'이라는 타이틀이 화면을 가득 채웠다.

"시작은 1,000만이 넘는 메가시티인 서울에서 에너지 자립을 해보자, 그런 단순한 발상에서 시작했습니다. 뭐, 태양광도 늘리고 풍력도 늘리고, 다른 효율화 사업도 하고. 어차피 그건 다른 지자체에서도 정도의 차이만 있지, 다 하는 일입니다."

"한전에서 가만있나요?"

강선아가 물었다.

"물론 기분이야 안 좋겠지만, 시에서 권한을 가지고 하는 일인데 자기들이 어쩌겠어요. 중부발전에서 하는 당인리 사업도 그런 차원에서 시에서 적극 지원한 거구요. 그러면서 우리도 전기계통, 그리드에 대한 스터디를 시작했죠. 최철규 실장이 영입된 게 그 즈음입니다."

최철규가 정성진의 말을 받았다.

"인구 1,000만쯤 되는 도시에서 그리드, 계통에 대한 이해가 전혀 없이 그냥 받아다 쓰기만 하는 게 좀 아니다 싶었습니다. 세계적 추세가 계통과 계통 사이를 연계하는 슈퍼 그리드는 점점 더 커지지만, 태양광 등 마이크로 단위를 제어하는 지역 오퍼레이터들은 점점 더 작아집니다. 작은 정전은 피할 수 없지만 큰 정전을 피하는 방향으로 갑니다. 우리의 거대 단일망, 위험합니다. 저도 좀 돕기로 했습니다. 노는 중이라, 딱히 할 일도 없었구요."

가만히 지켜보던 이현주가 질문을 했다.

"서울이 마이크로 그리드, 별도 계통을 운영하겠다는 말인가요? 위험한 얘기인데. 솔직히 저도 분산형 마이크로 그리드 찬성하는 입장이지만, 정치적으로 불가능해요. 한전 뒤에 있는 중앙정부에서 절대 권한을 지방으로 넘겨주지 않을 거고, 노조나 시민단체도 그러다 민영화된다고 반대할 거예요. 실제 박근혜 시절 정부가 그런 논의를 띄웠다가, 완전 난리 났었습니다. 지금에 와서는, 정치적으로 아무도 못 풀어요."

"네, 그렇습니다. 그렇지만 안전 문제에 대해서는 좀 다르게 볼 여지가 있습니다. 과연 지금의 계통 시스템이 안전한 것이냐, 그리고 그냥 한전과 중앙정부만 믿고 지켜만 보면 되는 거냐? 2017년 서울남부정전 사건 때, 시장과 시 고위층에서 결심을 했습니다. 이게, 한전 눈치만 보고 손 놓고 있을 게 아니라, 시에서 뭐라도 해야 한다는 공감대가 생겼습니다. 미국 LA 대정전 같은 그런 일이 벌어져서는 안 된다, 뭐라도 준비를 좀 해야 한다, 그렇게 생각하는 사람들이 늘었습니다. 다음 슬라이드 보시죠."

정성진이 다음 슬라이드로 넘기자 지역별 시송전 계통도가 떴다. 경인남부, 영동, 영남, 중부 그리고 호남 지역에서 자체 기동하는 양수발전기와 여기서 전기를 받는 주요 발전기들 그리고 송배전망에 대한 계통이 지도 위에 자세하게 그려졌다.

"한전 매뉴얼도 스터디를 좀 해봤습니다. 블랙아웃, 행정용어로 '전계통 정전'이 왔을 때, '블랙스타트'에 대한 매뉴얼이 있습니다. 5개 권역별로 1차 자체 기동 발전기가 있고, 2차 우선공급 발전기가 있습니다. 댐만 열면 바로 자체 기동할 수 있는 수력발전인 양수발전기에서 가장 가까운 화력발전기까지 먼저 살린다, 여기까지는 이해가 되는데요. 발전기별로 주파수 동조발전은 누가 제어하고, 변전소 스위치에 개방 명령은

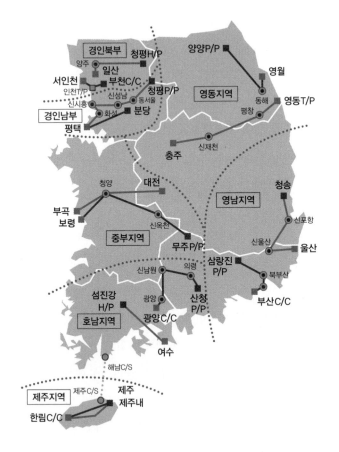

경인북부　청평H/P　　양양P/P

양주
서인천　일산　　　　영월
인천T/P　부천C/C
신시흥　신성남　청평P/P　영동지역
경인남부　화성　동서울　　동해　영동T/P
평택　분당　평창

충주　신재천

청양　대전　영남지역　청송

부곡　영남지역

보령　신옥천　신포항

중부지역　신울산

무주P/P　울산

신남원　의령　삼랑진
P/P

섬진강　광양　　북부산
H/P

호남지역　광양C/C　산청　부산C/C
P/P

여수

해남C/S

제주C/S　제주
제주지역　제주내

한림C/C

누가 하고, 이런 모순점이 생깁니다. 발전소가 한두 개도 아닌데, 그냥 돌리면 알아서들 발전기끼리 사이클이 맞춰지나요? 어쩌죠?"

강선아가 심각한 표정 대신 웃으면서 말했다.

"예전에는 다 그렇게 했지만, 요즘은 좀 어렵죠. 하나하나씩 동조발전하면서 계통에 들어오는데, 중앙 제어 없이 그중에 하나라도 문제 생기면, 다시 처음부터 출발하겠죠. 중앙급전소든, 누구든, 계통 제어를 안 해주면 시스템 부팅 자체가 안 되죠, 요즘 체계에서는."

"네, 그럴 겁니다. 그래서 국감 답변으로 한전에서 블랙아웃 이후 회복되는 데 20일가량 걸린다고 답변한 거 아닌가, 우리는 그렇게 보고 있습니다. 동조발전과 그리드 제어는 기술적인 문제라고 할 수 있는데, 우리 분석에 의하면 좀 더 행정적인 문제가 있습니다. 치명적이죠. 엔지니어들이 발견하기 좀 어려운, 이게 더 심각할지도 모르죠."

정성진이 전혀 다른 질문을 던졌다. 한국전력공사 비상 매뉴얼의 계통 제어 문제에 대해서는 당인리팀도 어느 정도는 알고 있었는데, 전혀 생각하지 못한 다음 질문으로 넘어가면서 당인리팀 사람들의 웃음기가 사라졌다. 정성진이 다음 슬라이드로 넘기자, 전계통 정전 상황에서의 비상기구 조직도와 함께 중앙급전소의 비상행동 요령이 화면을 가득 채웠다.

※ 전계통 정전 시 전력거래소는 급전통신 설비를 사용하여 각 지역별 송전사업자와 발전사업자를 호출하여 전계통 정전을 통지

※ 송전사업자와 발전사업자는 전계통 정전을 통보받으면 황색차단기를 즉시 투입, 그 이외 전 차단기를 즉시 개방 조치 후 중앙급전소 보고

※ 발전사업자는 자체 기동 발전기를 기동 후 중앙급전소 보고

이게 무슨 말인지 알아들은 신동호는 머리칼이 쭈뼛 서는 공포를 느꼈다. 전기계통에 익숙하지 않은 하누리는 멍하니 보고 있다 조는 중이었다. 옆에 앉은 신동호가 하누리를 툭 치자, 하누리가 놀라서 깼다.

"전계통 정전이면 전력거래소도 죽고, 급전통신 설비도 죽는 거 아닙니까? 그런데 전력거래소가 자체 통신망으로 전계통 정전인 것을 호출해서 통지해야 발전이든 송전이든, 뭔가 알아서 조처를 하게 되어 있네요? 저도 이거 예전에 읽기는 했지만 자세히 보지는 못했었습니다. 이거 말이 안 됩니다. 발전사업자가 중앙급전소에 보고? 이 양반들이 지금 장난하나? 전력거래소가 살아 있으면, 그게 무슨 전계통 정전입니까? 이거, 심각하네."

이현주가 자신이 이해한 상황을 설명했다. 방 안 전체가 웅성거리기 시작했다. 한국전력공사 매뉴얼의 실수인가, 아니면 더 깊은 뜻이 있는 것인가? 집단적으로 멘붕 직전인 사람들 앞에 정성진이 더 심각한 이야기를 꺼냈다.

"행정 절차대로라면 전력거래소에서 정전 '통지'라는 것이 오기 전에 임의로 누가 이게 진짜 블랙아웃이다, 그렇게 판단하면 불법이 됩니다. 전력거래소가 죽어도 망하는 거고, 전력거래소가 살아도 급전통신 설비가 죽으면 망하는 거고. 여기에 더한 건……."

정성진이 잠시 숨을 들이쉬며 한 박자 쉬었다. 모두가 숨을 들이켰다.

"예를 들어, 태풍이나 지진이 충청도의 주요 송전선을 건드려서 블랙아웃이 오는 경우, 자연재해의 문제라서 행안부 장관이 국가위기관리위원회 위원장을 맡게 됩니다. 당연합니다, 자연재해인데! 나주의 전력거래소가 어떤지 우왕좌왕하는 동안, 세종시에서는 인명구조 할 계획만 열심히 짤 겁니다. 호남 지역은 산천 양수발전에서 광양복합화력으로 발전을 시작합니다. 이 양반들, 전기를 제일 먼저 나주로 보내줘야 하는데, 계획도 그렇게 안 되어 있고, 지휘체계도 그렇게 안 되어 있습니다. 이 상황에서, 누가 지휘하게 되겠습니까? 행안부, 세종? 청와대, 서울? 에너지나 전기는 아무것도 모르는 사람들인데요? 평상시 같으면 한전이 알아서 다 할 겁니다. 근데 만약 급전망까지 다 마비되는 진짜 블랙아웃이면요? 대략적으로 통신과 기반시설의 비상발전기가 아직 살아 있는 두 시간이 행정이 살아 있는 골든아워입니다. 두 시간, 그게 기술적으로나 행정적으로나, 뭔가 할 수 있는 마지막 시간입니다."

정성진은 군인들이 작전 브리핑하는 스타일로 짧게 요점만 말했다. 그렇지만 그 내용은 흔히 들을 수 있는 가벼운 내용이 아니었다. 강선아가 냉정을 되찾고 침착하게 질문했다.

"자, 정 박사, 아니 정 본부장님 지적하시는 내용은 봤으니까 알겠구요. 당인리 같은 발전소에 안에 비상용 계통 지휘 시스템을 만들고 싶다는 거죠? 이 상황에서 우리가 뭘 해드리면 되나요? 우리가 중앙급전소를 대체할 수는 없어요. 우린 한전 자회사예요."

"네, 강 팀장님. 중앙급전소 같은 전국을 대상으로 하는 비상 프로그램은 절대 아니고, 어디까지나 서울만 대상으로 하는 EMS 프로토콜과 그에 따른 컨틴전시 플랜을 생각하고 있습니다. EMS는 당인리 쪽에서, 컨틴전시 플랜은 저희가 맡겠습니다."

이론은 이론이고, 현실은 현실이다. 사업 범위에 관해서, 정성진이 좀 더 명확하게 규정을 했다.

"발전기 관리하는 스카다SCADA 파일이나 제어 프로그램 어드바이스 해줄 코딩 전문 업체는 저희 쪽에서 지원하겠습니다. 미국이든 캐나다든, 비용 상관하지 않고 저희 쪽에서 최고 업체들이 지원할 수 있게 도와드리겠습니다."

스카다는 Supervisory Control and Data Acquisition의 약자다. 발전기나 가정 등 전기와 관련된 기기에 외부에서 전산으로 진입할 때 현재 기기 상태를 알려주는 데이터 파일이다. EMS는 물론이고 스마트 그리드를 작동하게 하는 핵심 파일이다.

정성진이 이야기를 슬슬 정리하기 위해 좀 더 실무적인 이야기로 넘어가려는 순간, 깊이 생각하던 이현주가 질문을 했다.

"정 본부장님, 이거 진짜로 하면 우린 다 잘려요. 말이 좋아 중부발전이지, 우린 그냥 한전 자회사, 따까리예요. 우리 회사 주주총회에 산업부 사무관 한 명, 한전 기획실장, 그렇게 달랑 두 명이 대주주 대표로 들어와요. 한전이 싫어할 일 했다가는, 그냥 아작나요. 우리 회사 최대 주주는 정부와 한전입니다. 만약에 이걸 한다면 진짜로 목 걸고 하는 건데, 서울시의 최종 목표가 뭐죠? 우리도 뭔지나 알고 목숨을 걸어야 할 거 아녜요."

정성진이 최철규의 얼굴을 힐끗 봤다. 당황하는 기색이 전혀 없었다. 정성진은 크게 숨을 한 번 쉬고, 작은 보고서 하나를 흔들면서 천천히 입을 열었다.

"100퍼센트는 아니더라도 언젠가는 태양광과 풍력과 같은 재생에너지로 자립할 수 있는 도시가 되는 게 서울시의 최종 목표입니다. 뭐, '지속가능한 도시', 21세기 모든 도시의 꿈이겠죠. 거기까지 가기 전에 에너지 자립부터 하자, 이런 말입니다. 서울시 구청별로 하나씩 자기네 수요 감당할 수 있는 LNG 발전소를 만들면 전부 25개가 됩니다. 그 정도면 외부에서 전기 안 받고 자립할 수 있죠. 이 보고서 원저자가 바로 여러분들의 상사이신 한정건 처장입니다. 이거다 싶었습니다. 나중에는 이 LNG 발전소들을 관리할 서울시 자체 전력거래소도 만들고. 물론 이제 겨우 당인리와 목동 열병합 정도 확보한 거라서, 아직 기본 계획까지 논의할 단계는 아닙니다. 이 대리가 최종 목표 물어보시니까, 저희도 솔직하게 말씀드리는 겁니다."

당인리 발전소를 제외하면 전체 전력의 2퍼센트도 자체 생산하지 못하는 서울에서 구청별로 한 개, 총 25개의 LNG 발전기를 만들고 싶다는 정성진의 이야기는 당인리팀을 당황스럽게 만들었다. 이건 팀장이나 대리 차원에서 결정할 문제가 아니었다. 한국 전력산업의 배치 자체를 바꾸는 일이었다. 서울이 이렇게 자체 발전 모델로 가면, 당연히 원전에서 서울까지 오는 원거리 송전이 필요 없게 된다. 또한 서울과 경기도에 부족한 전기를 공급하기 위해 과잉 생산하고 있는 동해안과 부산의 원전들 그리고 서해안의 석탄화력발전소들이 필요 없게 된다. 그런데 자기네 사장 등 간부들은 이 일을 과연 어디까지 아는지. 하지만 이미 한다고 결정해놓은 상태였다.

잠시 어정쩡한 침묵이 흘렀다. 강선아나 이현주나, 아직 입을 못 열고 있었다. 그렇지만 일단 발을 들여놓는 순간, 프로젝트가 성공하든 실패하든, 거대한 소용돌이 안으로 빨려 들어가게 될 것이라는 사실은 직감하고 있었다.

"아마 아무도 제 의견을 묻지 않으실 것 같지만, 저는 이거 하고 싶어요. 사는 게 지겨워서 밤마다 게임도 하는데, 이건 게임보다는 분명히 더 재밌을 것 같아요."

하누리가 어느새 눈을 반짝거리면서 자기도 하고 싶다고 말했다. 조금 전까지 졸고 있던 하누리를 어처구니없다는 듯 쳐다보던 신동호도 자기 의견을 조심스럽게 이야기했다.

"제가 계통 제어는 잘 모르고, 에너지 믹스도 아직은 잘 모르지만, 폼은 날 것 같습니다. 어차피 따분한 발전소 일, 폼이라도 나는 거 하고 싶습니다. 이현주 대리님 하시는 일도 좀 더 도와드리고 싶고."

이현주가 신동호의 등짝을 아프지 않게 살짝 때렸다.

"신동호, 바로 잘리는 수가 있다니까. 고향에 계신 부모님 모셔야 할 거 아냐."

잠시 생각을 하던 강선아가 입을 열었다.

"이현주 대리. 이 친구들이 하고 싶다는데, 우리 이거 하자. 위험하기는 한데, 설마 서울시 일 하는데 감옥이야 가겠어? 그리고 딱 보니까 여기 정성진 박사, 장관은 몰라도 언젠가 차관은 한번 하시겠어. 우리가 행정은 전혀 모르잖아. 우리도 같이 공도 좀 세우고, 묻어가는 것도 한번 해보자! 설마, 그때 가서 모른 척하겠어?"

'풋!' 강선아의 과장스럽고 우스꽝스러운 어투에 이현주는 정말로 뿜을 뻔했다. 너스레를 떨면서 분위기를 부드럽게 만드는 강선아는 확실히 팀장이 되면서 조금 변한 것 같았다. 일부러 더 웃으려 하고, 좀 더 사람들을 편하게 해주려고 노력했다.

토정로 56
└ *엇갈리는 운명의 두 남자, 만나다*

한강을 앞에 두고 국가기반시설이라 인터넷 지도에는 흐릿하게만 나오는 넓은 시설물이 당인리 발전소다. 발전소의 옆면에서 정문을 지나 한강을 따라 좁고 긴, 3킬로미터가 넘게 이어지는 도로의 이름은 토정로. 토정로 56, 당인리 발전소의 공식 주소다. 《토정비결》을 만든 바로 토정 이지함이 이 근처에서 흙으로 된 움막을 짓고 간소하게 살았다고 길 이름이 그렇게 되었다. 그 옆의 작은 건물, 토정로 128은 한강이 바로 보이는 음식점과 카페로만 채워져 있었다. 건물 왼쪽으로 당인리 발전소 전경이 보인다. 발전소는 이미 가동을 시작했지만 오래된 화력발전기를 시민문화 공간으로 리모델링하기 위한 공사가 여전히 한창이었다.

창밖으로 전경을 유심히 쳐다보던 한정건은 천천히 위스키 한 잔을 목에 털어 넣고, 앞에 앉은 최철규에게 잔을 건넸다. 그는 말없이 잔을 넘겨받았다.

"서울시장특보. 그거 할 만합니까, 선배?"

최철규는 먼 산을 보면서 심드렁하게 대답했다.

"노는 것보다야 낫지. 잘 풀리면 서울시 자회사 사장 정도는 한번 하지 않겠어? 한 처장, 너도 너네 회사 사장은 한번 할 거 아냐?"

화들짝 놀란 한정건이 손을 내저었다.

"아닙니다. 그런 거 할 생각 있으면 예전에 청와대에서 오라고 할 때 갔죠. 전 이제 어깨싸움, 지겹습니다. 이 카페 주소가 토정로 128입니다.《토정비결》만든 바로 그 토정 이지함이 이 근처에서 움막 짓고 살았답니다. 보령이 고향이구요. 제가 지난달까지 보령 중부발전에 있다가 딱 옮겨오면서 직원들하고 처음 커피 마신 데가 여깁니다. 선조 때 벼슬했던 그도 어깨싸움 지겨웠겠죠. 목 안 날아가고, 맘 편하게 자기 명대로 살다가 죽었답니다."

잔을 한입에 털어 넣은 최철규가 한정건에게 잔을 넘기면서 말을 받았다.

"토정? 이지함? 지랄을 한다. 한 처장처럼 양지에서 좋은 물 먹고 쭉쭉 자란 사람은 한지에서 눈치나 보며 살다가 한 방에 날아간 나 같은 사람의 춥고 배고픈 세계는 절대 모르지. 움막 같은 쓸 데 없는 소리 하지 말고, 너도 공 세워서 중부발전 사장 해라. 그래야 나도 좀 묻어가서 어디 사장이라도 한번 하지."

잔을 넘겨받은 한정건이 빙긋이 웃었다.

"아이고, 선배도 머리 복잡하십니다. 저는 이제 그런 복잡한 거는 관심도 없고, 이제는 머리도 잘 안 돌아갑니다. 보령 애들 중에도 이제 저 따르는 애들 없습니다, 이젠 한물갔다고요. 보셨잖아요, 승진 밀려난 여자들 아니면 같이 일할 직원도 없는 거. 이젠 걔들 시키는 대로 얌전하게 지내면서 가늘고 길게, 딱 그렇게 살 생각입니다."

거짓말쟁이 여직원
└ 너한테 믿으라고 한 적 없다

당인리 계통팀의 텅 비어 있던 방에는 서버급 컴퓨터와 대형 모니터들이 빽빽한, 겉으로 보면 진짜 오퍼레이팅룸 같은 분위기가 생겼다. 물론 껍데기만 그랬다. 안에는 아직 아무것도 없었다.

"아니 근데, 이걸 그냥 납품받으면 되지, 왜 우리 보고 직접 만들라는 거야?"

늦은 밤, 익숙하지 않은 코딩 책을 들여다보면서 신동호가 투덜거렸다. 옆 자리에 앉아 있던 하누리는 들은 척도 안 했다.

"넌 사람이 말을 하면 대꾸하는 척이라도 해야지, 이거 참 재미없네."

"너, 나랑 연애하고 싶어? 왜 자꾸 쓸 데 없이 말을 걸고 지랄이야."

갑작스러운 하누리의 말에 신동호는 말문이 턱 막혔다. 하누리는 컴퓨터를 끄고 가방을 챙겨 자리에서 일어서면서 툭 던지듯 말했다.

"EMS, 말만 거창하지 대학생 장난이야. 그걸 뭘 돈 주고 만들어. 돈이 썩어나? 딱, 뻔한 건데."

"그게, 뻔하다구? 인간이 만든 시스템 중에서 가장 복잡한 시스템이라고 책에 나와 있던데."

신동호는 하누리가 한 이야기에 즉각 반박했다.

"지랄하네. 발전기에서 스카다 파일 받아서 5분에 한 번 연립방정식 최적화 모델 돌리는 게 다야. 학부생 팀스터디로 과제 내도 그 정도는 다 해. 공무원들이 지들 월급 처먹으려고 이것저것 다 비밀로 꽉꽉 묶어놔서 그렇지, 내가 만드는 게임도 그보다 몇 백 배는 더 복잡하다. 아주 폼들은, 지랄 맞게 잡고들 있어."

"이런 뻥쟁이가! 니가 혼자 게임을 만들어? 살다 살다, 이런 거짓말쟁이는 첨 봤네."

깊어가는 가을, 당인리팀은 오랜만에 홍대 앞 카페에서 커피를 마시고 있었다. 가을 햇살이 따뜻한 느낌을 주었지만, 주변은 이제 꽤 쌀쌀해졌다.

"팀장님, 저번에 목동에서 부탁한 시뮬레이션이에요. 확정은 아니지만, 대충 결과는 나온 것 같습니다."

도시에 가득 찬 설경에 빠져 있던 강선아와 이현주가 하누리의 이야기와 함께 문득 현실 속으로 돌아왔다.

"그래? 뭐가 제일 중요해?"

"시뮬레이션 민감도 테스트로는, 서울의 경우 신호등 붕괴와

도로 마비 등 도로 체계 확보가 회복탄력성에 가장 영향이 큽니다. 긴급도로 확보가 제일 중요하다는 얘기죠. 두 번째로는 통신 체계 확보. 결국 연락이 돼야 뭘 해 처먹든지 말든지, 결과가 그렇습니다. 그리고 세 번째는, 흔히 안 쓰는 사회경제 요소들을 넣어봤는데요…….”

하누리가 뜸을 들이자, 강선아가 궁금하다는 듯이 물어봤다.

“사건 발생 이후 지도부라 할지, 지휘부라 할지, 하여간 ‘커맨드 앤 컨트롤’ 요소가 세 번째로 민감하게 반응을 합니다.”

하누리의 말에 강선아가 신기하다는 표정을 지었다.

“정말? 그런 것도 시뮬레이션에 넣을 수 있어? 야, 진짜 신기하다. 지휘관이 바보냐 아니냐, 이런 걸 보자는 거 아냐?”

이현주도 하누리의 이야기에 살을 보탰다.

“그렇죠. 저도 직접 해본 적은 없지만, 외국 기업에서 벤짐 같은 거 가지고 경영 여건이나 조직 구조 같은 것을 시뮬레이션으로 한다는 얘기는 들은 적 있습니다. 그나저나 의외네요, 지도부 민감도가 그렇게 높게 나오다니.”

하누리가 차분히 대답했다.

“중앙형 시스템과 분산형 시스템 사이에 위기관리 패턴 차이가 좀 있습니다. 산업공학에서 많이 다루는 얘기예요. 우린 전형적인 중앙형이니까, 당연히 민감도가 높게 나오지요. 어쨌든 우리 전력 구조가 자율형 시스템은 아니죠.”

옆에서 조용히 지켜보던 신동호가 더 이상 못 참겠다는 듯 말을 꺼냈다.

"하누리, 얘 쌤 거짓말쟁이입니다. 입만 뻥긋하면 다 거짓말이에요. 지가 게임을 만든다고 하질 않나, 마라톤 대회에서 우승했다고 하질 않나, 온통 거짓말투성이입니다. 심지어는 나사에서 초청장이 왔었다고 해요. 그런 사람이 뭐 하러 여기서 이 월급 받고 일합니까? 일도 고된데. 영어 쓰기 싫어서 안 갔다는데, 이게 말이 됩니까?"

하누리가 차가운 표정으로 신동호를 쳐다보면서 말했다.

"내가 신동호 너한테 믿으라고 한 적 없다."

겨울 밤, 눈이 내린다. 당인리 계통실 사람들은 다들 먼저 퇴근을 하고, 어디론가 떠났다. 오늘은 신동호 혼자 자리를 지키고 있었다. 거대한 모니터에는 붉은 화면이 번쩍번쩍하고, '시스템 다운 위기'라는 팝업 창이 떠 있었다. 스피커에서는 '예비율 5퍼센트, 긴급 조치 필요'라는 안내 음성이 하누리의 목소리로 흘러나왔다. 신동호가 마우스로 여기저기를 클릭하지만 붉은색 화면은 계속해서 깜빡거릴 뿐이었다. 잠시 후 예비율 수치가 0퍼센트가 되고, '게임 오버' 로고가 떴다. 그리고 '신동호 선생, 방금 서울시 파워그리드가 복구 불가능한 상태가 되었습니다. 축하드립니다, 우하하', 화려한 오케스트라 음악과 함께 하누리의 목소리가 스피커로 흘러 나오면서 게임이 종료되었다. 그 순간 계통팀 문을 열고 화가 난 한정건이 들어왔다.

"신동호, 이게 너 게임하라고 깔아준 장비들인 줄 알아? 내가 창피해서 못 살겠다. 그리고 게임하려거든 볼륨이라도 좀 줄이고 해라. 건물이 다 울린다, 다 울려."

"처장님, 이게 그냥 게임이 아닙니다. 하누리가 '서울 파워그리드', 우리 하는 일 가지고 만든 시뮬레이션 게임입니다."

신동호가 흥분해서 이야기를 했다.

"이게, 네트워크 지원도 됩니다. 처장님도 같이 한번 해보실래요?"

"뭐? 이게 하누리가 만든 게임이라고? 진짜?"

한정건이 놀란 반응을 보였다.

벚꽃이 홍대 앞을 가득 메우는 봄이다. 밤공기가 아직도 찬데, 당인리의 작업실 방에는 불이 훤했다. 당인리 계통실에서 하누리가 만든 서울 파워그리드 게임 대격돌이 벌어졌다. 한정건과 신동호가 계통 방어를 하고, 강선아와 이현주가 돌발 변수들을 최소한의 비용으로 제어하면서 계통 공격을 했다. 오후에 갑자기 오른 온도 변수와 중부지방에서의 송전 선로 이상 그리고 한국전력공사 사장의 연애라는 지도부 변수를 결합한 공격에 방어팀이 무너졌다. 모니터에, 이제는 익숙해진 붉은 화면이 번쩍였다. '한정건, 신동호, 서울 파워그리드 방어에 실패했습니다. 게임 오버.' 하누리의 목소리가 스피커에서 흘러나왔다. 환성과 탄식이 교차했다. 그 옆에 서서 상황을 지켜보던 하누리는 게임의 이상 동작이나 부자연스러운 연결 등을 체크했다.

"야, 하누리. 이거 서울만 가지고 할 게 아니라 전국 버전, 코리아 파워그리드로 바꿔서 장사하면 안 되나? 우리 골방에서 이럴 게 아니라, 나가서 게임 회사 하나 차리자."

게임에 지고 모니터를 뚫어지게 바라보던 한정건이 입을 열었다. 한정건의 말을 듣자마자 다른 사람들이 킥킥 대고 웃기 시작했다.

"요즘은 다 모듈식이라서 DB랑 제어 계통만 손보면 일도 아니죠. 처장님, 장사하시고 싶으시면 이거 가지고 하셔도 돼요. 뭐, 발전사들 연결시켜서 방어하는 게임을 진짜로 자기 돈 내고 할 사람이 얼마나 있을지는 모르겠지만요. 영어 하는 거 싫어서 미국 나사도 안 갔는데, 제가 장사를 하겠어요? 전 맘 편하게 월급 받으면서 가끔 재밌는 거나 좀 하고, 지금 딱 좋아요."

하누리의 답변에 한정건은 할 말을 잃었다.

"서울 계통 제어 프로그램 '당인 1호'도 거의 완성되어가요. 그게 우리 월급 주는 진짜 일 아니에요? 처장님은 평생 중부발전에 뼈를 묻을 것 같더니, 돈 벌 욕심이 아주 없지는 않나 보네요. 게임 지더니 판단력도 흐려지셨나? 자, 쓸 데 없는 소리 마시고 게임 지셨으니 술이나 사세요."

이때 이현주의 핸드폰에 문자가 떴다. 문자를 확인한 이현주의 표정이 갑자기 어두워졌다.

"둘째가 아프대요. 미안, 저도 맛있는 거 먹고 싶기는 한데,

애 아파서 좀 들어가 봐야 합니다. 즐거운 시간 가지시구요, 여러분. 혹시 애 병원에 입원하게 되면 저 내일 휴가 낼지도 모릅니다."

미세먼지의 계절
└ 자기, 여기서 우리 일 얘기는 말자

봄이 오면 많은 사람이 즐거워한다. 그러나 봄을 즐기지 못하는 사람들도 있다. 벚꽃이 피면 미세먼지가 같이 온다. 황사가 오기 이미 한참 전부터 호흡기가 곤란한 유아와 어린이들은 비상상태가 된다. 좀 더 심해지면 스테로이드 계열의 강도 높은 호흡기 치료를 하기 위해 병원에 입원해야 한다. 폐렴은 약이 좋아져서 치료만 제때 하면 죽을 정도로 심한 병은 아니다. 연달아 폐렴에 걸려도 큰 문제는 없고, 오래 병원에 입원해도 상관은 없지만, 일단은 폐에 생긴 상처가 다 나은 다음에 다시 걸려야 한다. 폐에 생긴 상처가 완치되지 않고 계속 남으면 결국 천식으로 발전한다. 천식도 죽을병은 아니지만, 평생 어느 정도의 고통을 안고 살아가야 한다. 호흡기가 약한 아이가 있는 집은 이 시기, 초비상이 걸린다.

"병실이 여기밖에 없다네. 집에서 좀 멀기도 하고, 2인실이라서 비싸기도 해. 그래도 방법이 없어서. 애가 숨을 못 쉴 정도로 계속 재채기만 해. 난 이제 들어가 볼게, 교대."

2인실 병실 한쪽 자리에 앉아 있던 세영은 이현주가 도착하자 주섬주섬 큰아이의 손을 잡고 병실에서 나갈 준비를 했다. 링거 바늘을 꽂은 둘째의 두 손에는 큰 병원용 벙어리장갑이 끼워져 있었다. 주사가 아파서 아이들이 링거 바늘을 빼버리는 것을 방지하기 위해 보통 크고 두꺼운 장갑을 끼워놓는다.

둘째는 어려서부터 많이 아팠다. 처음 병원에 입원할 때가 엄마, 아빠, 그런 말들을 배울 시기였다. 아이는 엄마, 아빠 그다음에 배운 말이 '아파요'였다. 아무것도 모르는 어린아이지만, 살기 위해서는 필요한 말들을 간절하게 배운다.

"잘했어, 잘했어. 몇 년째 해마다 겪는 일인데, 방법 없지. 그래도 작년처럼 응급실에서 마냥 기다리다 병실 없다고 쫓겨나는 것보다는 이게 낫지, 뭐. 잘했어, 남편. 아들, 아빠 말씀 잘 들을 수 있지?"

세영이 주섬주섬 짐을 챙기면서 옆 침대의 보호자인 할머니에게 살갑게 인사했다.

"심 여사님, 저 먼저 들어가 봅니다. 내일 아침에 큰애 어린이집 보내고 다시 오겠습니다."

여사라는 호칭이 잘 어울릴 정도로 곱고 단아하게 나이를 먹은 할머니였다.

"그래. 또 봐요, 세영 씨."

병석에 누워 있던 여섯 살 여자아이가 살짝 깨 눈을 뜨면서 세영이 나가는 것을 바라봤다. 짧은 순간, 아이의 눈과 세영의 눈이 마주쳤다. 세영은 살짝 웃으면서 손을 흔들어 인사했다.

"혜민아, 아저씨 간다. 내일 아침에 또 봐. 한자 놀이 내일 아침에 또 해줄게. 푹 자."

목이 아파 목소리를 내기 어려운 혜민이는 '잘가요, 아저씨', 입만 벙긋거리면서 링거를 꼽지 않은 왼쪽 손을 살포시 흔들었다. 졸려서 눈을 깜박거리고 있던 큰아이도 혜민에게 손을 흔들었다.

세영과 큰아이가 병실 문을 닫고 집으로 돌아갔다. 이현주는 회사에서 하던 일을 좀 더 정리하기 위해 노트북을 꺼냈다. 그렇지만 영 어색하고 불편했다. 세영이 떠나고 잠시 후, 심 여사로 불리는 할머니가 돌보고 있는 옆 침대 아이에게도 교대해줄 사람이 왔다. 정성진이 병실 안으로 피곤한 표정을 누르면서 들어왔다.

"어, 정 본부장님 아니세요? 여긴 따님?"

"야, 반갑다, 이 대리. 우리가 인연은 인연인가 보네, 이렇게 다 만나고. 좋다, 좋아. 여기가 아프다는 그 둘째 아들?"

공교롭다면 공교로운 일이다. 서로 일하는 파트너끼리 아이들 간병을 위해 병원에서 밤을 지새우게 되는 일이 흔하지는 않다. 인생의 많은 것을 섞게 되는 친구 사이라면 사생활을 굳이 가리려는 것이 더 피곤한 일이다. 그렇지만 일하면서 만난 직장 파트너, 그것도 서로 다른 회사라면 이런 만남이 오히려 더 불편할 수도 있다. 아줌마가 되면 강해지고, 엄마는 더 강해질지도 모르지만, 피차 월급 받고 일하는 회사 파트너, 병실에서 옷도 편하게 갈아입기 어려울 수도 있다.

심 여사가 떠나고 두 아이와 두 엄마만 남은 공간, 잠시의 어색함이 흘렀다. 정성진이 먼저 그 어색함을 깼다.

"이 대리, 우리 그냥 서로 말 낮출까? 어차피 우리, 서로 나이도 같잖아? 안 그래도 진작부터 친구로 지내자고 하고 싶었어. 괜찮겠지?"

"뭐, 저야, 어차피 직급도 실무자라 큰 상관없습니다만, 다른 사람들이 불편해할 것 같은데요. 직장이라는 게 아무래도……."

아무래도 이현주는 좀 더 조심스러울 수밖에 없었다.

"남들이 뭔 문제야, 우리만 편하면 되지. 자기네는 며칠 입원이야?"

아직은 어색하지만 이현주도 같이 말을 낮췄다.

"음, 음. 응, 일단은 이틀. 언제나 같지. 내일은 휴가 냈어. 남편이 큰애 어린이집 보내려면 방법이 없어."

"사정이 좀 낫네. 난 내일 아침에 엄마하고 교대하고 또 나가야 해. 휴가 같은 거, 도저히 낼 형편이 안 돼. 엄마도 이제는 나이가 많아서 힘드시고. 참, 나 좀 편한 옷으로 갈아입을게."

추리닝을 입고 편안하게 보호자용 침대에 걸터앉은 이현주를 보면서 아까부터 정성진은 정장 차림이 왠지 후덥지근하고 불편하다는 느낌을 받았다. 원래부터 정성진은 팻까지 챙겨 입는 스타일이기는 했는데, 작은 조직이지만 본부장이 된 이후로 옷에 더 많은 신경을 쓰게 되었다.

네 살, 여섯 살, 두 아이가 누워 있는 침대에는 크고 작은 전자장비들이 붙어 있었고, 파일럿 앰프와 각종 지시등들이 빼곡하게 불을 밝히고 있었다. 수액과 함께 치료액이 담긴 링거를 꽂은 두 아이는 잠시 잠이 들어 있지만, 밤새 자는 건 아니다. 불편하기 때문에 몇 시간에 한 번씩은 일어나서 칭얼대, 그때는 같이 놀아줘야 한다. 새벽이라도 산책을 시켜야 하는 경우도 있다. 호흡기 질환 아동은 숨 쉬는 게 힘이 들지만, 그렇다고 암환자처럼 하루 종일 누워 있는 건 아니다. 새벽 3시, 누가 먼저라고 할 것도 없이 아픈 두 아이들이 동시에 깨어났다.

"엄마."

혜민이가 아직 잠에서 덜 깬 목소리로 엄마를 불렀다. 애처로운 눈빛으로 이마를 만지면서 정성진이 딸을 안심시켰다.

"엄마, 여기 있어. 괜찮아, 우리 공주님."

새벽에 바퀴가 달린 스탠드에 링거 팩을 걸고 아이 둘과 엄마 둘이 잠시 산책에 나섰다. 힘들다고 생각하면 힘든 순간이고, 괜찮다고 생각하면 최악은 아니니까 괜찮은 순간이기도 하고, 우습다고 생각하면 이 또한 우스운 순간이기도 했다. 나이만 같지 정성진과 이현주는 사회적으로는 신분이 다르다고 할 정도로 차이가 많이 났다. 이미 본부장이 된 젊은 박사 그리고 아직 과장도 되지 못한 만년 대리. 한국 사회의 눈으로 보면 이 두 사람은 친구가 되기 어렵다. 그러나 병실에서 우연히 형성된 임시공동체. 두 사람은 지금 아이들의 고통스러운 순간을 같이 헤쳐나가고 있었다.

일행은 짧은 산책을 마치고 다시 병실 안으로 들어왔다. 아이들은 다시 새근새근 잠이 들었다. 창밖으로 비가 쏟아지기 시작했다. 병원 벤치에 앉아 잠깐 쉬면서 정성진이 입을 열었다.

"현주야, 그래도 전혀 모르는 사람하고 어색하게 있는 것보다 훨씬 좋다. 우리 병원도 같이 다니자."

아이의 잠든 얼굴을 잠시 지켜보던 이현주가 말을 이어갔다.

"그러게, 이러기 쉽지 않은데. 그래서 세상 혼자 사는 게 아니래나 봐. 우리 일은 잘돼가. 프로토콜 수준에서는 거의 마무리 단계야."

"어휴, 애 일로도 이미 머리 아파. 자기, 여기서 우리 일 얘기는 말자, 너무 힘들어."

어색함을 피하기 위해 회사 일로 입을 여는 이현주의 말을 정성진이 가로막았다.

"자기야, 나 이혼한 얘기 해줄까? 재미없는 얘기지만……."

평소에는 기계적이고 기능적으로 요점 중심으로만 말하던 정성진이 묻지도 않은 자신의 삶에 대해 이야기하기 시작했다. 막 봄비가 추적추적 내리기 시작했다. 6월 어느 새벽, 병실에서 아줌마들의 수다가 제대로 터졌다.

남자들과 여자들이 우정을 만드는 방식이 조금 다를까? 다른 나라는 좀 다를지도 모르겠다. 21세기 초반, 한국의 남자들은 자기가 하고 싶은 이야기를 하고 그걸 들어주는 사람과 친구가 된다. 한국의 여자들은 상대방이 듣고 싶은 이야기를 먼저 꺼내고, 리액션이 마음에 드는 사람과 친구가 된다. 리액션이 서툴거나 익숙하지 않은 한국 남자들은 여성과 우정을 나누기가 쉽지 않다. 남자들은 상대의 말에 대꾸하는 대신, 연거푸 술잔만 비운다. 그들만의 리액션 방식이다. 그러나 정이 통하지는 않는다. '화성 남자와 금성 여자'라는 말이 괜히 나온 것이 아니다.

청와대 근처 일식집
ㄴ 내셔널시큐러티, 알또 못해!

2020년, 장마철이 지나자마자 아침나절에도 30도에 육박하는 더위가 돌아왔다. 당인리에서 송배전 관리를 위한 프로그램 프로토콜 개발이 마무리 단계로 넘어갈 즈음, 청와대 과학기술비서관이 산업비서관과 에너지담당관에게 어느 고급 일식집에서 술을 사는 일이 생겼다. 아무리 돈이 많아도 괜히 심심해서 술을 사는 일은 거의 없다.

술 접대를 할 때는 약간의 법칙처럼 된 요령이 있다. 일 때문에 사는 경우에는 제일 비싼 메뉴에서 한 칸 내려간다. 제일 비싼 걸 얻어먹었다고 하고 싶은 사람은 없다. 불편하다. 반대로 친한 친구에게 술을 살 때에는 맨 밑에서 하나 위로 올린다. 아무리 친한 친구라도 제일 싼 걸 먹고 싶은 사람은 없다. 그렇지만 이건 기본 요령이고, 정말로 간곡한 부탁을 할 때에는 가격이 '실비'라고 적힌 것 중에서 제일 비싼 걸 산다. 서로 부담스럽지만, 부담스러우라고 사주는 경우, 이렇게 한다. 자연산 도미 종류들이 보통 이 기준에 맞는다. 맛있어서 먹는 게 아니다. 일 때문에 먹는다. 한국의 중년들, 이 방법 외에 다른 부탁하는 방식을 아직 잘 모른다. 오늘은 오후에 남해안에서 바로 공수되어 온 자연산 돌돔이 술상에 올랐다. 주방장의 강력 추천이다. 그만큼 비싸다.

"맨날 얻어먹기만 하고, 이제야 이렇게 한번 모시게 되네요."

과학기술비서관이 산업비서관에게 잔을 채워주자, 산업비서관은 받자마자 바로 잔을 채우고 다시 넘겼다.

"카하. 맛있네요. 업자 끼고 술 먹던 시절이 좋았지요. 참 재밌었는데요."

산업비서관이 웃으면서 잔을 받았다.

"업자라니요? 저희 과학계에서는 이제 그런 말 안 씁니다. 파트너, 정책적인 관계에서도 우리는 서로 파트너라고 부릅니다. 파트너끼리 술 한잔도 서로 나누지 못해서야, 신뢰감이 생기겠습니까? 우리 산업비서관님과 좋은 관계를 가지고 싶어 하는 파트너들 많습니다. 산업과 기술의 파트너십, 좀 추천해드릴까요? 한국이 인맥사회라, 과학계도 인맥 서포트 없이는 현실감이 좀 떨어지게 됩니다. 디시전 메이커 보고 싶어 하는 파트너들, 옛날의 업자들과는 질적으로 다릅니다. 자기나 먹고 살자는 로비가 아니죠."

산업비서관이 크게 웃었다.

"그렇겠지요, 아무렴요."

다시 잔을 비운 산업비서관이 수행차 따라온 에너지담당관에게 잔을 넘겼다.

"너도 한 잔 받아."

"네."

에너지담당관은 두 손으로 잔을 받자마자 바로 마시고 다시 산업비서관에게 잔을 돌려줬다. 지금은 그렇게 거칠게 술을 마시는 데가 많이 없어졌지만 산업계는 여전히 거칠게 술을 마신다. 특히 에너지 쪽은 더 거칠고, 그중에서도 전기 쪽은 여전히 거칠게 술을 마신다.

한 잔씩 급하게 잔이 돈 후, 산업비서관이 다시 과학기술비서관에게 잔을 넘기면서 물었다.

"저, 차관 나가신다는 얘기가 있던데."

과학기술비서관은 당연하다는 듯이, 크게 놀라지 않는 표정으로 말을 받았다. 비서관은 실장급이기는 하지만, 최근에는 청와대에 있다가 바로 부처 차관으로 가는 일이 종종 벌어졌다. 청와대가 점점 더 강해진다는 말이 괜히 나온 것은 아니었다.

"네, 아마 그럴 것 같습니다. 그래서 나가기 전에 처리할 일이 있어서 이렇게 뵙자고 했습니다."

"제가 처리할 일이요? 뭐든 말씀만 하세요. 차관님 부탁 들어드리는 게, 영광이지요. 영양가 없는 놈들이 부탁하는 게 싫지, 우리 차관님 부탁이야 언제나 환영입니다. 말씀만 하십시오."

높은 자리에 올라간 고위 공무원들은 많은 경우 자신과 일하는 사람에게 '입속의 혀'처럼 달착지근하게 들러붙는 재주가 있다. 그건 능력의 유무와는 상관없이, 살아남기 위한 기술이고, 오래 신어 발에 딱 맞는 구두와 같다. 하루에 세 번 양치를 하고, 화장실에 갔다 오면 손을 닦는, 그런 일상적인 기본 에티켓과 같은 것이다.

"큰일입니다. 요즘 과학기술은 신경도 안 쓰고, 다들 정치만 너무 신경 써요. 이미 들으셨을 수도 있지만 서울시장이 정치에 눈이 멀어서 그런지, 마포에서 이상한 짓을 하나 봅니다. 원전 쪽 우리 파트너들이 아주 불편해하고, 걱정들을 하나 봐요. 가스 가지고 대체 뭘 하겠다는 건지, 쯧쯧. 다 정치입니다, 정치!"

"서울시장이? 야, 뭐 들은 거 없어?"

산업비서관은 입에 회 한 점을 크게 집어넣으며 옆자리에 앉은 에너지담당관에게 물었다. 청와대 산업비서관은 에너지에 대해 물론 일반인보다는 실제로 엄청난 전문성을 가지고 있지는 않다. 다만 정부 직제가 그렇게 되어 있어서 겸직을 하고 있을 뿐이다. 전문성도 떨어지지만, 무엇보다도 장관까지 승진하는 데 에너지 쪽 전문성이 별 도움이 안 되어서 아무래도 신경이 덜 가게 마련이다. 냉정하게 이야기하면 산업부 고위 관료에게 에너지 분야는 잘 알 필요는 없고, 대충 아는 척만 할 수 있으면 된다.

"작년 서울시장실에서 서울화력본부 준공식 때 VIP 참석 요청이 와서, 그건 정치적 오해가 있어 곤란하다고 답한 적은 있습니다. 제가 대신 갔었죠."

"아이고, 잘하셨네. 그 새끼들이 별 지랄들을 다 떨었군요. 뭐 알아서 잘 처리하시겠지만, 원자력은 산업 이전에 과학의 문제고, 국방의 문제이기도 합니다. 내셔널시큐러티! 그런 놈들은 알또 못 해! 탈핵이고 뭐고 지랄하는 것들이 거기 숨어서 쥐새끼 짓을 하고 있어요."

산업비서관은 금세 상황을 파악했다. 그리고 과학비서관이 무슨 부탁을 하고 싶어 하는 것인지도 알았다. 에너지도 원별로 복잡한 이해관계가 얽혀 있는데, 단일한 로비 능력으로는 역시 원전 쪽이 최고였다. 도와줘서 나중에 득이 되는 일이 있고, 도와줘 봐야 별로 득이 안 되는 일이 있다. 원전 쪽은 도와주면 득이 되고, 괴롭히면 뒤끝이 있는 곳이었다. 굳이 비교를 하면 현대자동차와 삼성전자보다 원전 쪽의 로비력이 더 뛰어나고, 더 끈적끈적했다. 게다가 과기부 쪽 차관 정도랑 손을 잡는 것은 이익이 되면 되지, 손해 볼 일은 없는 거래였다. 판단이 끝나면, 술 마시다가 맞장구 정도 쳐주는 건 아무 일도 아니었다.

"그렇죠! 정치만 하는 것들은 과학도 몰라, 기술도 몰라, 경제도 몰라, 산업도 몰라. 거기다 국제정치도 모르고, 내셔널시큐러티는 아예 개념도 없죠. 나라를 지켜야 국민이 있는데, 아는 건 지 표밖에 없어요, 쯧쯧."

산업비서관에게서 딱 듣고 싶은 대답을 들은 과학기술비서관은 만족스러웠다. 그는 두 사람의 잔을 채웠다.

"그렇죠. 자, 건배. 역시 산업계랑 과학기술계가 얘기가 잘 통합니다. 요즘 지방정부 하는 일이 너무 아마추어 같아서 큰일입니다."

같이 건배를 하는 에너지담당관의 표정이 그렇게 밝아 보이지만은 않았다. 차관으로 떠나는 비서관이 남은 다른 비서관에게 한 간단한 부탁, 해도 그만 안 해도 그만이었다. 에너지담당관은 아직 행정 절차는 잘 몰랐다. 그러나 길지 않은 시간 동안 그가 지켜본 산업비서관이 얼마나 냉정한 인간인지, 넌더리가 날 지경이었다.

"기왕에 약속하는 거, 제대로 처리하겠습니다, 차관님. 지금이 여름입니다. 제가 눈 내리기 전에 차관으로 면목이 서실 수 있게 싹 정리해드리겠습니다. 제가 또 국감은 거의 아트처럼 하지 않습니까? 나중에 저도 차관 나갈 때, 잘 부탁드립니다."

"그것도 좋네요, 하하. 암요 암요. 꼭 보답하지요, 그게 순리고요."

국감장
└ 거의 아트에 가까운 화려한 퍼포먼스

2020년, 가을이 오고, 국감의 계절이 왔다. 한국 권력의 상층부에 있는 몇 사람이 부산하게 움직였다.

공기업들은 하루에 몰아서 순서대로 짧게 국정감사가 이루어진다. 부처와 달리 한 시간 내외로 짧게 이루어진다. 풍경은 익숙한 국정감사장 풍경 그대로지만 에너지 쪽 국감은 TV에 거의 나오지 않고, 신문에도 단신 정도로만 실린다. 그렇지만 한국의 운명을 가르는 중요한 사건들이 종종 이런 작은 자리에서 벌어지고는 한다.

중부발전 사장은 마이크가 달린 책상에 긴장한 채 앉았다. 이준원 기획본부장 등 회사 주요 간부들이 옆에 배석했다. 그 끝에 한정건도 앉았다. 국회의원 김익준이 먼저 마이크를 잡았다.

"중부발전은 전기 발전사 자격을 갖춘 한전 자회사 맞습니까, 사장?"

"네, 그렇습니다."

너무 당연한 것을 물어서 그런지 사장은 '그런데요?' 하고 토를 달고 싶은 것을 가까스로 참았다. 그도 이 자리까지 오면서 이골이 나도록 국정감사를 겪었다. 나른한 오후, 긴장이 풀어지는 느낌이었다. 그러나 이 뻔한 질문이 순양함에서 날린 토마호크라는 사실을 모르고 있었다. 함정에서 날린 토마호크는 바로 사장의 폐부에 와서 꽂혔다.

"그런데 요즘 전력계통망인, 그리드 운용에 대한 무허가 팀을 운용하고 있다는 얘기가 있습니다. 엄연히 그건 한전 산하의 전력거래소 업무입니다. 이런 어처구니없는 일 하면서 한전이나 전력거래소하고 사전에 상의하신 바가 있습니까?"

기획본부장인 이준원이 황급히 뛰어가서 사장에게 귓속말로 뭔가를 이야기했다. 사장이 표정 관리를 하면서 천천히 대답했다.

"네, 그건 서울시의 연구용역을 받아 서울화력발전본부의 계통 안전을 점검하는 차원에서 진행되는 작은 연구사업입니다."

사장은 짧게 답변을 했다. 그러자 김익준의 두 번째 토마호크가 날아들었다.

"연구사업? 당신 지금 나랑 말장난해? 현업 부서가 무슨 그리드 안정성 연구야? 서울시 연구용역? 당신들이 서울시 산하기관이야? 이거 공기업 업무 분담 위반이고, 월권이에요. 당신이 한전 사장이야? 서울시 시장이야? 아주 웃기고 자빠지셨어."

사장은 숨이 턱 막히는 느낌이 들었다. 땀이 흐르기 시작했다. 그러나 곤경은 여기에서 끝나지 않았다. 위원회 내에서 강성파로 유명한 국회의원 정무식이 의사진행 발언을 신청했다.

"위원장님, 의사진행 발언 있습니다. 제 질의사항과 일부 겹치는 부분이 있네요. 운영상 제 질의도 지금 이어서 해도 될까요?"

위원장이 짧게 사무적으로 대답했다.

"김익준 의원님께서 동의하신다면요."

"저는 더 좋습니다. 기왕 의사진행 발언 나온 김에 관련된 질의하실 의원님들이 더 계시면 아예 한번에 이 문제 처리하고 가시는 게 어떨까요, 위원장님?"

김익준 의원의 제안에 위원장이 다른 국회위원들의 의견을 물었다.

"중부발전의 연구용역 건에 대해 추가로 질의하실 의원님들 계신가요?"

다섯 명의 손이 올라갔다. 그 손을 보는 사장의 얼굴에 당황하는 빛이 떠올랐다. 위원장은 질의 순서를 조정했다. 정무식의 질의가 시작되었다.

"존경하는 위원장님, 국감 순서 변경을 이해해주셔서 감사합니다. 질의하겠습니다. 중부발전 사장, 그리드 운용에 발전 자회사가 이래라 저래라, 그런 건 심하게 잘못된 일입니다. 어디까지나 더 좋고 싸게 전기를 만들어서 전력거래소에서 거래하는 게 우리 시스템 아닙니까? 그런데 발전 자회사가 계통에 관여하겠다는 건, 물건 파는 사람이 이제는 사는 것도 하겠다는 건데, 이건 독과점 시장에서 매점매석을 하겠다는 거 아닙니까? 이런 일이 어떻게 자유 대한민국에서 벌어질 수 있는 겁니까?"

정무식의 주장은 억지에 가까웠다. 그러나 이곳은 국감장이다. 피감기관의 기관장은 절대약자다. 여기서 밉보이면 기관 운용이 힘들어지고, 예산도 제대로 확보하기 어려울 뿐더러, 기관장도 자리를 지키기 어려워질 수 있다. 국회에서 문제를 일으킨 기관장은 이사회를 통해 언제든 경질할 수 있다. 사장의 등에는 땀이 비 오듯 흐르기 시작했다. 그래도 답변을 해야 했다.

"그런 전력 구매 등 계통 운용 전반에 관한 게 아니라, 저희는 계통 안정성을 검토하는 연구 시뮬레이션 차원에서……."

옆 자리에 있던 국회의원 민기식이 서류 몇 장을 흔들면서 사장의 말을 중간에 잘랐다.

"연구 시뮬레이션? 이거 안 될 사람이네. 이 서류 좀 봐요. 위원장님 죄송합니다만, 저도 한 가지 추가해야겠습니다. 피감기관이 지금 위증 사항이 심합니다. 당신들, 그리드 운용만이 아니라 서울시 블랙아웃 컨틴전시 플랜에도 관여하고 있는 거 아냐? 여기 서울시 자료에 당신 회사 이름이 왜 나와?"

순간 국감장에서 웅성거리는 소리가 들리기 시작하고, 기자들의 카메라 플래시가 민기식이 흔드는 서류를 향해 터졌다. 민기식이 질책성 발언을 이어나갔다.

"블랙아웃 이후 컨틴전시 플랜, 이게 무슨 말입니까? 이거 무슨 후쿠시마처럼 지진이라도 나서 원전이라도 폭발하거나 혹은 테러로 송전망에 대규모 사고가 와서 전국적인 정전이 온다, 이런 말 아닙니까?"

사장은 쏟아지는 비난에도 상대적으로 침착하게 답변을 이어나갔다. 아마 그가 내용을 전혀 모르는 낙하산이었다면, 이

상황에서 멘탈이 붕괴해 국감장은 바로 난리통이 됐을 것이다.

"블랙아웃, 행정용어로는 전계통 정전이 발생하는 이유는 많습니다. 이유와 상관없이 저희 중부발전의 당인리 발전소가 서울시 전력의 20퍼센트를 담당할 수 있게 설계된 것이 애초에 위기 시에 서울시의 최소 안전을 담보하기 위한 행정적 필요 때문인 것으로 알고 있습니다. 정책적으로 유관기관 협의가 다 이루어진 것입니다. 그 정도는 당연히 저희 발전소가 검토해야 할 업무 범위라고 생각합니다."

민기식이 중부발전 사장을 하등 동물 보는 것처럼 경멸스럽게 쳐다봤다.

"시는 시 의회에서 조례를 만들어 움직이는 거고, 당신네 공기업은 본사든 자회사든 국회가 만드는 법에 따라 중앙정부의 지휘에 따라서 움직이는 거고. 명령과 위계 체계가 전혀 다른 겁니다. 이 양반이 행정 체계를 하나도 모르네. 어이 거기, 귓속말 하는 양반. 당신은 뭐야? 당신이 담당이야?"

"네, 중부발전 기획본부장 이준원입니다."

"그래? 차라리 당신이 한번 답변해보쇼. 사장은 말귀를 못 알아들으니까. 누가 저런 행정 무식쟁이를 사장으로 앉혀 가지고서. 서울에 있으면 서울시 지시받고, 그럼 본사는 보령에 있으니까 보령시장 지시를 받겠네. 이거야 원."

모욕과 멸시, 무시하면서 욕하는 것을 모멸이라고 한다. 민기식은 지금 국감을 빙자해 중부발전 사장에게 최대한의 모멸감을 주고 있었다. 보통 이럴 때에는 정부를 옹호하는 여당 쪽 국회의원들이 피감기관 편을 들고 나서지만 오늘은 그런 것도 없었다. 셋업, 함정이다. 이준원은 어떻게 사태를 수습해야 할지 판단을 못 하고 머뭇거리고 있었다. 민기식의 발언은 계속됐다.

"서울시 문제는 서울시 국감에서 따로 얘기할 테지만, 여기서 이건 짚고 넘어가야겠습니다. 전력 시스템이 불안하다느니, 블랙아웃이 와서 전국적 정전이 올 수도 있다, 이런 게 일상 생활하는 국민들에게 얼마나 큰 불안감이고 협박인지, 본부장 당신은 알 거 아냐?"

민기식의 발언이 이준원을 향했다. 그렇지만 피감기관 간부가 괜히 말실수라도 했다가는 더더욱 수습하기 어려운 상황으로 내몰리게 된다. 이준원은 버텼다. 민기식의 말은 점점 더 강해지고, 도끼처럼 공기를 갈랐다.

"본부장! 서울시장이 나중에 대통령 되면 청와대에 한자리 챙겨준다고 합디까? 공기업이면 공기업답게 품위와 공정성을 지켜야지, 어디서 대선판에나 기웃거리고 다녀? 이러라고 국민들이 당신들 연봉 챙겨주고 있는 건 줄 알아요?"

극심한 모멸감에도 사장은 호흡을 가다듬어보려 했지만, 되레 목소리가 가늘게 떨렸다.

"사고 발생부터 전계통 정전, 블랙아웃까지 대략 8초에서 20초 걸립니다. 그 순간에 사람이 할 수 있는 게 없습니다. 당연히 비상시의 컨틴전시 플랜을 마련하는 게 서울에 있는 전기 생산자가 국민 안전을 위해서 해야 할 최소한의 의무라고 생각합니다."

그 순간 의원회관 내에서 독사라는 별명을 가지고 있는 언론인 출신 국회의원 최세경이 책상을 치면서 자리에서 일어나 외치기 시작했다.

"어이, 사장 양반. 그건 정부인 산업부, 국회의 우리 산업자원위원회가 할 일이야. 어서 한전 발전 자회사 따위가 끼어들어 국가 안전을 따져. 당신 돈 거 아냐? 이러니까 당신들이 정치권에 줄 대고 있는 거 아니냐고 지금 동료 의원들이 지적하는 거 아냐? 말 나온 김에 더 따져볼까? 당신들, 결국 LNG 쪽 사람들 아냐. 블랙아웃이니 태양광이니 분산형이니 어쩌구 하면서 원전이 위험할지도 몰라요, 이거 위험해요, 국민들 협박하는 거 아냐? 안전, 안전, 그러면서 결국 내셔널시큐러티, 바로 국가안보를 위험하게 만드는 거라고, 지금! 국민 안전? 웃기고 있네. 결국은 원전 없애고 자기들 자리 더 늘리겠다는 자리싸움 하는 거 아냐? 내 이 건, 한전 사장이랑 서울시장한테 꼭 따져 물어야겠어. 옛날 같았으면, 이건 한성판윤 역모야, 역모! 이것들이 아주 놀구 자빠졌어."

다시 기자들 플래시가 터지기 시작했다. 더 이상 국감을 진행하기 어려울 정도로 장내는 어수선해졌다. 진행을 맡고 있는 위원장이 의사봉을 연달아 내리쳤다.

"모두 정숙해주시기 바랍니다. 이 사안의 진행은 간사들끼리 협의해서 다시 진행하도록 하겠습니다. 한국중부발전 2020년 국정감사, 잠시 정회를 선포합니다."

원래는 한 시간 남짓으로 계획된 자회사 국정감사가 파행으로 정회하면 사실 그걸로 국감 종료인 경우가 많다. 줄줄이 뒤의 일정이 있기 때문에 다시 열기가 쉽지 않다. 15~16개 위원회에서 동시에 국감이 진행되고, 작은 자회사에서 무슨 사건이 벌어졌는지 언론도 거의 다루지 않는다. 《전기신문》 같은 전문지에 짧게 언급될 뿐이다. 정회를 하면 수비 쪽이 지고, 공격 쪽이 이긴다. 설명이나 해명을 할 기회 자체가 봉쇄되고, 그걸로 상황 종료. 뒷수습? 그 뒤부터는 행정이 아니라 로비의 영역이다. 줄 게 있으면 주고 살아남는 거고, 줄 게 없으면 더 힘 센 곳의 처분을 기다리는 수밖에 없다. 신문에 나지 않고, 당연히 사람들도 거의 모르는 이날의 국정감사는 기획자의 시선으로는 거의 아트에 가까운 화려한 퍼포먼스였다. 게다가 소리 소문 없이 딱 필요한 부분만 도려내는, 정밀 타격의 최고봉이었다.

다시 보령
└ 애들은 또 키우면 돼

중부발전 국정감사 때 계통 문제를 집중적으로 다룬 국회의원은 여섯 명이었다. 그 정도면 한국전력공사와 전력거래소 등 관련된 상급기관 역시 초토화시키는 데에 충분했다. 그나마 좀 다행은, 산업통상자원위원회가 아닌 행정안전위원회에서 진행되는 서울시 국감에서는 서울시가 사전 조율을 잘해서, 나름 선방했다는 사실이다.

국감 후폭풍은 거셌다. 가을 내내 중부발전 기획라인은 이준원의 지휘 아래 사태를 무마하는 데 총력을 기울였다. 무마가 될까? 첫눈이 내리기 전, 상황은 어느 정도 마무리되어가는 것 같았다. 이준원의 방으로 한정건이 찾아왔다.

"바쁜 사람, 보령까지 오라 가라 해서 미안해. 이해하지?"

"바늘방석입니다. 네, 어떻게 수습은 좀?"

이준원이 가볍게 웃으면서 대답했다.

"장사 한두 번 해보나. 한전 애들이 아주 지랄발광을 하드만. 아휴, 완전 내가 욕받이야, 욕받이. 원전 쪽에서 청와대 쑤셔서 난리 친 건데, 자기들까지 똥물 튀었다고."

잠시 안도한 얼굴의 한정건이 짧게 질문했다.

"사장님은 좀?"

"그 양반 수완 좋대. 청와대랑 싹 다 한 바퀴 돌고 나서, 국감 때 좀 터졌다고 그만두는 건 보기 안 좋으니까, 임기는 채우기로 합의 봤어. 어차피 임기 말이라, 얼마 남지도 않았고. 연임이야 어렵겠지만, 아주 모양새 사나운 꼴은 피했어. 그 양반은 알아서 잘할 텐데, 니가 문제야 니가."

한정건은 침을 꿀꺽 삼켰다.

"사퇴하겠습니다."

한정건이 사퇴라는 말을 꺼내자 이준원이 미동도 하지 않고 사무적인 어조로 이야기했다.

"사퇴? 뭘 사퇴해? 니가 정치인이야? 니가 무슨 선출직이나 정무직이야? 넌 그냥 공기업 처장이야. 암 것도 아냐. 네 목 내놓으라고 진짜 난리였는데, 내놓으라고 그냥 내놓을 거면 뭐 하러 이 일 시작했겠어! 버텨야지. 나중에 니 한전 동기들한테 술이나 한번 사라. 걔들이 지금 딱 본부장, 처장급이야. 동기 정건이는 좀 빼자, 그렇게 됐어. 국회의원들 난리치는 것도 걔들이 적당히 무마하기로 했고."

한정건이 자리에서 일어나 창밖으로 펼쳐진 보령 시내를 쳐다봤다. 잠시 크게 한숨을 쉬고 입을 열었다.

"흔적 안 남기고 몸 사린다고 부하직원들이 절 여우라고 부릅니다. 쪽팔려서 이짓도 더는 못 하겠습니다."

"원래 간부는 좀 여우짓도 하고 그러는 거야. 간부가 돌격대처럼 뛰어다니면 결국 부하들이 전멸해. 니가 잘하고 있는 거야. 그냥 팀 정리하고, 팀장 날리는 선에서 쇼부 보기로 했어. 싸게 치르는 거지. 우리, 길게 보고 가자고. 넌 그냥 니 일 해, 지저분한 일은 내가 대신 해줄게. 너도 겪어봐서 알겠지만 대정전, 진짜 온다. 니 동기들도 다 그 걱정이야. 전기밥 좀 먹은 사람들, 그 정도는 지금 다 알잖아? 애들은 또 키우면 되고, 팀원은 또 뽑으면 돼. 그렇지만 한정건은 또 못 만들어."

한정건은 쉽게 입이 떨어지지 않았다. 이준원이 자리에서 일어나 한정건의 어깨를 두드리면서 말했다.

"정건아, 너 잠시 인도네시아 좀 나가 있어라. 현지 사업 긴급지원으로 해놓을 테니까, 나가서 좀 놀다 와라. 사장 그만둘 때까지만이라도. 뭔 불똥이 튈지 몰라. 너도 겪어봐서 알겠지만, 청와대 애들, 뒤끝 있다."

그렇게 추웠던 겨울을 한정건은 뜨거운 인도네시아 자카르타에서 보내게 됐다. 그리고 청와대의 뒤끝은 전력거래소로 튀었다. 별 특기할 이유 없이 아직 임기가 남은 전력거래소 이사장이 경질성으로 교체되었다. 그가 추진하던 중앙급전소 상비인력 확충과 백업 시스템 정비 같은 사업도 중단되었다. 새로운 전력거래소 이사장? 여의도에서도 쉽게 보기 힘들 정도의 '개새끼'가 오게 되었다. 수많은 '개새끼'들이 모여 '개좆' 같은 나라가 만들어진다.

첫눈 내리는 밤
└ 괜찮아, 괜찮아

사람들은 정성진에게 남자로 태어났으면 장군감이라는 이야기를 종종 하고는 한다. 하나마나한 이야기다. 그녀는 장군이 되고 싶은 적도 없었고, 리더가 되고 싶은 적도 없었다. 아버지가 해병대 장군이었다. 그렇지만 어른이 된 후로는 아주 가끔 보던 아버지와의 사이가 그렇게 좋은 편은 아니었다.

그녀는 장군은 물론이고 군인 자체를 별로 안 좋아했다. 그래도 평생 군인이었던 아버지는 어머니 심 여사가 우아하게 살아갈 수 있을 정도의 돈은 충분히 남겨주셨다. 돈에 대한 걱정이 없이 산 그녀는 좀 더 가정적인 남자를 원했다. 그러나 그녀는 결국 아버지처럼 능력 있고, 잘생겼고, 아주 매력적인 사람과 결혼을 하게 되었다. 치명적으로 매력적인 사람이 가정적일 가능성은 그렇게 많지 않다. 그녀의 남편은 젊은 여자들을 너무 좋아했다. 어지간하면 맞춰보려고 했는데, 병적으로 젊은 여자들을 좋아했다. 도저히 참고 같이 살 수가 없었다. 그래도 그는 딸을 끔찍하게 사랑했다. 재산 분할 과정에서 딸을 위한다는 명목으로 꽤 많은 재산을 넘겨주었다.

정성진은 일부러 그렇게 산 것은 아니지만, '재수 없다'는 이야기를 여성들에게 자주 들었다. 괜히 남자 상사들이 싫어하는 이현주와 달리, 정성진은 힘 있는 남자 상사들이 괜히 좋아하는 경우가 많았다. 그렇지만 정성진은 그런 거 별로 신경 안 썼다. 가끔 호흡기 질환을 앓는 딸과, 그 딸을 돌봐주느라 노년의 넉넉한 삶을 누려보지도 못하는 어머니 심 여사에게 늘 미안할 뿐이다. 정성진에게는 돈과 재주가 있지만, 시간이 없었다.

그런 이유일까? 정성진은 강선아 이현주와 일을 할 때면 이유 모를 편안함을 느꼈다. 이들도 자신들 안에 아픔이 조금

씩은 있겠지만 역시 대표적으로 재수 없는 여성 캐릭터들이다. 결혼 안 한 거, 승진 조금 늦는 거, 무슨 상관이냐. 자기가 결혼을 안 한 건데, 뭐. 승진 조금 늦는 거? 엄청나게 자상하고 아픈 애도 보살피고 살림도 잘하는 착한 남자랑 살면서, 공부도 하고 운동도 하고, 전문직 엔지니어로 사는 거, 그것도 왕재수 캐릭터다. 상사들이 싫어하는 거? 한정건은 절대적으로 이현주를 믿었다. 그럼 된 거 아닌가?

한동안 정성진은 행복했다. 간만에 자기 삶이 자기 것인 것 같고, 뭔가 중요한 일을 새롭게 만들어나가는 행복감을 느꼈다. 청와대의 병신 같은 몇 놈이 국가를 위한 일을 이렇게 망치는 것을 알면서도 막지 못하는 자신이 한심해 보였다. 모르면 좀 나을 수도 있다. 국감 때 바로는 몰랐어도, 그 후에는 이렇게 저렇게 주워들은 이야기들로 무슨 일이 벌어졌던 건지 퍼즐을 맞췄다. 청와대 과학기술비서관과 산업비서관 사이에 모종의 거래가 있었던 것 정도까지는 이해했다. 물론 이해한다고 해서 마음이 편해지는 것은 아니었다. 같이 일하는 동료들이 떨어져 나가는 것을 지켜보면서 벌레 수백 마리가 내장을 기어 다니며 살 속을 파고들어 가는 것 같은 고통을 느꼈다. 그래도 웃어야 했다. 오늘은 눈, 첫눈 내리는 날이다. 의미는 없지만, 사람들은 첫눈을 좋아한다. 게다가 강선아가 당인리 계통팀 팀장을 내려놓고 제주도로 떠나는 환송회다. 웃어야 한다. 정성진은 다시 소주잔을 털어 넣었다.

"야, 제주발전본부 연구역이면 정말 아무 일도 안 하고 노는 자리야. 좋은 거야. 북제주 해변, 전망 끝내줘. 돈 주고라도 가고 싶은 자리야."

강선아가 새로 채운 소주 한 잔을 바로 비우면서 이야기를 이어나갔다. 평소의 그녀답지 않게 내내 하이톤이었다.

"너희들 탄원서 준비해준 거 고마웠다. 좀 도움이 되었어. 그거랑 내가 제주도 가는 거랑 합쳐서 계통팀을 경영지원2팀으로 팀 이름만 바꿔서 유지하기로. 잘됐지?"

"그건 알고 있구요. 사장 짤려, 팀장 짤려, 다 짤린 와중에 팀 껍데기만 유지해서 뭐 해요. 하여간 한정건 이 여우 새끼, 이 난리 통에 지만 혼자 인도네시아로 싹 토꼈어. 하여간 간부 새끼들은 믿을 게 못 돼."

이현주도 살짝 취기가 도는 모양인지 음색이 조금 높아졌다.

"야, 이현주. 니가 뭐라 뭐라 하는 그 간부 새끼들이 너 과장 승진시키고, 팀장 발령도 낸댄다. 축하해, 경영지원2팀 팀장님!"

급작스러운 이현주의 승진 소식에 환호 소리가 들리고 잔이 부딪쳤다. 기쁨은 늘 잔혹한 슬픔 뒤에 오는 것일까? 그리고 그 기쁨이 진짜 기쁨일까? 그래도 팀장이 떠난다고 다 같이 우울해하면서 누군가 우는 것보다는 이렇게라도 잠시 기쁨을 나누는 것이 나을지도 몰랐다. 그렇게 시끌벅적한 순간, 정성진이 말없이 자리에서 일어나 걸어가기 시작했다. 다리가 살짝 휘청거렸다. 혼자서 술을 너무 많이 마셨다. 옆자리에 앉아 있던 이현주가 다급하게 자리에서 일어나 정성진을 부축했다.

화장실로 향한 정성진은 변기를 부여잡고 토하기 시작했다. 몇 달 전부터 배 속에서 기어 다니던 벌레들이 쏟아져 나오는 것 같았다. 지켜보던 이현주가 정성진의 등을 두드렸다.

"괜찮아, 괜찮아. 우리 다 너무 힘든 시간들을 보냈어."

정성진이 변기에 머리를 댄 채로 아무 말도 없이 고개를 끄덕였다. 정성진은 눈물을 참느라 어깨가 들썩거렸다. 크게 울고 싶지만, 그렇게 우는 법을 배운 적이 없었다. 그녀는 토하는 법도 배운 적이 없었다. 술 먹다가 토하는 건 태어나서 처음이었다. 이혼하고 힘든 과정에서도 술 한 번 마신 적이 없었다. 가끔씩 집에 오는 그녀의 군인 아버지는 맨정신으로 돌아오는 날이 거의 없었다. 정성진은 많은 부분에서 아버지를 닮았지만, 술만은 닮지 않았다.

두 사람은 시끌벅적한 술집 바깥으로 나와 찬바람을 맞았다. 눈이 점점 더 굵어져 함박눈이 되었다. 모사꾼들의 도시, 서울도 눈이 내리는 밤에는 아름답다. 보도블록 위에 쌓여가는 눈처럼 삶에도 가끔은 기억들이 쌓인다. 눈이 아름다운 것처럼, 기억들도 지나면 아름다운 것이 된다. 아픔, 사회생활은 좋든 싫든 몸에 아픔을 새겨넣는다. 아주 오랜 시간이 지나면 그 아픔들도 추억처럼 기억 속에서 미화된다. 그래서 우리가 한평생을 살 수 있는 것이다.

대선과 총선과 모사가들의 시간이 흘러갔다. 대통령도 바뀌고 서울시장도 바뀌었다. 30대 후반의 여성들이 40대 초반으로 나이를 먹었다. 몇 년이 흘러갔지만 본질적으로 한국의 구조에 큰 변화가 생겨나지는 않았다. 특히 안전과 같은 경우에는 아무것도 변하지 않았다. 세월호 구간이었던 인천항과 제주항 사이를 오가는 페리호는 경제성을 이유로 다시 중고 배가 투입되었다.

그날,
기다려도 전기는 오지 않는다

아내가 가장 아름답던 순간

"선생님, 그날 얘기를 시작해볼까요? 아마 우리 모두가 그날의 기억이 있을 겁니다. 전 일산에 있던 집에서 간만에 쉬다가 그날을 맞았습니다. 8년 전 일이지만, 아마 그날의 그 순간을 영원히 못 잊겠죠. 누구보다도 생생하셨을 것 같은데, 선생님의 그날은 어땠나요?"

진행자가 대본을 뒤적거리면서 질문을 했다. 세영은 잠시 머릿속의 기억을 더듬었다. 그날, 그에게도 잊히지 않는 그 순간의 기억이 있다.

"2020년 겨울, 강선아 팀장이 제주도로 떠난 뒤, 아내는 저녁 때 다시 태권도를 시작했어요. 정성진 박사와는 단짝 친구가 되었고요. 보령 시절에는 발전기에만 붙어 있다가, 서울 와서는 정말로 일만 했었어요. 그리고 국감 이후로는, 아내의 일정에 태권도가 하나 더 들어갔습니다. 몇 년간 태권도 연습을 하더니 결국 시합에 나갔습니다. 그래 봐야 생활 태권도 대회기는 하지만. 막 준결승 게임을 이겼을 때였어요."

세영이 긴 생각에 잠기면서 말이 이어지지 않자 흥미롭게 듣던 진행자가 다시 질문을 했다.

"그때가 그 순간이었나요?"

세영이 가벼운 미소를 지었다.

"애들 낳고 생활하면서 아내는 일하느라 바빴고, 저도 애들 보면서 동화책 쓰느라고 정신이 하나도 없었습니다. 둘째가 툭 하면 아팠으니까, 더 그랬죠. 그날 정말 간만에 태권도 시합에 나가서 한 게임 한 게임 치르면서 결승까지 올라가는 아내가 정말 아름답다고 생각했습니다. 공기업에서 남자들에게 치여 살면서 생긴 뭔가가 터져 나오는 것 같았습니다. 자신이 정말 원하는 걸 최선을 다해서 하고 있을 때, 그 사람이 눈부시게 아름다워 보이는 거, 그런 거 있지 않나요? 아내랑 결혼하기로 마음을 먹던 날……."

세영의 대답은 진행자가 만난 수많은 유명 인사들보다는 훨씬 사적이었고, 훨씬 낭만적이기도 했다. 그녀는 주변에서 '아름답다'는 단어를 쓰는, 더군다나 '아내가 아름답다'고 말하는 사람을 본 기억이 거의 나지 않았다

"아내가 정말 아름다워 보였다는 말씀, 정말 멋지군요. 들으면서 저도 문득 가슴이 뭉클해졌습니다. 저희 남편은 그런 말

한 적이 한 번도 없습니다."

이현주네 식구가 보령에서 서울로 온 지 몇 년이 흘렀다. 세영의 앨범에는 눈부시게 빛나는 하얀색이 많은 몇 장의 페이지가 있다. 세영은 망원렌즈 너머로 보이는 아내의 모습을 담기 위해 정신없이 사진기의 셔터를 누르던 그 순간을 떠올렸다.

아주 더운 8월 어느 날, 작은 실내 체육관에서 일반인들이 참여하는 생활 태권도 대회가 열렸다. 준결승전, 수세에 몰리던 이현주가 짧은 올려차기 공격을 연속해서 상대편 얼굴 쪽에 성공시키며 완전히 공격 모드로 전환했다. 3점, 2점 다시 3점, 연달아 점수가 올라가서 순식간에 상대방 점수를 넘어섰다. 앙칼지게 공격하던 상대방이 잠시 주춤거렸다.

"엄마, 조금만 더!"

두 아들이 자리에서 일어나 함성을 지르기 시작했다. 마스크를 쓰고 정성진에게 기대어 있던 딸, 혜민도 마스크를 벗고 자리에서 박수를 쳤다. 혜민은 큰아들과 동갑이고, 제일 친한 친구 사이였다. 혜민 옆에는 그의 엄마 정성진 그리고 외할머니인 심 여사도 같이 앉아 있었다.

"이모, 한 번 더. 한 번만 더!"

세영은 정확한 순간을 포착하기 위해 연신 셔터를 눌렀다. 뷰파인더에는 재역전을 위해 큰 동작으로 찍어차기를 시도하는 상대편을 예리하게 지켜보는 이현주의 얼굴이 망원렌즈를 통해 또렷하게 잡혔다. 찰칵. 삶에서 더 아름다운 순간이 있을 수도 있지만, 세영이 찍었던 사진 중에서는 이 사진이 가장 아름다운 것으로 남게 된다. 화려한 아름다움이다.

날카롭게 상대를 지켜보던 이현주가 순간 '얏' 하는 짧은 기합과 함께 스프링처럼 다리를 팅기며 앞으로 전진하던 상대의 얼굴에 뒤후려차기를 적중시켰다. 순간 바닥에 쓰러진 상대방, 일어나기 쉽지 않아 보였다. 큰 동작의 카운터 뒤차기가 뛰어들어오던 상대방의 얼굴에 제대로 맞았다. 최근 태권도에서는 얼굴 타격 배점이 점점 높아졌다. 쓰러진 상대방, 일어날 수가 없다. 이현주, KO승!

아이들은 물론이고 많은 사람이 환호하면서 일어났다. 결승 진출!

"이현주. 최고야, 최고!"

정성진이 벌떡 일어나서 열광적으로 박수를 쳤다. 꼭 무슨 올림픽이나 전국체전 같은 데에서 이겨야만 몇 배로 즐겁고, 그런 건 아니다. 생활 체육의 매력이 있다.

많은 사람이 일제히 일어나서 환호성을 외치는 순간, 짧고 굵게 체육관 건물이 흔들렸다. 그리고 20초쯤 지난 후 체육관 조명들이 꺼졌다. 동시에 에어컨도 작동을 멈췄다.

"정전이다!"

세영이 체육관의 꺼진 조명을 보면서 낮은 목소리로 소리쳤다.

"침착, 침착. 기다립시다."

누군가 침착을 외쳤다. 사람들은 그 목소리를 따라 "침착, 침착!", 같이 외쳤다. 보통의 경우는 기다리면 전기가 다시 돌아온다. 물론 전기가 다시 돌아오지 않더라도 그 상황에서 개인들이 할 수 있는 것은 많지 않다. 잠시 핸드폰을 본 정성진이 세영을 쳐다보면서 급히 말했다.

"세영 씨, 비상 상황인 것 같네요. 정전 끝날 때까지만 혜민이랑 엄마랑 현주 집으로 같이 데려가주세요. 혜민이가 어제오늘 좀 호흡이 안 좋기는 해요. 현주랑 저랑, 사무실 급히 가봐야 합니다. 진짜 큰 정전이면, 두 시간밖에 없어요. 혜민아, 엄마 간다. 삼촌이랑 할머니 말씀 잘 듣고."

아픈 데도 엄마와의 즐거운 일요일 외출을 즐기던 혜민이는 금방 울 것 같은 표정이 되었다. 그러나 익숙한 일이라서, 속으로 눈물을 참았다. 그런 딸을 바라보던 정성진은 딸을 껴안고 등을 두드려주었다.

"자, 여기 현주 가방입니다. 식구들은 걱정 마세요, 제가 애들 잘 봅니다."

세영이 황급히 현주의 옷이 들어 있는 스포츠 가방을 정성진에게 넘겨주었다.

"네, 잘 부탁드립니다, 세영 씨."

정성진은 가방을 받아들자마자 코트 위로 뛰어 올라가서 아직 지쳐 누워 있는 이현주를 일으켰다.

"비상이야, 사무실로 가자."

"지진이었지, 금방?"

이현주가 일어나면서 묻자, 정성진이 가방을 건네면서 말했다.

"나주에 지진이 온 것 같아."

"나주? 중앙급전소?"

이현주는 정성진에게 건네받은 가방을 어깨에 둘러매고 태권도 도복을 입은 채 주차장으로 뛰어갔다.

그날
└ 말 잘 듣는 사람들의 공화국

> 그날 몇 건의 교통사고로 몇 사람이
> 죽었고 그날 시내 술집과 여관은 여전히 붐볐지만
> 아무도 그날의 신음 소리를 듣지 못했다
> 모두 병들었는데 아무도 아프지 않았다
>
> – 이성복, 〈그날〉 중에서

'그날'이라고 불리는 아주 특별한 날이 있다. 적당히 때우는 방식으로 유지되던 한 국가 밑에 도사리고 있던 총체적 모순이 일시에 터져 나온 바로 그 순간을 '그날'이라고 부른다. 그리고 한국에 사는 대부분의 사람에게는 그들의 인생에서 절대로 잊지 못할 날이 되었다.

한국전쟁 이후로 이렇게 많은 사람이 한꺼번에 식구를 잃은 적이 없었다. 70년대 초반, 보릿고개가 사라진 이후로 한국 사회는 열량의 과잉 섭취를 걱정하게 되었다. 그날, 전국 대부분의 국민들이 마실 물과 당장 먹을 음식을 구하기 위해 몸부림쳤다. 삐삐와 PC통신이 시작된 이후로 통신은 의식주만큼 중요한 것이 되었다. 통신 단절은 젊은 사람들에게 최초의 전면적 공포를 불러일으켰다. 그리고 70년대에 아파트와 국민주택을 중심으로 수세식 변기가 전면적으로 도입된 이후, 전국적 규모로 사람들이 배변 시설을 확보하지 못해서 삶의 고통을 느낀 적은 없었다.

그날 아침에는 전라남도 광주 근처에서 가벼운 지진이 발생했다. 물론 그것도 드문 일이라서 뉴스에 잠깐 나오기는 했지만, 그게 본 지진이 오기 전에 발생하는 예진이라는 것을 심각하게 고민한 사람은 거의 없었다. 진짜 지진은 오후 3시경, 나주에 왔다. 31층짜리 한국전력공사 본사 건물, 그 건물 정중앙 아래가 건국 이후 최대 지진의 진앙지가 될 거라고 생각한 사람은 아무도 없었다.

한국전력주식회사, 이 회사가 박정희가 한국 통치의 기반으로 삼은 핵심 공기업 중 하나였다. 1961년 5.16 이후 조선전업주식회사, 경성전기주식회사, 남선전기주식회사 등 세 개 발전회사를 국유화하는 '전업 3사 통합설립준비위원회'가 생겨난 것이 6월 8일이었다. 정치깡패 이정재가 군인들에게 체포되어 사형 판결을 받은 것이 5월 21일, 그 직후에 벌어진 일이다. 군인들은 신속했다. 세 개의 발전 회사를 합병하는 모든 행정 조치를 완료해서 한국전력주식회사법이 공포된 것은 6월 23일이었다. 쿠데타 이후 두 달도 되기 전에 모든 일이 완료되었다. 그리고 군인들이 통치의 기반으로 삼은 농협을 농업은행과의 합병으로 지금처럼 만든 것은 8월의 일이었다.

박정희가 발전 3사를 통합하면서 만들어낸 한국전력공사. 이곳은 한국의 전력산업 그 자체이기도 하며, 모든 것을 총괄 지휘하는 곳이다. 주식회사로 출발을 했지만 사장 임명은 국무회의 의결을 거쳤다. 그나마도 거치적거린다고 민간 지분을 전부 정부가 매입해서 완벽한 공기업으로 바꾼 것은 전두환이었다. 박정희 이후로 군인들과 민간인 등 다양한 대통령들이 한국전력공사 사장의 임명권자였다. 그렇지만 그 사이 크게 바뀐 것은 없었다.

건물 꼭대기 층에 있는 사장실, 주인은 가끔만 이 자리에 왔다. 게다가 일요일 오후, 누군가 있을 확률은 없었다.

한국전력공사 본사 지하 정중앙에서 발생한 지진과 함께 아래층들은 좀 버텼지만, 위층의 흔들림은 더 커서 아예 바닥이 함몰되어버렸다. 유리창이 깨지고, 위에서 콘크리트 더미들이 밀려 내려왔다. 주인 없이 엉망진창이 되어버린 사장실. 주말에 서울로 올라갔던 이 방의 주인은 다시는 이 방으로 돌아오지 못했다.

나주 한국전력공사 본사, 그 건물 아래가 나중에 나주 대지진이라고 불리게 될 사건의 최초 진앙지가 될 것이라고 생각한 사람은 아무도 없었다. 그러나 가끔 우리의 생각을 뛰어넘는 일이 벌어지기는 한다.

한국전력공사 본사 건물도 심하게 피해를 입었지만, 인명 피해가 크지 않은 것은 당직자 일부 외에는 근무하는 사람이 거의 없는 일요일이었기 때문이다. 그렇지만 전기 지도부 아니 전기 권력자들이 있는 본사 건물과 달리, 전력거래소 등 주변 건물들은 실제 공사 과정에서 설계치 만큼 튼튼하게 지어지지 않았다. 게다가 중앙급전소의 상황실은 2층짜리 부속 건물에 들어가 있었다.

지진과 함께 중앙급전소 건물이 크게 흔들리면서 아예 건물이 내려앉았다. 대형 모니터와 컴퓨터 등 장비들은 콘크리트 잔해 옆에 군데군데 흔적으로만 보일 뿐이었다. 현장에서 한국의 전력 송전과 배전을 총괄하는 지휘관인 상황실장도 콘크리트 더미 어느 곳에 깔렸다. 1분 전까지만 해도 한국의 모든 발전소의 송전과 배전을 5분마다 한 번씩 최적화시키던 컴퓨터의 EMS 프로그램도 지진과 함께 허공으로 날아갔다.

전국의 발전기마다 자신의 상태를 표시해주는 개별 스카다 파일에 더 이상 중앙급전소의 송수신이 오지 않았다. 그래도 중앙 계통 없이 공조발전은 몇 분간 유지되었다. 아무도 제어하지 않았지만, 지진 이전의 균형값대로 전국의 발전기들은 돌아갔

143

다. 하지만 지진이 나주 인근 지역의 송전탑 몇 개를 건드리면서 결국 과부하가 걸렸다. 오후에 기온이 올라가면서 사람들도 더 많이 에어컨을 틀기 시작했다. 그 정도야 컴퓨터가 새로운 균형값을 계산해서 다시 조정하면 그만이지만, 지진이 난 이 순간은 아무도 조정해주지 않았다.

공조발전에 물린 발전기들의 주파수가 높아지기 시작했다. 높아진 주파수를 견디지 못한 오래된 발전기나 불량 부품을 탑재한 발전기 등 정비 불량 발전기들이 허용 주파수 안에 있음에도 불구하고 고출력을 감당하지 못해 몇 개가 폭발하거나 자체적으로 정지시키고 계통해서 탈락했다. 겨우 버티던 발전기들도 나머지 부하를 전부 책임질 수가 없었다. 무거운 짐을 몇 십 명이 등에 이고 지고 가다가 겨우 한두 명이 넘어지자 전체가 다 넘어지는 것과 유사하다.

지진에 무너져내린 전력거래소 부속 건물에 있던 중앙급전소와 함께 나주로 들어오던 송전망도 같이 붕괴했다. 전쟁으로 비유하자면, 총사령부가 있는 지휘부가 방어는 물론이고 물류 등 보급에서도 우선순위가 가장 높아야 한다. 그런데 정작 총사령부의 방어가 가장 허술하고 취약한 상황과 같다. 임진왜란 때 서울을 지키는 도성의 경비가 그랬다.

전국에 전기 공급을 결정하는 계통은 중앙이 붕괴했고, 중앙으로 들어가서 혹시라도 시스템을 살릴 수 있는 외부전원이 들어올 송전로도 끊겼다. 그리고 자체적으로 부팅을 시도할 수 있는 비상전원 체계가 전혀 갖추어지지 않은 상태였다. 이런 것들이 모두 동시에 벌어질 가능성은 거의 없지만, 결정적인 문제는 그 믿음, 바로 그곳으로부터 나온다. 모든 비상 체계가 서울에 있던 시절에 만들어진 것인데, 나주라는 새로운 여건에서 이런 것들이 다시 만들어지지 않았다.

지진이 자주 발생하는 일본은 시스템 구성이 안전을 최고 목적으로 하고 있다. 그래도 불안하다. 여러 국가로 나뉘어져 있고, 지방자치가 발달한 유럽은 분산형을 통해서 안전 목표를 달성한다. 군사 정권 이래 OECD 국가에서는 유래가 없을 정도의 중앙형인 한국에서는? 설마 효율성이 시스템 목표? 그럴 리가 있나. 안전과 효율성, 이런 건 보고서 서문에서나 가끔 나오는 말이다. 안전하다, 효율적이다, 이런 건 다 그냥 하는 말이다. 한국의 에너지 시스템은 군사정권 시절 퇴역한 장군들과 그들의 운전병을 고용하는 것이 1차 목표였고, 민주화 이후에는 집권 세력의 낙하산 수치 극대화가 진짜 목표다. 정치만 아는 바보들이 사장으로 가는 정도가 아니라, 바보라야 사장 자리까지 갈 수 있다. 바보들이 일을 잘 못할지는 몰라도, 말은 기가 막히게 잘 듣는다. 바보들의 줄서기를 우리는 충성심이라고 부른다. 안전? 아직 우리는 안전을 위해서 최선을 다 하는 공화국이 아니다.

당인리 계통 탈락
└ *퍼펙트 스톰에 대처하는 법*

그날 오후, 마포의 당인리 발전소에는 두 대의 LNG 메인 발전기들이 가동 중이었다. 발전소 내부의 기기들과 배전 등을 제어하는 오퍼레이팅룸에는 일요일 당직을 맡고 있는 오퍼레이터와 이제는 대리로 승진한 신동호가 선임 위치에서 모니터를 보며 자리에 앉아 있었다. 아무 예고 없이 벽이 흔들릴 정도의 충격이 생기자, 놀란 두 사람이 서로를 쳐다봤다.

"꼭 술 취한 것 같은 느낌입니다, 대리님."

오퍼레이터가 바닥이 흔들리는 느낌에 농담을 했다. 신동호도 가볍게 웃었다. 그렇지만 그의 눈은 상황 모니터에서 떨어지지 않았다. 잠시 후 웃음기를 거둔 오퍼레이터가 다급하게 외쳤다.

"신 대리님, 발전기 헤르츠가 올라갑니다. 너무 빠릅니다."

60, 60.2, 60.4, 60.6, 모니터에 계기판의 숫자가 미세하지만 조금씩 올라가고 있었다. 중앙급전소가 지진으로 붕괴한 직후, 전국의 모든 발전소 지휘를 맡은 사람들은 같은 고민 속에 들어가 있었다. 공조발전은, 60헤르츠라는 한국에서 채택하는 발전소 주파수에 모든 발전기가 같이 움직이는 상황을 말한다. 이 상황에서 같이 움직이던 발전기 하나가 빠지면 그만큼의 부하를 나머지 발전기들이 나누어 받으면서 출력을 올리게 된다. 그

러나 그 부하가 너무 심해지면 남아 있는 발전기들이 설계상으로 허용할 수 없는 범위까지 올라가게 된다.

이 순간, 오퍼레이터들은 갈등에 빠지게 된다. 특히 어느 정도 규모가 되는 발전기 오퍼레이터들은 더 그럴 것이다. 계통에 자기네 발전기가 계속 물려 있으면 결국 기기의 어디선가 고장을 일으키거나 허용치를 넘어가지 않기 위한 자동제어가 개입한다. 블랙아웃은 오고, 자기 기계도 지키지 못하게 된다. 그렇다고 자기네 발전기를 계통에서 임의로 빼버리면? 기계는 지킬 수 있지만, 자신의 판단이 블랙아웃의 원인이 될 수도 있다. 나중에 행정적으로 엄청나게 큰 책임을 지게 될 수도 있다. 가만히 있으면 발전기를 지키지 못한 책임을, 기기 탈락을 시켜도 대정전의 결정적 원인 제공을 한 책임을 지게 된다. 어쩌라고! 전국의 모든 발전기 오퍼레이트들이 이 순간 법률적 딜레마에 빠진다.

당인리 제어실의 선임인 신동호는 이 절박한 순간에 스스로 결정을 내렸다. 만약 이 발전기가 보통의 발전기였으면 그의 갈등은 조금 더 길어졌을지도 모른다. 그러나 당인리 계통팀인 그는 이 설비의 중요성을 잘 알고 있었다.

"빼! 당인리 1호기, 2호기, 긴급탈락!"

냄비에 라면을 끓이다 잠시 딴짓을 하면 물이 다 날아가고, 밀가루와 라면 스프가 타는 냄새가 진동하는 때가 있다. 그걸 발견하면 놀라서 제일 먼저 본능적으로 가스불부터 끈다. 긴급

탈락도 그와 같다. 냄비 타는 것 정도야 감수할 수 있지만 혹시라도 불이 나거나 자칫 지체하다가는 도시가스가 폭발하는 대형 사고가 벌어질 수도 있다. 그깟 라면 하나 끓여 먹는 일이지만 모든 사람이 지체 없이 불부터 끈다. 같은 일이다. 오퍼레이터는 긴급하게 계통과 연결된 발전기 분리 스위치를 눌러서 두 대의 발전기를 계통망에서 떼어 냈다. 발전기들은 여전히 돌아가지만 더 이상 만들어진 전기가 외부로 나가지는 않는다. 스위치를 누른 오퍼레이터의 손이 부들부들 떨렸다.

"당인리 1호기, 2호기 계통 분리 완료."

뒤에 무슨 일이 벌어질지는 모르지만, 일단 당인리의 발전기들은 살았다. 신동호는 안도의 한숨을 내쉬었다.

"일단은 발전기 출력 최대로 낮추고 아이들링 모드, 스탠바이 유지."

계기판 옆에 전화기 한 대가 놓여 있다. 나주와 통화하기 위한 급전 통신망이다. 신동호는 급전용 전화기를 들었다. 뚜뚜, 신호가 갔다. 아직 선은 살아 있었다. 그러나 전화를 받지 않았다. 급하게 모니터 옆에 붙어 있는 비상연락망을 훑어보고 핸드폰 번호를 눌렀다. 역시 받지 않았다.

"야, 중앙급전소가 전화 아예 안 받는다. 진짜 비상이네."

순간 방의 조명이 꺼졌다. 그렇지만 계기판에는 여전히 불이 들어왔다. 발전기에 연결된 비상 전기 공급 장치인 UPS가 작동을 시작한 것이다. UPS는 정전으로부터 컴퓨터 서버를 보호하기 위한 일종의 대용량 고급 배터리다. 주요 발전 설비에는 정전 시 기기 손상을 막기 위한 UPS가 달려 있다. UPS는 용량이 작아서 발전 시스템 외에 조명 등 기타 시설에는 전기를 공급하기 어렵다.

"정전이다!"

잠시 후, 비상발전기인 디젤발전기가 자동으로 가동되었고, 당인리에 전기가 공급되기 시작했다. 제어기와 모니터 등 필수 기기에만 들어오던 전기가 다시 발전소 전역에 공급됐다. 비상발전기가 돌아가고 있으니까 발전소 자체적으로 내부에 전기를 공급할 수 있기는 하다. 발전소는 안정성을 위해 다른 모든 주요 시설과 마찬가지로 별도의 비상발전기를 가지고 있다. 보통은 두 시간 정도의 디젤이 확보되어 있지만, 비상용은 비상용일 뿐이다.

제일 먼저 태권도 도복을 입은 채 가방을 맨 이현주가 뛰어 들어오면서 숨을 고를 사이도 없이 물었다.

"대정전이야?"

"아직은 모릅니다. 매뉴얼 상으로는 전력거래소에서 급전통신 설비, 바로 이 전화기로 '전계통 정전'이라고 선언이 오면, 대정전 비상 행동의 권한을 우리가 갖습니다만, 지금은 급전통신망 연결 자체가 안 됩니다. 규정상으로, 우리가 자체적으로 지금 할 수 있는 건 없습니다."

이현주가 오퍼레이팅룸 안의 TV를 켰지만 나오는 방송이 없었다.

"전계통 정전 오면 제1 재난방송인 KBS가 가장 먼저 보도할 거라고 하더니, 전부 다 나갔네. 공평하네, 공평해."

하누리가 핸드폰에서 눈을 떼지 못한 채 숨을 고르며 뛰어 들어왔다.

"오, 2번 선수 입장! 하누리 대리, 막 뛰어 들어오십니다."

"농담할 때 가려서 해라, 너도 이제 대리야. 지금 비상 상황이라고."

하누리가 신동호에게 까칠하게 쏘아붙였다. 반대로 아직 도복 차림의 이현주에게는 깍듯하게 인사했다.

"팀장님, 오셨어요? 시합, 가보고 싶었는데, 죄송합니다. 일이 좀 밀려서."

"괜찮아. 일요일인 데도 나오게 해서 미안해, 하누리 대리. 나, 잠깐 옷 좀 갈아입고 올게."

가방을 들고 방을 나서는 이현주가 막 전화를 걸면서 들어오는 한정건을 만났다. 가볍게 인사를 했지만, 한정건은 통화하느라 정신이 없었다.

"형, 거긴 어때? 응. 발전기들은 살았어? 아직 모른다고? 알았어. 상황 파악되는 대로 다시 연락 줄게. 중앙급전소가 나갔으면, 아마 수습이 꽤 오래갈지도 몰라. 참, 이 핸드폰도 맥시멈 두 시간인 거 알지?"

강선아가 제주도로 떠난 후, 이현주는 팀장으로 승진을 했다.

겉으로 티를 내면서 일을 하지는 않았어도, 그녀가 할 수 있는 일들을 방치하지는 않았다. 평사원이던 신동호와 하누리도 그 사이 대리로 승진을 했다. 티를 안 내기는 한정건도 마찬가지였지만, 그도 성과를 냈다. 기획본부장이던 이준원이 결국 중부발전 사장이 되었다. 전계통 정전이라는 전대미문의 사건을 맞으면서 LNG파의 핵심 일원이 사장 자리에 있게 된 것, 이건 확실히 주목할 만한 변수였다. 당인리의 최종 결정권자가 바로 중부발전 사장이다. 한국전력공사와 산업통상자원부가 상급기관으로 존재하지만, 1차적인 경영과 관리의 책임은 사장에게 있었다.

중앙급전소의 통제가 사라진 그 시간, 전국의 모든 대형 발전소들은 퍼펙트 스톰이라고 불리는, 폭풍우 두 개가 겹쳐서 만들어지는 거대한 소용돌이 앞에 선 난파선과 같은 존재가 되었다. 전진하기 위해 항해를 계속해서 파도를 넘어갈 것인지, 아니면 억지로 거대한 파도를 타 넘는 것을 포기하고 그냥 파도의 흐름에 배를 맡길 것인지. 이도저도 아니면 언제 올지, 올지 안 올지도 모르는 구조 헬기를 기다리고 있을 것인지, 그 어느쪽이든 판단을 해야 했다. 그리고 야박하지만, 판단을 하지 않는 것도 폭풍우 앞에서는 하나의 판단이다. 판단이 명확하지 않을 때에 가만히 사태를 두고 보는 것도 하나의 판단이 될 수 있다.

계통이 붕괴되는 순간 거기에서 빠져나오지 않은 발전기는 과부하로 심각한 위험에 빠질 가능성이 높아진다. 그 전에 안전

장치가 개입해서 발전기를 세워주기를 바랄 뿐이다. 심각한 발전기 손상이 예상되지만 전계통 정전이 진행되는 순간 발전기를 계통에서 빼지 않았다고 행정적으로 뭐라고 그럴 사람은 없다. 예상할 수 없는 상황이기 때문이다. 나중에 정전으로부터 빠져나오는 블랙스타트 절차를 위해서는 되도록이면 많은 발전기가 살아 있어야 한다. 자신이 운전하는 발전기를 세우는 것은 나중에 전계통 정전의 주범으로 몰릴 수 있기 때문에 혹시라도 있을 처벌을 감수해야 한다. 가만히 있으면 중간은 간다는 말은 이럴 때 쓰는 것이다. 위기의 순간에 뭘 잘못했던 걸 가지고는 아무도 책임을 묻지 않는다.

"케이블 끊어, 끊어!"

제주도 전력거래소 오퍼레이터들이 다급하게 육지와 연결된 전력계통을 끊었다. 전국의 수많은 발전기 오퍼레이터들이 심각하게 갈등하고 있는 바로 그 순간, 제일 큰 결정은 제주도 전력거래소에서 벌어졌다. 지난 몇 년 동안 제주도의 전기 설비 용량이 많이 높아져 육지로부터 전기를 공급받지 않아도 괜찮은 독립운전 직전까지 발전했다. 그렇지만 좀 더 효율적인 상황을 위해 여전히 두 개의 해저케이블이 육지와 연결되어 있었다. 일상적으로는 제주도의 주요 발전기들도 육지 발전기들과 동조운전을 하게 된다. 육지와 연결되는 해저케이블은 진도와 해남에서 하나씩 출발하는데, 일반적으로는 하나면 충분하지만 비상용 백업을 위해 두 개가 설치되어 있다.

해저케이블과의 연결을 끊은 제주도 전력거래소 오퍼레이터들이 비상상황에서 가장 먼저 펼쳐 본 것은 '전계통 정전 시 제주 발전 시스템 운용 방안'이라고 적힌 보고서였다. 참여 연구자 이름 맨 앞에 '강선아 연구역'이라는 이름이 적혀 있었다. 수많은 우연이 겹쳐 만들어진 전력 버전의 '퍼펙트 스톰', 그 첫 대처는 제주도와 육지의 케이블을 끊는 것으로부터 시작되었다. 그리고 나중에야 중요한 일이라고 사람들이 알게 될 일도 같은 순간에 벌어졌다. 당직 근무 중 선임 오퍼레이터인 신동호 대리가 당인리 LNG 발전기들을 계통에서 떼어낸 일이 그것이었다.

청와대 행정 지침
└ 젠장, 미치겠네

8월의 무더운 여름 일요일 오후, 전국에 전기가 나갔다. 청와대는 비상발전기를 통해 전원이 다시 들어오기는 했다. 그렇다면 여기 비상발전기는 몇 시간이나 버틸까? 별 다를 거 없다. 굳이 차이점을 언급하면, 일요일 오후인데도 출근해서 정위치에 있는 직원들이 다른 관공서보다 좀 더 많다는 정도?

전원이 나갔다 들어온 후, 청와대 행정집무실에도 한바탕 난리가 났다. 하지만 그들이라고 정전 상황에서 뾰족하게 상황을 파악할 수 있는 건 아니었다. 전기에 대해 모르는 것은 청와대 행정실은 물론 경호실도 마찬가지였다. 여기저기 부산하게 전화를 걸고 있는 에너지담당관은 잠시 생각을 하다가 문서철에서 서류 하나를 꺼냈다.

[대외비]

전계통 정전 시 청와대 행동 지침

※ 전계통 정전 시, 제주도 안전이 확인되는 즉시 지체 없이 통신이 확보되는 두 시간 내에 제주도 벙커로 VIP 이동 시작

  - 현재의 시스템상 전원 완전 복구까지 7일에서 20일 예상

  - 그 기간 동안 시민 소요 등 긴급사태 발생 시 청와대가 고립됨

  - 이동 방식(별첨 참조)

※ 우선적으로 외부 전력 공급이 차단된 원전의 냉각펌프 등 안전성 확보

  - 원전 비상발전기 급유 추가 공급이 최우선 행정 조치

  - 필요시 경찰 및 군 헬기 등 최긴급으로 유관기관 협력 추진……

에너지담당관은 서류를 꼼꼼히 읽으면서도 판단을 못 내리고 있었다. 이 청와대 행정 지침이 만들어진 날짜는 2012년 9월이었다. 2011년 9월 15일 정전이 일어나고 딱 1년 뒤, 당시의 특수한 정치적 상황을 고려해서 만들어진 것이었다. 그 시절이 개인적으로는 한정건의 전성시대이기도 했다. 그가 주도해서 이 지침이 만들어졌고, 그 공으로 그에게 청와대 자리는 물론 정치적인 가능성들이 열렸다. 좀 복잡한 행정용어로 되어 있

지만, 행동 지침의 골자는 정전이 길어지면 사람들이 청와대에 항의하러 올 것이고, 이때 경비가 불가능할 것이니까 지체 없이 전기가 확보되는 제주도로 청와대가 옮겨가야 한다는 것이었다. 시간은 두 시간. 지침대로 할 것인지, 아니면 그냥 무시할 것인지, 어떤 식으로든 판단이 필요한 때였다.

급하게 에너지담당관의 자리로 뛰어오는 산업비서관이 큰 소리로 말했다. 몇 년의 시간이 흘렀고, 몇 번의 위기가 있었지만 산업비서관은 아직 자리를 지키고 있었다. 바로 그가 에너지담당관을 수족처럼 붙잡고 있었다. 이제는 친형제처럼 호흡이 잘 맞는 그들이었다.

"정전이라니, 느닷없이. 뭐, 좀 파악된 거 없어?"

"전기 주무 부처인 산업부에서도 아직 사태 파악 못 하고 있습니다. 한전, 전력거래소, 전부 불통입니다. 비서관님, 혹시 이런 서류 보신 적 있으신가요?"

에너지담당관이 들고 있던 서류를 산업비서관이 다급하게 받아서 쓱 읽어봤다.

"전계통 정전 시 청와대 행동 지침? 뭐야 이게? 공식 문건이야?"

"2011년 9.15 정전 사태 때, 호들갑 떨면서 생난리 친 적이 있습니다. 그 시절 청와대 벙커 한참 유행하면서 같이 만들어진 문건인 것 같습니다만, 별 의미는 없을 것 같습니다. 그새 정권이 벌써 몇 번이 바뀌었는데요."

산업비서관이 이맛살을 찌푸렸다.

"정권이 문제가 아니라, 기술적 검토가 맞는지가 문제지. 전계통 정전, 이게 전국이 다 정전이라는 얘기지? 진짜로 두 시간밖에 여유가 없나? 근거는?"

"병원이나 통신국 등 주요 시설에는 정전에 대비한 비상발전기들이 달려 있기는 합니다. 보통 디젤발전기를 쓰는데, 통상적으로 여유분이 두 시간 정도입니다. 거의 안 쓰는 시설이라, 설계 용량이 그 정도밖에 안 됩니다. 실제로는 비상발전기 작동안 하는 데가 태반일 거지만, 제대로 돌아도 두 시간 이후로는 보장 없습니다. 그래서 이 문건에서는 골든아워를 두 시간으로 잡은 거구요."

에너지담당관의 설명을 들은 산업비서관이 재차 확인을 했다.

"그래? 기술적으로는 맞는 얘기라 이거지."

산업비서관이 다급하게 핸드폰을 꺼내 대통령 비서실장에게 전화를 걸었다. 에너지담당관이 그 뒤에 대고 말했다.

"진짜로 전계통 정전이면, 비서관님 그 휴대폰도 두 시간이 맥시멈입니다. 그 뒤로는 전화도 끊깁니다."

전화를 하는 산업비서관의 목소리가 높아졌다.

"나주에 지진이라고요? 전력거래소 아니 중앙급전소가 나주에 있습니다. 잠깐만요, 비서실장님. 에너지담당관이랑 제가 바로 가겠습니다. 꼭 보셔야 할 게 있습니다."

어지간해서는 표정이 변하지 않는 산업비서관이 에너지담당관 쪽을 돌아보며 "야, 뛰자!"라고 외치면서 달리기 시작했다. 허겁지겁 뛰는 산업비서관과 에너지담당관, 두 시간이라는 제한 시간에 관한 구절을 본 이후로 청와대도 시간 싸움에 들어갔다. 평소 같으면 수없이 많은 절차와 루틴을 통해서 매우 천천히 그리고 실제로는 하나 마나 한 결정을 내렸을 것이다. 그러나 지금은 그런 절차보다 더 급한 게 시간이었다. 시간이 지나서 성남에 있는 서울공항마저 마비되면 정말로 할 수 있는 게 없다. 갇힌다.

두 사람이 비서실 문을 열고 들어갔을 때, 매우 분주하고 다급한 목소리가 들렸다.

"뭐야? 총리 연락이 안 된다고? 통화량 폭주? 너네 다 죽고 싶어? 5분 내에 총리 수배 안 되면 너네 다 죽을 줄 알아."

산업비서관과 에너지담당관이 급하게 뛰어 들어오자, 그들을 보면서 비서실장이 하소연을 했다.

"상황을 모르겠네. 대체 뭣들 하는지 정위치에 있는 놈이 하나도 없어. 산업부는 자연재해에 의한 정전은 행안부 장관 사항이라고 하고, 행안부는 자기네는 전기는 아무것도 모른다고 하고. 이것들이 이 와중에 지금 핑퐁을 해? 한전 놈들은 아예 다 불통이고. 경제수석은 어디 갔어? 너네 상관! 정전 상황인데, 지금 당장 지휘부들 지하 벙커로 갈지 말지, 결정을 해야 하는데 말이야."

숨차게 뛰어 온 산업비서관이 비서실장에게 서류를 내밀면서 이야기했다.

"이 행정 지침에 따르면 전계통 정전 시에는 청와대 지하 벙커가 아니라 제주 벙커로 가게 되어 있습니다. 청와대가 고립되면, 지휘부 마비 상황이 옵니다, 비서실장님. 신호등도 잘해야 두 시간 버티는데, 신호등 꺼지면 저 앞에 효자동길부터 전부 막힐 겁니다. 도로 이동 자체가 불가능한 상황이 옵니다."

비서실장이 서류를 급하게 넘겨봤다.

"이게 청와대 공식 문건인가? 이게 진짜 청와대 정전 비상 매뉴얼이야?"

에너지담당관이 답변을 한다.

"행정 지침이라서 그냥 참고하라는 권고사항입니다만, 비상 지휘부 구성을 못 하면 원전들이 우선 위험해집니다."

"옛날 정권 지침이 아직도 유효해, 이 사람들아? 그게 언제 때 얘긴데."

비서실장은 좀 답답하다는 듯이 두 사람을 바라봤다. 그렇지만 산업비서관도 바로 꼬리를 내리지는 않았다. 어쨌든 누군가는 판단을 해야 하고, 최소한 판단을 잘못한 것이 자신이 아니라는 알리바이는 꼭 필요했다.

"이 분석이 틀린 분석은 아닙니다. 법률적으로는 정전 시라도 자연재해로 인한 것은 행안부 장관이 대책본부를 맡는 게 맞고요. 어쨌든 청와대에서 나서서 정리하는 건 좀 아닌 것 같습니다. 총리가 지휘를 하셔야 정석입니다."

"총리가 지금 어디 있는지 모른다는 거 아냐. 그리고 지금 서울공항에 가려면 헬기밖에 안 될 거 아냐? 이건 전쟁 발생 후 서울 포기 시 매뉴얼 아냐?"

산업비서관은 비서실장에게 팽팽하게 맞서서 물러서지 않았다. 상사의 말에 쉽게 물러서는 사람들은 작은 승진을 할 수 있지만, 큰 승진을 할 수는 없다. 산업비서관도 크게 크게 승진하면서 이 자리까지 온 사람이었다. 비열할지는 몰라도 무능하지는 않은 사람이다.

"전계통 정전은 두 시간 내에 회복되지 않으면, 전쟁과 다르지 않습니다. 전후방이 없다는 점에서, 더 무섭습니다."

산업비서관은 벽에 붙은 시계를 가리키며 상황을 환기시켰다.

"이제 가용할 시간이 한 시간 반 정도밖에 안 남았습니다. 제주 벙커든지 청와대 벙커든지, 지금은 어떤 판단이라도 내려야 합니다."

비서실장의 머리가 점점 더 복잡해졌다.

"젠장, 미치겠네. 그러니까 귀하들은 지금 전기 꺼진 이 상황 해결이 쉽지 않으니, 일단 제주로 토끼자는 거죠? 뒷수습은 지금 어디 있는지도 모르는 총리에게 맡기고? 여기서 우물쩍거리다가 발 묶이면 꽝 난다, 이런 말씀이신 거죠?"

산업비서관은 정말로 많은 기술 스태프가 그러는 것처럼 차갑게 대답했다. 말은 멋지지만, 책임은 지지 않겠다는 사람의 어투이기도 했다.

"저희는 실무진이라서 기술적 검토만 해드리고, 정무적 판단은 하지 않습니다."

"제주도는? 거긴 확실히 안전해?"

에너지담당관이 대답했다.

"형식적이기는 하지만 전기 자급률이 100퍼센트에 가깝습니다. 별도의 전력거래소가 있어서 급전 계통도 자체 운용이 가능합니다. 조금 전에 통화했는데, 아직은 전기 살아 있습니다. 국내에서 유일하게 전력 공급되는 지역입니다."

마침내 비서실장이 판단을 내렸다.

"야, 이거 이승만 대통령 이후로 청와대 움직이는 건 처음인데. 어쨌든 여기 묶이면 곤란해질 것 같네."

비서실장은 책상 위에 있는 인터폰을 들고 지시를 내렸다.

"특급 비상 상황이야. 1호기 서울공항에서 출발 가능하게 준비해. 헬기도 보내주고. 그리고 바로 대통령 보고 들어갈 테니까, 연락 좀 해줘. 특급 비상사태야!"

당인리 오퍼레이팅룸
└ *블랙스타트, 우리가 움직이면, 그게 행정이야*

오후의 뜨거운 햇살을 가르면서 헬기 한 대가 한강 위로 날아들었다. 두두두두, 점점 더 크고 요란한 소리를 내는 헬기는 강한 바람을 날리면서 한강공원의 잔디밭에 착륙했다.

잔디가 깔린 한강공원 옆에는 큰 현대식 건물이 하나 서 있다. 그 옆으로 헬기가 요란한 소리를 내며 착륙했다. 헬기에서 서울시 에너지특보인 최철규와 정성진이 내렸다. 그리고 잠시 후 짙은 선글라스를 쓴 사람이 따라 내렸다. 새로운 서울시장이었다. 전임 시장과 신임 시장 사이의 관계는 세상에 알려진 것보다는 좀 더 복잡하지만, 어쨌든 에너지 특히 전기와 관련된 내부 사업들은 그대로 승계되었다. 그리고 어떤 건 더 강화되기도 하였다. 당인리팀이 외부, 특히 상급기관에 꼬투리 잡힐 일을 하지 않기 위해 잔뜩 위축되어 있는 지난 몇 년, 목통팀은 좀 더 공격적으로 서울시 에너지 일에 관여할 수 있었다.

서울시장이 자리 한쪽에 앉자마자 정성진이 당인리 직원들에게 '전계통 정전 시 서울시 비상행동계획'이라고 적힌 문건을 돌렸다. 아직 상황이 잘 파악되고 있지 않은 것은 서울시도 마찬가지였다. 그리고 진짜로 대정전이라면, 대응할 수 있는 시간이 그리 많이 남지 않았다는 것도 서로 잘 알고 있었다. 문건이 돌자마자 최철규가 먼저 이야기를 시작했다.

"오랜만입니다, 당인리 여러분. 아마, 문건 내용은 여러분도 참여하셔서 같이 만든 거니까 다들 숙지하고 계실 걸로 알고 있습니다. 나주에서 지진이 났습니다. 그리고 정전이 났습니다. 우리 추정으로는, 아마도 한전과 전력거래소의 중앙급전소가 현재 마비된 상황이 아닐까 합니다."

그러자 한정건도 감정 없이, 기능적이고 건조한 어투로 당인리의 상황을 요약했다.

"우리도 직원들 모두 비상 대기 시작했습니다. 그렇지만 전계통 정전 통보가 아직 전력거래소에서 안 왔습니다. 이게 와야 발전소별로 자율대응을 할 수 있습니다. 행정적으로 지금 우리가 할 수 있는 건 통상적인 발전기 방어와 관리 외에는 없습니다."

서울시장은 선글라스를 천천히 벗고 주변을 응시했다. 순간 긴장이 흘렀다. 특히 시장과 같은 고위직 인사를 처음 본 신동호는 어쩔 줄을 몰라 했다.

"일요일, 관련된 전문가분들을 이렇게 긴급하게 소집하게 되어 시장으로서 매우 송구합니다. 서울 전역 정전 이후, 시민 긴급 귀가 조치, 병원 등 주요 시설물 긴급유 공급, 긴급 도로망 확보, 컨틴전시 플랜은 이미 서울시에서 발동했습니다. 구청까지 전체 조직이 지금 움직이기 시작했습니다. LNG 발전기를 가지고 있는 목동에 서울시 정전 상황실 마련 중입니다. 청와대가 제주도 벙커로 옮겨간다는 얘기 듣자마자, 바로 행정조치는 취했습니다. 청와대가 서울을 떠난 지금, 그보다 명확한 판단 근거가 또 있겠습니까? 제 권한 내에 있는 일들은 그냥 하면 되는 건데……."

서울시장도 긴장이 되는지 잠시 침을 삼키고, 숨을 골랐다.

"여기, 당인 1호라는 프로그램이라는 게 있다고 들었습니다.

서울 지역에 대한 독자적 전기계통 운용, 그게 가능한가요?"

당인 1호라는 이름이 서울시장 입에서 나오자 안 그래도 긴장된 자리가 바짝 얼어붙는 것 같았다. 한여름 오후 공기가 갑자기 차가워졌다. 몇 년 전, 당인 1호 프로토콜을 만들다가 결국 중부발전 사장은 물론 전력거래소 이사장까지 물러나게 되는 사단이 벌어진 적이 있었다. 그 일로 강선아 팀장은 제주도에 연구역으로 쫓겨 갔다. 그 후로 공식적으로 당인리와 목동 사이에는 일상적인 지자체 관계 외에는 같이 하는 일이 없었다. 물론 직원들 사이의 아주 개인적인 교분이 있기는 하지만, 그건 프라이버시의 영역이었다. 한정건이 입을 열었다.

"가능은 합니다, 시장님. 그렇지만 일단 죽어 있는 계통을 다시 살리는 게 큰일입니다. 인천에서 전기를 공급받지 못하면 단독으로는 안 됩니다. 그리고 프로그램 원격 제어를 위해서는 발전기와 변전소 등 시설물의 스카다 파일에 접속할 수 있는 권한이 필요합니다."

"그건 제가 서울시 권한으로, 서울시 설비 등 필요 설비들에 대한 스카다 코드를 오늘 밤 자정까지 확보하겠습니다. 변압기 등 송전 계통에 대한 스위치 개방 지시 등 필요한 준비도 시장 직권으로 발동할 수 있습니다."

최철규가 발전기 등 개별 시설의 원격 제어에 접근하기 위한 스카다 코드 확보를 약속했다. 서울시장이 최철규를 살짝 쳐다보고 다음 단계를 재촉했다.

"스카다 코드? 뭔지는 정확히 잘 모르겠지만, 하여간 우리 에너지특보가 방법이 있나 보네요. 그다음은요?"

"당인리 경영지원2팀장 이현주입니다. 예전에 계통 수립 업무를 맡았던 적이 있습니다. 서울시 전기 수요 용량으로 볼 때, 당인리 20퍼센트에 목동 설비까지 합쳐도 25퍼센트 겨우 확보할 정도예요. 에어컨 같은 거 다 끄게 하고 최대 수요관리 한다고 해도 50퍼센트 공급은 잡아줘야 계통 켤 수 있어요. 낮에는 태양광 10퍼센트, 총동원한다 해도 밤에는 태양광들이 꺼져요. 충전기 총동원한다고 해도 제한적입니다. 인천화력발전기들도 어느 정도 살아 있나, 어느 정도 가동 가능한가 알아봐야 하구요. 가동은 같은 저희 중부발전, 같은 회사라인이라서 가능은 할 것 같은데, 송전 라인은 인천시 관할입니다. 게다가 여기 당인리 LNG들도 풀타임 가동하면 가스 비축분에도 문제가 생길 수 있습니다. 인천 LNG 기지 가스라인도 반드시 확보해야 합니다."

LNG 발전기들의 연료인 LNG 확보 이야기가 나오자 건너편에 앉아 있던 정성진이 바로 손을 들고 이야기를 했다.

"그건 목동 쪽 컨틴전시 플랜에 이미 들어가 있습니다. 어차피 우리 발전기들도 LNG 확보해야 하니까, 인천시와 기초 협의는 되어 있습니다. 목동까지 온 걸 당인리까지 뽑는 건 일도 아니겠구요. 인천시랑 긴급 협의해서 LNG 라인도 차질 없이 확보해놓겠습니다."

자신 있게 대답을 하는 정성진의 이야기를 들은 서울시장이 갑자기 손목시계를 쳐다봤다.

"저는 기술적으로 세부적인 건 잘 모르지만, 하여간 되기는 되는 겁니까? 될 거라고 알고 온 건데요. 시에서 할 수 있는 건 다 도와드리겠습니다. 전기를 꼭 살려야 합니다. 시에서 하는 긴급조치들은 일시적인 방편일 뿐입니다."

서울시장이 빨리 결정할 것을 재촉하지만, 팀장인 이현주는 쉽게 결정을 내리지 못하고 있었다.

"당인 2호, 테스트도 한 번 안 하고 바로 계통에 투입하는 건 위험합니다. 이렇게 무리하게 계통 가동하는 것보다는 중앙급전소 백업인 서울급전소 가동시키는 방법을 찾는 게 더 빠르고 확실할 것 같습니다."

그러자 최철규가 신중하지만 강력한 어조로 이현주의 눈을 똑바로 보면서 말했다.

"백업용 서울급전소는 말만 서울이지, 의왕에 있는 거 이현주 팀장도 알지 않나? 경기도 관할이라, 거기까지 우리가 전기를 보낼 방법이 없는데……. 게다가 비상 매뉴얼 분석 해보지 않으셨습니까? 경기도에 혼자 떨어진 급전소 한 군데서 전계통 정전 상황을 극복할 수가 없습니다. 인천 송전이랑 연계해서 실제 돌아갈 수 있는, 서울 계통 제어할 수 있는 당인 2호를 만든 게 전부 이현주 팀장 아닙니까? 잘하실 수 있습니다. 지금 상황에서는 서울이라도 계통 유지를 해야 외국 도움 없이 전국 시스템을 살릴 수 있습니다. 우리 판단으로는, 이게 한국의 유일한 기회입니다. 오죽하면 청와대가 제주도로 옮겨갔겠습니까? 우린, 지금 버려진 겁니다."

두 사람의 이야기를 듣던 한정건이 두 손을 마주치면서 사람들의 시선을 자신 쪽으로 모았다.

"여기서 지금 워크숍 할 상황은 아니죠? 두 시간 지나서 옴짝달싹 못 하기 전에 뭐라도 합시다. 우리 쪽 문제는 우리가 해결할 테니, 일단은 가보는 걸로 하겠습니다. 이현주 팀장, 당인 2호 발진시키자. 머뭇거리다가, 진짜 아무것도 못 하게 된다. 제일 나쁜 결정이 아무 결정도 내리지 않는 거야. 시장님, 전 결정했습니다."

"좋습니다. 자, 이제 결정이 내려진 거죠? 그럼 우린 이동하십시다. 잘 부탁드립니다, 여러분."

서울시장은 자신이 원하던 결론을 얻자마자 짧은 회의를 급하게 마무리했다. 지금은 시간 싸움이다. 만약 당인리가 서울시 산하기관이거나 서울시 공기업이었으면, 두 시간 안에 기본적인 일들을 처리해야 하는 이런 긴박한 상황에 서울시장이 헬기를 타고 직접 오는 일은 벌어지지 않았을 것이다. 그러나 작더라도 엄연히 당인리는 중앙정부의 공기업이다. 협조를 구하는 모양새를 갖추지 않을 수 없다. 좀 지랄 맞지만, 우리나라 행정이 그렇게 되어 있다.

서울시장이 급하게 일어나는 동안 정성진이 종이박스 하나를 앞으로 꺼냈다. 그 안에는 작은 업무용 무전기가 여러 개 들어 있었다. 정성진이 그중 하나를 꺼내 간단히 설명했다.

"이건 목동과 통신하실 때 쓰실 업무용 무전기입니다. 수신 거리가 10킬로미터 정도지만, 목동-당인리 직선거리가 2.7킬로미터밖에 안 되니까, 아주 지하만 아니라면 송수신에 문제없을 겁니다. 곧 전화도 꺼질 겁니다. 자, 힘내세요, 여러분. 지금부터 자정까지 모든 기술적 준비를 마치고, 새벽 3시, 당인 2호 가동하는 걸로 준비하죠. 내일 월요일 아침, 정상 출근 가능할 수 있게, 시 행정을 회복시키는 것이 이번 작전의 1차 목표입니다."

무전기에 대한 설명을 마치고 일어나면서 정성진이 이현주에게 손짓을 했다. 바로 옆으로 다가온 이현주의 손을 정성진이 잡으면서 이야기했다.

"이현주, 잘할 수 있어. 다 현주 너랑 너희 팀 믿고 만들어진 작전이야."

"기술도 기술이지만, 행정이 더 문제야. 우린 원래 공문 없이는 안 움직여. 이게 일종의 '블랙스타트'인데, 우리는 권한이 없어. 순전히 한정건 믿고 해야 하는데, 저 인간 완전 허당이야. 성진아, 너도 잘 알잖아?"

정성진이 가볍게 웃음을 지으면서 말했다.

"비상 상황이야. 지금 우리가 움직이면 그게 행정이야. 누군 행정 안 해본 줄 알아?"

이야기를 잠시 멈추고 정성진이 이현주의 귀에 대고 속삭였다.

"집에, 식구들 잘 좀 부탁해. 혜민이가 며칠 전부터 숨이 좀 안 좋았어."

이현주도 정성진의 귀에 조그맣게 이야기했다.

"걱정 마. 우리도 둘째 호흡기 안 좋아, 집에 어지간한 장비는 다 있어. 엉성한 병원보다 차라리 집이 나아."

잠시 후 시장 일행이 올라탄 헬리콥터가 다시 힘차게 날아올랐다. 제주도를 제외하면 우리나라에 광역자치단체는 15개가 있다. 정전이 된 후 헬기를 탄 단체장은 서울시장밖에 없고, 그 정도까지는 아니더라도 이 순간 그래도 뭐라도 하기 위해 부산하게 움직인 데는 인천시와 제주도 정도였다. 숨 막히는 두 시간이 그렇게 흘러가고 있었다.

영광 한빛원자력발전소 오퍼레이팅룸
└ 똥바가지를 뒤집어쓰다

만약 이 시간에 블랙아웃이 발생하게 되면 2016년 3월 현재 국내에서 운전 중인 23기의 원자력 시스템은 원자로의 가동을 멈추고 원자로를 냉각시켜야 한다. 그러나 블랙아웃이 발생하면 외부 전력 공급이 차단된 상태에서 전력 시스템이 복구되는 데에 시간이 얼마나 걸릴지 모르는 불확실한 상황이 지속될 수 있기 때문에 블랙아웃은 원자로 안정성에 심각한 위험이 된다. 만약 블랙아웃이 발생해 우리나라 23기의 원자로 중 하나에서라도 원자로 냉각 실패 문제가 발생한다면 이후의 문제는 걷잡을 수 없는 상황으로 전개될 것은 명확하다.

－《블랙아웃과 전력시스템 운용》 중에서

영광에 있는 한빛원자력발전소, 나주전력거래소와는 직선거리로 50킬로미터도 안 된다. 지진 여파로 사무용품들이 바닥에 나뒹굴고 있었다. 그렇지만 지진 진앙지에서 거리가 좀 있기 때문에 엄청나게 손상이 가지는 않았다. 그래도 지금 발전소 외부 전원 공급이 끊겼고, 지진 여파도 확인해야 하기 때문에 원자로 냉각 절차에 들어가야 할지, 판단을 해야 했다.

"경주 본사에서도 모른답니다. 일단 매뉴얼대로 진행하라는데요, 실장님."

영광의 원전 오퍼레이터가 핸드폰을 끊으면서 이야기했다. 한국 발전소의 상급기관들이 전국에 흩어져 있는 것처럼, 원전을 총괄하는 한국수력원자력, 통칭 한수원이라고 부르는 공기업은 경주에 본사가 있다. 천년고도였던 경주가 지역 경제의 침체로 방사능 폐기물을 보관하는 방폐장을 유치하면서, 반대급부로 한수원 본사 유치를 걸었다.

"중앙급전소에서도 아직 아무 메시지 없지?"

일요일이라 원자력발전소에도 필수 당직 인원들 외에는 없었다. 순번에 따라 당직에 걸린 중간 간부 한 명이 재수 없게 상황실장 역할을 하고는 있지만, 그는 지진의 충격 이후 정신이 하나도 없었다.

"네. 메시지 없는 정도가 아니라, 아예 신호가 안 갑니다. 지진 여파가 보통이 아닌 것 같습니다. 어쩔까요?"

집기들이 여기저기 흩어진 원전 제어장치들 앞에서 지금 한빛원전들의 책임자인 상황실장은 판단을 잘 못 하고 있었다.

"실장님, 이제는 판단을 하셔야 합니다. 끄고 잘못되는 건 우리 문제가 아닙니다. 그렇지만 안 껐다가 나중에 문제 생기면, 우리가 옴팡 다 뒤집어씁니다."

지켜보던 오퍼레이터가 상황실장을 재촉했다.

"알았어. 자, 그럼 15시 40분, 한빛원전 매뉴얼에 따라 20시간 순차 감속으로 한빛원전 여섯 기, 운행 정지 시작한다."

"1호기 감속, 2호기 감속, 3호기 감속, 4호기 감속, 5호기 감속, 6호기 감속. 완전 정지까지 순차 감속운전 20시간 예정!"

오퍼레이터가 침착하게 영광에 있는 원전 여섯 기의 냉각 절차를 진행시켰다. 지금 한빛원전의 직원들은 한국의 원전 중, 유일하게 지진의 여파와 블랙아웃의 위협을 동시에 받고 있었다. 통상적으로 지진이면 그냥 원전을 세우고, 냉각 절차에 들어가면 그만이다. 그런데 블랙아웃 상황에서는 외부전원이 공급되지 않기 때문에 냉각 시스템을 비상발전기로 돌려야 한다. 이게 얼마나 버틸까? 원전은 비상시설 중의 비상시설이라서 좀 더 넉넉하게 비상발전기용 디젤유를 확보하고 있었다. 그렇다고 하루 이상 버틸 분량은 아니었다. 원전도 발전기니까 자기가 발전하면서 스스로 냉각기에 전기를 공급하면? 위험한 시설물이라서 그렇게 설계하지는 않는다. 교류발전을 위한 자석이 전자석이기 때문에 생기는 기술적 문제도 있다. 어쨌든 원전은 일정 규모 이상의 지진이라도 세워야 하고, 블랙아웃이라도 세워야 한다. 정상이 비정상으로 바뀌는 순간, 일상이 비일상으로 바뀐다. 그리고 그 비일상적인 것은 안전을 위험으로 바꾼다.

"OK."

잠시 멍하니 생각하던 상황실장이 OK 사인을 내렸다.

"한빛원전 6기 모두 비상 보조발전기 정상 가동, 냉각수 펌프 정상 작동, 냉각수 온도 이상 무."

"매뉴얼대로 하기는 했는데. 원전 여섯 기를 내 손으로 세우다니. 비상용 보조발전기, 내일 안에 디젤 공급 못 받으면 진짜 큰일인데."

전력계통은 사람이 만든 시스템 중에서 가장 거대한 복잡계라는 이야기를 듣는다. 수도나 가스도 복잡하지만, 그렇다고 전기 콘센트만 보이면 핸드폰을 충전기에 꽂아야 하는 것처럼, 우리가 일상적으로 시스템에 접속하지는 않는다. 그 복잡한 계통 구석구석에는 되거나 말거나, 별로 안 중요한 것들도 있지만, 몇 개는 너무 위험한 것들도 존재한다. 한국에서 높은 공무원들이 위험을 다루는 방식은? 보지 않으려고 한다. 알았는데도 뭔가 조치를 취하지 않았다는 곤란한 상황에 들어가고 싶지 않기 때문이다. 지하철에서 누군가 심장마비로 쓰러진다고 해도 많은 사람은 자는 척하고 상황을 보지 않으려고 한다. 안 보면 그만이다. 혹시라도 봤다면? 많은 한국 공무원은 빨리 자기 임기가 끝나서 다른 자리로 옮겨가기를 바란다. 문제가 있어도, 자기 재임 시에만 문제가 되지 않으면 그만이다. 그 모든 '성실한 게으름'의 결과를 마침 그날 당직인 영광의 어느 재수 없는 상황실장이 모두 뒤집어쓰고 있는 중이었다. 공무원들 전문용어로, 이럴 때 '똥바가지를 뒤집어썼다'고 한다.

4장

새로운 역사는
로컬에서

아주 특이한 날의 귀가
└ *거대한 '단디길'*

그날, 수많은 기관과 회사들은 디젤을 찾아 몸부림쳤다. 건물 내의 발전기만 돌릴 수 있으면 어쨌든 최소한의 기능은 유지할 수 있기 때문이었다. 주유소에 가면 있지 않은가? 물론 충분치는 않아도 있기는 하다. 그렇지만 지하 주유고에서 전기펌프를 사용하지 않고 디젤을 퍼 올릴 방법은 없다. 그리고 주유소에는 비상발전기가 없다.

그날, 전국에서 가장 많은 디젤을 실제로 확보하고 있는 곳은 한국석유공사나 한국전력공사도 아니고, 군대도 아니었다. 바로 서울시와 서울의 25개 구청이었다. 구청 한쪽 구석에 디젤유를 보관하는 것이 엄청나게 힘들거나 예산이 많이 드는 일은 아니다. 정성진과 이현주가 만든 컨틴전시 플랜은 LNG 발전소를 가지고 있는 목동을 축으로 하고, 25개의 구청이 동그 랗게 몇 개의 원과 직선을 그리면서 서로 연결된다. 기본 행동 단위는 구청이다. 그리고 구청에서 다시 동사무소로 연결되면 서 서울 전 지역의 행정을 움직이게 되어 있다.

이런 치밀한 계획에 더불어 운이 좋았던 것도 사실이다. 서 울 25개구의 모든 구청장이 일요일임에도 불구하고 핸드폰 등 통신이 완전히 나가기 전에 정위치에 복귀할 수 있었다. 그건 동장들도 마찬가지였다. 다행스러운 일이기는 한데, 어쩌면 당 연한 일인지도 모른다. 구청장과 같은 지역, 로컬에서 일을 하 는 정치인들이 그 지역을 멀리 떠나는 일은 잘 벌어지지 않는 다. 그리고 뭐든 문제가 생기면 바로 구청으로 달려오게 되어 있다. 가끔 그런 날 해외순방 중이라서 재수 없게 구설수에 오 르는 경우도 있지만 그날, 그런 일은 벌어지지 않았다. 전국에 흩어져서 비상국면 특히 일요일 같은 때에는 효율적으로 대응 하기 힘든 중앙정부와 다른 지역의 기동력의 차이, 이것이 로컬 의 힘인지도 모른다.

서울 각 구청의 지휘부들이 정위치에 오고, 미리 준비해둔 무전기 등 비상설비들이 지급되었다. 그리고 행정이 움직이기 시작하면서 서울시 전역에 비상 사이렌이 울렸다. 오후 5시, 전 계통 정전이 발생한 지 두 시간 후, 전화는 물론이고 교통신호 등 등 모든 기본적인 서비스들도 작동을 멈추기 시작했다.

갑자기 비상 사이렌이 울렸다. 그리고 구청 스피커에서 목소리가 나오기 시작했다.

"구민 여러분, 구민 여러분. 지금은 실제 정전 상황입니다. 서울 전 지역에 지금 전기가 들어오지 않고 있습니다. 전기가 복구될 때까지 서울시 비상행동계획에 따라 피해를 최소화하기 위한 구청 조치들이 진행될 것입니다. 구민 여러분은 외출을 삼가시고, 집 안에 계시기 바랍니다. 서울시 각급 학교와 대학교는 이 시간 이후로 긴급휴교 조치입니다. 필수 공공기관을 제외한 모든 공공기관도 내일은 긴급휴무입니다. 오늘은 지하철이 운행되지 않습니다. 저녁 7시 이후 비상용 도로에 방치된 차량들은 긴급도로 확보 관계로 파손 위험이 있습니다. 정말 죄송합니다만, 오늘 귀가는 가급적 도보를 권장합니다. 구민 여러분, 비상 상황임을 양해해주시기 바랍니다. 아직 귀가하지 않으신 구민들께서는 서둘러 귀가하시기 바랍니다. 적어도 내일 새벽까지는 전기가 들어오지 않습니다. 다시 한 번 알려드립니다……."

대형 오피스 주차장

막 시동을 걸려는 고급 승용차 앞에서 한 남자와 주차 경비원이 실랑이를 벌이고 있었다. 남자는 잔뜩 화가 나 있었다.

"이거 봐요. 이게 말이 됩니까. 내 차로 내가 집에 간다는데."

"정전이라서, 긴급차량 외에는 못 나간다고 안 합니까? 저녁 7시 이후로는 긴급도로에 있는 차량은 구청에서 다 밀어버린답니다. 오늘 귀가는 도보로 하셔야 한댑니다."

남자는 당황하고 황망한 표정으로, 화를 내는 것도 잊어버린 채 말했다.

"도보로요? 걸어서? 아니, 이 양반아. 한강을 걸어서 건너라고?"

"저두 몰라요. 좀 있으면 주차장 입구 문도 닫아야 합니다. 구청 지시 사항이라, 저희도 안 지킬 수가 없습니다. 양해 부탁드립니다."

도로변 공영주차장

도로 옆에 선이 그어진 주차 공간은 공영주차장이다. 구청에서 관리한다. 주차원이 주차된 차량에 불법주차 단속용 타이어 잠금 장치를 채우고 있는 중이었다. 양복 입은 남자 한 명이 헐레벌떡 뛰어왔다.

"아저씨, 지금 뭐 하시는 거죠?"

주차원이 바쁘다는 듯이 남자를 잠깐 흘깃 보면서 잠금 작업을 계속했다.

"죄송하지만, 오늘 저녁은 차 못 가지고 가십니다, 정전 비상사태입니다. 비상도로 확보를 위해 교통 수요 조절 지시가 내려왔습니다."

"뭐가 좀 이상한데요. 불법주차는 저 차들인데, 왜 이 차를?"

주차원이 한쪽에 높이 쌓여 있는 바퀴 잠금장치를 가리켰다.

"저 차들도 다 채울 겁니다. 그리고 합법주차 하신 차량의 오늘 주차비는 면제됩니다. 정전 끝나면 바로 풀어드릴 겁니다."

대형 마트 주차장

비상등이 점멸한 차들로 가득한 대형 마트 주차장. 마트 직원들이 분주히 움직이고, 서둘러 주차장 입구에 설치된 차단기가 내려가기 시작했다. 지하주차장은 평소에도 매우 혼잡했는데, 지금은 도저히 해결할 수 없을 정도였다. 전기가 나가면서 차를 가지고 왔던 사람들이 모두 한꺼번에 주차장으로 내려왔다. 게다가 대정전이 발생한 줄 모르고 마트 바깥에서 주차장으로 들어오기 위해 길게 줄을 선 차들까지 엉켜서 이미 엉망이 되어 있었다. 차단기가 내려가고 더 이상 차가 주차장 밖으로 나갈 수 없게 되자 크리스마스이브에도 보기 어려운 대혼란이 발생했다.

녹색 야구모자를 쓰고 유니폼을 입은 주차보조원들이 차마다 돌아다니면서 메시지를 전하고 있었다.

"죄송합니다, 고객님. 구청에서 정전 비상지침이 내려왔습니다. 정전 때문에 오늘 차가 나가실 수 없습니다. 저희들이 도와드릴 테니, 주차해서 차는 여기 두시고 도보로 귀가하셔야 합니다. 지금 바깥에는 신호등도 꺼지고, 도로가 엉망입니다. 차라리, 도보가 더 안전하고 빠르실 겁니다."

황당한 소리를 들은 여자는 자신의 귀를 믿지 못했다.

"여기 좀 보세요, 여기 애들이 둘이에요. 지금 저에게 여기다 차를 두고 걸어가라구요? 벌써 한 시간도 넘게 차 안에서 줄을 서 있었어요. 근데 이제 차는 두고 걸어가라니요, 이게 말이 되는 거예요?"

주차보조원이 거듭 고개를 숙이면서 저자세로 애걸했다.

"구청에서 저희에게 내린 정전 방침이 이렇게 되어 있습니다. 키 그냥 두고 내리시면 주차는 저희가 우선적으로 안전하게 해드릴 수 있습니다. 어린이 있는 고객들에게 저희가 해드릴 수 있는 최대한의 서비스입니다. 죄송합니다."

단디 막혀서 '단디길'

부산역 앞을 지나는 중앙대로는 부산 동구 전체 교통사고량의 20퍼센트 정도가 발생하는 상습 교통 체증 구간이다. 워낙 사고도 많이 나고, 정체도 심해서 교통 특화 거리로 운영되고 있다. 경상도 말로 '똑똑히' 혹은 '제대로'라는 의미의 '단디'를 써서, 이 거리의 이름이 '단디길'이 되었다. 물론 경찰에서 그렇게 신경을 쓴다고 해서 크게 변화가 생기지는 않았다. 그래서 사람들은 '단디 막혀서 단디길'이라고 하기도 한다. 평소에도 막히기는 엄청 막힌다. 고속열차를 타고 부산에 도착한 사람들은 이 단디길에서 부산의 교통 상황을 처음 체감하게 된다.

정전 후 두 시간, 비상발전기로 겨우 유지하던 교통관제 시스템이 꺼지면서 전국의 교통신호등이 꺼졌다. 거의 같은 시간에 핸드폰도 꺼졌다. 배터리가 달려 있는 산꼭대기나 건물 옥상에 있는 중계기들은 조금 버티겠지만, 기본 시스템이 꺼지면 모든 통신이 정지한다.

신호등이 꺼지면서 부산의 단디길은 진짜로 '단디' 막혔다. 몇 시간째 1미터도 움직이지 못하고 차 안에 갇혀 있던 할아버지 한 명이 차 안에서 몇 시간째 버티고 있다가 드디어 결심을 했다.

"아이고. 내는 더 못 버틴다."

짧은 한마디를 남기고 할아버지는 차에서 내렸다. 정신없는 상황에서 차 키라도 꽂아두고 내리면 나중에 좀 나을 텐데, 할아버지는 그러지도 않았다. 위기 상황에서 사소해 보이는 약간의 팁을 실천하기는 쉬운 일이 아니다. 할아버지가 차에서 내려 인도로 걸어가는 걸 보면서, 몇 명의 사람이 차에서 내렸다. 화장실이 급한 사람도 있고, 차 안에서 버티는 것에 한계가 온 사람도 있었다.

할아버지가 차를 포기하는 순간, 많은 사람이 같이 차를 포기했다. 단디길은 단디 막히는 정도가 아니라, 이제는 정상적인 방식으로는 아예 교통 해소가 풀릴 수 없게 되었다. 가장 버티기 힘든 사람이 차를 포기하면, 그 뒤에 있는 가장 이성적이고 합리적인 사람도 결국은 차를 포기하게 된다. 어차피 길은 막힌 거고, 합리적인 사람도 차를 버리고 귀가하게 된다. 현실적으로 엄청난 차이를 만들어내는 건 아니지만, 차 키를 두고 가는 것과 그렇지 않은 것 정도가 아직 판단력이 남은 사람과 그렇지 않은 사람의 차이라고 할 수 있다. 단디길은 언제 다시 차들이 오가는 거리가 될 수 있을까?

여름 일요일, 해가 아직 저물지 않은 시간. 서울을 제외한 전국의 모든 시내 주요 도로는 거대한 단디길이 되어가고 있었다. 일요일, 어디론가 놀러 갔다가 돌아오는 차들은 고속도로에서 단디길을 경험했다. 각 출구에서 시작한 정체는 30분이 지나지 않아 주요 고속도로로 번져나가서, 결국 모든 고속도로가 거대한 단디길이 되었다. 마트에서 도보로 집에 돌아가는 사람들은 그래도 그날 안으로 집에 갈 수 있지만, 고속도로에서 그 순간을 맞은 사람들은, 그날 안으로는 집에 귀가할 수 없게 되었다. 라디오도 서고, 핸드폰도 서고, 인터넷도 선 고속도로. 그들에게 조언해주는 사람은 아무도 없었다.

서울시 정전종합대책본부
ㄴ 서울 로컬 지휘부, 아직은 살아 있다

목동 열병합발전소의 LNG 발전기들은 몇 년간 쉬고 있었지만, 비상시 언제든지 기동할 수 있는 상태를 유지하고 있었다. 사태 이후, 발전기 한 대가 작동을 시작하며 목동 서울에너지공사 사무동에 정상적으로 전기를 공급할 수 있게 되었다. 서울시가 확보한 시설물 중에서 가장 안정적으로 전기를 공급받을 수 있는 서울에너지공사 본사 1층에 정전종합대책본부가 설치되었다. 현장에는 긴장감이 흐르고 있었다. 부시장이 대책본부장을 맡게 되었다. 본부장에게 각 부문별로 짧은 상황 보고가 진행되는 중이었다.

"이제 몇 분 후 오후 5시가 되면 개인 휴대폰은 끊어질 겁니다. 통신계통 확보는 어떤가요?"

본부장이 질문을 시작하였다. 바로 앞자리에 있는 국장 한 명이 보고를 시작했다.

"모든 전화 사업자에게는 무리지만, KT 각 지역 기지국에는 비상발전기용 디젤이 공급되고 있습니다. 떨어져 있는 무선 중계국의 배터리 충전은 불가능해서 개인 휴대폰을 유지하는 것은 불가능합니다. 그렇지만 기지국이 살아 있으니까, 서울 지역 유선전화는 살아 있습니다. 구청 등 지휘본부와 유선통화로 커뮤니케이션 가능합니다. 그리고 현장팀에는 무전기가 지급되어 있습니다."

"이어서 디젤 등 필수 시설 지원에 관한 상황 보고드리겠습니다. 모든 병원까지는 어려워도 입원 시설이 있는 병원에는 우선적으로 연료 공급을 진행하는 중입니다. 비상계획에 필요 시설로 분류된 기관에는 전부 디젤 공급을 하려고 하는데, 커버 범위가 너무 넓습니다. 우선은 병원 시설과 전기계통 시설물에 우선적으로 공급할 계획입니다."

옆 자리의 또 다른 국장 한 명이 이어서 보고를 했다. 비상발전기들이 꺼지기 전까지 몇 분 남지 않아서인지, 본부장도 서둘러 상황을 점검하는 중이었다.

"비상도로 확보는 문제없나요?"

"일요일 오후라서 시내 교통은 평소보다 좀 낫지만, 야외로 나갔던 사람들이 일제히 귀가를 시작하면 진짜 난리날 것 같습니다. 자차 이용을 최대한 억제하고는 있지만, 지하철이 가동되지 않아서 불만이 많을 겁니다. 아무래도 도로 소개 작전을 해야 할 것 같습니다. 지금 저희 직원들도 길이 막혀서 아직 다 도착하지 못했습니다."

도로 소개 이야기가 나오자 본부장의 표정에 고민의 흔적이 역력했다.

"도로 소개, 어쨌든 물리력 투입은 가능하면 최소한으로 합시다. 내일 새벽에는 서울 정전 상황이 종료될 가능성이 있습니다. 어디까지나 우리의 목표는 상황을 완전하게 통제하는 것이 아니라 통제 불가능한 상황을 최소화하는 것입니다."

"네. 본부장님 뜻, 잘 알겠습니다. 다음은 각급 학교 휴교 조치와 공공 부문 임시휴무 그리고 민간 부문 휴무 권장 통보에 대해서 보고드리겠습니다."

정전종합대책본부의 간략한 상황 회의가 진행되는 동안 서울시장이 상황실 안으로 들어와서 진행되는 이야기를 묵묵히

들었다. 시장 에너지특보인 최철규가 시장 옆에 서서 귓속말로
계속해서 상황을 설명했다.

당인리 계통실 발진
└ 너희들은 너무 정치적이야

당인리 사무실. 발전소 직원들이 창고에서 서버와 컴퓨터 그
리고 대형 모니터를 날랐다. 신동호와 하누리는 오랫동안 사용
하지 않고 방치된 전산 시스템을 점검하면서 필요한 세팅을 했
다. 그 옆에 선 한정건이 긴박하게 핸드폰으로 중부발전의 사장
이 된 이준원과 통화 중이었다.

"네, 형. 이제 '당인 2호' 프로그램 부팅 준비 시작해요. 현주
가 이제부터 당인리 계통팀장을 맡을 겁니다. 잘하겠죠. 잠시
후면 핸드폰 끊어져요. 그 후로는 비상용 단파무전기로 사내 연
락망 잘 유지해주시구요. 자, 수고."

전화를 끊고 한정건이 한참 작업 중인 직원들을 돌아보면서
이야기했다.

"당인리 직원 여러분, 지금부터 당인 2호 부팅 준비 시작합니
다. 사장님 지시가 방금 떨어졌는데, 지금부터 이현주 경영지원
2팀 팀장이 당인리 계통 지휘를 정식으로 하게 됩니다. 팀 이름
도 계통팀으로 바뀝니다. 현주, 잘할 수 있지?"

이현주가 낮지만 단호한 음성으로 말했다.

"처장님, 잠깐 저랑 얘기 좀 하실까요?"

당황해하는 직원들을 뒤로 하고 행정동 바깥으로 나간 이현주는 한정건과 마주 보며 섰다. 한강공원 너머로 살짝 노을이 지려는 중이었다. 한강공원은 평소의 일요일 오후에는 많은 사람이 놀러 오는 곳이었다. 그렇지만 전기가 꺼진 이후, 홍대 쪽은 물론이고 한강공원에도 휴식을 취하는 사람이 없었다. 이현주가 한정건에게 따지듯이 물었다.

"계통팀장? 지휘? 왜 저한테는 하나도 안 물어보시고 혼자 다 결정하시죠?"

당황한 한정건이 잠시 머뭇거렸다.

"지금 비상 상황이잖아. 본사랑 연락이 언제 끊길지도 모르고. 또 현주 말고 달리 지휘할 수 있는 사람도 없고."

"직접 하시면 되잖아요. 처장이 직접 지휘하겠다는데 뭐라고 할 사람이 있는 것도 아니고. 강선아 팀장 때도 결국 책임은 강 팀장이 다 지고 제주도로 내려갔지만, 사실 사업 설계랑 진행도 기본적인 건 다 처장님이 하셨잖아요? 그러고는 처장님 혼자만 인도네시아로 살짝 빠져나가셨고."

이현주가 지나간 일까지 거론하면서 한정건의 결정에 대해 반문했지만, 한정건도 쉽게 물러서지 않았다.

"그땐 우리 회사 업무가 아니라서 방법이 없었지. 그러나 지금은 달라. 딱 우리 일이야. 당인리 자체가 위기 상황에 대응하려고 만든 거고. 게다가 이준원 기획본부장이 승진해서 사장이 됐어. 이 일을 정말로 자기 일처럼 생각하는 사람이 우리 회사 사장이야. 지금이 현주가 공을 세우기 딱 좋은 상황이야, 공! 이젠 더 높은 데를 봐도 돼."

이현주가 한정건을 경멸하는 시선으로 바라봤다.

"공? 그런 말이 이 상황에 나오시나요? 공 세워서 뭐 하시게요? 본부장도 하시고, 사장도 하시게요? 지금 이 위기가 공 세우기 좋은 시기라는 건가요? 이 판국에 공 세울 기회만 보는 처장님이 사람이에요?"

날카로운 이현주의 말에 한정건은 순간 할 말을 잃었다. 이현주는 신입 직원 때부터 상사라고, 특히 능력 있는 남자 상사라고 해서 부당한 이야기를 그냥 고개 숙이고 외면하는 법이 없었다. 그래서 더더욱 남자 상사들이 이현주를 자신의 팀원으로 데려가고 싶어 하지 않았다. 그런 이현주를 자신이 거두었다는 게 한정건의 생각이었다. 일할 때에는 이현주와 호흡이 맞는다고 생각했다. 그의 눈은 아까부터 8월의 뜨거운 일몰에 꽂혀 있었다. 지는 해, 이제 자신은 정말로 지는 해인가? 해가 지기 전에 잠시 모든 사람의 눈길을 끄는 석양. 그렇지만 이현주의 공격은 계속됐다.

"팀장? 지휘? 다 허깨비 놀음이에요. 전 이제 관심 없어요."

"방법이 없다. 좀 봐주라, 현주야. 내가 전산 시스템을 잘 모른다. 여기 기술자들도 전산은 잘 모르고, 계통도 잘 모른다. 그나마 그런 거 아는 애들은 진짜 애들이고. 그렇다고 우리가 그냥 자빠져 있는 거, 그것도 좀 아니지 않나? 청와대도 지금 제주도로 갔고. 우리는 버려진 거야. 지금 중앙이 없다. 로컬에서 알아서 버티는 수밖에 없어."

당인리 전체를 총괄하는 한정건에게도 지금 다른 선택은 없지만, 이현주에게도 다른 선택은 없었다. 그러나 선택의 양상을 바꿀 수는 있었다.

"좋습니다, 팀장! 조건이 하나 있습니다. 지휘는 제가 합니다. 괜찮으시겠어요?"

잔뜩 긴장한 한정건의 표정이 조금 풀어졌다.

"그렇지, 뭐. 원래 지휘는 팀장이 하는 거잖아."

"진짜로요. 하는 척만 하는 거 말고요. 처장님은 너무 정치적이에요. 불안해서 뒤를 맡길 수가 없어요. 뒤에서 설계하고, 숨어서 뒷거래하는 버릇, 그거 올드한 방식입니다."

소리 지르지 않고 조곤조곤 이야기하지만 날카로운 이현주의 말에 한정건은 살짝 인상을 썼다.

"알았어, 알았어. 멀찌감치 빠져 있을게. 됐지?"

이현주가 가볍게 고개를 끄덕였다. 그러고는 핸드폰으로 전화를 걸었다.

"이준원 사장님, 당인리 계통팀장 이현주입니다. 임명, 감사합니다. 곧 핸드폰 나갈 거라서, 용건만 간단히 하겠습니다. 제주발전본부에 강선아 연구역 아시죠? 예전 계통팀장. 네네, 저희가 계통백업팀이 필요해서, 백업팀 구성을 좀 부탁드렸으면 합니다……. 네, 그렇죠. 일도 좀 나누고 싶고, 혹시라도 여기가 망가질 수도 있구요. 그땐 백업팀 없으면 죽음이죠. 내일 아침에 통신망 살아나면 바로 일 시작할 수 있게 부탁 좀 드리겠습니다.”

사장한테 전화로 제주도에 백업팀 구성을 상의하는 이현주를 보면서 한정건은 약간 멍한 느낌이 들었다. 그는 시스템 발전만 생각했지, 어디선가 백업이 필요하다는 생각 자체를 하지 못했다. 힘이나 권력으로는 몰라도, 머리로는 누구한테도 밀려본 적이 없다고 생각한 한정건이었다. 한정건은 멍한 눈빛으로 이현주를 바라봤다.

“들어가시죠, 처장님.”

아주 짧은 순간 허공을 떠도는 듯한 멍한 느낌의 한정건은 이현주의 말을 들으면서 다시 현실로 돌아왔다. 순간 그의 눈에는 당인리 행정동과는 좀 떨어져 있는 한국전력공사에서 직접 관리하는 변전소가 눈에 들어왔다.

“먼저 들어가, 현주야. 난 여기 좀 둘러보고 갈게. 파이팅! 어쨌든 계통은 살려놔야 해. 믿는다!”

한강공원의 푸른 풀밭, 운명처럼 두 번이나 같이 일하게 된 두 동료가 서로 다른 길을 걸어가기 시작했다. 이현주는 많은 사람이 기다리고 있는 행정동 쪽으로, 한정건은 정전이 된 지금 아무도 관심을 가지고 있지 않은 변전소 등 당인리 외부 설비들 쪽으로 걸어갔다. 같은 길을 걸어가던 사람들의 시선이나 관심 혹은 소망 같은 것들이 서로 다른 방향으로 갈라지게 되는 경우가 가끔 생긴다.

보령 비상대책본부
└ *비가역적 변화의 시간들*

그날, 정전이 되고 두 시간이 지났다. 대부분의 사람이 얌전히 기다리고 있으면 한국전력공사에서 뭔가 해서 전기가 다시 올 것이라고 생각했지만, 전기는 돌아오지 않았다. 그래도 주요 시설물에 디젤 비상발전기들이 돌아가서 뭐라도 대책을 세울 수 있는 시간을 확보했지만, 그 시간도 결국 다 흘러가 버렸다.

고통스럽더라도 나중에 회복할 수 있는 현상은 가역적 변화라고 부른다. 그리고 이전 상태로 다시 돌아갈 수 없는 변화를 비가역적 변화라고 한다. 대정전 이후 첫 번째 비가역적 변화는 긴급하게 디젤유를 공급받고 있는 서울을 제외한 전 지역에서 발생했다. 암 때문이든 혹은 코마라고 부르는 혼수상태에 있든, 어떤 이유로든 병원에 입원해 연명치료를 받는 사람들은 병원의 자체 발전기가 정지하고 몇 분 후 운명을 달리했다. 자력으로 호흡이 어려운 응급환자들도 마찬가지였다. 전기 없이도 병원들이 약 처방과 투약 등 최소한의 기능을 할 수는 있지만, 전

자장치의 도움으로 목숨을 유지하는 사람들의 비극까지 막을 수는 없었다. 도로에 버려진 차들이나 몇 시간을 걸어야 겨우 집에 돌아갈 수 있는 사람들도 고통스럽긴 마찬가지였다. 그들의 고통은 가역적 고통이지만, 연명환자들과 응급환자들의 사망은 비가역적 고통이다. 병원 같은 시설은 비상발전기에 쓸 연료를 좀 더 넉넉하게 가지고 있으면 안 될까? 안전을 돈과 바꾸는 데 익숙해진 사회는 천민자본주의다. 우리는 그것을 효율성이라고 불렀고, 그걸 잘하는 고위직들이 승진했다.

서울시가 비상대책본부를 꾸리며 어떻게든 이 상황을 통제해보려고 꾸역꾸역 로컬의 행정을 구성하는 동안, 서해안 보령에도 작은 규모의 비상대책본부가 꾸려지고 있었다. 보령 시내에 12층짜리 본사 건물에는 정말로 행정을 위한 공간만 있지, 발전시설 같은 기술적 장비는 아무것도 없었다. 그냥 사무실만 덜렁 존재했다.

중부발전 사장 이준원을 비롯한 직원들이 긴급히 바닷가의 보령 발전소로 이동하여 본격적으로 비상대책본부를 설치하기 시작했다. 8월, 해질 무렵, 서해안의 낙조가 최대한의 아름다움을 자랑하는 중이었다. 그리고 어떻게든 안정적인 상황을 만들기 위해 이준원은 자신의 권한을 최대한 사용해서 지휘본부를 꾸리는 중이었다. 발전소 회의실에 컴퓨터와 최소한의 행정을 위한 집기들을 설치하느라 모두가 분주하게 움직였다.

"한전은 여전히 연락 안 되지?"

아까부터 여기저기 전화를 돌리고 있던 행정팀장이 대답했다.

"지금 한전이 문제가 아니라 중앙정부가 있는 세종시 전체가 연락이 어렵습니다. 그나마 조금 전부터는 유선전화도 먹통이 되었습니다."

"골든아워, 두 시간은 이미 지났지? 비상용 예비발전기들도 이제 다 죽었을 거야. 우리 상황은 좀 파악됐나, 기획실장?"

큰 테이블 위에 이미 여러 대의 단파무전기들이 설치되어 있고, 무전기마다 당인리, 인천, 제주 등 별도의 태그가 붙어 있었다. 기획실장이 무전기를 가리키면서 이야기했다.

"지역의 우리 회사 발전본부별로 하나씩 단파무전기들을 연결하는 중입니다. 당인리, 인천, 제주, 본사. 상황은 파악 중입니다. 여기 보령도 쇼티지 나서 손상된 기기가 좀 있는 것 같고요. 신보령은 다 무사합니다."

"일단 우리 쪽 손상된 발전기부터 파악하고, 비상 수리반 가동해."

그러자 기획실장이 난처한 표정을 지었다.

"설비 보수정비가 워낙 외주 업체가 하는 게 많아서, 자체 정비 능력이 여의치 않습니다."

기획실장이 아주 없는 이야기를 한 것은 아니었다. 외부통신이 어려워지면서 평상시 같으면 어려운 일도 아닌 외주 업체와의 연락도 쉽지 않았다. 이준원이 순간 목소리를 높였다.

"뭔 소리야, 여긴 발전사 본사야! 평생 전기밥 먹고살던 놈들이 사무실에만 들어박혔다고 병신 다 된 거야? 기사, 기술사, 전부 현장 투입해!"

이준원이 와이셔츠 팔을 걷어붙이며 말을 이었다.

"정 할 놈 없으면 내가 현장 들어간다."

"사장님, 아닙니다. 저도 아직은 도면 볼 줄 압니다. 사장님은 노안 때문에 도면 못 보십니다. 괜히 엄한 사고 내지 마시고, 여기서 현장 지키십시오."

노안 이야기에 이준원이 웃음을 터뜨렸다.

"참, 그리고 제주발전본부에 강선아라고 있지?"

"예, 연구역. 당인리에서 내려갔던 애."

"그래 걔. 당인리에서 백업팀이 급히 필요한가 봐. 내일 아침 바로 기동할 수 있게, 팀 구성해봐. 단파무전기로 제주발전본부랑 연락 잘되지?"

기획실장의 얼굴에 웃음이 돌아왔다.

"다른 발전사들은 몰라도, 우리끼리는 다 연락할 수 있습니다. 이런 거 준비한 데, 전국에 우리밖에 없습니다. 그리고 세종시에도 우리 발전본부가 있습니다. 정 급하면, 중앙정부도 비선으로 연락해볼 수 있습니다."

저녁 7시, 서울 거리
└ 정전 네 시간째

정전이 시작된 지 네 시간 째, 서울 거리에는 어둠이 슬슬 내리기 시작했다. 여름의 저녁 7시, 그렇게까지 어두운 시간은 아니지만, 오늘은 가로등이 전혀 없었다. 그리고 평소 같으면 어느 정도는 불이 밝혀져 있을 사무실에도 아무런 조명이 없었다. 심지어는 아파트에서조차 작은 불빛도 새어나오지 않았다. 대도시가 완벽하게 어두워지면 평소에는 느껴보지 못한 공포가 다가오기 시작한다. 높은 건물들만 있고 오가는 사람이 없는 도시의 야밤, 늑대인간이라도 나올 것 같은 분위기였다.

이렇게 어두워진 거리 한쪽 귀퉁이에서 사람들은 말없이 걸으며 귀가를 서두르고 있었다. 도로에는 군데군데 버려진 차들이 있고, 때때로 완전히 마비된 도로들도 보였다. 강력한 교통 수요 통제가 있었지만, 그래도 모든 도로가 운행 가능한 상태로 유지될 수는 없었다. 오랜 시간 정체 상태로 있다가 한 명이 차를 버리고 가면, 그 뒤의 차들도 결국에는 차를 버리고 걸어갈 수밖에 없었다. 그냥 차에서 기다린다고 해서 문제가 해결되지 않을 것이라는 정도는 누구나 알 수 있는 상황이었다.

도로확보팀과 화장실 키트
도로에 사람이 많은 것 치고는 놀라울 정도로 조용하고 어두운 거리에, 굉음을 내면서 제설차와 포크레인, 견인차 등 중장비 차량들이 도착했다. 그 뒤로 구청 로고가 선명한 차량들이 따랐다. 포크레인이 길을 막고 있는 차들을 밀쳐내면서 비상도로를 확보했다. 차들은 생각보다 쉽게 한쪽으로 밀렸다. 물론, 차 외관에 상처가 나는 것은 물론이고, 여기저기 부딪힌 흔적들이 남았다. 주인들이 보면 속 쓰릴 상황이지만, 지금은 비상급유차와 혹시라도 있을지 모르는 화재에 대비한 소방 차량들이 움직일 수 있는 도로를 확보하는 게 최우선이었다. 일일이, 때때로 한 대씩 차량을 움직이기에는 인력도 부족하지만 시간도 너무 없었다. 가끔은 중장비에 밀리지 않는 차들이 있었다. 트럭처럼 너무 무거운 차량인 경우도 있지만, 대부분 사이드 브레이크를 채워놓은 상태로 주인이 떠난 차들이었다. 경차같이 작은 차도 이 상태에서는 전혀 움직이지 않았다. 이런 차들은 포크레인을 뒤따르는 견인차들이 신속하게 도로 한쪽으로 끌어냈다.

중장비들이 도로 한쪽에 임시도로를 확보하고 지나가면, 행렬의 맨 뒤 트럭 한 대가 잠시 정차했다. 구청 직원들이 트럭에서 007가방보다 약간 더 큰 장비 하나를 내렸다. 정사각형 모양의 키트를 바닥에 내려놓고 가방을 열 듯이 양쪽으로 펼치자, 제법 넓은 공간이 확보됐다. 서울시가 UN 구호장비를 응용해서 자체 개발한 화장실 키트였다. 직원들이 장비 양 끝에서 폴대들을 뽑아 올리자, 폴대와 함께 안쪽이 비치지 않는 스크린이 펼쳐지면서 한쪽에 벽이 만들어졌다. 뒤 이어, 바로 세 개의 스크린이 올라갔다. 한 개의 스크린에는 똑딱이 단추를 단 출입문이 있었다. 발로 펌프를 눌러 압축 공기로 약품을 뿌려 사용하는 무동력 간이 화장실 키트가 완성되었다. 순식간에 화장실 형태가 완성되자, 구청 직원은 그 뒤에 손잡이가 달린 검은색 배변통을 설치했다. 화장실 키트 설치가 끝나자 구청 직원 한 명이 외쳤다.

"임시 화장실입니다. 용무가 급하신 분은 여기를 쓰셔도 됩니다."

사람들이 순식간에 간이 화장실에 줄을 서기 시작했다. 도로 옆에 네 개의 간이 화장실이 한 세트로 설치되었다. 그리고 구청 직원들은 작은 생수통이 든 종이박스들을 도로 한 켠에 쌓았다. 물을 발견한 사람들이 급히 달려들었다. 화장실과 생수통 박스를 설치한 직원들이 다시 차에 올라탔다.

중장비들은 계속해서 비상도로를 확보하며 길을 열어 나갔다. 비싼 걸로 소문난 주상복합아파트 입구에서 다시 구청 트럭이 멈춰 섰다. 그리고 화장실 키트를 설치하기 시작했다. 이번에는 3세트, 총 12개의 키트가 설치됐다. 구청 직원이 물었다.

"계장님, 이 많은 사람들이 이걸로 될까요?"

"그러게 말이다. 그래도 없는 것보다는 낫겠지. 폭설 대비 예산으로 이런 중장비랑 물품들 구매할 때, 이걸 진짜 쓸 일이 있을까 싶었는데. 매뉴얼은 서너 시간마다 한 번씩 배변통을 비우게 되어 있는데, 아무래도 이런 데는 두 시간마다 한 번씩 와야 할 것 같아. 배변통 살피다가 밤새겠네.”

엘리베이터팀

도청의 중장비들이 비상도로를 확보하는 동안 그 행렬 뒤로 승합차 한 대와 앰뷸런스가 뒤따르고 있었다. 편의상 그들을 엘리베이터팀이라고 부르자. 두 명의 구청 직원과 의무대원들이 차에서 내렸다. 그 뒤에는 앰뷸런스가 대기하고 있었다. 구청 직원 중 한 명은 220볼트 가정용 교류전기를 공급할 수 있는 배낭 모양의 배터리 팩을 매고 있었다.

“자, 여기서부터 시작합시다.”

“여기 건물들을 다 돌아야 하지요?”

구청 직원은 고개를 끄덕이면서 가장 먼저 보이는 6층짜리 건물로 들어갔다. 정전이 되는 순간, 마침 비상발전기를 돌리지 못한 건물의 엘리베이터에 타고 있던 사람들은 여전히 그 안에 갇혀 있을 확률이 높았다. 엘리베이터에서 보내는 비상신호도 전기가 없으면 소용이 없었다.

한 명이 1층 엘리베이터 옆의 배전원을 열었다. 그 사이 다른 한 명이 등에 메고 있던 배터리 키트를 내리고, 점프선을 써서 배전원에 교류전기를 연결했다. 그러자 ‘웅’ 소리를 내면서 엘리베이터가 1층으로 내려왔다. 엘리베이터 문이 열리자, 지쳐서 바닥에 앉아 있는 회사 유니폼을 입은 여자 두 명의 모습이 보였다. 너무 힘들고 놀랐던 여자들은 말도 하기 어려운 상태였다. 제대로 환기가 되지 않는 좁은 엘리베이터 내부는 숨을 쉬기 어려울 정도로 온도가 높아져 있었다. 건물 에어컨은 정지한 지 오래였다. 뒤에 서 있던 구급팀이 황급히 두 사람을 부축해 엘리베이터에서 내리는 것을 도와주었다. 이어서 1층으로 내려온 오른쪽 엘리베이터의 문이 열렸다. 다행히 아무도 없었다. 엘리베이터팀은 급히 점프선을 제거한 후 다시 배터리 키트를 등에 메고, 다른 건물로 이동할 준비를 했다.

이 모습을 지켜보던 건물 경비가 황급히 외쳤다.

"죄송합니다만, 혹시 등에 맨 그거, 여분이 없습니까? 저희 물탱크도 돌려야 하고, 오수펌프도 돌려야 하는데요."

"미안합니다. 우리도 이 구역 전부 돌리면, 배터리 용량이 간당간당합니다. 지금은 엘리베이터에 갇힌 사람들 구조가 최우선입니다."

경비가 아쉬운 눈빛으로 말했다.

"이런 건 좀 넉넉하게 준비해두면 얼마나 좋아요. 우리도 좀 나눠 쓰고요."

"그러게요. 아무리 서울이라도 시청이나 구청은 지방정부예요. 예산을 중앙정부에서 전부 틀어쥐고 있어서, 이 배터리 팩도 진짜 없는 예산 쥐어짜서 겨우겨우 장만한 거라니까요. 설마설마 했는데, 정전이 진짜 올 거라고 누가 생각을 했겠어요."

강남의 어느 고등학교

강남 지역의 불 꺼진 어느 고등학교 정문으로 구청 트럭이 몇 대 줄을 이어 들어갔다. 트럭이 도착하자 꽤 많은 사람이 짐을 옮기기 위해 모여들었다. 시청 유니폼과 구청 유니폼을 입은 공무원들이 섞여 있었다.

"저도 우리 집 걱정되는데, 대체 이 잘사는 사람들을 위해 왜 제가 오늘 같은 날, 왜 여기 나와야 하는지 모르겠어요, 계장님."

20대 젊은 직원이 불평을 했다.

"공무원이 뭐 있어? 나오라면 나오는 거지. 그리고 아파트에 산다고 다 잘사는 것도 아니야. 전세도 있고, 월세도 있고. 새로 짓는 아파트들, 다 고층으로 올리니까 인간적으로 너무 높아. 엘리베이터 멈추면 집에도 못 들어가는데, 구청에서 긴급 대피소 차리는 건 당연한 거지. 그 사람들도 다 시민이고 구민이야."

집에 귀가하기 어려운 사람들을 위해 구청에서 지역의 학교마다 긴급대피소를 설치하는 중이었다. 귀가? 실제로는 아파트, 특히 20층 이상 고층 아파트의 엘리베이터가 멈추면서 집에 들어가기 어려워진 사람이 많아졌다. 집에 모든 것이 갖추어져 있다고 하더라도 정전 상황에서 엘리베이터가 서면 그들도 이재민이 된다.

부탄발전기와 홈젠24
└ 지금은 병원에 못 가요

서울에서 이현주가 사는 전셋집은 건평 20평, 대지 50평짜리 국민주택이다. 방은 세 개, 그리고 지하실이 있다. 박정희 시절에 대량 보급된 국민주택은 다세대주택으로 많이 바뀌어서, 이제 별로 남아 있지 않다. 건물의 경제적 가치는 감가상각이 끝나, 사실상 제로다. 이현주가 보령 시절에 취미 삼아 만든 부탄발전기 같은 자작 발전기나 '홈젠24' 같은 신형 가정용 발전기들을 놓아두기 위해서는 지하실이 필요했다. 24시간 작동 가능한 미니발전기 홈젠24는 우리나라 중소기업 제품으로, 홈쇼핑에서 비상용 가정 상비 품목으로 빅히트를 쳤던 상품이다. 쓸데가 있을까 싶지만, 어쨌든 많은 사람, 아니 많은 가정에서 상비용 비상 아이템으로 구입했다. 당장 어디 쓸지 명확하지는 않지만, 일단 폼은 났다.

저녁이 되면서 현주네 집 안도 어둑어둑해졌다. 세영은 책상에 있던 스탠드에 불을 켰다. 그리고 어댑터의 플러그를 뽑고, 마루 한 귀퉁이의 탁자 위에 스탠드를 올렸다. 아주 밝지는 않아도 몇 사람이 어둠을 면할 정도는 되었다. 한쪽 구석에 몸을 기대고 있던 혜민이 신기하게 바라봤다.

"어? 아저씨. 정전인데, 이건 불이 들어오네요."

"응, 이건 배터리 내장형이야. LED 램프라서 전기 별로 안 먹고, 배터리도 오래가."

세영 대신 큰아들이 LED 스탠드에 대해서 간단한 설명했다.

"혜민아, 잠깐만 기다려. 이모부가 호흡기 틀어줄게."

세영은 현관 한쪽에서 손잡이가 달린 소형 부탄발전기를 꺼내 왔다. 그리고 이현주가 손으로 적어놓은 설명서를 들고 서서 기동 준비를 시작했다.

"이거 신기하게 생겼지, 혜민아. 현주 이모가 직접 만든 발전기야. 자, 보자. 부탄가스통을 꼽고, 제대로 꽂혔는지 흔들어서 확인하고. 확인. 그리고 노란색 스위치를 올린다. 올렸고. 자, 불 들어온다."

세영은 준비해놓은 가정용 호흡기인 네블라이저 안쪽에 조그만 물약 캡슐을 넣고 부탄발전기 앞쪽 콘센트에 전원을 연결했다. 호흡기 스위치를 올리자 잠시 후 옅은 안개가 나오기 시작했다.

"심 여사님, 혜민이 호흡기 좀 잡아주실 수 있지요?"

"당연하지. 그나저나 이 집엔, 별게 다 있네."

혜민이는 외할머니인 심 여사에게 안겨 호흡기 치료를 시작했다.

"이건 스테로이드 계열 약이라서, 좀 셉니다. 둘째 너무 아플 때 쓰려고 좀 구해놨었어요. 저는 잠시 집 좀 돌아보겠습니다."

세영은 잠시 집 안 여기저기를 살폈다. 수도꼭지에서는 더 이상 물이 나오지 않았다. 집에 들어오자마자 물을 틀어놓아서 욕조에는 물이 가득했다. 일단은 버틸 수 있었다. 세영은 방에 들어가서 오래된 요강을 들고 나왔다.

"자, 이거 보이시지요. 어린이들, 이건 요강입니다. 화장실에 놓을 테니까, 조심해서 쓰세요. 특히 너네들, 서서 쉬야 하면 다 튄다, 큰일 난다. 물 아껴 써야 해. 요강에는 꼭 앉아서 쉬야 해야 돼."

"진짜 옛날 생각나네. 옛날에는 다 저기서 했는데. 살아서 저걸 또 보게 될 줄 몰랐네."

심 여사가 편안한 미소를 지었다.

"괜찮아, 옛날엔 다 이렇게 했어. 이 마루보다도 작은 방에서 여섯 명이 지냈던 적도 있어. 하여간 이런 국민주택도 진짜 오랜만이야. 우리도 예전에 딱 이런 국민주택에 살았는데. 그나저나, 요즘 사람들은 다 이렇게 비상 장비들을 챙겨놓고 사나?"

세영은 냉장고 안을 정리하면서 대답했다.

"현주가 전기 회사 다니기도 하지만, 좀 별나기도 합니다. 일본 후쿠시마 원전 사태 이후로 집에다 비상발전기 정도는 갖춰놓는 게 취미인 사람들이 좀 생겼습니다. '홈젠24', '홈제네레이터'라는 국산 가정용 비상발전기 중 24시간 가는 게 나왔습니다. 동호회 등에서 선풍적인 인기죠. 저희 집에도 하나 있습니다."

"든든하네, 그래. 아픈 애 데리고 나 혼자 아파트에 있었으면 어땠을지, 오늘은 진짜 큰 도움이 되었네. 그나저나 혜민이는 병원 안 가봐도 괜찮을까? 호흡 많이 안 좋아지면 응급실부터 갔었는데."

세영이 심 여사 옆에 앉으면서 말했다.

"병원도 비상발전기 돌리는 거라서, 언제 전기 나갈지 모릅니다. 오늘은 응급실에 가도 받아주지 않을 겁니다. 입원은 당연히 어려울 거구요. 우리도 둘째 호흡기가 안 좋아서, 병원에서 노상 살았잖아요."

제주도 청와대 임시집무실
└ *이제 뭐 하지?*

제주도 청와대 비상 집무실. 사무용 집기들이 배달되어 정리하느라고 모두가 분주했다.

"전국이 다 마비인가 봐. 이런 일을 겪어봤어야지."

숨 돌릴 사이도 없이 헬기와 대통령 전용기로 제주도에 도착한 비서실장도 지금 마음의 여유가 없었다.

"난리도 이런 난리가 없네. 당신들이 찾아낸 지침대로 제주로 오지 않았으면 지금쯤 휴우, 생각만 해도 끔찍해. 사람들 아니 기자들이 어떻게 된 거냐고 몰려왔을 생각하면, 암흑 속에서. 역시 매뉴얼이 중요하긴 중요해. 어째 어째 오기는 왔는데, 이제부터가 큰일이네. 세종시는 물론이고 서울의 국회, 연락되는 데가 없어. 경황 중에 오느라고, 심지어 경호진들도 제대로 못 왔고. 스태프가 거의 없어. 하여간 오는 건 왔다 치고, 이제 전기는 어떻게 다시 켜나?"

"2011년 9.15 정전 이후, 전계통 정전 후 회복까지 7~20일 정도 걸린다고 한전이 답변한 적이 있습니다. 최소 일주일 이상 여기서 버틸 생각을 하셔야 합니다, 비서실장님."

에너지담당관이 공식적인 정부 추정치를 말했다. 그 이야기를 듣자, 비서실장의 얼굴이 어두워졌다.

"일주일이 넘어? 그렇게 오래 여기서 버텨야 해? 그렇더라도, 지금 세종시도 정전일 텐데. 규정상으로는 산업부가 아니라 행안부가 책임을 맡는다고 하더라도, 우리도 뭘 해야 하는 거 아냐, 상식적으로……. 누가 하겠어?"

그러자 산업비서관이 단호한 어조로 말했다.

"지금 우리가 할 수 있는 것도 없고, 또 해서도 안 됩니다."

비서실장은 머리도 잘 돌아가지만 판단도 아주 냉정한 스타일이었다. 그렇지만 그도 지금은 판단이 어려웠다.

"할 수 있는 게 없다는 건 알겠는데, 해서도 안 되는 건?"

"위기 순간에 뭘 안 해서 생기는 문제보다, 뭘 해서 생기는 문제가 훨씬 큰 법입니다. 하려면 확실하게 해야 하는데, 했다가 제대로 안 되면, 이제는 우리가 전부 다 뒤집어쓰게 됩니다. 야당이 가만있겠습니까? 되든 안 되든, 규정대로 행안부 장관이 위기대책본부를 꾸려서 어떻게든 수습하는 게 답입니다. 그래서 절차가 있는 거구요. 행안부 장관이 못 하는 걸, 우리라고 할 수 있겠습니까? 청와대는 마지막 순간에 수습하는 기관입니다. 우리가 움직였다가 안 되면, 그때는 진짜 정부 공백 상태가 됩니다."

"그래도 우린 군대를 움직일 수 있지 않나? 지금 군 비상 연락 체계를 복구하는 중이니까, 내일은 군대라도 투입할 수 있을 거야."

산업비서관은 비서실장이 군대 동원에 관한 이야기를 꺼내는데도 전혀 움츠리지 않았다.

"군대라고 전기 없는 상황에서 별수 있겠습니까? 차라리 가만히 있으면 현상 유지는 하지만, 일단 움직였다가 문제가 생기거나 혹시라도 고립되면, 정말로 수습 어려워집니다. 군대가 통신 시스템 확보하면, 그때 뭘 할 건지 판단해도 늦지 않습니다. 그리고 비서실장님, 지금 우리가 정말로 해야 할 일은 따로 있습니다. 행안부도 못 하고, 군대도 못 하는, 우리가 지금 꼭 해야 하는 절체절명의 일이 있습니다. 바로, 원전을 지키는 일입니다. 담당관, 상황이 어떻지?"

급하게 서울에서 제주까지 오게 되어서 경황이 없는 것은 에너지담당관도 마찬가지였다. 그래도 최대한의 침착함을 유지하기 위해 안간힘을 쓰는 중이었다.

"원자력발전소에 외부전원이 끊어지면 냉각수 펌프가 멈춥니다. 그래서 비상발전기를 돌려서 다시 펌프를 돌리게 됩니다. 그런데 비상발전기에 기름이 떨어지거나 문제가 생기면? 후쿠시마 사태가 그렇게 생긴 겁니다."

비서실장이 원전사고라는 말에 흠칫했다.

"연료 공급 못 받으면, 원전이 폭발할 수도 있나? 후쿠시마에서 봤던 멜트다운 같은 거?"

"큰 지진으로 충격이 생기면, 원전은 안전 확보 차원에서 일단 계통에서 분리되고 자체 점검을 하게 되어 있습니다. 전기가 살아 있으면 아무 문제도 아닌데, 외부전원이 끊기면 바로 디젤 공급이 필요합니다. 무엇보다 영광 발전소의 경우는, 지진이 난 나주에서 직선거리로 50킬로미터도 안 됩니다. 아마 감속운전 들어갔을 겁니다. 나머지 원전들도 전기 공급이 정지되면 비상 발전기로 아이들링 모드 정도 유지하고 있을 텐데, 거기도 디젤 공급 안 되면 결국 위험해집니다."

비서실장이 고개를 끄덕였다.

"청와대가 제주도에서 지휘부를 유지하면서 1차적으로 시급한 전국적 원전사고를 막았다, 이 시나리오로 가자는 얘기인가?"

청와대 행동지침 서류를 손에 쥐고 산업비서관이 말했다.

"바로 그겁니다. 원전에 문제 생기면 전기 며칠 안 들어오는 거랑 비교할 수도 없는 큰 피해가 발생합니다. 청와대가 전국적으로 모든 원자력발전소의 사고를 막아냈다, 그게 지금 우리가 시급히 해야 하는 시나리오입니다. 여기 긴급지침에도 그게 액션 우선순위 1번으로 되어 있습니다."

"방법은? 지금 당장 할 수 있는 게 있나?"

에너지담당관이 손목시계를 보면서 말했다.

"사건 터진 지 이미 몇 시간 지났기 때문에, 결정을 내리시려면 서두르셔야 합니다. 다행히 아직은 좀 시간 여유가 있습니다. 일단 급한 대로 헬기들 최대한 동원하는 게 좋겠습니다. 소방헬기 물탱크에 디젤 담아서 1차로 보내고, 2차분은 배로 보내면 될 것 같습니다."

비서실장도 마음을 먹었다.

"그렇게 하도록 하지. 원전 폭발, 그건 안 될 말이지. 그리고 당신들 두 사람, 여기 전기 아는 사람들이 당신들밖에 없어. 좀 무리한 계획이라도 괜찮으니, 앞으로의 액션 플랜 좀 마련해줘. 오자마자 이런 얘기 하기 뭐하지만, 청와대가 주도적으로 움직여서 전기 살릴 방안이 있으면 좋겠어. 일주일 이상 이렇게 있는 건 도저히 무리야. 기간도 좀 당기고, 폼도 좀 나게. 귀하들 다음 자리는 내가 보장하지. 공을 세워. 당신들도 살고, 나도 살고, 나라도 살고."

아파트 타워스
└ 일상의 전복

소방대원을 모집하자 무려 서른이 넘는 사람들이 모여들었다. 규약에 따르면 각 대원은 불이 났을 때 언제든지 사용할 수 있도록 일정 개수의 가죽 물통과 물건을 나를 때 사용하는 튼튼한 바구니들을 준비해두고 있어야 했다. 우리는 잘해나갔다. 실제로 소방대가 창설된 이후 우리 도시에서는 한 번의 화재로 두세 집 타는 불상사는 일어나지 않았다.

- 《벤저민 프랭클린 자서전》 중에서

72세의 임옥섭 씨는 고집은 엄청나지만 사업 수완이 좋은 사람이었다. 평생 집을 짓는 일을 하였는데, 그동안 술을 많이 마셔서 건강이 그렇게 좋지는 않았다. 자신의 몸과도 같았던 건설사를 자기 아들에게 물려주고 나서는, 혼자 가벼운 운동을 하거나 친구들을 만나는 것으로 시간을 보내고 있었다. 그에게 강남에 있는 고층 아파트는 자신의 정체성과도 같았다. 자식들이 결혼해서 모두 떠난 후, 아내도 결국 그의 곁을 떠났다. 그래도 사는 곳을 옮기지는 않았다. 왠지 그곳에 있어야 할 것 같았다. 정전이 된 후, 20층 이상에 사는 사람들은 근처 초등학교에 있는 대피소로 옮기라는 방송이 나왔어도 그는 들은 척도 하지 않았다. 정전이 된 뒤에도 한동안 아파트는 비상발전기와 함께 전기가 들어왔다. 그리고 물탱크를 통해서 물도 정상적으로 나왔다. 두 시간 후 정말로 모든 전기가 꺼졌고, 엘리베이터도 정지했다. 잠시 기다리면 모든 것이 정상으로 돌아올 것이라고 생각한 그는 집밖으로 한 걸음도 나갈 생각이 없었다.

그는 한여름의 더위를 식히기 위해 창문을 열었다. 크지 않은 창문이지만 고층이라서 나름 시원하게 바람이 불었다. 상쾌한 기분이 들 정도였다. 실내에는 에어커튼도 달린 아파트였다. 그가 이 집으로 이사 와서 창문을 이렇게 크게 연 것은 정말 처음이었다. 그는 어둠 속을 더듬거리면서 싱크대 서랍에서 초를 찾았다. 파티 때 손님들 오면 가끔 켜는 초가 있는 곳을 그는 알고 있었다.

"맞아. 여기야, 여기. 그렇지!"

아무도 없는 아파트, 최근에는 찾아오는 사람도 별로 없었다. 원래도 없는데, 오늘은 더더욱 없을 것 같았다. 어영부영 찬밥과 마른반찬으로 저녁을 먹은 그는 지나간 삶을 돌아보았다. 남들은 어떻게 생각할지 모르지만, 그는 자신의 삶이 자랑스럽다고 생각했다. 크고 고급스러운 아파트 거실, 비록 어둡지만 그의 삶을 밝게 만들어주었다. 그리고 깜박 잠이 들었다. 바람에 세게 날린 거실 커튼에 촛불이 옮겨붙는 것을 그는 알지 못했다. 평소 같으면 자그마한 불씨에도 스프링쿨러가 작동했을 것이다. 그러나 정전, 그런 일상의 안전장치들은 지금 작동하지 않는 상태였다. 소박한 저녁 식사 후 잠깐 잠이 들었던 임옥섭 씨의 그 잠은, 마지막 잠이 되었다. 화재의 열기가 그의 몸을 덥치기 전, 거실의 가죽소파 안에 들어 있던 스펀지가 뿜어낸 유독가스가 그의 숨을 먼저 거둬갔다. 그리고 그가 정성스럽게 모아 놓은 책들로 불이 번졌다. 불은 옆집으로 번지기 전에 위층으로 먼저 올라갔다.

임옥섭 씨가 마지막 숨을 쉬고 두 시간이 넘어서야 첫 번째 소방차가 도착했다. 50층이 넘는 고층 아파트의 3분의 2 지점으로 불길이 막 넘어가려는 순간이었다. 정상적인 소방은 소화전의 물을 소방차가 뿌리는 것으로부터 시작한다. 그러나 정전은 소화전의 기능을 마비시켜버렸다. 소방관들이 할 수 있는 일이 거의 없었다. 한참 후에 도착한 사다리차는 10층 높이 이상으로는 올라가지 못했다. 7층과 8층에서 몇 명을 구했다. 그러나 그 이상은 무리였다. 불길은 환기구를 따라서 계속 번져나갔다. 유독가스로 가득찬 검은 연기가 점점 더 강하게 아파트 밖으로 뿜어져 나왔다.

그 시간에 전국적으로 50곳이 넘는 아파트에서 화재가 나고 있었다. 60~70년대에는 정전이 잦았다. 밤에 정전이 되면 사람들은 초를 꺼내서 다시 전기가 들어올 때까지 어둠을 버텼다. 그 시절에는 아파트가 별로 없었다. 그때의 기억 때문일까? 처음 전기가 나간 그날 밤, 아주 많은 사람이 촛불을 켰다. 그리고 적은 확률이지만, 그중 몇 개는 거대한 화재의 불씨가 되었다. 소화전의 물이 도움을 못 주는 그 순간, 아파트 화재 현장에서 소방관들이 할 수 있는 일이 거의 없었다. 비상발전기가 멈추면서 수도를 보낼 동력을 확보할 수 없었기 때문이다.

불이 아파트에서만 난 것은 아니었다. 지방 소도시 두 곳의 단독주택 단지의 화재는 마침 불어오는 강풍을 타고 수십 채의 집을 태웠다. 최초의 근대식 소방서는 미국 독립의 영웅 프랭클린 루즈벨트와 그의 친구들이 만든 소방대였다. 새로 도시가 형성된 필라델피아는 다른 모든 신설 도시들처럼 화재가 큰 위험이었다. 대학 등 학교와 도서관을 만든 시민들의 모임이 새로 관심을 가진 것이 바로 소방대였다. 그 시절의 소방대는 화재를 예방하거나 긴급히 불을 끌 능력까지는 되지 않았다. 그렇지만 바짝 붙어 지어진 건물들이 블록 단위로 전소하는 것을 막을 수는 있었다. 한 번의 화재로 여러 채나 골목 전체가 전소하는 일을 막는데, 막 생겨난 프랭클린의 소방대는 아주 유용한 장치였다. 많은 도시에 소방대가 퍼져나갔다. 스프링클러 같은 제어 장치가 아니더라도 소화전과 같은, 도시를 만들면서 같이 구성하는 기본적인 인프라가 사라진 순간, 많은 사람의 일상이 전복된다.

"우아!"

서울 강북의 한 작고 가난한 동네 상공으로 소방헬기가 날아올랐다. 막 옆의 집으로 화재가 넘어가려는 순간, 소방헬기에서 떨어뜨린 물이 순식간에 작은 집의 불을 삼켜버렸다. 서울시가 필수 시설로 긴급 디젤을 공급하고 있던 소방서와 소방헬기들, 최초의 소방대가 그렇게 했던 것처럼 화재가 골목 전체로 번지는 것을 막을 수 있었다. 불행 중 다행이었다. 그러나 그 밤, 한국의 모든 도시가 소방헬기를 운용할 수 있었던 것은 아니었다.

5장

중앙정부 시설물 탈취

커리샥 좋아하는 심 여사
└ *남편이 이렇게 순하던지*

밤 10시, 세영의 길고 어색한 하루가 끝나갔다. 두 아들과 정성진의 딸 혜민이도 결국은 잠이 들었다. 혜민이의 상태는 호흡기 치료를 하고 좀 나아졌다. 만약 정전 상황이 아니었다면 병원 응급실로 갔을까? 일요일 오후이기는 하지만 갔을 것 같다. 폐렴이 심해질 수도 있고, 다른 합병증이 생길 수도 있기 때문이다. 그러나 모든 것이 일시적으로 정지한 순간, 병원도 예외는 아니었다.

세영이 이런저런 생각으로 거실에 멍하니 앉아 있는데, 잠이 오지 않는지 심 여사가 거실로 다시 나왔다.

"심 여사님, 잠 안 오시나 봐요? 술 한잔 드릴까요?"

"세영 씨, 뭐가 좀 있나?"

"포도주도 안 딴 거 좀 있구요. 발렌타인, 커티샥, 그런 스카치. 짐빔, 버번도 있습니다."

"커티샥 좋지. 예전에 참 많이 마셨는데."

세영이 싱크대 한쪽에서 반쯤 남은 커티샥을 가지고 왔다.

"죄송합니다, 먹다 남은 것만 있네요. 냉장고가 멀쩡하면 얼음 넣어서 하이볼 맛있게 해드릴 수 있을 텐데."

심 여사가 가볍게 웃었다.

"괜찮아, 커티샥은 그냥 먹는 게 제일 맛있어. 향도 좋고, 살짝 단맛도 느껴지고. 애들 입맛이지. 난 그게 더 좋아."

세영이 술 한 잔을 목으로 넘겼다. 어차피 오늘 밤은 길 것 같다. 침착한 척하고 있지만, 아이 셋을 이 와중에 지키는 것도 그냥 마음 편한 일은 아니고, 특히 호흡이 편치 않은 아이까지 맡고 있어서 이래저래 부담이 되었다.

"세영 씨, 이렇게 애들 보고 있으면 힘들지 않아?"

"제 일이라는 게, 그림 그리고 글 쓰는 건데요. 돈이나 조금 더 넉넉하면 좋겠는데. 뭐, 지금도 좋습니다. 입에 세 끼 밥 들어가는 데 큰 문제없습니다."

심 여사가 커티샥 한 모금을 넘기며 말했다.

"우리 애가 현주 씨랑 세영 씨 얘기 자주해. 부러운가 봐. 하긴, 시대가 바뀐 거지. 나 때는 가끔 바람은 좀 피더라도 돈 잘 버는 사람을 괜찮게 쳤어. 지금은 아닌 것 같아. 현주 씨가, 사람 잘 고른 거지, 진짜로. 우리 딸은 죽어라고 사는 것 같아도,

그런 지혜가 없어, 지혜가. 군인이던 자기 아빠 닮아서 그런지, 성질만 지랄 맞고."

뻔한 이야기라도 지금은 밤의 정적을 깨기 위해 세영도 뭐라고 말해야 할 것 같았다.

"지금 혜민이가 좀 아파서 그렇지, 조금만 더 커서 괜찮아지면 많이 편해지실 겁니다. 우리도 둘째가 좀 덜 아프고 나서, 사는 게 정말 많이 편해졌습니다."

심 여사가 병을 기울여 잔에 커티샥을 조금 더 따랐다. 그런 후, 잔에 담긴 위스키의 출렁임을 멍하게 바라봤다.

"내가 손녀딸 보려고 예전에 그렇게 악착같이 살았나 싶네. 선진국 되려면 아직 좀 먼 것 같아. 애 엄마가 뭘 좀 하려면 엄마가 죽어나던지, 남편이 세영 씨처럼 이렇게 순하던지. 세영 씨는 비슷한 친구 없나? 우리 딸 소개시켜 줄 만한 사람……."

당인 2호 발진 준비
└ 중앙정부 시설물 탈취 모의

그날 밤 11시, 홍대 앞도 전국 다른 곳과 마찬가지로 어둠에 가득 차 있었다. 불 켜진 건물이 하나도 없었다.

어둠에 가득 찬 홍대 앞 도로로 서울시 소속 자치경찰들이 탄 특수차량들이 질주했다. 여러 대의 차량은 속도를 줄여 천천히 당인리 정문 안으로 진입했다. 차에서 내린 자치경찰들이 당인리 발전소의 행정동을 둘러싸기 시작했다. 지금부터 이 시설이 서울에서 가장 중요한 곳이 될 것이다. 현장에서 질서를 유지하고 화재 현장을 지원하기 위해 경찰들도 정말 숨 돌릴 틈 없이 바쁜 하루를 보냈다. 그러나 혹시라도 이 행정동이 어떤 이유로든 침입을 당하면, 서울시가 공들여 만든 계획들이 밑바닥부터 흔들리게 된다. 엄청난 비밀주의 때문이 아니더라도 보안과 경계를 강화할 수밖에 없었다.

당인리 계통상황실은 몇 년 전 국감사태 이후로 비워져 있었다. 그런 이곳에 다시 컴퓨터와 모니터들이 설치되었다. 그리고 그 방으로 직원들이 들어오기 시작했다. 일요일 저녁, 급하게 회사로 뛰어온 많은 당인리 직원이 상황 설명을 듣기 위해 모여들었다. 그리고 한정건은 좀 멀찍한 곳에 자리를 잡고 지켜보았다. 상황실 맨 앞으로 이현주가 걸어 나갔다.

"당인리 계통팀장 이현주입니다. 잠시 휴식들 좀 하셨습니까? 지금부터 이 오퍼레이팅룸은 현 상황이 종료할 때까지 멈추지 않습니다. 언제 끝날지 모르고, 백업용 교대조도 마땅치 않습니다. 각자 알아서 눈치껏 휴식을 하면서 버텨주시기 바랍니다. 지금부터 우리가 해야 할 작전은 우리 회사가 한번도 해보지 않은 배전, 그것도 계통 관리입니다. 다 잘 아시다시피 원래는 전력거래소의 중앙급전소가 하는 일인데, 나주 지진 이후 상황이 여의치 않아 당인리에서 직접 서울 계통을 맡아 급전을 실시할 계획입니다. 오늘 밤 블랙아웃으로부터 시스템을 깨우는 '블랙스타트'를 할 겁니다. 전체 작전은 하누리 대리가 설명하겠습니다."

하누리가 대형 모니터에 계통 설명도를 띄웠다.

"계통팀 대리 하누리입니다. 간단하게 설명드리겠습니다. 계획대로 진행되면 서울시가 사용하는 전기의 20퍼센트를 당인리가, 5퍼센트를 목동이 담당할 수 있습니다. 낮에 해가 뜨면 작은 태양광 발전기들이 10퍼센트까지 추가 발전 가능합니다. 최대 35퍼센트 가지고는 도저히 계통 연결할 수 있는 상황은 아닙니다만, 방법이 아주 없지는 않겠죠."

설명을 하던 하누리가 잠시 주변을 돌아봤다.

"겨울철이라면 추위를 견디기가 쉽지 않지만, 여름철 에어컨은 상대적으로 관리가 좀 더 쉽습니다. 힘들기는 하지만, 버틸수는 있죠. 상업용 시설들까지 최대한 억제하면, 평소의 50퍼센트 수준에서 수요를 관리할 수 있습니다. 일단 내일은 전 학교 휴교와 공공 부문 휴무 조치가 내려집니다. 이 정도는 서울시가 처리할 수 있구요. 부족한 전력 15퍼센트는 저희 중부발전 소속 인천화력에서 끌어올 수 있습니다. 원래의 당인 1호에는 인천화력까지 범위에 들어가 있지 않지만, 지난 몇 시간 동안 우리 당인리 발전기와 목동 발전기에 LNG를 공급할 인천의 LNG 기지 관련 설비와 인천화력까지 포함하는 버전 업을 했습니다. '당인 2호'가 오늘 가동할 EMS 프로그램입니다."

'당인 1호'라는 이름 정도를 얼핏 들었던 많은 직원 앞에서 하누리가 '당인 2호' 프로그램을 열었다. 푸른색 화면에 '당인 2호'라는 로고가 뜨고, 잠시 후 계통 지휘 프로그램의 인터페이스가 펼쳐졌다. 강선아 팀장 시절, 완성 직전에 팀이 해체되게 된 것을 이현주가 넘겨받아서 외부에 알리지 않고 조용히 당인 1호를 마무리 지었다. 여기에 서울 시스템 외부와 인천 팩을 외부 모듈로 연결시킬 수 있게 급히 버전 업을 한 것이 당인 2호였다. 프로그램 설계상 외형은 완성되었지만 아직 스카다 파일 등 내부 DB가 장착되어 있지 않았다. 당인 2호는 서울 지역이 아닌 외부 지역과의 송배전이 가능하게 설계되어 있었다. 하누리의 설명을 듣던 직원 한 명이 질문을 했다.

"질문 있습니다. 저도 기술적인 건 잘 모르지만, 그냥 생각만 말씀드리겠습니다. 이렇게 복잡하게 여기서 서울 프로그램을 자체적으로 돌리느니, 차라리 의왕에 있는 서울급전소를 살리는 게 더 빠르지 않겠습니까? 서울-의왕, 거리도 얼마 안 되는데요. 그리고 행정적으로도 그게 더 타당해 보이는데요."

이현주가 답변을 시작했다.

"그것도 우선적으로 검토를 해봤습니다. 의왕에는 자체 오퍼레이팅 인원이 없고, 우리가 직접 간다고 해서 그 프로그램을 돌릴 수 있는 권한을 부여받을 상황도 아닙니다. 중앙정부 허가도 없고, 그곳으로 송전하기 위한 행정 절차도 진행하기 어렵습니다. 게다가 의왕은 경기도라서, 전기 보내기가 매우 어렵습니다. 서울시와는 계속 협력 관계였는데, 지금 급하게 경기도와 협의하는 건, 당인리에 있는 우리 능력 범위 바깥입니다."

"서울에 있는 송전, 배전 설비들도 다 정부 설비인 건 마찬가지 아닙니까? 여기 당인리 설비도 마찬가지구요. 사실 따지고 보면 서울시 소속인 목동 열병합 말고는 다 정부 시설 아닙니까?"

"맞습니다. 규정대로라면 중앙급전소의 계통 아래 들어가지 않는 모든 송전과 배전 행위는 전부 불법이지요. 그런데 지금 어쩌겠습니까? 사람이 살아야지요. 오늘 밤 넘어가면 몇 만 명 정도로 추정되는, 병원에서 연명치료 받는 사람들은 다 죽습니다. 다른 응급환자들도 정전이 길어지면 위험해질 거구요. 지금은 시에서 제공하는 디젤로 버티는 서울의 비상발전기들도 가급적 빠른 시간 내에 전기 공급을 해주지 않으면 문제가 더 심각해질 겁니다. 일단 계통 일부분이라도 살려야, 순차적으로 다른 데를 살려볼 여지가 생깁니다. 여기 계시는 행정팀장님 사시는 일산에도 같이 계통 연결을 하는 게 인간적이고 상식적이기는 한데, 절차상 그렇게 할 수가 없습니다. 지금 동해안이나 부산에서 오는 원거리 송전은 기술적으로 우리 능력 밖의 일입니다. 경기도가 바로 옆이라도 손 쓸 방법이 없습니다."

뒷자리의 한정건 옆에 묵묵히 서 있던 행정팀장도 질문을 했다.

"현주 팀장, 내도 하나 물어봅시다. 나, 일산 살아요. 여그 일산, 고양, 그런 경기도 사는 직원들 많아요. 행정적 이유로 부지를 충분히 확보 못 해가. 서울 집값이 좀 비쌉니까. 경기도가 가까운데, 왜 하필 인천하고 합니까? 일산 우리 집에 어머니, 아버지, 얼라 둘, 아내, 그렇게 지금 집에 갇혀 있을 겁니다. 거기, 이 시간이면 차로 30분이면 갑니다."

직원들 사이에서 웅성거리는 소리가 들렸다. 당인리 설비는 예상보다 커졌는데, 여의도 눈치 보느라 사택을 충분히 만들지 못했다. 생각보다 많은 직원이 경기도 등 서울 인근에서 출퇴근하는 형편이었다. 이현주가 궁색하지만 답변을 계속했다.

"미안합니다, 행정팀장님. 지금은 경기도를 송배전 범위에 넣을 수가 없습니다. 일단 우리 프로그램에 경기도가 아예 포함되어 있지 않구요, 행정도 경기도지사 영역이라 서울시 거쳐서 별도로 협의를 해야 합니다. 이게 공식적 이유입니다. 뭐, 우리끼리인데, 하여간 그런 행정 절차도 다 밟고, 다 했다 칩시다, 깔끔하게."

이현주가 설명 중에 잠시 숨을 골랐다. 천천히 주변을 살펴보고 나서 다시 설명을 이어나갔다.

"경기도는 전력 자급률이 42퍼센트밖에 안 됩니다. 쓰는 양도 많아요. 인천하고 경기도 발전량을 다 합쳐야 겨우 경기도 전기량을 충당할 수 있습니다. 반면에 서울은 인천발전의 일부만 송전받아도 버틸 수 있습니다. 경기도까지 살리려면, 원거리 송전을 받아야 하는데……"

이현주의 답변이 잠시 멈추자, 한정건이 중간에 끼어들었다.

"어이, 행정팀장. 우리 사택 방들, 아직 여유 좀 있지?"

"이래저래 좀 비워놓은 게 있어서 여유는 쪼매 있습니다, 처장님."

"계통팀장 브리핑하는데 정신없게 하지 말고, 경기도에 식구 있는 사람들, 좀만 더 버티길 바라는 수밖에 없어. 서울은 괜찮지만, 경기도 길이 지금 다 마비일 거야. 들어가지도 나오지도 못하는, 이 상태로 며칠 갈 거야. 그렇지만 지금 계통팀장이 작전 실패하면, 서울이고 경기도고 뭐, 다 같이 망하는 거야. 어쨌든 가족용 사택은 최대한 개방한다. 재주껏 갔다 올 사람은 집에 갔다 와."

발전소 같은 수직적 조직에서 처장의 권위는 여전히 절대적이다. 게다가 지금 한정건이 없는 소리 한 것도 아니고, 틀린 소리 한 것도 아니었다. 직원들 사이에서 정적이 흘렀다. 그 정적을 이현주가 박수 소리로 깨고 설명을 마무리했다.

"자, 이제 계통팀 브리핑 정리하겠습니다. 공기업의 공직자로 살아오신 여러분들께는 좀 당황스러운 일이지만, 저희가 지금부터 하는 일은, 법적으로는 중앙정부의 국가 시설물 탈취입니다. 발전소도 훔치고, 연료인 LNG도 훔치고, 변전소도 훔치고, 심지어는 전봇대와 전선도 훔치게 됩니다. 무단 이용이죠. 게다가 우리가 다 공직자인 데다가 공모해서 저지르는 범죄라서, 아마 특정범죄가중처벌법, 특가법 대상일 겁니다."

범죄 이야기가 나오자 나이 많은 행정팀장 입에서 웃음이 터졌다.

"공직자가 공모해가 범죄를 저지르는 일은 없다. 현주 팀장, 나가 여 행정팀장이다. 행정적으로 필요한 거 있으면 말만 해라, 내 다 해줄끼다. 지금 행정 절차 따질 때가 아이다. 잡혀 갈라면 일을 이 꼬라지로 해놓은 한전 사장이 잡혀가야지. 현주니가 범인이면, 행정팀장인 내도 공범이다, 공범! 현주 팀장이 절도범이면, 한전 사장은 총살감이다, 총살감!"

긴박한 와중에 터진 행정팀장의 농담에 가벼운 웃음이 흘렀다. 이현주도 비로소 긴장이 풀리는 듯, 살짝 웃음이 생겼다.

"신동호 대리는 바깥에 한전 변전소 좀 살펴보고, 하누리 대리는 여기서 시스템 스탠바이."

한정건이 일어서려는 신동호에게 그냥 있으라는 듯 손짓을 했다.

"동호는 여기 그냥 대기하고 있어. 필수 요원이다, 동호는. 내가 나가서 보고 올게. 그래도 되겠지, 현주 팀장? 내가 한전에 있던 사람 아냐. 변압기 좀 볼 줄 알아."

이현주가 가볍게 고개를 끄덕였다. 발전소에서 생산한 전기를 외부로 보내기 위해서는 충분히 전압을 높이기 위한 외부 변압기의 역할이 핵심이다. 일본은 전력 회사가 변압기도 같이 관리하지만, 우리나라는 발전은 발전 자회사가, 송배전은 한국전력공사가 맡는다. 그래서 변전소의 변압기 관리 주체는 한국

전력공사다. 발전한 사람이 변압까지 직접 하도록 시스템이 되어 있지 않다.

제주도 화력발전 사무실
└ 우리 좀 돕고 살자!

그날 밤, 중부발전의 제주화력본부에도 비상이 걸렸다. 밤늦은 시각, 전 직원이 사무실로 복귀하는 중이었다. 아까부터 비상대기 중인 연구역 강선아가 호출을 받고 처장실로 들어갔다.

"비상 상황이야. 우리도 상황 해제될 때까지 LNG 발전기와 내연발전기 모두 24시간 풀가동이야. 여유 인력이 별로 없어. 아마 오늘 밤, 당인리에서 긴급 계통 운영하고, 인천발전본부에서 백업 송전을 해줄 모양이야. 알고 있어, 강선아?"

"아니, 저야 모르죠. 몇 년째 여기 조용히 처박혀 있는데요."

처장이 잠시 인상을 썼다.

"햐, 까칠하네. 원래 하던 일이 그거 아니었어?"

"한때 팀장이었지만, 그건 진짜 오래전 일이고요. 요즘은 진짜로 아무 일도 안 하고 있는 거, 처장님이 더 잘 아시지 않나요?"

제주도 발전처장은 강선아의 답변에는 별로 관심이 없는 듯 보였다. 그냥 자기가 해야 할 말만 전달할 뿐이었다.

"됐고. 급하다, 사장 긴급지시야. 지금부터 당신이 당인리 계통백업팀 팀장이야. 내일 아침에 바로 백업 업무 들어갈 수 있게 준비 좀 해줘. 난 말 전달했다."

"제가요? 왜 갑자기?"

처장도 뭔가 설명을 해주고 싶지만, 그도 더 이상은 아는 게 없었다.

"나도 아는 게 없어서 더 해줄 말이 없다, 선아야. 나도 몰라, 진짜로. 그냥 사장 긴급지시야. 뭔 일인 줄은 원래 팀장이었던 자기가 제일 잘 알 거 아냐. 이준원 사장이나 나나, 다 컴맹들 아냐. 자꾸 나한테 뭐 물어보지 말고, 그냥 니가 좀 알아서 적당히 해주라."

처장은 책상 위의 단파무전기를 가리켰다. 전계통 정전이 발생한 그날, 제주도를 제외한 전 지역의 공식적인 통신은 단절된 상태였다. 단파무전기로 회사 내 주요 발전소들과의 비상통신수단을 미리 확보한 중부발전은 매우 특별한 경우였다.

"본사에서 진짜 말 짧게 할 말만 하고 뚝 끊어버렸어. 물어봐야 나도 몰라. 난 전달했다이! 여기 제주도 일만으로도 이미 해골 충분히 복잡해. 청와대도 여기 와 있잖아, 혹시라도 여기 발전기 빡 나면? 어우, 무섭다, 무서워. 강선아, 니 일은 니가 알아서 하시고. 자신의 일은 자신이 하자!"

"팀원은요?"

"알아서 하쇼. 운전 요원만 빼고. 젊은 직원들 중에 코딩 좀 하는 애들이 있을지도 모르지."

강선아의 표정이 점점 어두워졌다.

"처장님, 제가 싫다고 하면요? 여기서 그냥 확 사직서 낼까요?"

처장이 자리에서 일어나면서 강선아의 얼굴을 정면으로 바라봤다.

"좀 봐줘라. 지금 전시랑 똑같은 특급 비상 상황이야. 강선아, 내가 너한테 얼마나 잘해줬냐? 일을 시켰냐, 갈구기를 했냐? 혹시 혼자서 서운할까 봐, 전복 같은 거 선물 들어오면 너한테 제일 먼저 줬다. 그냥 좀, 이번만 넘어가주라."

처장의 사정에도 강선아는 쉽게 물러서지 않았다.

"나중에 저 감옥 가도 처장님이 그냥 이번만 넘어가자고 하시려구요? 청와대가 지금 왜 여기 와 있겠어요. 자기들이 할 수 있는 게 없다는 거 아녜요? 나중에 분명히 책임자 추궁하고, 희생자 찾을 거예요. 정치, 좀 아시잖아요?"

그때, 발전소 지붕 위로 수십 대의 헬기가 요란한 소리를 내면서 날아갔다. 처장이 창문으로 헬기를 쳐다봤다. 창문 너머로는 제주도의 북쪽 바다가 펼쳐져 있었다. 지금 막 디젤을 가득 싣고 원전으로 향하는 소방헬기들이 육지로 날아가는 중이었다. 헬기 소리가 시끄러워서 두 사람은 더 이상 대화를 이어나갈 수가 없었다.

"염병, 진짜 전쟁 날 것 같은 분위기네."

창밖으로 요란하게 날아가는 수십 대의 헬기를 바라보면서 처장이 혼잣말을 했다. 헬기 소리가 잦아들자, 처장이 몸을 돌리면서 거의 애걸하는 분위기로 강선아에게 이야기했다.

"당인리 계통팀장이 이현주야. 예전에 네가 데리고 있던 애 아냐, 이현주! 우리 서로 좀 돕고 살자!"

이현주라는 이름을 듣자, 강선아의 표정에 변화가 생겼다.

영광의 원전과 낚시용 발전기
└ 워매, 이건 또 뭐여?

지진이 일어난 나주와 직선거리로 50킬로미터도 떨어지지 않은 영광 한빛원자력발전소에는 긴장감이 감돌고 있었다. 지진과 테러 등 많은 위협에 대한 사회적 관심만큼이나 다양한 시나리오에 대한 대비책을 가지고 있다. 그러나 전계통 정전에 대해서는 비상발전기를 갖추는 것 외에는 특별한 대책이 없었다. 사회적 관심이 적으면 기술적 대비도 줄어들게 마련이다.

지진 이후 정지운전에 들어간 영광의 오퍼레이팅룸을 지휘하고 있는 상황실장은 아까부터 초조함을 이기지 못해 계속 서성이고 있었다. 그가 연신 시계를 쳐다보면서 말했다.

"도대체 이게 말이 돼? 왜 우리가 지금 여기서 디젤 떨어질 걱정하면서 고립되어 있어야 해? 원전 냉각기에 전원 공급 안 되면 문제 생기는 거 정도는 다 알 거 아냐? 블랙아웃 비상 상황에서 원전사고라도 생기면 어쩌려고 다들 이렇게 무심하지?"

뒤에서 상황을 지켜보던 총무팀장이 드디어 입을 열었다.

"실장님, 소설 너무 많이 읽으신 것 같네요. 우리나라 원전은 외국처럼 그렇게 멀리 떨어진 고립지에 있는 게 아닙니다. 디젤이 문제요? 그거라면 쩌그 모퉁이에 주유소 있지요, 거서 사오면 됩니다."

실장은 어이가 없는 표정으로 총무팀장을 돌아보며 말했다.

"이 아저씨야, 정전되면 주유소 급유펌프가 안 돌아. 그것도 몰라? 지하 저장소에서 퍼 올릴 방법이 없다고."

"앗따 우리 실장님, 너무 곱게 사셨는가 벼. 발전기 가지고 가면 암것도 아니지요."

"총무팀에 따로 비상발전기도 가지고 있나?"

실장의 굳었던 얼굴이 약간 풀어졌다.

"집에 낚시할 때 쓰는 발전기 정도는 있죠. 후쿠시마 사태 이후 집집마다 비상발전기 두는 게 유행인데, 실장님은 모르시는갑재. 홈젠24라고, 24시간 가는 모델이 겁나 유명해요. 제가 지금 낚시용 발전기, 그놈 들고 주유소 가서 디젤 좀 사올까요?"

"그렇지만 지금 도로 상황이 어떤지도 잘 모르는데……."

"별걱정을 다 하쇼, 실장님. 여그는 사람 별로 안 다녀요. 나주나 광주가 막히지, 여긴 암것 없어요. 내 애들 데블고, 후딱 다녀올게요."

비로소 실장의 얼굴에서 안도의 미소가 흘렀다.

"그럴 수 있겠나? 디젤만 구해다 주면, 내 정말 단단히 한턱 낼게."

"한턱은 필요 없습니다. 나중에 휴가나 잘 좀 챙겨주쇼, 실장님. 밤낚시, 제대로 한번 해볼랑게요. 야. 느그들, 나랑 주유소 좀 댕겨오자."

오퍼레이팅룸을 나온 총무팀장은 직원들을 데리고 작은 트럭에 드럼통들을 올렸다. 이때 소방헬기 한 대가 요란한 소리를 내면서 원전 마당에 착륙했다.

"워매, 이건 또 뭐여?"

비슷한 시간, 다른 지역의 원전에도 제주도에서 출발해 남해 바다를 건너온 소방헬기들이 디젤을 가득 싣고 속속 도착하고 있었다. 원전의 외부전력 공급이 차단되면 위험해지는 건 맞다. 그러나 서울 같은 대도시가 아니라면 원전이 주변의 가까운 주유소에도 가지 못할 정도로 고립되어 있는 것은 아니었다. 그리고 캠핑카나 낚시터 같은 데에서 종종 쓰는 레저용 발전기 정도를 못 구할 정도로 우리나라의 엔지니어나 행정 인력들이 앞뒤 꽉 막힌 사람들도 아니다. 근본적이고 구조적인 문제를 해결하기는 쉽지 않지만, 이 정도의 임기응변도 못 할 정도는 아니다. 청와대는 행정력을 총동원해서 원전에 디젤을 공급하는 게 우선이 아니라, 대정전 상황에서 행정력을 복구하는 일을 먼저 했어야 했다.

당인리 계통실
└ 자, 저는 결정했어요

제주도를 제외한 전국의 전기가 사라진 그날, 드디어 밤 12시가 되었다. 서울시 에너지특보인 최철규와 정성진이 서울과 인천 지역의 주요 발전소와 배전망 상태 정보 파일인 스카다 파일에 접속할 수 있는 로그파일을 가지고 도착했다. 물론 스카다 로그파일만 가지고 있다고 그냥 발전기에 무단으로 접속해서 제어할 수 있는 것은 아니다. 그러나 계통 제어 프로그램은 개별 발전기의 스카다 파일에 접근해야 다음 단계로 넘어갈 수 있었다.

"네, 고맙습니다. 혹시 이거, 어떻게 구하셨는지 물어봐도?"

이현주가 최철규에게 USB를 넘겨받으면서 가볍게 질문했다.

"힘들게 구했다는 것만 말해드릴 수 있습니다."

USB를 컴퓨터 단자에 끼우면서 하누리가 말했다.

"장물이면, 정부 시설물 불법 탈취에 정부 기밀 절도, 범죄 하나가 더 추가됩니다."

"왜? 쫄려, 하 대리? 넌 해킹은 안 하나?"

옆에서 지켜보던 신동호가 하누리의 긴장을 풀어주기 위해 농담을 했지만, 영 어색했다.

"쓸 데 없는 소리 하지 마라. 머리 헷갈려."

하누리가 에너지특보에게 넘겨받은 파일을 확인하면서 DB

를 검토했다. 정성진과 에너지특보도 뒷자리에 앉았다. 그때, 이현주의 지휘 테이블 한쪽 위에 자리 잡은 무전기가 울렸다. 이현주가 스위치를 올리자, 스피커에서 중부발전 인천처장의 다급한 목소리가 울려 퍼졌다.

"현주 팀장, 여기 상황이 좀 생겼어. 이게, 좀 곤란하네."

"뭡니까?"

다급한 인천처장의 목소리를 들으면서도 이현주는 당황하지 않으려고 노력했다. 작전 시작도 전에 사건이 발생하는 것은 좋은 징조가 아니었다. 그래도 지금 최전선에 서 있는 것은 팀장 이현주였다. 그녀가 흔들리면 전선 전체가 흔들린다. 무전기에서는 계속해서 인천처장의 목소리가 흘러나왔다.

"인천시에서 지랄을 해. 인천도 난리인데, 인천 놔두고 어디에 송전을 하냐는 거야. 수틀리면 LNG 가스 기지고 뭐고, 다 막아버린대. 얘들, 완전 무대뽀야. 어쩌지?"

이현주가 정성진 쪽을 돌아보면서 말했다.

"인천시랑 협의 안 됐어?"

"기본 협의야 예전에 다 했지. 응급 시 상호협력하기로 하고. 인천에서 에너지공사 만들 때도 우리가 엄청 도와줬고."

"그런 옛날 거 말고. 오늘 송전 관련 협의, 목동에서 따로 안 한 거야?"

정성진이 바로 대답을 못 하고 머뭇거렸다. 그러자 옆에 있던 최철규가 작은 목소리로 말했다.

"통신이 확보 안 되어서, 인천시와는 연락 불가 상황이었습니다. 인천시에서 물리력으로 송전을 막는다면 막을 수 있는 거지요?"

"그렇다고 봐야 합니다. 거기도 경찰을 가지고 있고, 행정력도 있으니까. 이거 참. 이렇게 직접 발전소 물고 들어갈 줄이야."

목동팀의 행정적 오류를 확인한 이현주가 다시 무전기 스위치를 켰다. 어쨌든 지금은 판단을 할 시간이었다.

"처장님, 그래서 인천시에서는 뭘 해달라는 겁니까? 거기도 뭘 원하는 게 있을 거 아닙니까? 우리가 맞춰줄 수 있는 조건이면, 맞춰줘야죠."

"그게 좀 복잡해. 일단은 인천에도 전기를 개통해달라는 건데, 운영 체계도 같이 넘겨 달래. 자기들이 그걸 갖고 뭘 어쩌겠다는 건지. 나야 회사에서 시키는 대로 하지만, 인천에서 발전하는 처지라서, 인천시 쪽 얘기도 완전히 무시하기는 어렵고. 곤란하네, 이거 참."

인천처장이 건네주는 황당한 이야기에도 이현주의 표정이 크게 변하지 않았다.

"처장님, 저희도 얘기 좀 해보고 다시 연락드리겠습니다. 스탠바이 유지해주시구요."

인천시가 생각지도 않았던 반응을 보이는 데 당인리에 모인 사람들은 당황했다. 여기서 세울 것인지, 아니면 그래도 강행을 할 것인지, 결정을 해야 했다. 격론이 시작됐다. 이 상황에서도 토론을 해야 해? 그냥 팀장이 직권으로 결정하면 안 돼? 이현주는 토론 쪽을 선택했다.

"자, 시간이 별로 없네요, 빨리 각자 의견들 주세요. 우리 회사 인천발전본부에서 안정적으로 송전을 받지 않으면, 서울 시스템 부팅하고 유지할 방법은 없습니다. 서울이라는 도시의 숙명입니다. 중앙정부가 결정이 없는 지금, 인천도 그냥 전기만 주는 건 못 하겠다는 거죠. 우리가 강요할 방법은 없구요. 어떻게 할까요, 여러분?"

신동호가 먼저 말을 꺼냈다.

"일단 서울부터 살리고, 인천에 준다고 하면 안 됩니까?"

하누리가 신동호를 무식하다는 눈빛으로 쳐다보면서 말했다.

"있어야 주지. 인천은 서울이랑 달라, 발전소가 많고 공업단지가 많아서 배전 시스템도 복잡해, 양도 많고. 중부발전이야 우리 회사니까 그냥 우리가 받아온다고 하지만, 다른 회사 발전기들을 우리가 무슨 수로 관리해? 인천시라고 행정 마비된 지금, 관리 못 하는 건 지들도 마찬가지지. 운영 체계를 달라고? 지금 이 당인 2호도 인천 전역을 관리하는 건 아냐. 발전도 딱 우리 회사 발전소랑 송도 LNG 기지 사이의 송배전이 전부야. 인천 전체 계통 지휘는 지금 프로그램으로도 안 돼. 없는 걸 어떻게 줘? 이거 순 떼 아냐!"

신동호와 하누리의 이야기를 다 들은 이현주가 정성진 쪽을 쳐다보면서 이야기했다.

"목동 쪽 의견은요?"

"우리야, 전기 받아오는 처지니까, 돈으로 되는 거면 얼마든지 주고 사오고 싶지요. 당연한 거 아닙니까? 근데, 계통 프로그램도 넘겨달라는 건, 언제든지 끊을 수도 있다는 거죠. 인천시장이, 전기 가지고 이 상황에서 정치하고 싶다는 얘기입니다. 인천을 두고, 서울만 계통 회복하게 되면 결국 서울시장만 입지가 공고해지고 대선도 유력해지죠. 게다가 전기 회복 못 한 무능한 시장으로 딱 찍히니까, 차기 당선도 불투명해지겠죠. 나도 좀 살려줘라, 아니면 같이 죽자, 이런 얘기 하고 있는 거로 봅니다."

정성진의 이야기를 듣던 신동호가 언성을 높였다.

"뭐가 그렇게 복잡합니까? 저희는 그런 정치 같은 건 잘 모르는 엔지니어들입니다. 일단 지금 서울부터 개통하고, 뒤의 일은 뒤에 해결하면 되는 거 아닙니까? 뭐, 달라는 거 있으면 준비해서 주고. 지금 전국에서 난리입니다. 중앙급전소? 걔들도 지금 상황에서는 전력 공급할 수 있는 발전소 확보 못 하면 절대로 라인 못 살립니다. 어영부영하다가 LNG 연료 끊겨서 우리도 죽으면, 그때는 아무도 우리나라 전기 못 살립니다. 시간 싸움이에요, 시간. 정치 싸움이 아니라. 나 참, 미치겠네."

하누리가 거듭 답답한 심경을 드러냈다.

"서울 시스템에 맞춰진 지금의 당인 2호는 인천 전체를 운용할 프로그램이 아니에요, 아까도 말했지만요. 버전 업 하려고 해도, 인천 데이터도 없구요. 인천시라고 딱히 인천 발전소들 스카다 파일 확보하고 있는 것도 아닐 텐데요. 우리랑 똑같이 중앙급전소 파일에 접근 못 하는 건 마찬가지 아녜요? 설령 있어서 준다면, 운용이나 할 수 있을까요? 저한테는 서울이나 인천이나, 공평하게 같이 죽자는 얘기로만 들리는데요."

가만히 이야기를 듣던, 최철규가 마른기침을 연신 해대다가 천천히 입을 열었다.

"인천이, 그렇게 계통을 전혀 모르지는 않을 겁니다. 인천에너지공사도 전력거래소 출신들을 직원으로 좀 확보했습니다. 정상적인 상황이라면 몰라도, 지금과 같은 응급상황에서는 인천에서 스카다 파일을 확보하는 게 아주 불가능하지는 않을 겁니다. 시장 직권으로 그냥 내놓으라고 하면 별수 없겠죠. 워낙 시가 인허가권을 많이 쥐고 있으니까, 결국은 발전소들이 액세스 코드 내놓겠죠."

하누리가 자리에서 일어설 기세로 발끈했다.

"그러니까 뒤통수 맞을 때 맞더라도, 일단 서울부터 좀 살리고 보자는 말씀이시죠? 뭔지 모르지만, 인천에는 그냥 달라는 대로 다 주고. 너무 정치하는 거 아녜요, 시장 특보 아저씨? 프로그램 만드는 건, 아저씨가 지금부터 밤새서라도 해주시구요?"

점점 뜨거워지는 설전을 이현주가 세웠다.

"그만, 하 대리. 지금 논쟁할 시간이 별로 없다. 처장님 생각은 어떠세요?"

한정건이 이마를 찌푸렸다.

"해보고 죽냐, 그냥 죽냐, 그런 선택의 문제네. 어차피 계통 지휘는 팀장이 하기로 한 거니, 현주 팀장이 결정해. 여기서 세울지, 계속 갈지. 너무 위험하고 복잡하다 싶으면, 그냥 세우고 지금 다 집으로 돌아가자. 중앙정부랑 한전이 알아서 해결해주기를 기다리지, 뭐. 그것도 괜찮아. 오버하다가 문제 생기면, 답 없어. 나도 이제는 무리한 판단하고, 내내 원망 들으면서 살기 싫어졌어. 별로 재미없어!"

그러자 정성진이 자리에서 일어나 언성을 높여 말했다.

"아니, 처장님. 그걸 말씀이라고 하십니까? 당인리나 서울만이 문제가 아닙니다! 지금 여기가 무너지면 한국 계통은 독자적으로 회복 불능입니다. 원전들도 혼자서는 오래 못 버팁니다. 후쿠시마 사태, 아니 그 몇 배의 재앙이 벌어질 수도 있습니다. 일본 전기계통이 동일본 대지진 때 후쿠시마 사태 나고서도 버틴 건, 도쿄가 버티고, 오사카가 버티고, 히로시마가 버티고, 후쿠오카가 버텼기 때문입니다. 우린 완벽한 중앙형이라서, 그런 로컬의 보조 축이 없습니다. 그래서 우리가 볼 꼴, 못 볼 꼴 다 보면서도 당인리에 투자하고 여러분들 비위 맞춰주고 그런 거 아닙니까?"

최철규가 흥분한 정성진의 어깨에 손을 얹고 진정시켰다.

"정 박사, 지금 그걸 따질 상황은 아닌 것 같은데."

그러나 많이 흥분한 정성진이 최철규의 손을 쳐버렸다.

"좀 있어 봐요, 특보님. 서울시가 확보한 디젤도 그렇게 오래 버틸 분량이 아니에요. 이렇게 우물쭈물하다가 기계로 버티는 연명환자들은 다 죽습니다. 응급환자들도 다 죽고요. 아시잖아요? 우리 딸도 오늘 밤에 병원 응급실로 갔어야 했는데, 못 갔어요. 오늘 밤에 서울이라도 살려야, 다음 길이 생깁니다. 아시겠어요, 당인리 여러분?"

"야, 정성진. 적당히 해라. 갑질 하려거든 목동 가서 해. 왜 남의 사무실까지 와서 난리야. 한 번만 더 소란 피우면, 확 끌어내 버린다."

이현주가 짧고 단호하게 정성진을 향해서 목소리를 높였다. 그리고 잠시 주변을 둘러봤다. 많은 생각이 머리를 스쳤다. 이현주는 천천히 말을 이어나갔다.

"자, 저는 결정했어요."

신동호와 하누리의 시선이 이현주의 입에 꽂혔다.

"잠시 후 3시부터 예정대로 당인리 계통 연결 시작합니다. 일단 시스템부터 살리겠습니다. 어차피 인천에 우리가 가지고 있는 발전소들은 다 LNG 발전소들이라서, 장기적으로 시스템 유지하기 위해서는 인천의 LNG 기지를 지켜야 합니다. 인천시에서 해달라는 대로 일단 다 해주겠습니다. 목동팀은 어디 가서 훔쳐 오시든지 빼어 오시든지, 새로 만들어 오시든지, 하여간 내일 정오까지 인천 발전소와 송배전망 DB 그리고 스카다 액세스 파일을 확보해주시기 바랍니다. 가능하시겠죠, 에너지 특보님?"

최철규가 어색한 표정을 지었다.

"다른 방법이 없겠죠?"

이현주는 주변을 둘러봤다. 반대하는 의사 표시는 없었다. 이현주가 정면의 시계를 쳐다보면서 말했다.

"예정대로 새벽 3시에 부팅 시작하도록 맞춰보지요. 우리 식으로 블랙스타트, 해봅시다. 그때까지, 잠시 쉽니다."

이현주가 단파무전기와 연결된 마이크를 집어 들었다.

"중부발전 인천발전본부 나오세요, 여기는 당인리 계통팀장 이현주입니다."

당인리 지하 발전시설
└ 훈장은 재들이 받아야지

당인리 발전소 지하에는 34미터의 깊이에, 두 개의 메인 가스터빈인 LNG 발전기가 설치되어 있다. 3.5미터의 평균 층고로 따지면 10층 건물 높이 정도가 되는 규모다. 가장 깊은 곳은 인근의 한강 수위 보다 낮다. 1929년 한성전기가 국내 최초의 화력발전소를 이곳에 만들었다. 여의도 건너편으로 보이는 당인리 발전소가 지금은 이렇게 한강공원 지하 발전소로 모습을 바꾼 것이다.

두 개의 발전기 중 하나는 시끄러운 굉음을 내면서 돌아가고 있고, 또 다른 하나는 아직 가동하고 있지 않았다. 그 사이로 한정건과 행정팀장이 걸어갔다. 수다, 중년 남자들의 수다도 만만치 않았다.

"행정팀장, 바로 여 위가 한국 1호 화력발전소였던 건 알지?"

"암요. 1930년 1호기, 경성전기. 70년 5호기, 71년 4호기, 한국전력, 서울 발전 71퍼센트 담당, 브로슈어에 있는 내용 싹 다 외우고 있슴다. 엄청 자랑스럽다 아입니꺼."

한정건이 웃으면서 말했다.

"출발은 원래는 한성전기였지. 고종이 미국에 기대서 뭘 해보려던 시기, 한미전기였다가 나라 망하고 일본에 넘어가면서 경성전기로 바뀐 거지. 저기 저 발전기들, 저게 싹 다 없어질 뻔했던 것도 아나?"

"자세하게는 모름니다."

"말은 환경 친화 도시사업인데, 내용은 서울에서 대규모 발전소들 싹 없애자는 거야. 문제없이 송전해줄 테니까 원전 확늘리자는 거였지. 그때 내가 정치를 좀 했어, 로비도 좀 하고. 이렇게 당인리처럼 큰 것도 말고, 서울 25개구에 각 구에서 쓸 전기 담당할 LNG 25개 놓으면 원거리 송전할 필요 없고, 원전 늘릴 필요도 없겠지. 말은 거창하게 분산형 전원이라고 하는데, 기본 내용은 그거야."

행정팀장이 호기심 어린 눈으로 한정건을 쳐다봤다.

"그렇기는 합니다만, 원전 쪽에서 가만있겠습니꺼?"

"그렇지. 결국 그렇게는 못 했고, 큰 설비 하나 여기에 놓는 걸로 타협을 본 거야. 그 대신 그때 기획한 LNG 발전기들이 인천으로 가게 되었고. 인천에는 석탄발전기들 치우고 LNG를 놓게 된 거지."

행정팀장은 점점 더 이야기에 빠져들었다.

"그걸 처장님이 직접 기획하신? 대단하십니다. 유명하신 분이라는 말씀만 들었제, 내력까지는 지도 잘 몰랐네예."

한정건이 작은 한숨을 쉬면서 이야기를 이어나갔다.

"그걸 현주가 알아. 당연하지, 나랑 몇 년을 지냈는데. 그래서 지금 나한테 또 정치하지 말고, 뒷거래하지 말라는 거야. 뒤로 빠지라고 하는 거지. 원전도 좀 줄이고, 분산형 시스템으로 가보려고 했는데, 이젠 후배들한테도 여우 같은 모사꾼으로 보이나 봐. 애들 눈에는 그렇게 보이나 봐."

"아닙니더, 갸들이 어려가 아직 이해를 못 하는 겁니더."

한정건이 가만히 미소를 지었다.

"두 아이 엄마가 어리긴 뭐가 어려. 나도 상처가 너무 많이 생겼어. 이번 사태 마무리되면 발전 일 그만두려고. 밥 먹고 사는 거, 뭐라도 할 일이 있겠지."

행정팀장이 화들짝 놀라며 말했다.

"뭔 소립니꺼? 어쨌든 이번 일만 넘어가면 1등 공신인데예. 훈장 나올 낍니다."

한정건이 가스 발전기 두 대를 가리키면서 말했다.

"나중에 일이 잘되면, 훈장은 쟤들이 받아야지. 지금 한국에 계통 프로그램이랑 연결된 유일한 발전기들인데."

"그래도 처장님 공이 크다 아입니꺼, 여까지 온 게."

간만에 한정건 입에서 웃음이 나왔다. 그가 행정팀장의 어깨를 치면서 말했다.

"아이고, 우리 행정팀장아. 이 나라에서 진짜로 공을 세운 사람들은, 역사적으로 말이야, 다 죽거나 삼대가 가난해졌어요. 쓸 데 없는 소리 하지 말고, 현주네 팀 공 세우는 거 구경이나 하러 가자."

당인리 오퍼레이팅룸
└ 블랙스타트의 날

오퍼레이팅룸의 대형 스크린에는 당인리와 목동 그리고 인천과 같은 주요 발전소들의 이름이 있고, 서울 전역이 실핏줄같이 표시되어 있었다. 그렇지만 아직 전기가 연결되지 않았기 때문에 계통도의 선들은 회색이었다. 전기와 함께 같이 살려야 하는 것이 흔히 급전통신망이라고 부르는, 발전소 계통 사이의 통신망이다. 시스템 부팅 전에 전체적인 점검을 끝낸 하누리가 조심스럽게 말했다.

"괜찮을까요, 팀장님? 분명 뒤통수 맞을 텐데요."

"알아, 그래도 방법 없지. 여러분, 계통부터 일단 살리고 봅시다. 자, 들어갑니다. 먼저 목동 구간부터 열겠습니다."

이현주가 작은 무전기를 입에 가져다 댔다.

"목동 나오세요. 지금 계통 들어갑니다. 송전 라인 개방하시기 바랍니다. 변압기 스위치 개방되었죠? 자, 우리 쪽도 통신망 열 준비하시고. 고!"

하누리가 당인 2호의 목동 쪽 표시판을 클릭했다. 목동에 불이 들어오면서 목동과 당인리 사이에 연결된 선들에 일제히 불이 들어왔다. 전기와 통신, 모두 빛의 속도로 이동했다. 옆에 앉아 있는 신동호도 열심히 숫자를 살폈다. 숫자를 살펴보던 신동호가 말했다.

"헤르츠 59.98, 목동 체결 완료, 동조운전 정상."

잠시 시스템을 살펴보던 하누리도 정상 상태를 확인했다.

"당인리-목동, 통신 정상 연결, 시스템 작동 시작했습니다."

이현주가 마이크에 대고 말했다.

"목동, 통신 라인도 연결되었습니다. 급전통신망 전화 갈 겁니다."

이현주가 신동호에게 손짓을 했다. 신동호가 급전통신용 유선전화로 전화를 걸었다.

"여기는 당인리, 목동 들립니까?"

신동호가 손가락으로 OK 사인을 냈다. 당인리와 목동 사이,

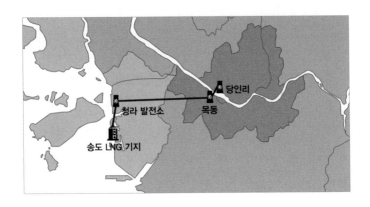

몇 개의 변압기를 거쳐 전기도 연결되었고, 통신망도 정상 연결되었다.

블랙아웃에서 벗어나는 과정을 블랙스타트라고 부른다. 흔히 성냥 하나로 수백 개의 촛불을 켜는 과정에 비유되고는 한다. 성냥으로 케이크에 꽂힌 많은 숫자의 초에 일일이 불을 켜는 것은 쉬운 일이 아니다. 지진으로 유명한 일본 동북부 지역의 비상 상황에서 블랙스타트의 첫 출발점은 도요타 공장 전원 시스템에 프리우스 플러그인 하이브리드를 연결하여 부팅하는 것으로 디자인되어 있다. 지진과 자동차 산업이 만나서 만들어진 기묘한 상징이다. 프리우스 등 친환경 소형차들이 이 공장의 주력 차종이다.

"네, 지금부터 목동 출력은 저희가 자동 모드로 운전하겠습니다. 고생하셨습니다. 잠시 좀 쉬셔도 됩니다."

뒤에 있던 직원들이 박수를 쳤다. 스크린에 뜬 당인리와 목동 사이의 연결선이 녹색으로 밝아졌다. 이현주가 하누리에게 지시했다.

"자, 이제 인천 들어갑니다. 하 대리, 송전 개시."

하누리가 인천 청라라고 쓰인 아이콘을 눌렀다. 목동에서 인천 청라까지 이어진 선에 녹색 불이 밝게 들어왔다. 전기가 가고, 통신망도 살아났다. 이현주가 목동과 통신할 때 쓰던 작은 작업용 무전기 대신에 큰 설비인 단파무전기 마이크를 들었다.

"인천화력본부, 청라지구 나오세요. 당인리 계통팀장 이현주입니다. 준비되셨나요? 네, 1호기부터 순차적으로 계통 진입합니다. 들어가세요."

신동호가 계통 체결을 진행했다.

"청라 1호기 체결 완료, 주파수 양호. 2호기 체결 완료, 주파수 양호. 3호기 체결 완료, 주파수 양호."

잠시 주파수 수치를 지켜보던 신동호가 뒤를 돌아보면서 활짝 웃는 얼굴로 말했다.

"청라 3호기까지 동조운전 성공. 인천 쪽에서 송전 시작되었습니다."

스크린 한쪽에 있는 전력 예비율 게이지가 순식간에 100퍼센트를 넘어서 120퍼센트까지 올라갔다.

이현주가 단파무전기 대신 유선전화기를 들었다.

"긴 시간 스탠바이 하시느라 고생하셨습니다, 인천발전본부 여러분. 계통 체결은 성공적으로 끝났고, 지금부터 당인 2호가 청라 발전기 운전을 맡습니다. 잘 부탁드립니다."

자신의 컴퓨터로 몇 가지 수치를 살피던 신동호가 손가락으로 다시 OK 신호를 보냈다. 이현주가 고개를 가볍게 끄덕였다.

"자, 이제 연료망 연결합니다. 송도 LNG 기지 송전."

하누리가 송도 LNG 아이콘을 클릭하자, 이번에는 송도 LNG와 청라 사이에 녹색 불이 들어왔다.

"LNG 연료망, 송전과 통신 모두 확보되었습니다. 인천 송전과 연료 계통 연결 종료."

신동호가 시그널을 하자 이현주는 유선전화기를 들고 목동으로 연락을 했다.

"당인리입니다. 목동, 서울 지역 유인 변압기 스위치 개방, 완료되었나요?"

"네, 목동입니다. 유인 변압기 스위치 전부 개방되어 있습니다. 송배전 선로 확인 마쳤다는 서울시 보고 받았습니다."

목동과 간단한 확인을 마친 이현주는 드디어 OK 사인을 내렸다.

"03시 30분, 서울 전 지역, 배전 시작합니다. 서울 지역 계통, 전체 배전 개시!"

하누리가 스크린에 뜬 팝업창으로 서울 전 지역 배전 아이콘을 클릭했다. 순간적으로, 아니 빛의 속도로 실핏줄처럼 보이는 서울의 주요 배전망에 녹색 불이 당인리를 중심으로 퍼져 나갔다. 환희와 같은 빛이었다. 이렇게 서울은 전기가 꺼진 후 12시간이 조금 지나서 다시 전기가 작동하기 시작했다.

"현주 팀장, 기똥차대이. 내 회사 들어와서 오늘이 최고로 보람 있는 날이대이."

행정팀장이 정말로 강하게 박수를 쳤다. 행정팀장 옆에 서서 물끄러미 지켜보고 있던 한정건이 낮은 목소리로 말했다.

"오늘이 한국 역사는 몰라도 에너지 역사에는 남을 거야. 최소한 이현주라는 이름 정도는 남겠지."

임시대피소, 초등학교 교정
∟ 물론, 몰라도 된다

서울 전역의 학교들이 20층 이상의 아파트 주민 등 정전으로 귀가가 곤란해진 주민들의 임시대피소로 사용되고 있었다. 강남 부촌의 어느 한 초등학교도 다른 동네의 학교와 마찬가지로 긴박하게 대피소가 마련되었다. 급하게 대피소로 만들어졌기 때문에 이불을 비롯한 기본 용구도 아직 변변치 않았다. 그리고 배터리와 연결한 비상등만 겨우 켜놓고 있는 상태라서 매우 어두웠다. 교실에 모여 있는 사람들은 미처 잠을 이루지 못하고, 일부는 초등학생들 키에 맞춰져 있는 작은 의자에 멍하니 앉아 있었다. 초저녁에는 불평과 불만으로 이야기를 나누던 사람들도 있었지만, 그들도 이제는 지쳤다.

새벽 3시 30분, 정전의 적막을 깨고 교실 천장에 있던 등이 갑자기 켜졌다. 서울의 비싼 주상복합, 그것도 고층에 사는 사람들에게 고난이란 정말 남의 일 같았다. 그러나 예정되지 않은 긴박한 정전은 모두에게 어느 정도는 공평한 고난을 안겨주었다. 높이를 무색하게 만드는 고층 빌딩의 초고속 엘리베이터도 장시간 지속되는 정전 앞에서는 무용지물이었다.

갑자기 밝아진 교실 안에서 사람들은 눈이 부셨고, 무슨 상황인지 금방 이해하지는 못했다. 그렇지만 일단은 전등에 불이 들어왔다는 사실만으로 사람들의 마음이 조금은 더 편해졌다.

신양재 변전소는 345KV인 허브 변전소다. 강남 전역으로 뿌려지는 전기는 여기를 거쳐 간다. 보통은 남쪽에서 전기가 올라오지만, 이날은 북쪽에서 내려왔다. 당인리 발전소 바로 앞에는 전기를 높이는 승압 변전소가 있고, 여기서 높여진 전기를 받아서 낮춰주는 것은 감압 변전소다. 그것도 두 차례에 걸쳐서 전압을 낮춘다. 자기 집에 들어오는 전기가 어느 변전소를 거쳐서 오는지 아는 사람은 거의 없다. 물론, 몰라도 상관은 없다.

전기가 들어오고 제일 먼저 사람들이 뛰어다니기 시작한 곳은 밤새 불길을 마무리하지 못했던 고층 아파트와 주택가 등 화재 현장이었다.

"어, 어, 물 나온다. 호스 연결하자!"

사람들이 대피소로 사용했던 초등학교에서 불과 몇 킬로미터 떨어지지 않은 곳의 아파트 화재 현장에 있던 소화전에서 물이 뿜어져 나왔다. 소방관들이 급하게 소방 호스를 소화전에 연결했다. 아직 새벽이지만, 서울에서만 수십 곳이 넘는 화재 현장이 다시 바빠지기 시작했다.

화재 현장에서 그리 멀리 떨어져 있지 않은 어느 종합병원에도 전기가 들어왔다. 밤사이 화재 현장 등에서 긴급하게 수송된 응급환자들은 병원 주차장에 임시로 설치한 대형 텐트에 그냥 누워 있었다. 서울시에서 긴급하게 제공해준 디젤 덕분에 비상 발전기가 밤새 돌아갔지만, 정말로 최소한의 설비만이 가동되고 있었다. 응급환자를 추가로 받지 못하는 것은 물론이고, 병상도 제대로 확보하기 어려웠다.

전기가 들어오고 나서 새벽에 병원에서 제일 먼저 한 일은 간밤에 사망한 사람들의 시체를 처리하는 일이었다. 물론 대형 병원에서 환자가 사망하는 일은 유별난 게 아니다. 게다가 요즘은 병원 영안실과 장례식장이 죽음을 맞이하고, 헤어지는 가장 일상적인 장소다. 일상적이기는 하지만, 사고로 많은 사람이 죽고, 미처 응급실에 들어가 보지도 못하고 야외 텐트에서 사망한 사람들을 처리하는 일이 가벼운 건 아니었다. 병원 상황실에는 '바를 정(正)' 자로 지난 밤 사이에 병원에서 사망한 사람들의 숫자가 기록되어 있었다.

"휴우. 많다, 너무 많다."

응급 상황실을 지휘하는 집중치료실 팀장은 전기가 들어오자 막상 뭘 먼저 해야 할지 막막했다. 이런 상황에 대해서는 매뉴얼이 없는 건 물론이고, 평소에 생각해본 적도 없었다. 그래도 가만히 있을 수는 없었다. 그는 병원에서 사망한 사람들의 숫자를 새긴 '바를 정' 자 앞에서 잠시 고개 숙여 기도를 했다. 기도가 끝나면 그는 시신을 처리할 방법에 관한 회의를 열 생각이었다. 보통 일은 아니다.

목동 서울시청 종합지휘본부
└ 비상계획 2 '리부팅'

전기가 들어오자마자 정성진은 건물 1층의 종합지휘본부 안으로 뛰어 들어갔다. 지휘본부 안도 비상등만 켜고 있다가 갑자기 모든 조명이 들어오면서 변화를 직감하고 있었다.

"당인리에서 송배전, 성공적으로 시작했습니다. 지금 서울 전역에 전기가 들어옵니다."

지휘본부에 있던 사람들이 일제히 환호하면서 박수를 쳤다. 잠시 후, 사람들이 조용해지자, 정성진이 한쪽 구석에 있는 단상에서 마이크를 잡았다.

"고생하셨습니다, 여러분. 지금부터 정전 비상계획 2호, '리부팅'을 시행하겠습니다."

누군가 손을 들고 질문했다.

"이제 정전은 완전히 끝난 겁니까? 다시 정전될 위험은 없습니까?"

"여전히 제한적입니다. 서울 지역에만 공급되고, 수요 관리도 평소 사용량의 50퍼센트 수준으로 제어하게 됩니다. 인천에서 추가적으로 전기를 공급받고 있는데, 외부공급이 끊기거나 전기 수요가 너무 많아져도 다시 정전입니다. 아쉽기는 하지만, 그래도 일상적인 도시로 회복할 준비를 하기에는 충분합니다. 지난 12시간, 이 정도의 제한된 송전이라도 하기 위해서 고생한 사람들이 많습니다."

또 다른 직원이 질문을 했다.

"정 본부장님, 그럼 우리는 리부팅 매뉴얼대로 하면 됩니까?"

"네, 매뉴얼대로 시급하게 통신 먼저 복구하고 병원, 상하수도 등 생활안전 복구, 지하철 등 대중교통 복구, 생필품 대책 등, 설정된 우선순위에 따라 진행하면 됩니다. 한번도 실행된 적이 없는 계획이라, 아무래도 크고 작은 오류들이 있기는 할 텐데, 현장에서 임기응변하는 수밖에 없지요. 서울시 공무원 여러분들의 능력을 믿습니다. 제일 급한 게 통신입니다. 지금 바로 움직이시면 해 뜨기 전에 핸드폰 등 통신 복구 가능할 겁니다. 통신 담당 계신가요?"

"네, 통신 담당 국장입니다. 경기도는 몰라도, 서울은 기지국과 중계 시설 등 바로 살릴 수 있게 준비되어 있습니다."

통신 담당 바로 옆에 있던 사람이 손을 들고 질문을 시작했다.

"교통 담당 국장입니다. 지하철이 좀 복잡한데, 매뉴얼에는 너무 간단하게 나와 있습니다. 다른 행정들이야 서울시 구역이 명확한데 버스도 그렇고, 지하철도 그렇고, 경기도와 맞물려 있습니다. 어떻게 해야 할지, 액션 플랜이 분명하게 나와 있지는 않습니다. 이 정도로 해서는 오전 5시 운행은 어렵습니다. 난리 나요."

앞자리에서 지켜보던 행정부시장이 교통 담당의 말을 막아 섰다.

"교통은 원래 어렵지. 그 문제는 우리끼리 좀 있다 다시 디테일을 구축해야지. 이분들은 교통 전문이 아니시잖아. 그래도 지금 제주도 말고 전기가 나오는 데는 여기밖에 없어. 그게 어디야. 자, 비상 상황이니까, 우리도 좀 비상하게 행동하자고."

"알겠습니다, 본부장님. 금방 말씀하신 대로, 저는 에너지나 전기는 잘 모릅니다만, 하나만 더 여쭤보겠습니다. 이렇게 복잡하게 할 게 아니라, 기왕 전기 켜는 김에, 경기도까지 다 하면 안 됩니까? 다는 아니더라도 일산이나 분당, 어차피 서울 출퇴근하는 사람들 많이 삽니다. 먼 곳도 아니구요. 사실 매뉴얼대로 지하철은 서울시 내에서만 운행하라고 하시면, 좀 당황스럽습니다. 차고지도 경기도에 많이 있구요. 원래는 이게 다 연계해서 운행되는 건데요."

정성진이 당황하지 않고 답변을 시작했다.

"죄송합니다만, 공식적이든 비공식적이든, 대정전 이후로 경기도와 에너지 관련 협의가 전혀 진행된 바가 없습니다. 그리고 우리끼리니까 솔직하게 말씀드리면, 경기도까지 계통에 들어오면 발전량이 턱없이 부족합니다. 다시 시스템 다운됩니다. 제한 송전으로 서울이라도 버티는 게, 지금 기적입니다."

장내가 술렁거리자, 정성진이 말을 이어나갔다.

"아마 해 뜨고 사람들이 서울에 전기 들어온 거 알면 인근 지역에서 친인척이나 지인들 집으로 꽤 많은 사람들이 몰려오게 될 겁니다. 행정적으로 막을 방법은 없습니다. 아마 전력 사용량도 약간은 늘 거고, 생필품, 교통량 다 늘어나겠죠. 추가적으로 그런 변수도 고려해주시면 고맙겠습니다."

6장

각자도생,
로컬에서

인생에서 가장 후회되는 순간

"잠깐 카메라들 배터리 좀 교체할게요."

세 대의 카메라를 사용하던 카메라 감독이 촬영을 잠시 멈췄다. 그사이 인터뷰 진행자도 잠시 숨을 골랐다.

"커피 한 잔씩 하시렵니까? 저는 마실 생각인데요."

세영이 소파에서 잠시 일어나 기지개를 켜면서 말했다.

"고맙죠. 저희가 준비했었어야 하는데요."

"아닙니다. 제가 커피 한잔 마시고 싶어졌어요."

이제는 흰머리가 머리를 반쯤 뒤덮은 세영이 천천히 커피포트 쪽으로 향했다. 세영은 조용히 커피 몇 잔을 따라서 쟁반에 담아, 진행하는 여성에게도 한 잔 그리고 그 옆에 묵묵히 촬영을 하고 있는 스태프들에게도 한 잔씩 권했다. 잠시 후 세영은 소파에 등을 기대면서 커피를 마시기 시작했다.

"원래 인터뷰에는 없던 질문인데요……."

차분하게 커피잔을 내려놓은 진행자가 낮고 부드러운 목소리로 질문을 시작했다.

"선생님과 몇 시간 있다 보니까 진짜 편안하고, 욕심이나 욕망 없이 사신 드문 분이라는 생각이 들었습니다. 혹시 선생님 인생에도 후회스러운 순간, 뭐 그냥 없었으면 좋겠다, 그런 순간이 있었겠나 싶은 궁금증이 생겼습니다."

세영이 껄껄 웃으면서 두 손을 내저었다.

"그런 소리 마세요, 제 삶은 온통 오발탄투성이입니다. 늘 짜증 나고, 후회스럽고. 게다가 어디서부터 다시 시작할지 감도 오지 않을 정도로 엉망진창입니다."

진행자는 손사래를 치는 세영을 보면서 인간 이현주가 가지고 있는 힘과 매력의 근원을 보는 것 같았다. 그간 그녀가 만났던 남성들은 아마 '생에 가장 후회스러운 순간'이라고 물어보면, 재수를 하게 된 순간 혹은 승진에 실패한 순간처럼 명확하지만 사실 별로 중요하지도 않은 순간을 1초의 머뭇거림도 없이 대답했을 것이다. 많은 남자, 아니 엘리트 중년 남자들은 자신의 삶을 완벽한 삶으로 기억한다. 그럼에도 불구하고 성공하지 못한 것은, 그 주변 사람들의 실수나 모함 혹은 친구의 배신 아니면 떠나간 연인 같은 다른 사람의 문제라고 대답하는 경우가 많다.

"에이, 너무 겸손한 말씀을 하십니다. 그런 교과서 같은 얘기 말고요. 진짜로 선생님 삶에서 가장 후회스러운 순간이나 지우고 싶은 순간, 한 장면만 좀 얘기해주시죠. 저도 이 다큐에 좀 컬러풀한 입체감을 입혀보고 싶네요, 감동이 있는 휴먼 다큐 스타일로요. 결론이 뻔한 홍보성 다큐같이 만들고 싶지는 않아요."

다시 세영은 깊은 생각 속으로 들어갔다. 50살이 넘으면 점점 더 삶의 후회스러운 한 지점을 찾기가 어려워진다. 잘한 것도 삶의 일부가 되고, 못한 것도 삶의 일부가 된다. 되돌릴 수 없는 것도 삶에 그대로 녹아들어, 그 역시 삶의 한 부분이 되는 것 아니겠는가? 사랑, 삶, 일, 많은 것에 아쉬움이 남는다. 그러나 머리에 난 흰머리처럼 그것들 역시 삶의 한 부분이 되어버린다. 흰머리가 싫다고 뽑아버리는 중년은 없다. 남은 한 가닥이라도 더 아쉬워진다. 그래도 꼭 뽑아버리고 싶은 흰머리는? 그런 건 없다. 삶의 후회, 그것은 아직 뭔가 바꿀 수 있는, 40대까지가 가질 수 있는 질문 아닌가?

"제가 좀 둔하고, 미련합니다. 생각도 짧고요. 많이 모자란 사람입니다. 바보 같은 짓, 진짜 많이 하고 살았습니다."

낮고 후회 가득한, 이제는 나이를 먹어버린 세영의 목소리를 들으면서 진행자는 마음속 깊은 곳에서 짠한 슬픔 같은 감정이 일어나는 걸 느꼈다.

"서울에 전기가 들어온 아침, 저는 아무 생각 없이 안도하면서 일상을 맞았습니다. 그때 그럴 게 아니라······."

세영은 바지 뒷주머니에서 손수건을 꺼내 흐르기 시작한 눈물을 닦았다. 오랫동안 숨겨왔거나 잊혔던 기억들이 마음의 스크린 위에 다시 떠오를 때, 참기 어려운 아픔을 주기도 한다. 진행자는 먹먹한 마음이 들었다. 세영에게 이렇게 눈물이 왈칵 터져 나올 정도의 아픔이 가슴속에 숨어 있을지, 미처 몰랐다.

"잠시 쉬었다 할까요?"

"괜찮습니다. 어차피 다 제가 잘못한 건데요. 그때, 전기가 들어오자마자 혜민이를 업고 바로 병원 응급실로 갔어야 했습니다만, 제가 생각이 너무 짧았습니다."

세영의 기억은 전기가 들어오고 새로운 아침이 밝아온 그 순간으로 다시 돌아갔다. 그의 머릿속에서 몇 번이고 무한 루프로 반복되는 구간이다. 지우고 싶지만, 그런 기억은 잘 지워지지 않는다. 잠시 묻어두고 살아갈 뿐이다.

잠에서 깨어난 세영은 마루의 전등을 켜봤다. 불이 들어왔다. 황급히 화장실로 내려가서 물을 틀어봤다. 물이 나왔다. 그리고 변기 물을 내렸다. 변기 물도 내려갔다. TV를 켜봤다. TV는 정상적으로 작동이 되지만, 방송이 나오지는 않았다. 송출 업체에서 보내는 파란색 화면에 커다란 자막만 떠 있을 뿐이었다.

지금 전국적으로 전계통 정전 중입니다. 정오까지 정상 송출 가능하도록 전 직원이 최대한 노력 중입니다. 잠시만 기다려주시기 바랍니다.

세영이 리모콘을 돌려보지만 다른 채널도 마찬가지였다. 송출 업체 자체가 라인은 연결되어 있지만, 지금 정상적으로 작동하고 있는 것 같지는 않았다. 책상 위에 있는 시계 겸용 라디오를 틀어봤다. 치지직, 잡음만 나왔다. 주파수를 돌려봤지만 잡히는 방송은 없었다. 전기가 다시 들어온 상황을 살펴본 세영은 핸드폰을 꺼내 보았다.

'지금은 서울 지역 통화만 가능합니다', 이런 메시지가 떴다. 이현주에게 전화를 걸어봤다. 신호는 가지만 전화를 받지는 않았다. 세영은 꺼내놓은 음식들을 다시 돌아가기 시작하는 냉장고에 넣고 정리를 시작했다. 그 사이에 아이들이 깨어나고, 낯선 집에서 하루를 지낸 심 여사와 손녀 혜민이도 밝은 얼굴로 방을 나왔다.

"혜민이는 좀 괜찮습니까?"

"그래 보이네. 잠도 잘 잤고, 괜찮은 것 같은데?"

"저 괜찮아요, 이모부. 푹 잤어요."

혜민이가 무겁지 않은 목소리로 대답했다. 세영은 안도의 한숨을 내쉬었다.

"자, 어린이 여러분. 오늘은 학교 안 가요. 전기가 나가서, 학교 열기 어렵대요."

"와! 월요일인데 집에서 놀아?"

큰아이가 뛸 듯이 좋아했다. 어린 시절에는 학교 안 가는 것 이상의 좋은 일이 또 있겠나 싶다. 아이들이 신나 하는 동안 심 여사가 딸에게 전화를 걸었다.

"심 여사님, 잠깐 바깥 상황 좀 살펴보고 오겠습니다. 잠시만 애들 부탁드립니다."

"그래, 그렇게 해요."

세영이 대문을 나서자, 익숙하던 길거리 풍경이 오늘은 횅하게 변해 있었다. 편의점도 문을 닫았고, 이 시간이면 골목 한 구석을 막고 서 있던 편의점 물품 배달 트럭도 없었다. 길가에 이따금씩 버스가 다니기는 했지만, 오가는 차량 자체가 거의 없었다.

아파트 앞에 서 있는 긴밤을 지낸 네 칸짜리 간이화장실 키트가 일상적이지 않은 어느 아침 햇살 아래에서 기이한 모습을 보이고 있었다. 구청 차에서 사람들이 내려 밤새 가득 찬 플라스틱 오물통을 새 것으로 교체하고 있었다. 냄새가 구성졌다.

중앙정부는 한국전력공사를 통해서 일괄적으로 전기를 같은 가격에 공급한다. 그러나 지금은 그럴 수가 없었다. 로컬에서, 지역별로 각자도생해야 하는 상황이었다. 각자도생. 중앙정부가 일시적으로 전기를 공급하지 못한 지금, 알아서 살아남는 수밖에 없었다. 횅하게 빈 거리를 걸으면서 세영은 무섭다는 생각이 들었다. 그렇지만 그는 자신이 평생 이 순간을 후회하면서 살게 될 거라고는 조금도 생각하지 못했다.

중부발전 제주발전본부
└ 언니가 홍해의 기적을 보여줄게

중부발전의 제주발전본부는 육지에서 전력 공급이 중단된 지금, 제주도에서 가장 중요한 역할을 하는 화력발전소다. 제주도 북쪽, 제주항 바로 오른쪽에 위치해 있는 이곳은, 제주항을 드나드는 배에서 보면 화력발전소 특유의 굴뚝이 모여 있는 시설이 있어서 오가는 이들의 이목을 끌었다. 뭐, 사실 요즘은 제주도를 대부분 비행기를 타고 오지, 제주항으로 배를 타고 오지는 않아서 그 광경을 본 사람은 그렇게 많지 않다. 한국의 많은 발전소가 그렇듯이 주요 정부 시설물이라 인터넷 지도 검색에는 나오지 않는다.

수년간 특별한 보직 없이 연구역이라는 애매한 지위로 시간을 보내고 있던 강선아가 오늘 아침 창 너머로, 제주 북쪽으로 넓게 펼쳐진 제주도 앞바다를 바라보면서 통화를 하고 있었다. 새벽에 그녀는 다시 팀장이 되었고, 서울 지역의 전화도 그때쯤 막 회복되었다.

"아니, 그게 말이 돼? 인천에 전기 보내려면 당인 2호에 인천을 넣어 버전 업 하는 게 빠르지, 뭐 하러 별도 구동 프로그램을 써? 자기네가 할 줄이나 안대?"

전화기 너머로 이현주의 목소리가 들려왔다. 생각이나 습관이 비슷한 사람들의 목소리는 음성 사이클도 비슷해지는 경향이 있다.

"그러게 말야, 언니. 뭐가 많이 이상해. 그 사람들, 생각이 너무 복잡해. 그래도 실력 행사해서 송전은 물론이고 가스 전송도 다 막아버리겠다는데, 방법 있나? 우선은 다 해준다고 했어."

지금 이현주는 계통팀 팀장이고, 강선아는 그녀를 백업하는 계통백업팀 팀장이었다. 서울과 제주라는 물리적 거리와 몇 년간 같은 사무실에서 일하지 않았던 정서적 거리 같은 것은 문제가 되지 않을 정도로, 가느다랗게 연결되는 전파를 따라서 두 사람의 정서는 깊은 교감 중이었다.

"그걸 버텨야지. 팀장이란 게, '같이 죽자 작전'에 그냥 들어가면 어떻게 해?"

"알아, 알아. 백업팀도 뒤에 있고, 뭐가 어떻게 되겠지. 난 그런 희망에 베팅했어. 일단 서울부터라도 살려놓고 봐야지."

"훌륭하십니다, 이현주 팀장님. 너 잘 들어. 그 사람들 분명 뒤통수칠 거야."

"안다니까. 강선아 당인리 계통백업팀 팀장님, 그러니까 이렇게 정중하게 부탁드리지 않습니까. 프로그램 코딩 좀……."

코딩 이야기를 듣자 강선아가 순간 목소리를 높였다.

"내가 자판기야?"

"어차피 모듈 구조로 되어 있으니까, 베이식은 다 같아요. 그렇게 해놓으셨잖아요, 팀장 시절에. 인천의 발전사들 지역 DB랑 스카다 파일은 목동에서 12시까지 구해다 준댔어요."

강선아가 한숨을 푹 쉬었다.

"계통백업팀장 시켜준다고 할 때 각오는 했다만. 거기도 하누리 있잖아. 니가 해도 되고. 신동호, 걔도 요즘 코딩 좀 늘지 않았니?"

"언니야, 여기서 걔들 다 죽도록 뻉뻉이 도는 중이에요. 알잖아? 서울도 전기 부하 50퍼센트 상황에서 간당간당 운행이야. 예비율도 오후에는 바닥에서 길 거고. 코딩으로 뺄 인간이 없어. 그렇다고 한정건 이 인간이 갑자기 코딩을 하겠어?"

이현주의 입에서 한정건 이름이 나오자 강선아의 양미간에 주름이 잡혔다.

"한정건, 그 인간 얘기는 하지도 마라. 갑자기 조금 전에 먹은 컵라면 면빨 선다."

"그러게, 그건 좀 그렇지? 미안. 그러니까 그냥 언니가 거기서 좀 해주세요."

잠시 뜸을 들이던 강선아가 드디어 입을 열었다.

"이렇게 하자. 어차피 손보는 거, 차라리 당인 3호로 버전 업해서 전국 버전으로 바로 가자. 운용 때는 다운그레이드해서 지역 버전으로, DB만 끼워 넣고 가게. 인천에 줄 때는 인천 모듈만 빼서 주면 되잖아? 분위기 보니까, 보령 본사 발전기들 살리려면 충남 버전도 결국에는 필요하게 될 거고. 그렇게 하나씩 만드는 거, 나는 그렇게는 못 한다. 여기도 손 보태 줄 사람 없는 건 똑같아. 그냥 통합 전국 버전 하나로 가자."

"되면 그게 최고지만, 그게 돼요, 언니? 몇 시간 안 남았는데. 사실 그때 그 거지 같은 새끼들이 우리 팀 흔들지만 않았어도 벌써 다 되어 있을 텐데. 이게 뭐야?"

강선아의 입에서 가벼운 미소가 흘러나왔다.

"옛날 얘기 해 뭐 해. 이현주, 이 언니를 믿어봐. 바닷물이 쫙 갈라지는, 홍해의 기적을 보여줄게. 지금 쓰는 당인 2호 풀버전, 프로코콜 당인 0호 관련 파일들, 싹 다 보내봐. 무서워서 외부에 공개를 안 했지, 기본 알고리즘은 그때 우리가 다 해봤잖아? 이 언니가 기적을 보여주지. 자, 또 연락!"

강선아의 뒤에서 20대 여자 직원 두 명, 남자 직원 두 명이 외계어 같은 전화 통화를 들으며 당혹스러운 표정을 짓고 있었다. 뒤를 돌아보며 잠시 생각하던 강선아가 밝은 표정으로 이야기를 시작했다.

"금방 들어서 짐작은 하시겠지만, 우린 백업팀이고, 뭔가 중요한 오더가 당인리에서 방금 떨어졌어요. 시간은 얼마 없구요. 자 혹시 파이선 같은 거나, 아니아니, 베이식이나 델파이, 뭐라도 좋으니 코딩 같은 거 해보신 분?"

직원들은 서로 멀뚱멀뚱 쳐다볼 뿐 대답이 없었다.

"게임은 해보셨겠죠? 전략 시뮬레이션 게임 같은 거?"

직원들의 굳은 표정에서 약간의 웃음이 돌았다. 강선아가 최대한 부드러운 목소리로 차분히 설명을 시작했다.

"자, 쉽게 설명할 게요. 지금부터 우리가 간단한 전략 시뮬레이션 게임 같은 것을 개발한다고 생각하면 돼요. 물론 그보다 엄청 쉽고 초보적이죠. 필요한 방정식도 이미 다 가지고 있구요. 우린 포인팅하고 클릭하면 위치 정보 가지고 나머지는 전부 컴이 알아서 하죠. 그런 걸 우리가 지금 만드는 거예요, 늦어도 10시간 안에. 좋은 건 기본 알고리즘은 있어서 맨땅에 헤딩이 아니라는 점이고…… 더 좋은 건, 우리가 혼자가 아니라는 것. 그래도 팀으로 하면 좀 더 낫겠죠."

뒤에 긴장해서 서 있던 여직원 한 명이 입을 열었다.

"저희도 새벽에 갑자기 연락받고 새 팀에 배치돼서 어리둥절하기는 하지만, 지금이 국가적 긴급위기라는 것 정도는 알고 있습니다."

그녀는 잠시 침을 삼키고, 주변의 동료들을 돌아봤다.

"뭔지는 몰라도 홍해의 기적이 팀장님 말씀대로 가능하다면, 저는 뭐라도 돕고 싶습니다."

아침에 막 호출된 젊은 직원들의 의지와 호기심을 확인한 강선아는 마음이 조금은 더 편해지는 것 같았다.

"자, 그럼 같이 가시는 걸로 이해하고, 가봅시다. 엑셀들은 다 할 줄 아시죠? 우선 기본적인 DB부터 정리합시다. 구글 어스로 정부 발전시설 찾아서 GPS 플로팅, 누가 좀 해주시고요. 전국 845개 변전소 특히 매뉴얼 운전 필요한 유인 변전소 127개 DB 작업, 주요 송전 라인 특히 인천 쪽, 이건 나누어서 해보죠. 나중에 지역 DB랑 발전소 상태 정보인 스카다 파일 받으면 그걸로 채워 넣을 거니까, 데이터가 꼭 정확하지는 않아도 됩니다. 그래도 대략적인 게 있으면 나중에 전국 모델 잡을 때 훨씬 시간이 빨라집니다."

초등학교 교정
└ 집으로 돌아가는 사람들

자신이 사는 동네가 어딘가에 따라서 개인의 삶에 너무 많은 영향을 받는 것은 좋은 일이 아니다. 어떤 개뼈다귀 같은 놈이 '말은 태어나면 제주로 보내고, 사람은 태어나면 서울로 보내라'고 했는지, 한국은 지역적 구분과 차별이 아주 몸에 배인 나라가 되었다. 오죽하면 다산 정약용이 자기 자식들에게 "앞으로는 오직 서울의 십 리 안에서만 가히 살아야 한다"(《유배지에서 보낸 편지》, 박석무)고 했겠나.

전기가 끊기자 사는 지역, 로컬의 차이에 의해서 하룻밤 사이에 개인들의 삶이 극단적으로 갈리게 되었다. 뭔가 준비되어 있는 로컬과 그렇지 않은 로컬 사이의 차이는 엄청났다. 그렇지만 전기가 없는 상황에서, 돈이 더 있다고 뭔가 문제가 풀리지는 않기 때문에, 사람들은 잠시의 상대적 평등 상태에 도달하게 되었다. 전쟁 상태에서도 부자들과 그렇지 않은 사람들이 피난을 가거나 대처하는 방식이 다르다. 전쟁은 덜 평등하다. 정전은 전쟁보다 훨씬 더 평등하기는 한데, 그 평등이 행복하지는 않다. 서글픈 평등이다.

서울 고층 아파트 주민들은 여전히 인근 학교 임시대피소에 머물고 있었다. 새벽에 초등학교 교정에도 전기가 들어왔지만, 아직 구체적인 상황을 사람들은 모르고 있었다.

구청별로 비상식량으로 확보하고 있는 군용 레이션 박스와 비슷한 비상식량 키트와 생수가 아침으로 지급되었다. 그리고 교실마다 있는 온수기를 통해서 믹스커피 한 잔 정도를 마실 수 있었다. 일반적인 경우, 특정한 지자체가 마비되면 중앙정부와 인근 지자체 그리고 시민들에게서 각종 구호품이 도착한다. 지금은 그런 것이 일절 없었다. 구청에서 비상 상황에 대비해 형식적으로 갖추어놓은 비상 보급품 외에는 아무것도 없었다. 그나마도 시와 구청이 전기가 없는 상황에서도 원활하게 최소한의 협조 체계를 마련할 수 있었기에 이 정도의 간단한 아침 식사라도 사람들이 먹을 수 있게 된 것이다.

사람들이 어수선한 틈을 타고 구내방송이 나오기 시작했다.

"강남구청장입니다. 강남구민 여러분께 알려드립니다. 전기가 없는 지난밤, 엘리베이터로 귀가하시지 못하게 되셔서 얼마나 고생스러웠습니까? 전기 확보를 제대로 못 한 현 상황을 정부를 대신해 제가 사과드리겠습니다. 다행히 서울시와 구청이 최선을 다해서 오늘 새벽부터 강남구를 포함한 서울 전역에 전기가 안정적으로 공급되고 있습니다. 지금의 임시대피소는 당분간 운영할 계획이지만, 전기 공급과 함께 엘리베이터가 정상적으로 운영되오니, 아파트에 사시는 주민들은 이제 귀가하셔도 좋습니다. 전기, 수도, 하수도, 전부 정상 작동합니다. 버스는 아침부터 운행되고 있고, 오후 3시부터는 지하철도 운행을 시작할 예정입니다. 그렇지만 언제 다시 정전이 될지 모르는 상황이라, 가급적 자가용 운행과 불필요한 외출을 삼가주시면 감사하겠습니다. 여전히 30도를 넘는 더운 날씨이기는 하지만, 지금 서울시 전력의 50퍼센트밖에 공급할 수 없는 상황입니다. 가급적 에어컨 사용은 자제해주시기 바랍니다. 아무쪼록 구민 여러분의 편안한 귀가를 기원하고, 지금의 전계통 정전 상황이 종료될 때까지 강남구는 서울시와 협조하여 구민 여러분을 위해 최선을 다할 것을 약속드립니다."

초등학교 교실에서 긴 밤을 보낸 사람들이 집으로 돌아가기 시작했다. 걷는 걸 끔찍하게 싫어하는 사람들도 있지만 지금은 다른 선택이 없었다. 지난밤의 귀갓길이 삶에 가장 큰 트라우마로 남게 될 사람들이 많았다. 오죽하면 호화로운 자기 집 두고 학교로 대피를 왔겠는가. 강남 라이프, 마음의 고생은 많아도, 육체의 고생만큼은 최소화하는 삶의 방식으로 구성되어 있다.

여의도, KBS 사장실
└ 누구 지금 상황 아는 사람?

"네네, 살펴 가십시오."

"그럼, 잘 부탁드립니다."

이른 오전, 서울시 부시장이 재난상황에서 협조 관계에 있는 KBS 사장을 찾아왔다. 그는 간략하게 상황을 설명하고 떠났다. 정부가 정한 재난 주관방송국이지만, 미증유의 전계통 정전이라는 상황 속에서 방송국 특히 KBS 자체가 대재앙이 되었다. 비상발전기가 제대로 돌지 않아, 제일 먼저 꺼진 방송국이 되었다. 평소 서울시와 정전 관련된 협의를 하던 통신사들이 운영하는 방송 체계는 그래도 몇 시간 더 버텼지만, KBS는 정전 시작과 함께 바로 먹통이 되었다. KBS 사장도 손을 쓸 방법이 없었다.

서울시 부시장이 떠난 뒤, KBS 사장은 전략기획본부장 등 긴급 소집한 본부장들이 기다리고 있는 회의실로 들어갔다. 그는 얼굴이 잔뜩 굳어 있었다. 지난밤의 블랙아웃이 아니 '블랙화면'도 문제지만, 그건 이미 지난 일이다. 언제까지 방송을 세워 놓고 있을 수도 없는 일이었다.

"누구 지금 상황, 현재 어떤 상황인지 아는 사람 있습니까?"

사장이 좌중을 돌아보면서 질문했다. 아무도 대답이 없었다. 사장이 핸드폰을 들어 사람들에게 보여주었다.

"이것 좀 보세요, 이것 좀. 전기 들어오자마자 이 비상 상황에 TV 안 나온다고 사람들이 난리입니다. 다 제 주변 사람들한테 온 거예요. 너 그러다 잘린다, 제발 제대로 좀 해라, 이런 얘기들입니다. 공무고 정책이고를 떠나서, 그냥 창피해 죽겠습니다."

전략기획본부장이 용기를 내서 말했다.

"아침에 인터넷 살아나고, 우리 회사 서버도 살아났습니다. 지금 시청자 게시판도 난리입니다."

사장이 눈살을 찌푸렸다.

"답답해 죽겠네. 전략기획본부장, 지금 그걸 말이라고 해요? 우리 TV 켤 겁니까, 말 겁니까? 누구 대답 좀 해보세요. 지금 재난상황 맞지요? KBS가 재난 주관방송국 아닙니까? 근데 우리가 먼저 꺼진다, 이게 말이 됩니까? 최소한 KT나 LG보다는 더 버텼어야 하는 거 아닙니까? YTN도 우리보다는 더 버텼다는 거 아닙니까?"

침묵이 흘렀다. 사장이 말을 이어나갔다.

"특별한 비상 상황입니다. 일단 매뉴얼대로 합시다. 매뉴얼에는 어떻게 되어 있나요?"

보도본부장이 힘없는 목소리로 말했다.

"재난방송 매뉴얼은 '재해대책본부와 협력하라', 이렇게 되어 있지만…… 방송국 재난 시 자체 행동요령, 이런 건 없습니다."

사장이 도저히 참지 못하고 버럭 화를 냈다.

"없어요? 자랑이에요? 난 창피해 죽겠구만. 그냥 블랙화면 내보내고 자막으로, '재난 주관방송국 KBS에는 자체 매뉴얼이 없습니다. 죄송합니다, 좀 기다려주십시오, 시청자 여러분', 이렇게 내보낼까요?"

사장의 질책에 잠시 뜸을 들이던 보도본부장이 천천히 입을 열었다.

"사장님. 블랙화면도, 지금 상황에서는 서울밖에는 안 나갑니다. 큰 의미 없습니다. 그리고 우리가 지금 상황을 전혀 모르는데 뭘 방송을 합니까, 방송을! 지금 이게 우리 잘못이에요? 다한전 놈들이 아무 걱정 없다고 하다가 이렇게 된 거 아닙니까?"

"딱도 하시네, 보도본부장. 지금 한전 탓해야 뭐 합니까? 우리도 방송 꺼먹었으니까, 나중에 국회에서 얻어터지는 건 마찬가지지. 여, 우리 KBS 간부급들, 어제 오후에 방송 꺼지면서 목 날아간 건 다 마찬가지야. 그만둘 때 그만두더라도, 우리도 방송인으로 살아온 인생, 좀 명예롭게 물러날 생각을 해봅시다. 방송 꺼먹고, 블랙아웃에 블랙화면 내보낸 등신들로 기억될 수는 없는 거 아녜요."

기술본부장이 보도본부장을 한심 맞게 쳐다보면서 말을 이어나갔다.

"지금 서울도 평상 수요의 50퍼센트 선에서 겨우겨우 버틴다는 거 아녜요? 방송 망하면 전파 낭비라고 욕이나 좀 먹고 말지만, 지금 쓸 데 없는 재방송 내보냈다가는 완전히 전기 낭비입니다. 그건 나중에 사과로 될 일이 아닙니다. 지금 방송을 하려면, 제대로 해야 합니다."

짧은 격론을 들은 사장이 질문을 했다.

"라디오는 지금 나갈 수 있나요?"

"경기도 웬만한 데까지, AM은 지금 내보내면 바로 나갑니다. 중계국이 꺼진 지금, FM은 서울 벗어나기는 어렵지요. 딱 눈에 보이는 가시거리까지가 FM 레인지라고 보시면 됩니다. 그래도 중계 회사들이 살아나야 뭔가 해볼 수 있는 TV보다는 사정이 좀 낫습니다. 인터넷이나 앱을 통해서 사람들이 볼 수는 있는 데, 어차피 전기가 살아 있는 데서만 보는 거니까, 결국 서울이 겠죠."

기술본부장이 한숨을 크게 내쉬며 대답했다. 사장이 다시 사람들을 돌아보면서 질문을 했다.

"근데, 다른 회사들은 어떻게 하고 있을까요?"

전략기획본부장이 말했다.

"YTN이야 밑질 거 없으니까 중계 회사 켜지는 대로 바로 방송 시작할 준비 중일 겁니다. 되는 대로 아무 말이나 하더라도, 켜기는 켤 겁니다. MBC는 아마 우리보다 더 멘붕일 거구요. 거긴 지금 사장도 공석 중이잖아요."

"서울이 살아났으니까, 국회도 곧 살아날 겁니다. 그럼 정치가 시작되겠지요. 서로 포인트 얻으려고 난리 날 겁니다. 면피라도 하려면, 우리도 빨리 뛰어나가야 합니다. 현장에 기자들

내보내서 뒤지다 보면 뭐라도 건지는 게 있을 겁니다."

보도본부장이 손목시계를 들여다보면서 말했다. 어쨌든 이제 회의를 슬슬 정리해야 했다. 언제까지 회의만 하고 있을 수는 없었다. 사장이 내부 사정을 점검하기 시작했다.

"지금 직원들 인력 상황은 어떻습니까?"

보도본부장은 냉소적인 성격의 인간이었다. 그렇지만 머리가 아주 안 돌아가는 스타일은 아니었다. 그래도 그는 지금 상황을 어떻게든 파악하고 있었다.

"경기도 사는 직원들은 아마 출근하기 어려울 겁니다, 걸어오지 않는다면. 우리도 여기 다 서울 사는 간부들만 모인 거 아닙니까? 카메라, 작가, 기술팀, 경기도 사는 직원들 많으니까, 인력 상황도 최소한입니다. 게다가 방송용 차 기사들이 경기도 사는 사람들이 많아서, 방송 차량 운행도 정상적이지는 않을 겁니다."

한참을 고심한 끝에 사장이 드디어 결정을 내렸다.

"자, 이렇게 하면 어떠실까요? 지금 시간 오전 9시입니다. 라디오는 10시 송출 시작, 동일 방송으로 전 채널 내보냅니다. 톤은 최대한 팩트 정보 위주로 드라이하게. 정 모르면 지금 서울 상황이라도 들어오는 대로. TV는 12시, 역시 전 채널 동일하게 팩트 위주로. 추측 방송, 불안 방송, 이런 거 하지 말구요."

보도본부장이 조금 더 자세하게 질문을 했다. 내용이 문제가 아니라, 방침이 문제인 상황이었다. 사장의 방침, 그게 한국의 공무원과 공기업이 움직이는 방식이 된 지 오래였다.

"청와대 근황 보도도 합니까? 총리 보도, 국회 보도, 이런 건요? 사실 다들 그런 걸 제일 궁금해할 텐데요."

사장이 머뭇거림 없이 방침을 정했다.

"자연재해에 의한 정전 긴급방송이니까, 정치적으로는 최대한 드라이하게 갑시다, 중립적으로. 재해대책본부와 협의 없이 KBS 단독 결정으로 방송 트는 거니까, 나중에 책잡힐 건은 최소한도로 하고요. 청와대, 총리실, 국회, 이런 데 멘트 일절 없이 가봅시다. 모르는 건 모르는 대로 두고요. 공영방송이 그래요. 틀리는 게 죄지, 모르는 건 죄가 아닙니다."

"네."

사람들이 대답은 시원하게 했다. 어차피 지금 이 상황에서 눈치 볼 것도 없지 않은가? 눈치 보지 않아도 좋을 때 보는 게 진정한 눈치다. 그 경지에 도달한 사람들만이 비로소 기관장이 되고, 성공한 간부가 된다.

KBS 간부들의 회의가 막 마무리될 즈음, 조용히 회의를 지켜보던 라디오본부장이 드디어 입을 열었다.

"사장님, 저도 한마디 하겠습니다. 다들 너무들 하시네요. 어차피 사태 수습되면 다들 잘린 거라니까, 이 얘기만 하겠습니다. 지금 나주에 지진이 나고, 전국이 정전으로 난리인데, 응급상황 인명구조는 어떻게 되는지, 누가 하는 건지, 이런 걸 짚어보는 게 재난방송이 당연히 할 일 아니겠습니까? 팩트요? 청와대나 정부 눈치 너무 보면서 몸 사리는 거 아닙니까? 어차피 우리 다 잘린다는데, 애국 한번 해봅시다. 우리 보도용 헬기도 있잖아요? 헬기도 좀 띄우고, 전국적 현황 파악이라도 좀 합시다."

사장의 표정에 어색하면서도 싸늘한 기운이 돌았다. 사장은 단 한마디로 라디오본부장의 말을 무시했다.

"회의 끝내겠습니다. 다들 최선을 다하시기 바랍니다."

사람들은 라디오본부장의 말을 못 들은 척하고 회의를 마무리했다. 다들 사장실을 나가는 가운데, 전략기획본부장이 라디오본부장의 어깨를 툭 치면서 말했다.

"야, 오버하지 마, 제발 좀. 서울시장만 영웅 만들어줄 일 있어? 공영방송이라는 게, 정치적으로도 중립을 지키라는 말이야, 이 등신아. 누군 뭘 몰라서 대가리 숙이고 있는 줄 알아? 라디오나 똑바로 잘 틀어. 젊은 아나운서 애들 방송 중에 엄한 소리 못 하게 잘 관리하고. 사장, 저 인간성에 진짜 방송사고 나는 수가 있다. 수틀리면 확 꺼버릴지도 몰라. 알잖아, 줄 잘 타는 인간들 아니면 저 자리에 못 오는 거. 우리 같은 사람들은 그 속을 상상도 못 해."

라디오본부장이 살짝 돌아보면서 말했다.

"줄은 너도 잘 타잖아. 한 줄 했잖아!"

전략기획본부장이 손을 휘휘 저으면서 말했다.

"차원이 다르다니까, 아주! 옛날 그 선배가 아니야, 이젠. 청와대 불리한 얘기, 어휴, 무섭다 무서워. 너도 눈치 좀 보면서

해. 큰일 나!"

라디오본부장은 엘리베이터에서 내려 곧바로 라디오 편성실로 향했다. 그곳에 모여 있는 라디오 쪽 주요 간부들에게 회의 결과를 전달했다.

"지금, 오전 9시 10분입니다. TV는 12시부터, 그리고 우리 라디오는 오전 10시, 잠시 후 방송 재개합니다."

라디오 편성국장이 난감한 표정으로 말했다.

"지금 바로요? 송출 문제도 검토가 안 끝났고, MC도 문제지만, 스태프들이 절반도 안 왔습니다. 연락도 안 되구요. 지금 라디오 켤 상황이 아닙니다."

"송출은 기술국에서 맡을 거고, 속보는 보도국에서 들어올 겁니다. 편성은 재난 긴급편성이라, 아나운서랑 경험 많은 MC, 두 명씩 한 조로 두 시간씩 진행하는 걸로 합시다. AM 포함, 동일 채널로 가구요."

라디오본부장이 간단하게 방송 방침을 설명했다. 이때 실무를 맡은 국장 한 명이 강력하게 반대 의사를 펼쳤다.

"지금 속보 들어온 게 없는데, 무슨 재난방송을 합니까? 우리가 지금 재난인데요. 작가들이 원고 쓸 시간도 없고, 쓴다고 해도 한계가 너무 많습니다. 허위 보도니 뭐니, 나중에 도저히 책임 감당 안 됩니다. 지금 우리가 음악 틀어주는 거 말고 할 게 있습니까? 라디오 청취자들도 그 정도는 이해할 겁니다. 좀 더 안전하게, 일단 음악 틀고 보도국에서 속보 들어오면 '긴급속보'

때리고, 그렇게 가시죠. 라디오는 자체 기자도 없고, 아나운서도 없습니다. 욕은 어차피 먹을 거, 차라리 안전빵으로 갑시다."

라디오본부장은 순간적으로 치밀어 오르는 화를 잠시 참고, 크게 심호흡을 했다. 이 시간에 음악 틀자고?

"블랙아웃, 전계통 정전이라고 하지요. 지금 대정전 상황에서 우리가 공식적으로 처음 나가는 방송입니다. 라디오는 운만 좋으면 지방에서도 들을 수 있구요. 모르는 건 모르는 대로 둡시다, 이건 저도 동의합니다. 그렇지만 서울 지역이라도, 여기는 전기도 들어왔고, 전화도 되니까, 25개 구별로 청취자 전화 받는 건 할 수 있지 않나요? 그런 거라도 시작합시다. TV 나올 때까지는, 전국 유일 방송입니다, 우리 라디오가. 사명감을 가지고 합시다. 어려운 건 어려운 대로, 할 수 있는 건 그래도 최선을 다해서, 그게 라디오 정신 아닙니까?"

당인리
└ 안녕들 하신가?

한정건과 행정팀장이 당인리 발전소 인근을 걸어가면서 이것저것 살펴보고 있었다.

"지가 행정, 총무, 이런 것만 해가, 사실 발전은 잘 모릅니다. 그렇지만 2002년에 민영화 저지한다고 37일간 발전 부문 파업했던 건 똑똑히 기억합니더. 그때도 전기는 안 꺼먹었네예."

행정팀장이 2002년 발전소 총파업에 대한 이야기를 꺼냈다. 그때는 노조에 가입할 수 없는 과장직급 이상의 간부들이 발전기에 투입되어 겨우겨우 버텼다. 나중에는 군대에서 소형 발전기와 배전 등 전기계통을 담당하는 발전병들까지 현장에 투입되었다.

"그랬지. 과장 시절, 나도 오퍼레이터로 보령에서 상황판에 매달려 있었지. 말은 파업이지만, 실제로 블랙아웃 와야 한다고 생각하는 사람은 없었지."

"그때 저도 파업했심더, 노조원으로요. 민영화 되가, 회사 팔리면 큰일이다 싶어서요. 그때도 안 꺼먹던 전기가 우째……."

"현주가 잘해서, 일단 서울은 켰는데…… 앞으로가 큰일이지."

행정팀장이 고개를 끄덕였다.

"그런 것 같심더. 얼라들이 밤새고 버텼는데, 교대해줄 인력도 마땅치 않네예. 신동호랑 하누리 쓰러지면 큰일 아입니꺼?"

한정건이 걸음을 멈추지 않고 차분히 대답했다.

"아직 젊으니까 쉬면서 하면 버틸 수는 있을 거야. 계통 새로 연결할 때나 예비력 위기 아니면 다른 사람들이 조금씩 봐줘도 돼. 연결 상황 아니면 프로그램이 알아서 운전해. 당신도 전력거래소 운영은 좀 알잖아? 협력업무 하지?"

행정팀장이 손을 내젓는다.

"에이, 모르지요, 어데예. 지는 전력 사고 팔 때 돈 오가는 정산만 압니더. EMS 프로그램, 있는 것만 알지 어떻게 돌아가는 지는 이번에 정전 나면서 처음 알았습니더. 그나저나, 다른 지역의 발전은 언제 복구됩니까? 서울은 그렇다 치구요.”

“낸들 아나. 현주 머릿속에 있겠지. 솔직히, 이거 디자인하면서 나도 서울 말고는 생각해본 적이 없어. 서울이라도 방어하자, 그런 생각이 너무 강했지. 안이했어. 진짜로 이렇게 한국에서 전계통 정전이 날 줄, 진짜 몰랐지. 누군들 알았겠어?”

두 사람의 발길은 어느덧 당인리 한쪽 끝, 한강과 만나는 지점에 있는 변전소에 도달하였다. 한정건의 눈길이 변전소에 고정되었다. 한정건이 혼잣말처럼 질문했다.

“우리 설비들, 잘 버텨주겠지?”

“하모요, 신삥인 데다 워낙 좋은 놈들 들여와가 끄덕 없심더. 지하 설비에 문제 생기면, 우리 다 쫓기나 뽑니다. 주민 민원이 어마어마합니다. 설비 상태야, 기깔라지요.”

“저놈은?”

한정건은 발전소 외부의 변전소를 가리켰다. 일본의 전력 회사는 발전은 물론이고 송배전을 동시에 담당하기 때문에 변전소나 변압기도 역시 자체 관리한다. 그렇지만 우리의 경우는 발전 자회사가 분사하면서 한국전력공사에는 송배전 기능만 남았다. 전국의 모든 변압기는 한국전력공사가 관리한다. 그냥 하는 정도가 아니라, 한국전력공사에게 남은 중요한 밥줄이다.

“그기야, 변전소는 한전 소관 아닙니까? 우리 영역 아니죠.”

"지난 10년간 한국에서의 정전은 90퍼센트 이상 변전소 이상이야. 특히 화재."

행정팀장 눈이 휘둥그레졌다.

"그게, 그리 불이 잘 납니꺼?"

"절연유에서 불이 잘 나. 워낙 빈번하니까, 대형 설비나 지하 설비는 자동설비로 불 끄게 되어 있고, 그것도 불안해서 대형 변전소에는 유인설비로 사람들을 붙여놔. 불나면 바로 대처하려고."

"그럼, 우리 인력이라도 붙여줘야 하는 것 아임니꺼? 저기서 문제 생기면 진짜 난리 나겠네예."

"그렇지. 행정팀장, 설비 정비에도 인력 좀 확실하게 해줘. 현재로서는 여기가 전국에서 유일하게 계통 제어 프로그램을 갖춘 발전소야. 당인리 발전기들이 하루 서넛 시간 돌리던 건데, 지금은 24시간으로 며칠간 갈 거 아냐. 여기 나가면, 일주일이 걸리든 20일이 걸리든, 전기 못 켜."

행정팀장이 씩씩하게 대답했다.

"네, 지가 확실하게 단도리 하겠심더."

"발전소 운영하는 게, 생각보다 골 아퍼. 쓸 데 없는 부품이 하나도 없어. 매일 아침 일어나, 다들 안녕하십니까, 그런 마음으로 살피는 수밖에. 기계나 사람이나, 다 예민한 것들이 발전소에 모여 있지."

"햐, 처장님, 그 말 멋집니다. 다들 안녕하십니꺼, 맞네예, 맞네예! 그런 마음으로 일해야, 발전기 까딱 없이 돌리겠네예."

두 사람이 걸어가는 와중에 추리닝에 운동화를 신고 있는 하누리가 직원 숙소에서 걸어 나왔다. 담배에 불을 붙이려고 하다가 건너편의 처장 일행을 보고 잠시 멈칫했다. 한정건이 하누리 쪽으로 걸어가며 말을 붙였다.

"괜찮아, 괜찮아. 나도 하나 줘봐."

당황스러워하는 하누리에게 한정건이 다정하게 말했다.

"네, 처장님."

담배를 물어 든 한정건은 잠시 마른기침을 한 후, 담배 연기를 내뿜었다.

"옛날에는 나도 많이 피웠었는데. 야, 맛난다, 맛나. 야, 어서 피워, 빨리 가봐야 할 거 아냐."

하누리가 담배에 불을 붙였다.

"죄송합니다, 처장님. 지금 계통실 들어가면 저도 언제 나올지 몰라서요."

"행정동은 발전기랑 별 상관없어, 괜히 그러는 거야. 동료랑 살짝살짝, 내 방에서 피워도 돼. 자주 가지도 않는 방, 놀려두면 뭐 해. 니들이 지금 이 나라의 최전선이야. 힘들어도 안 되고, 배고파도 안 되고, 아파도 안 돼. 버티는 수밖에 없어."

하누리의 표정이 좀 풀어졌다. 긴장하는 일이 거의 없는 하누리지만, 오늘은 그녀도 긴장을 감추기 어려웠다.

"게임하거나, 프로그램 짤 때는 며칠씩도 날밤 까는데요, 뭐.

집이 아니라 사택이라, 담배가 좀 눈치 보이는 것 말고요."

"그래 하 대리, 뭐든 필요한 거 있으면 나한테 언제든지 부탁하고."

행정팀장이 부드러운 어조로 하누리에게 말했다. 하누리가 잠시 생각을 하다가 입을 열었다.

"이제 전기 들어오니까, 오후에 사무실 에어컨 좀 틀어주세요. 너무 더워요. 그리고 저…… 누구 올 사람도 없는데, 전 제발 좀 그냥 추리닝 입고 근무하면 안 될까요? 계통실 안이 너무 덥고 힘들어요. 서버랑 장비에서 열 많이 나요."

뭔가 무서운 부탁을 상상했던 행정팀장이 피식 웃었다.

"여가 청와대도 아니고, 본사도 아닌데 뭔가 문젤끼고. 쾌안타. 누가 뭐라 카문, 행장팀장이 추리닝 근무 명했다고 캐라. 내, 니 담배 사오라 카문, 그 심부름도 해줄끼다. 전기만 살리도, 전기만."

당인리
└ 길은 있는가

교대로 휴식을 취하던 당인리 계통팀의 핵심 멤버들이 오전 11시, 계통실에 모였다. 대형 스크린에는 서울과 인천 주요 지역의 전력 상황과 예비율 지수 등이 실시간으로 움직이고 있었다.

"예비율은?"

이현주가 물어보자, 스크린을 보던 신동호가 대답했다.

"예상보다 더 넉넉합니다. 백화점 같은 상업 시설들이 대부분 문을 안 연 것 같습니다. 이 추세라면 오후 3시에 지하철 운행 개시해도 큰 충격 없을 것 같습니다."

이현주가 고개를 끄덕였다. 같이 수치를 바라보던 하누리가 이현주를 보면서 질문했다.

"강선아 팀장님, 제주도에서 혼자 당인리 프로그램 전국 버전 업, 가능하실까요?"

"그 양반, 원래 담백해서 진짜로 과장 없는 스타일 아냐. 그런 입에서 홍해를 보여준다고 했으니까 뭔가 믿는 구석이 있겠지. 하 대리, 예전에 같이 만들었던 프로토콜 중에서도 전국 버전 있었잖아. 그거 이리저리 손보면, 아예 맨땅에서 헤딩하는 건 아니지."

하누리가 여전히 걱정스러운 표정으로 말했다.

"그래도 전국 DB도 없고, 스카다 파일도 없는데요. 모듈만 모아놔 봐야, 그냥 깡통일 텐데요."

"그게 문제지, 문제야. 모듈과 인터페이스는 누가 해도 하는데, 갖다 끼워 넣을 DB가 문제지. 하 대리, 해킹도 좀 해?"

자리에 앉은 신동호가 원래의 한국전력공사 전산망 전국 배치도를 보여주면서 말했다.

"지금 해킹이 문제가 아닙니다. 지금 전국 스카다 파일 구할 데가 없습니다. 한전 서버에 다 물려 있는데, 그게 지금 나가리라서. 천안은 물리적으로 접근이 아예 안 되고, 의왕도 경기도 지역이라 우리가 손대기 어렵습니다. 해킹 할 데가 없습니다."

이현주가 아까 전부터 뒤적거리던 한국전력공사 비상 매뉴얼을 결국 집어던졌다.

"뭔 놈의 시스템을 이렇게 대충 만든 거야? 이러니 대정전 나면 정상 회복에 일주일이 걸릴지, 20일이 걸릴지 모른다고 국회에서 답변을 하게 되지. 시간이 문제가 아니라, 아예 재개통 자체가 불가능하잖아? 서버라도 좀 분산시켜놨어야지, 등신 머저리들. 정작 자기네가 먹통 되었을 때 대책이 아예 없어."

"게임 서버도 이렇게는 안 해요. 지역별로 다 분산시켜놓죠."

하누리가 맞장구를 쳤다. 그러자 옆에 있던 신동호가 좀 더 신속하지만 과격한 방식을 제안했다.

"우리 이럴 게 아니라, 제가 그냥 트럭 몰고 의왕 가서 서버째 다 뜯어올까요? 뭐라도 하나 걸리겠죠."

기가 막히다는 표정으로 신동호에게 한마디 하려는 하누리에게 이현주가 눈짓을 했다. 하누리는 입을 다물었지만, 한심맞다는 표정이 지워지지는 않았다. 잠시 생각을 하던 이현주가 손바닥을 마주치면서 밝은 목소리로 이야기했다.

"아냐, 우리 생각을 이렇게 좀 바꿔보자. 어제 대정전 후, 서울시 에너지특보 최철규가 서울 스카다 파일은 구해다 줬잖아. 그리고 좀 있다 인천 스카다랑 DB도 가져다 줄 거고. 근데 최철규 그 인간은 그걸 어서 가지고 올까? 어제저녁이랑 오늘 아침, 방법 없는 건 우리랑 사정이 똑같잖아?"

신동호의 눈이 커졌다.

"진짜로 어서 훔쳐 오거나 뺏어왔을까요?"

이현주가 신동호와 하누리를 똑바로 쳐다보면서 말했다.

"이미 훔쳐놓은 것일 수도 있지 않겠어? 한전 애들 하는 일이, 뭐든 통으로 하는 거 좋아하니까 풀 DB로 관리하지 서울, 인천, 이렇게 지역별로 브레이크 다운해서 관리했을 리가 없잖아? 귀찮게 그런 짓을 했을 가능성이 오히려 더 희박하지!"

"우와, 팀장님도 잔대리가 좀……."

신동호가 뭐라고 말하려고 할 때, 하누리가 신동호의 뒤통수를 소리가 날 정도로 때렸다.

"팀장한테 잔대가리가 뭐냐, 이 무식한 놈아!"

하누리가 이현주의 눈을 보면서 말이 이어갔다.

"팀장님, 그 인간 노트북에 있는 게 확실할까요? 그래도 공유 폴더나 클라우드 같은 데 둘 스타일은 아닌데요. 그런 데 있기만 하다면야, 이미 심어놓은……."

이현주가 하누리의 말을 중간에서 잘랐다.

"몰라, 난 모르는 걸로 할게. 하 대리가 스카다 DB 문제는 알아서 해결한 걸로 했으면 좋겠네."

"넵."

하누리가 씩씩하게 대답했다. 신동호가 의심쩍은 눈으로 하

287

누리를 쳐다봤다.

"쓸 데 없는 상상하지 마라. 난 할 수 있는 것만 대답한다."

"자, 스카다 문제는 하 대리가 해결한다 치고. 보령의 본사 도움을 받을 방법이 없을까? 본사 도움만 받을 수 있으면 서해안 화력발전소들 살려낼 수 있을 거고. 그러면 인천 신경 쓰지 않아도 될 것 아냐?"

이현주가 질문을 하자 신동호가 부정적인 의견을 꺼냈다.

"보령이야 본사니까 어떻게 어떻게 한다 쳐도, 태안은 서부발전, 당진은 동서발전, 회사가 다 다릅니다. 연락할 방법도 마땅치 않고, 협조를 받을 길은 거의 없습니다."

"어차피 서해안 발전소에서 서울 오는 선들이 전부 평택에서 모이지. 평택은 서부발전. 보령 본사에서 쏴서 태안, 당진 그리고 평택까지 뚫었다 쳐. 평택에서 당인리까지 직선거리로 120킬로미터야. 기술적으로는 문제될 게 없어. 평택 발전소를 관장하는 서부발전 협조만 받을 수 있으면, 나머지 회사도 설득 가능할 것 같은데?"

신동호는 여전히 부정적이었다.

"이론적으로는 그렇습니다만, 서해안 발전기들이 지금 몇 기나 상하지 않고 남아 있을지 모릅니다. 게다가 통신이 불가능합니다. 한전에서 직접 뛰어다니면 몰라도, 자회사인 우리가 여기 앉아서 손댈 범위는 아닌 것 같습니다."

이현주가 씩 웃었다.

"한전? 우리도 한전 출신 정치 고단수 있잖아, 우리 처장 한정건. 일단 이건 B플랜으로 킵. 다급하면 생각해보자고."

"기왕에 B플랜 검토할 거면, 충청도 아래도 생각해볼 수 있지 않을까요? 지진 난 전라도, 지금 완전 난리일 겁니다. 전기가 제일 필요한 데가 지금 거기 아닌가요? 원전만 살릴 수 있다면 해볼 수 있을 텐데요."

신동호의 의견에 이현주가 고개를 가로저었다.

"LNG나 석탄은 같은 발전 자회사 계통이지만, 원전은 달라. 거긴 경주 한수원에서 총괄해, 너무 멀어. 원래도 다른 발전 자회사들이랑 사이 안 좋아. 게다가 한정건 일이라면, 될 일도 안 되게 막아설 거야. 그 아저씨들끼리의 좀 복잡한 정치가 있어. 원전 출신인 강선아 팀장이 직접 나서도 정리하기 어려워, 완전 복마전이라서. 휴우, 우리가 할 수 있는 일은 최대 거기까지. 한 처장하고 상의를 좀 해보자."

이때 모니터를 지켜보던 젊은 직원이 일어나서 큰 소리로 외쳤다.

"팀장님, 예비율이 조금씩 내려갑니다."

이현주가 급히 커튼을 열고 하늘을 봤다. 하늘 가득 구름이 끼어 있었다.

"태양광이 날씨를 좀 타. 하늘이 흐려지네."

"이번 주에 비 예고는 없었어요."

하누리가 말하자, 신동호가 일어나서 커튼 사이로 하늘을 보며 답답해했다.

"미치겠네. 구름 계속 끼면 지하철 운행 개시 힘든 거 아닙니까? 참, 안 도와준다."

이현주가 표정 변화 없이 이야기했다.

"그 대신 서울 시내 에어컨 사용도 조금은 줄어. 큰 문제 없어. 하루 종일 비 쏟아지는 최악만 아니면 돼."

수색역 부근
└ 누가 이 사람들을 울게 만드는가

경기도와 서울을 나누는 경계선, 수색역 앞 수색로. 출퇴근 시간에 길이 많이 막히기는 하지만, 대부분의 시간에는 한산한 거리다. 지금은 경기도 쪽 도로가 버려진 차들로 꽉 막혀 있었다. 그리고 서울시청과 마포구, 은평구가 관리하는 서울 쪽 도로에는 간간히 도로 바깥쪽으로 밀려난 차들이 있기는 하지만, 대부분의 도로가 텅 비어 있었다. 이따금 그 경계 근처까지 시내 버스들이 운행을 하고 있었다.

경기도에서 서울로 넘어오는 경계선에는 구청 직원들과 자원봉사대가 꾸린 간이 테이블이 있고, 그 위에 생수통과 빵이 놓여 있었다. 그곳에 모인 사람들이 허겁지겁 물을 마시고, 빵을 먹고 있었다. 거기에서 멀찌감치 떨어진 인도에는 열 개의 간이 화장실 키트가 연달아 설치되어 있고, 거기에도 사람들이 길게 줄을 서고 있었다. 6차선 도로 한쪽을 메우고 줄지어 늘어선 것은 방송국 차들이었다. 아무 특별한 것 없어 보이는 이 한적한 길에서 분주하게 돌아가는 것은 서울에서 경기도 쪽 도로를 찍고 있는 방송 카메라들이었다.

지쳤지만 걸음을 재촉하는 사람들, 그들은 경기도에서 서울 지인의 집을 향해 걸어가고 있는 시민들이었다. 누가 시킨 것도 아니지만, 금세 거대한 행렬이 만들어졌다. 전기가 없는 곳에서 전기가 있는 곳으로, 간단한 원리에 의해 사람들은 끊임없이 움직였다. 당인리 사람들이나 서울시 간부들도 어느 정도는 예상을 했지만, 이 정도로 거대한 규모가 될 줄은 미처 예상하지 못했다.

그 시간 분당과 용인에서 서울로 오는 사람들은 문정동의 장지역 인근에서 거대한 행렬을 만들고 있었다. 일산과 분당 같은 대표적인 수도권의 베드타운 인근만 그런 것도 아니다. 경기도에서 서울로 진입하는 주요 도로에는 크고 작은 행렬들이 서울로 향하는 대열을 만들었다. 분당에는 50만 명이 살고, 일산에는 100만 명이 살고, 경기도 전체는 1,000만 명이 살고 있다. 세계에서 가장 부유한 스웨덴을 비롯한 노르웨이 등 대부분의 북구 국가는 물론이고 스위스 등 우리가 주요 정책에서 모델로 생각하는 국가들은 인구 1,000만 명이 채 안 된다. 유럽의 많은 나라가 경기도보다 작은 인구 규모로 1인당 국민소득 7만 달러, 8만 달러를 올린다.

가끔 인구 규모나 증가세로 경제 규모를 이야기하려는 사람들이 있다. 그런 식으로 따지면 경기도가 가지고 있는 현재의 어려움은 설명하기 어렵다. 한국 최고의 미래 잠재성을 가지고 있는 경기도, 그 경기도가 지금 고통을 받고 있다. 고작 수 킬로미터 아니 수백 미터 사이로 전기 지역과 정전 지역이 구분되는 이 오후의 짜증나는 현실, 부모든 자식이든 어떤 식으로든 서울에 연고지가 있는 사람들은 지금 도로에 나와 서울을 향해 걷고 있었다. 그래 봐야 이 행렬은 100만 명이 넘을까 말까 한 수준이지만, 웬만한 공화국 수준의 인구를 가지고 있는 경기도는 지금 밑에서부터 붕괴하고 있었다.

상투적인 일이지만, 이 행렬 앞에 모인 방송국 기자들이 할 수 있는 것은 그들에게 카메라를 들이대고 분노에 찬, 때로는 눈물 나는 그리고 가끔은 어이없는 멘트들을 TV를 통해 서울 전역에 내보내는 일밖에 없었다.

딸과 함께 서울의 아들 집으로 향하고 있는 어느 할머니의 인터뷰가 진행 중이었다.

"아침에 라디오를 들었지. 어제 오후에 전기 나간 후, 다 이 고생을 하는 줄 알았어. 그랬더니 서울에는 전기가 들어오고 버스도 다닌다는 거야. 오후에는 지하철도 다닌다고 하고. 이렇게 있으면 안 된다는 생각이 번뜩 들었어. 6.25 때에도 어떻게든 피난 간 사람들이 결국 살아남았고, 남은 사람들은 개고생했거든. 그때 우리 집은 피난 못 갔어."

할머니가 잠시 생수로 목을 축인 후 말을 이었다.

"어, 살 것 같네. 내가 500년 서울 사람이야. 서울을 떠나는 게 아니었어."

"네, 할머니. 그럼 서울에는 혹시 아시는 분이?"

기자가 질문을 했다.

"아들이 있지. 구파발에 살어. 저 앞에서 전화 돼서, 간다고 했어. 전기는 그렇다고 해, 전화라도 좀 되게 해줘야 할 거 아냐. 내 죽을 때까지, 이제 다시는 서울을 안 떠날 거야. 정약용이 그랬다는 거 아냐, 아들들한테. 절대로 도성 밖으로 떠나지 말라고. 그 말이 맞는 거였어, 그 말이."

잔뜩 화가 난 소리를 퍼붓고 난 할머니는 딸과 함께 버스 정류장 쪽으로 걸어갔다. 버스는 긴급 증편되어 움직이고 있고, 그 건너편에는 택시들도 연달아 손님들을 실어 나르고 있었다. 이번에는 기자가 한 가족을 만났다. 어린 딸은 아빠 등에 업혔고, 조금 더 큰 딸은 엄마 손을 잡고 걸어오는 중이었다. 테이블에 도착하자마자 아이들은 허겁지겁 물을 마시고, 양 볼이 터지도록 빵을 입에 가득 채우고 먹었다.

"시청자 여러분, 지금 두 딸과 함께 걸어온 가족을 잠시 만나보겠습니다. 아이들이 걷기에는 꽤 먼 거리였을 것 같은데요. 어머님, 이제 좀 괜찮으세요?"

엄마는 카메라를 보자마자 서러움이 밀려와, 복받치는 울음을 터뜨리며 이야기했다.

"너무 무서웠어요, 애들 데리고요. 전기는 안 들어오고, 물도 안 나오고, 화장실도 안 되고요. 애기 아빠가 마실 물이랑 먹을 거라도 좀 사러 10층을 몇 번이나 걸어갔다 올라왔는데, 사정사정해서 물 한 통 겨우 사왔어요. 제일 무서웠던 건, 이게 며칠이 갈지 모른다는 거예요. 아무것도 안 돼요."

기자가 안타까운 목소리로 질문을 했다.

"네, 어머님이 많이 놀라셨습니다. 참 안타깝습니다. 그리고 안타깝다고 말할 수밖에 없는 제 심정도 먹먹합니다. 어머니, 마무리로 하시고 싶은 말씀이 혹시 있을까요?"

엄마의 서러움은 계속됐다.

"대통령은 지금 뭐 하고 있는지 모르겠어요. 어떻게 이런 일이 벌어질 수 있는지, 꼭 변명이라도 듣고 싶네요."

이때 50대 남성 한 명이 카메라 앞으로 고함을 지르면서 다가왔다. 그는 화가 많이 나 있었다. 정상적인 인터뷰가 불가능할 것 같아 보이는 남성의 접근을 스태프들이 저지했다. 그는 더 화가 났다. 결국 슬픔과 분노가 섞여서 폭발하고 말았다. 생수와 빵 등 간단한 먹을거리가 놓인 책상을 발로 차면서 고함을 질렀다.

"뭐야 이거. 서울 시민만 시민이고, 우리는 도민이야? 우리도 서울 사람들하고 똑같이 세금 낼 거 다 내고, 재산세도 냈어. 왜 차별하냐고, 차별을! 서울 것들만 사람이야? 왜, 우리는 경기도

사니까 우스워 보여? 왜 우리는 전기 안 보내줘?"

카메라 한 대가 조금은 과하지만 정당한 분노를 가감 없이 담고 있었다. 이 50대 남성의 분노는 서울시 전역에 생방송됐다. 지상파 방송국의 정제된 인터뷰 대신, 이 분노의 고함은 이 시대를 대표하는 영상이 되었다. 분노가 늘 눈물을 흘리게 만드는 것은 아니지만, 이 남자의 분노를 본 많은 사람이 울었다. 누가 이 사람들을 울게 만들었는가?

21세기 이후 우리는 각자도생이라는 말을 승자독식만큼 많이 썼다. 이긴 사람이 다 갖는 게 당연하고, 각자는 알아서 자신의 삶을 도모하면 된다고 생각한 사람이 많았다. 전기가 사라진 지금, 각자도생의 왕국이 밑에서부터 붕괴하고 있었다. 중앙에서 알아서 결정하고, 로컬에서 필요한 것은 부족함 없이 공급해준다는 중앙주의 신화가 무너져내리고 있는 중이었다.

사실 한국에서 전기만큼 불평등한 것도 없다. 강남부터 집값 비싼 순서대로 사람들의 가치를 매기는 게 습관이 된 것처럼, 전기도 마찬가지다. 강남은 아무것도 하지 않고 우선적으로 전기를 공급받았다. 그러고도 전기 요금은 같다. 이게 평등은 아니다. 전기만큼 지역 차별적인 요소는 한국에서 또 없을 정도다. 강남에서 전깃줄 보신 적 있으신가? 집값 비싼 순서대로 전봇대가 지하로 들어간다. 한국전력공사 본사가 강남에 너무 오래 있어서 그런 것인지도 모르겠다. 전신주가 많은 동네는 한국전력공사가 별로 사랑하지 않는 동네이고, 전선 지하화 사업이 완료되어 전신주가 뭔지도 모르는 동네는 한국전력공사가 사랑하는 동네일지도 모른다. 전신주를 매일 바라보면서 자라나는 어린이와 전신주가 뭔지 모르는 어린이, 이건 의도된 차별은 아니지만 결과적 불평등이기는 하다.

당인리, 처장실
└ 레드퀸의 딜레마, 달리지 않으면 서 있을 수도 없다

하누리는 아무도 없는 처장실에 앉아 노트북을 켜놓고 멍하니 화면을 들여다보고 있었다. 기다림의 시간 속에 초조한 듯 담배를 꺼내 물었다.

"옛쓰, 옛쓰!"

하누리가 오른손을 꽉 쥐고, 기다림의 대답으로 뜀 뜻이 기뻐했다. 서울시 에너지특보 최철규의 컴퓨터가 지금 막 인터넷에 연결되었고, 하누리가 USB를 통해서 심어둔 백도어 프로그램이 작동을 시작했다. 그와 동시에 하누리의 손과 마우스가 빠르게 움직였다. 그리고 담배 한 개비를 다 피우기 전에 필요한 파일들을 찾아서 다운로드를 완료했다.

"오케이! 됐쓰. 전국 스카다랑 DB 확보!"

하누리가 목에 걸고 있는 크리스털 목걸이 펜턴트 아래쪽을 뽑자, 소형 USB 메모리가 나왔다. 그때 처장실 문이 열리며, 이현주가 들어왔다. 이현주가 뭐라고 말을 꺼내기도 전에 하누리가 감정을 주체하지 못하고 USB를 흔들면서 먼저 말했다.

"팀장님, 스카다 겟!"

이현주가 손으로 OK 사인을 그렸다. 그렇지만 표정이 마냥 밝거나 환하지만은 않았다.

"누리야, 나도 담배 하나 줘봐."

하누리가 묵묵히 내미는 담배에 불을 붙이고 이현주도 담배 연기를 뿜었다. 익숙지 않은 연기에 기침을 했다.

"파일 확실해?"

"네, 확실합니다. 패스워드도 따로 없구요. 백도어로 빼왔는데, 너무 쉽네요. 여기에 트로이 묻어온 거 아닌가 의심될 정도예요."

"백도어? 너구리 같은 인간, 그냥 준 거겠네. 하여간 한정건이나 최철규나 이 인간들, 다들 자기 손에는 물 하나 안 묻히려고 해. 꼭 훔쳐가게 만들어서, 귀책사유를 상대방에게 넘기는게 아주 몸에 뱄어. 평생을 그렇게 살아온 인간들, 진짜 지겹다. 부탁하는 김에 제주도 강 팀장한테 쏴주는 것까지, 자기야."

하누리가 강선아에게 메일을 보내면서 한마디 했다.

"팀장님. 진짜로 우리, 홍해를 가르는 겁니까?"

"홍해가 갈릴지, 우리가 갈릴지 모르지. 우리가 보내는 전기가 서울 바깥으로 넘어가는 순간, 전국적 절도범이 되거든."

하누리가 빙긋이 웃었다. 너무 재밌어서 어쩔 줄 모르는 표정이었다.

"갈려봐야, 잘리기밖에 더 하겠어요? 제주도로 유배 보내주면 더 고맙고요."

이현주가 담배 연기를 길게 내뿜었다. 겉으로는 별 표정 변화가 없는 그녀지만, 지금부터는 완전히 그녀의 책임으로 일을 끌고 나가야 했다. 기술적으로도 복잡하고, 행정적으로도 별 근거가 없는 일을 지금부터 해야 했다.

"그렇겠지? 누리야, 이 일 다 마무리하면, 우리 팀 전부 통으로 외국 근무 갈까? 인도네시아도 있고, 태국도 있고, 해외 사업장들이 좀 있거든. 그런 데 그냥 보내달라고 할까?"

하누리가 까칠하게 정색을 했다.

"전 팀플레이 불편해요. 외국도 별로고. 외국 가려면 예전에 나사에서 오라고 할 때 그때 갔겠죠. 전 조용한 데서 혼자 지방 근무, 그게 딱 좋아요."

이때 요란한 소리를 내면서 헬기 한 대가 착륙했다. 두 사람이 동시에 창문을 내다봤다. 경기도지사가 헬기에서 내렸다. 잠시 후 처장실로 들어오는 한정건과 신동호, 그리고 그들의 뒤를 따라 들어오는 경기도지사와 수행원들. 당인리팀을 보자마자 경기도지사는 무릎을 꿇었다.

"선생님들, 저희 좀 살려주십시오. 제가 이렇게 부탁드립니다. 경기도 사람들 좀 도와주십시오."

한정건이 서둘러 무릎을 꿇은 도지사를 일으켜 세웠다.

"지사님, 왜 이러십니까. 저희는 아무 힘도 없는 자회사 말단 실무자들입니다. 도와드릴 수 있는 건 당연히 최대한 도와드리는데, 지금 저희가 어떻게 할 수 있는 게 없습니다."

경기도지사가 머리를 푹 숙이며 말했다.

"서울시에서는 다 당인리에서 한다고 하고 상대도 안 해줍니다. 저희도 전부터 전기 문제에 대응해야 한다고 계속 건의가 있었는데, 제가 묵살했습니다. 제가 잘 몰라서, 지금 경기도민들이 이 난리가……. 다 제 책임입니다. 연명환자 수백 명이 지금 죽어가고 있고, 응급환자 수천 명도 더 버티기 힘들다고 합니다. 제발 좀 살려주십시오. 그들이 무슨 죄가 있겠습니까. 못난 도지사 만난 죄지요."

"저희도 경기도에 공급할 만한 전력은 가지고 있지 않습니다. 인천에서 겨우겨우 얻어오는 처지입니다. 안 그래, 이현주 팀장?"

이현주는 가볍게 목을 끄덕이고, 다시 무릎을 꿇으려는 경기도지사를 부축했다.

"그만 일어나시죠, 지사님. 저희 시아버지, 시어머님도 경기도에 사십니다. 조금 전에 저희 집으로 도착하셨다고 하구요. 지사님 그 마음, 저희도 충분히 압니다."

도지사는 이현주가 내민 의자에 앉아서 잠시 마음을 가다듬었다.

"방법을, 방법을 좀 찾아봐주시겠습니까? 경기도도 서울보다는 좀 낮다고는 하지만 도내 전기 자급률이 절반도 안 된다고 들었습니다. 전체가 아니더라도 일부분만이라도 연결해주시면 정말 고맙겠습니다. 제한공급을 한다고 해도 고맙고, 일본처럼 순환정전을 하라고 해도 하겠습니다. 너, 잘못했으니까, 도지사 그만두라고 해도 그만두겠습니다. 이 상태로 중앙정부만 쳐다보면서 가만히 있을 수는 없습니다. 로컬이 무너집니다."

이현주가 차분하게 대답을 했다.

"지사님, 저희는 정치하는 사람들이 아닙니다. 그냥 엔지니어들일 뿐입니다. 선배 엔지니어들이 잘못 설계한 시스템 뒷수습하는 처지입니다만. 경기도 전력 공급이 아주 복잡해서 방법이 별로 없습니다. 인천은 우리 주던 전기도 끊겠다고 협박 중이고요. 아주 갑질 지대루죠. 이런 상황이니, 인천도 경기도를 돕지는 않을 것 같네요."

"청와대도 지금 제주도에 있고, 외국 도움도 기대하기 어려운데, 지금 방법이 뭐가 있겠습니까? 여러분들이 도와주는 수밖에 없습니다. 제발 좀 도와주십시오, 선생님들."

경기도지사의 처지가 많이 안타까웠다. 이현주가 잠시 한정건을 쳐다보다가 말을 꺼냈다.

"지사님, 플랜B가 아주 없는 건 아닌데, 아직 미완성입니다. 그리고 경기도에 보낼 전기를 만들기 위해서는 서해안의 화력발전소들을 깨워야 하는데, 저희에게는 권한이 없고, 통신 방법도 없습니다."

"권한이요? 제가 누구한테 부탁하면 되겠습니까?"

플랜B라는 계획이 뭔 내용인지는 몰라도, 일단은 경기도지사의 귀가 번쩍 뜨이게 하는 말이었다. 경기도지사는 지방 행정의 수반이기 이전에 정치인이다. 그도 놀면서 그 자리까지 간 게 아니었다. 베팅해야 하는 순간과 버텨야 하는 순간을 구분할 줄 아는 사람이었다.

"보령은 본사니까 우리 쪽에서 직접 한다고 해도 태안, 서산, 당진, 여기 접근하려면 충남도지사 권한이라도 필요합니다. 그래야 발전기들을 고치든지 깨우든지, 어쨌든 발전소를 계통에 연결시킬 수 있습니다."

두 사람의 대화를 조용히 지켜보던 한정건이 나섰다.

"현주야, 그건 우리 능력을 넘어선다. 서울 경계 넘어서면 나는 물론이고 이준원 사장도 그건 못 막아줘."

이현주가 답답한 표정으로 주위를 둘러보고 다시 이야기를 이어나갔다.

"인천은 자기들끼리 혼자서 버틸 수 있다고 생각하겠지만 가스, 석탄, 이런 연료 수입 재개 안 되면 결국은 발전소도 무너집니다. 사람들도 더는 못 버티구요. 서울만 지킨다고 되는 문제가 아닙니다. 지금이라도 시스템 전체를 살릴 고민을 해야죠."

"알지. 그런데 그건 국가 지도부가 할 일이지, 우리 같은 자회사 말단 부서에서 손댈 수 있는 일이 아니야. 이 이상 나가면, 정말 위험해진다. 현주, 니가 아무리 계통팀장이라도, 너한테 서울 밖의 발전기들을 운용할 권한을 줄 사람은 없어."

이현주와 한정건의 짧지만 격렬한 대치를 보면서 신동호가 뭔가 결심한 목소리로 끼어들었다.

"보령은 제 고향입니다. 부모님과 친구들도 다 거기 있습니다. 제가 직접 가서 해결해보겠습니다."

신동호의 말을 들은 한정건의 표정은 점점 더 복잡 미묘해졌다. 담뱃갑을 꺼내서 만지작거리던 하누리가 강한 어조로 이야기했다.

"시큐러티니 국가안보니, 별 이상한 개소리하면서 지랄하던 새끼들은 다 어디 가고 지금 우리가 이 고민을 해야 하는지 모르겠네요. 난 애국심도 없고 고향 그딴 거 없어요. 거지 같은 새끼들만 독사처럼 뭐 처먹을 거 없나 우글대는 서울이 무슨 고향도 아니고. 여긴 아주 더러운 도시예요. 하여간 이놈의 나라는 뭔 일만 터지면 윗대가리들은 다 튀고, 맨날 말단 찌끄러기들이 목 걸고 나라 지켜야 하는 건지 모르겠네요."

잠시 침묵이 흘렀다. 침묵을 깨고 하누리의 말이 이어졌다.

"나도 뭔가 생기는 게 있어야 목을 걸 거 같아요. 처장님, 일 다 마무리되면 행정동에 작은 흡연실 하나 만들어주세요. 맨날 눈치 보면서, 거지 같아서 못 살겠어요. 공 세우라고 하고, 공 세우면 책임지라고 하고 좌천시키고, 아주 좆 같은 시스템이야."

잔뜩 긴장해서 하누리의 입을 쳐다보던 신동호에게서 '피식' 하는 웃음이 나왔다. 한정건도 가볍게 고개를 끄덕였다. 주변을 잠시 살핀 이현주가 결심을 했다. 경기도지사까지 같이 있는 자리였다. 어떤 식으로든 결론을 내리지 않을 수 없었다.

"자, 해봅시다. 지사님, 저희도 최선은 다해보겠지만 보장은 드릴 수 없네요. 당장 충남도지사 만나서 협의해보셔야 할 것 같은데요."

경기도지사의 얼굴에 반가움이 스쳤다.

"그건 당장 해보겠습니다, 아니 꼭 하겠습니다. 충남도지사, 잘 아는 처지이기도 하고, 자기도 살아남아야 할 거 아닙니까? 얘기가 통할 것 같습니다. 난리통이기는 하지만, 그건 제가 해결하지요."

"그리고 평택에 중유 쓰는 발전소가 있습니다. 경기도지요. 그걸 우리가 쓸 수 있게 긴급조치 좀 해주시기 바랍니다. 충청도에서 전기 넘어올 때, 거길 송배전 허브로 사용해야 할 것 같습니다."

이야기를 어느 정도 마무리 지었다고 생각한 경기도지사가 자리에서 일어나면서 말했다.

"뭘 제가 해야 할지는 모르지만, 어쨌든 제 권한 안에 있는 일은 염려하지 말고 먼저 하십시오. 지금 행정 절차 따질 때가 아니지 않습니까? 저도 움직여봐야겠습니다. 일단 충남도지사부터 만나야지요."

당당하게 이야기하던 이현주가 약간 어색한 표정을 지으면서 경기도지사에게 부탁을 했다.

"민망하지만, 지사님. 부탁 하나만 더 올리겠습니다. 혹시 헬기 지원 좀 요청드릴 수 있을까요? 저희도 기동력이 필요하기는 한데, 서울시에 요청할 형편이 아니라서요. 저희 상황이 좀 그렇습니다."

경기도지사는 이제 얼굴이 좀 편안해졌다.

"제트기는 어려워도 헬기 정도야, 그걸 못 도와드리겠습니까? 세 대요? 네 대요? 말만 하세요. 그 정도 비상연락망은 아직 돌아갑니다."

"두 대면 충분합니다. 고맙습니다, 지사님."

회의실 문을 열면서 경기도지사가 인사를 했다.

"잘 좀 부탁드리겠습니다. 로컬에서 이렇게 각자도생하는 시기가 올 줄은 저도 정말 몰랐습니다. 상황만 종료되면, 이 자리에 계신 분들, 평생 은인으로 잘 모시겠습니다."

문을 나서기 전, 경기도지사는 회의실에 있는 당인리팀 네 명과 짧지만 강렬하게 악수를 나누었다. 이현주를 잡은 손이 아주 강했다.

"이현주 팀장이라고 그랬지요? 이번 일 잘 마무리되면 나중에 꼭 같이 일해보고 싶네요. 제가 좋은 자리 마련해드리겠습니다."

이현주가 가벼운 미소를 지었다.

"아닙니다. 유명하신 분, 직접 뵌 것만으로도 충분히 영광스럽습니다. 지사님, 경기도에서 충청도까지, 지금부터 달리셔야 합니다. 지사님 믿고 저희도 어려운 결정 내렸습니다."

《이상한 나라의 앨리스》에는 죽어라고 달려야 제자리에라도 서 있을 수 있는 레드퀸 이야기가 나온다. 그걸 '레드퀸의 딜레마'라고 부른다. 정전 상황이 그렇다. 로컬에서 열심히 달려야 제자리에라도 서 있을 수 있다.

제주도 청와대 임시집무실
└ 우리는 내일 무조건 서울로 간다

청와대가 쓰는 제주도 임시집무실, 작은 회의실 안의 분위기는 지금 매우 무겁고 칙칙했다. 비서실장이 사태를 수습하기 위해 안간힘을 쓰고 있었다.

"야, 이 인간들아. 뭐? 전기 들어오는 데 최소 일주일은 걸린다고? 서울은 들어왔잖아?"

비서실장은 청와대 비상 대책 매뉴얼을 산업비서관과 에너지담당관에게 집어 던졌다.

"뭐? 정전 나고 청와대를 둘러싼 대규모 소요 사태가 예상된다고? 멀쩡한 서울 버리고 도망갔다고 대통령 탄핵 소리 나오게 생겼어. 이거 봐, 이거, 핸드폰! 국회의장이 힘들어 죽겠다고 난리야. 정치인들은 다 서울에 있잖아. 그 사람들이 하루 종일 난리야. 이제, 어떻게 수습할 거야? 이 인간들아!"

산업비서관과 에너지담당관은 고개를 푹 숙였다.

"어쨌든 내일, 우리는 무조건 서울로 돌아간다. 돌아갈 명분 만들어. 귀하들이 지금부터 할 일이야. 니들 정치 모르지? 정치는 옳고 그른 게 아니라, 명분을 만드느냐 못 만드느냐, 이게 전부야. 명분!"

산업비서관도 당황스럽지만, 그래도 머리가 정지하지는 않았다.

"상황이 이렇게 갈 줄 우리도 몰랐습니다, 솔직히. 명분, 지금 상황에 뭐가 명분이 될까요?"

"그건 니들이 고민해야지. 니들이 실무자 아냐? 예를 들면, 15일 걸릴 전기 복구를 청와대가 직접 나서서 3일 만에 했다, 그러느라고 비밀 작전을 수행했다, 뭐, 그런 거. 뭐라도 말만 되면 돼!"

산업비서관이 난감한 표정으로 대답했다.

"하루 만에 전기계통을 복구요? 무슨 수로요? 우리는 여기 고립되어 있습니다. 기술자가 없고, 통신이 없고, 프로그램도 없습니다."

비서실장이 차가운 어조로 질문했다.

"기술자? 뭔 기술자?"

"전기계통 전문가들이……."

비서실장이 인터폰 스위치를 누르고 말했다

"야, 밖에 무관들 들어와 봐."

문을 열고 대기하고 있던 검은 양복을 입은 청와대 무관들이 주르르 들어왔다.

"너희들, 제주 국정원 직원들하고 나가서 제주 전력거래소 간부급, 제주 화력발전 간부급, 싹 다 모셔 와."

선임 무관이 질문했다.

"간부면 팀장급 이상입니까?"

"적당히 알아서 해. 기술자, 됐지? 또 뭐가 필요해? 통신? 그건, 또 뭐야?"

에너지담당관이 머뭇거리다가 답변을 시작했다.

"전기를 전국적으로 연결하기 위해서는 결국 동해안의 원전들을 열어야 합니다. 근데 지금 통신이 원활치 않으니까 통신수단이 확보되어야 합니다. 현 상황에서는 이게 영 어렵습니다. 게다가 정전인 비상 상황에서 원전 가동이 매뉴얼상으로 금지되어 있으니까, 상부의 긴급명령이 있어야 재가동이 가능합니다."

비서실장이 뒤에 서 있는 무관들에게 물었다.

"군은 지금 통신 어떻게 하고 있나?"

무관 한 명이 대답했다.

"네, 확보만 하고 사용하지는 않는 인공위성 단말기가 있습니다. 작전 하달되면 위성통신을 쓸 수 있습니다."

비서실장이 약간 짜증스러운 어투로 말했다.

"야, 그걸 왜 이제 말해? 하여간 통신은 됐고. 필요한 만큼 전부 다 보내주면 그만 아냐? 자, 또 뭐가 필요해? 프로그램? 그게 뭐야?"

에너지담당관이 대답했다.

"발전, 송전을 제어하는 프로그램이 있어야 합니다, 전력거래소에서 쓰는 게 그것입니다."

비서실장이 주저 없이 질문했다.

"서울은 지금 전기 들어오잖아. 걔들은 어떻게 해?"

"그게 아마도…… 당인리에서 비밀 시설을 운용하는 것 같습니다."

비서실장의 눈이 번쩍였다.

"당인리? 마포 당인리? 거기 프로그램이 있단 말이지?"

산업비서관이 짧은 변명을 했다.

"그놈들이 쓸 데 없는 짓 못 하게 전에 저희가 조치를 취하기는 했었습니다만……."

"옛날 얘기는 됐고, 지금 생각만 해. 당인리 말고 딴 데는 없어? 그거 하나야?"

에너지담당관이 비서실장의 기세에 눌려 작은 목소리로 말했다.

"이론적으로는 나주, 천안, 의왕에 하나씩 있어야 하는데, 거기는 지금 전부 단전 지역이라서 상황을 파악하기가 어렵습니다."

비서실장의 판단은 신속했다.

"알았어. 당인리 접수하면 된다는 거지?"

산업비서관이 당황하며 말했다.

"접수요? 무슨 접수?"

비서실장이 차가운 목소리로 말했다. 냉철한 것과 비정한 것 사이 어디엔가 있는 그런 차가움이었다.

"프로그램이 거기 있다며? 국가에서 쓴다면 쓰는 거지! 정신 차려, 이 친구들아. 우리가 국가야, 우리가."

비서실장이 핸드폰을 꺼내 전화를 걸었다.

"안보담당관? 한 시간 후에 내 방으로 좀 오시오. 상경 작전 논의 좀 합시다."

짧게 전화를 끊은 비서실장이 지시를 내렸다.

"자, 행동!"

무관들이 회의실 밖으로 분주히 뛰어나갔다. 비서실장이 산업비서관을 정면으로 쳐다보면서 말했다.

"당신들도 준비들 해. 한 시간 후에 서울 갈 작전 세울 거야. 여기서 노닥거리고 시간 더 끌면 바로 탄핵 얘기 나와. 우리, 다 죽어. 군대 통신기 쓰는 김에, 손도 좀 빌리자고. 지금부터 24시간, 내일 저녁 해지기 전에 서울에 가 있어야 돼. 명분도 만들어야 하고. 누가 봐도, 아 그래서 그랬구나, 느껴지게."

비서실장이 산업비서관 어깨 위에 손을 올렸다.

"경찰? 군대? 필요하면 다 쓸 수 있는 우리 부하들이야. 권력은 쓰라고 있는 거야. 권력을 잘 쓰는 게, 진짜 정치야. 정치에 필요한 건 명분이고, 당신들한테 필요한 건 공이야. 아, 이 사람이 장관을 해야 이 나라가 잘되겠구나, 그렇게 느껴지게 하는 공을 세울 기회야. 예전에 못한 거? 아무것도 아니야. 지금 뭘 하느냐, 그게 중요해! 위수령이든 계엄령이든 지금 필요한 건 뭐든지 해야 해."

비서실장은 손목시계를 산업비서관에게 보여주며 손가락으로 시계판을 쳤다.

"24시간, 그 안에 공을 세우면 당신이 장관 되는 거야. 자, 잘 해보자고. 청와대 귀성 작전, 현장 지휘를 누가 하겠어? 당신이 하는 거 아냐? 한 시간 동안, 두 사람이 뭔가 현실적인 안을 만들어 봐. 우리 정권은, 절대로 실패하지 않아!"

당인리
└ *한강은 노을이 참 예뻐*

해가 지는 한강변. 낮에는 기온이 아직 여름처럼, 저녁 무렵에는 슬슬 가을 분위기가 나고 있다. '처서가 지나면 모기 입이 삐뚤어진다'는 말이 있다. 옛날 사람들은 말도 참 재밌게 잘 만들었다. 진짜로 그렇다. 절기상으로 막 처서가 지난 지금, 확실히 한강의 노을은 폭염의 노을과는 공기부터 분위기가 달랐다. 당인리 발전소 앞의 잔디밭 너머로 드리워진 노을이 하루 종일 긴박했던 도시의 각박한 흐름을 잠시 부드럽게 만들어주고 있었다. 노을이 길게 늘어지려고 하는 한강변에 중년의 남자와 여자가 서서 이야기 중이었다.

"처장님, 미안해요. 제가 가야 하는데, 제가 지금 자리를 비울 처지가 아니네요."

이제 막 충청도로 떠나려고 하는 한정건을 이현주가 배웅하고 있었다.

"아냐, 현주는 지금 잘하고 있어. 지금 내가 안 가면 누가 가겠어? 경기도지사가 마련해준 헬기 타고 본사 가는 거, 나름 금의환향이지. 폼 나는 일 아냐?"

"인천도 인천이지만, 당장 서울 문제 풀려면 결국 서해안 발전기들을 깨워야 해요. 경기도도 그렇구요. 팀장이 처장한테 이리 가라, 저거 해라, 송구스럽습니다."

한정건이 손바닥을 펴고 크게 내저었다.

"당인리 준비할 때, 이렇게까지 일이 커질 거라고는 미처 생각을 못 했어. 현주 말대로, 내가 너무 정치적인 것들만 생각했던 것 같아. 현장 지휘관, 이것도 좋아."

"석탄화력 기동 시간이 최소 여덟 시간이에요. 마지막 발전소 세팅하고 여덟 시간 후, 평택 통해서 경기도 계통 연결 시작할 수 있도록 준비하고 있을게요."

"태안 같은 자회사 발전소 처장들, 다 한전 시절에 같이 근무했던 사람들이야. 어떻게든 되겠지."

한정건이 천천히 헬기 쪽으로 걸어가기 시작했다. 이현주가 바쁜 마음에 말이 빨라졌다.

"보령 시스템 운용은 동호가 할 거고, 보조 인력들도 같이 가니까, 처장님은 서해안 발전소 세팅까지만 주선해주시면 됩니다."

이현주가 대기하고 있는 헬기를 가리키면서 말했다.

"처장님. 어차피 컴퓨터는 까막눈이니까, 본사 시스템 세팅만 끝나면 바로 돌아오세요."

"싫다면?"

한정건이 목소리를 낮춰서 말했다.

"이번 일만 끝나면 사직서 낼 거야. 충청도에서 물고기나 잡으면서 여생을 보낼까 싶어."

이현주는 웃음이 터져 나올 뻔한 걸 겨우 참았다. 엘리트 남성 공직자로 살아온 한정건과 낚시는 영 어울리지 않는 조합이었다.

"하이고, 참이나 조용히 여생 보내시겠네요, 그 성격에. 나는 여생이나 마나, 집에나 가서 푹 자고 싶네요. 처장님 보면, 어떨 때는 참 한가해 보이기도 하고, 어떨 때는 진짜 바보 같기도 하고 그래요. 뭐, 아무도 관심 없는 일에 '이거 준비해야 한다, 저거 준비해야 한다', 시키지 않은 일 잘도 열심히 하는 양반이……. 뻥을 까도 좀 그럴 듯한 뻥을 까야지. 그만둔다니요!"

"이제 나도, 그런 거 그만하고 싶어. 저 봐, 한강 노을. 얼마나 예뻐? 한강은 노을이 참 예뻐. 근데 지금까지 한번도 그런 생각 못 했어. 헛산 거야."

"정건 씨, 쓸 데 없는 소리 하지 마시고 가서 일이나 잘 마무리하세요. 발전기들 세팅 끝나는 대로 바로 돌아오셔야 해요."

한정건이 정색을 하고 이현주를 돌아봤다.

"끝나는 거 보고 온다니까. 멋지게 사직서 내고 폼 나게 돌아서는 거, 진짜 한전 말단직원 시절부터 내 꿈이었어. 현주 팀장께서 남은 문제는 잘 풀어주실 거 아냐. 내 마지막 미션은, 한강에 계신 우리의 위대하신 이현주 팀장에게 보령에서 멋지게 보급선 띄워 보내는 것. 야, 내가 생각해도 멋지다, 멋져. 행주대첩이 결국 보령에서 두 척 가득 활 싣고 떠난 충청수군 덕분에 승전으로 끝났다는 거 아냐? 멋지다, 한정건! 내가 탁, 보령에서 전기 쏴줄게!"

이현주는 한정건의 넉살에 참다 참다, 결국 등짝 스매싱을 날리고 말았다. '짝' 하는 소리가 작렬했다.

"야, 한정건. 이 인간 진짜 말 많네! 팀장이 바로 오라면 잔말 말고 오세요, 예뻐서 또 보자고 하는 거 아니니까요. 저 오른쪽 헬기가 제주도 가서 강선아 팀장 모셔 올 거잖아요. 홍해의 기적을 보여준다고 큰소리 빵빵 치신 분, 기적 한번 만들어보시라고. 처장님이 오셔야 옛날 멤버가 구성이 되잖아요. 하여간 잔소리 말고, 시스템 셋업 되면 나머지는 신동호한테 맡기고 바로 오세요, 아시겠어요? 한정건 처장님?"

한정건과 신동호가 타고 갈 헬기가 큰 소리를 내면서 로터를 움직이기 시작했다. 신동호와 젊은 직원 두 명이 가방을 메고 헬기 쪽으로 향했다. 그리고 그 뒤에 행정팀장과 하누리가 뒤따랐다.

"잠시 자리 비우게 됐어, 행정팀장. 이것저것 나 없는 동안에 잘 좀 챙겨주소. 저 골칫덩어리 변전소도 잘 좀 봐주고."

"야 진짜, 국가의 운명이 처장님에게 달렸네요. 멋있습니다. 잘 다녀오십쇼. 여긴 제가 확실하게 살피고 있겠습니다. 얼라들, 처장님 확실하게 챙기그라. 잘 끝내고 오면, 회식 확실하게 하자이!"

행정팀장이 수다를 떠는 동안, 하누리가 신동호에게 종이 한 장을 건네면서 조용히 말했다.

"신동호, 이거 받아."

"뭐야? 편지야?"

하누리가 '푸핫' 웃음을 터뜨렸다. 그렇지만 금방 냉정한 표정으로 돌아왔다.

"강 팀장님이 시스템에 심어놓은 거야. 당인 3호 치트키."

"치트키?"

"그래, 가는 길에 외워. 시스템 강제 삭제하거나, 가짜 수치 디스플레이 할 때 써."

신동호는 하누리가 건넨 종이를 바지 뒤춤에 넣으면서 말했다.

"걱정은 되나 보네, 이런 걸 다 주는 걸 보니까."

"니가 머리 빨랑빨랑 안 도니까. 그리고 너 없으면, 교대해줄 사람이 없잖아. 후딱 해결하고, 빨리 와."

소음 가득한 헬기 안에서는 마이크가 내장된 헤드셋을 통해서만 서로 대화를 할 수 있다. 한정건이 아까부터 키득거리면서 신동호를 놀렸다.

"너, 하누리 좋지? 좋지?"

신동호는 대답 없이 헬기 창으로 풍경만 쳐다보고 있었다.

"내 옛날 니들 게임하던 시절부터 보통 사이는 아니라고 알아보기는 했다. 그러고 있을 거면, 정식으로 연애해라. 뭐가 문제냐?"

신동호가 약간 화난 목소리로 말했다.

"하누리 걔, 완전 미친 애예요. 처장님이 잘 모르셔서 멀쩡해 보이는 거예요. 걔, 절대로 밥 다른 사람하고 안 먹어요. 혼자 있지 않으면 불안해지는, 좀 맛 간 애예요."

한정건이 크게 웃었다.

"야, 신동호. 자세히도 봤다. 왜, 밥 먹자고 했다가 계속 퇴짜 맞았냐? 하긴, 하 대리가 회식 같은 데 오는 법이 거의 없지. 혼자 사는 사택은 좀 남는데, 그것도 싫다고 그냥 혼자 살고."

7장

대한민국
파워 리부팅
1

현주네 집
└ 안 되겠다, 병원 가야겠다

    현주네 집에는 고양시에서 마포의 아들 집까지 힘들게 걸어온 세영의 부모님들까지, 좁은 국민주택이 온통 어수선했다. 딱 하루 동안이지만, 그동안 고생한 이야기 그리고 서울의 아들 집까지 걸어가기로 마음을 먹었던 순간의 긴박함으로 부모들은 할 이야기가 너무 많았다. 아직 모든 상황이 끝난 것은 아니지만 전기가 들어오는 아들 집에서 이제는 편안하게 저녁을 먹을 수 있다는 안도감이 그들을 더욱 행복하게 만든 것인지도 몰랐다. 아이들도 간만에 할머니, 할아버지를 보고 신이 났다. 세영도 하루 동안의 긴장감을 잠시 내려놓고 저녁 식사 준비가 한창이었다.

    일상 같은 소란스러움 속에서 어두운 표정을 한 심 여사가 작은 방에서 나왔다.

"잠시, 혜민이 좀 봐주면 좋겠는데. 좀, 이상해."

"네, 그러죠."

방으로 들어가 잠자듯 누워 있는 혜민을 보고, 세영은 깜짝 놀랐다. 머리에 손을 대어보니 열이 펄펄 났다.

"혜민이, 언제부터 이래요?"

"어지럽다고 잠깐 그러더니, 아까부터 잠이 깊게 들었어."

세영의 표정이 심각해졌다.

"잠든 게 아니라 쇼크 같은데요. 안 되겠어요, 당장 응급실에 가봐야 할 것 같네요."

심 여사가 조심스럽게 물었다.

"지금 병원 응급실이 열었을까?"

"서울은 오늘 긴급시설들은 전부 정상 운영합니다. 당연히 병원도 하지요. 여사님 바로 나가시지요."

혜민을 등에 업은 세영은 서둘러 집을 나서면서 집에 와 있는 어머니에게 부탁을 했다.

"어머니, 혜민이 병원에 좀 급히 가봐야 합니다. 냉장고에 먹을 만한 거 아직 좀 있어요. 애들 좀 잘 부탁합니다."

예정에 없게 아들 집에 오게 된 어머니도 조심스럽게 말을 했다.

"그려, 그려. 어서 가봐. 지금 병원이 하겠나?"

"네, 아침에 전기 들어왔으니까 응급실 있는 종합병원들은 지금 운영할 겁니다."

세영은 어린 혜민을 차 뒷자리에 눕혔다. 심 여사가 근심스러운 표정으로 아이 옆에 앉았다.

"출발하겠습니다, 심 여사님. 너무 걱정하지 마세요. 병원 가서 주사 한 대 맞으면 괜찮을 겁니다."

여전히 도로는 한산했다. 다른 때 같으면 퇴근길로 복잡하게 엉켜 있을 거리였다. 세영은 거칠게 운전했고, 차는 집에서 출발한 지 얼마 되지 않아 바로 병원 응급실에 도착했다.

응급실 밖에서 기다리고 있던 세영에게 의사가 나와서 좀 더 기술적인 설명을 했다.

"고열로 쇼크가 온 것 같습니다. 바이러스로 인한 급성 패혈증 같은데, 자세한 건 검사를 해봐야 알 수 있습니다."

패혈증이라는 말을 듣고 세영이 흠칫 놀랐다.

"괜찮을까요?"

"다행히 늦지 않게 와서, 응급조치하고 나면 위험한 순간은 넘길 것 같습니다."

세영이 다시 한 번 물었다.

"위험요? 그렇게 위중한 건가요?"

"폐렴에서 급성 패혈증으로 넘어간 것 같습니다. 바이러스 질환이면, 시간 싸움입니다. 무슨 바이러스인지 찾는 게 우선입니다. 지금 병원도 비상 상황이라, 장비 지원도 어렵고, 인력도 달립니다. 지금 집중치료 가능한 중환자실이 있을지 모르겠네요, 상황이 상황이라."

중환자실이라는 이야기를 듣고 난 세영의 표정이 많이 어두워졌다. 그의 심장이 두근거리기 시작했다.

"중환자실까지, 그렇게 가야 합니까?"

"네, 환자가 위급한 상태인 건 맞습니다. 그래도 오늘이라서 다행이라고 생각하십시오, 선생님. 어제저녁에는 환자들 도착해도 전기 없는 비상 상황이라, 저희도 거의 아무 조치를 못 했어요. 비상발전기 돌리는 상황이라서, 시간 오래 걸리는 치료들은 할 수가 없었거든요."

"선생님, 혜민이 엄마가 지금 서울에 전기 공급하는 팀 책임자입니다. 꼭 좀 별 탈 없이, 잘 좀 부탁드립니다."

의사가 순간 놀라는 표정을 지었다.

"아, 그러셨군요. 저희가 고맙네요. 어쨌든, 혜민 환자는 저희가 최선을 다해서 치료할 테니, 보호자분들은 이제 좀 쉬세요. 상황도 비상인데, 보호자들이 먼저 지치시면 안 됩니다. 혜민이 안정될 때까지 얼마가 걸릴지 모릅니다."

제주발전본부
└ 팀장님, 빨리 떠나세요

저녁노을이 지고 있는 북제주 바닷가, 제주도 전기를 버텨주고 있는 서부발전 소속 제주발전본부에 경기도지사가 보내준 헬기가 서 있었다. 강선아와 직원 두 명이 간단한 가방을 들고 헬기에 탈 준비를 하고 있었고, 처장과 직원들이 그들을 배웅하는 중이었다.

"나는 뭐가 뭔지는 잘 모르겠지만, 하여간 강선아 팀장, 대단해. 이 헬기가 경기도지사가 보내준 거라매? 하루 만에 뭔가 엄청난 걸 한 것 같기는 하네. 야, 니들도 어리바리하게 괜히 사고 치지 말고, 팀장님 잘 모셔. 살다 살다 보니 참 희한한 경험을 다 하네, 내가."

제주발전처장은 늘 넉살이 좋다. 그 또래 엘리트 남성들이 때때로 사람을 불편하게 하는 것과 달리, 그는 사람을 아주 편하게 해주는 특징이 있었다. 깊은 감동이 있는 사람이다. 강선아도 진심으로 인사를 했다.

"금방 끝날 거예요, 길어야 하루 이틀? 임시팀장인 거라, 상황 종료되면 다시 여기에 연구역으로 돌아올 겁니다."

"그러면 안 되지. 기왕 올라가는 거, 보령이든 서울이든, 어디 팀장 자리 하나 구해서 눌러앉아라. 한창 일할 나이에, 연구역이 뭐냐? 정 안 되면 다시 제주 와라. 내가 뭐라도 팀 하나 만들어줄게, 연구역 말고."

강선아는 순간 눈물이 날 것 같은 걸 참았다. 강선아가 아는 많은 성공한 남자들은 말에 가시가 돋아 있고, 입으로 사람의 가슴을 후벼 파는 묘한 재주들이 있었다. 그리고 그들은 자신들이 그렇게 약자들에게 상처를 준다는 사실을 인지하지 못했다. 제주발전처장은 그렇지 않은 드문, 아니 희귀한 사람이었다. 말로 사람을 상처주지 않으려는 50대 남자, 한국에서는 매우 드물었다. 말은 거칠어도 상대를 정말 편하게 해주려고 했다.

"말만 들어도 고맙습니다, 처장님. 몇 년 지내보니까, 전 제주도가 딱 체질이에요. 게다가 일도 없이 놀기만 했더니, 지금 생각해보니까 저는 이 일, 적성에 안 맞아요. 할 수만 있다면, 연구역으로 정년 맞는 전설을 만들고 싶어졌어요. 고맙습니다, 처장님. 처장님 아니었으면 진짜 유배 생활이라고 생각하고 너무 힘들었을 거 같습니다."

이때 검은색 승용차 두 대가 정문에 도착했다. 검은색 양복을 입은 무관들이 차에서 내려 헬기 쪽으로 달려오기 시작했다. 처장이 다급하게 강선아 일행에게 손짓을 하면서 말했다.

"빨리 가!"

그는 뒤에 서 있는 발전소 직원들 쪽으로 몸을 돌리며 외쳤다.

"저것들은 또 뭔데 조폭 차 타고 국가 시설에 난입을 해? 내가 제일 싫어하는 게, 깜빡이 안 키고 막 끼어드는 조폭 차들이야. 이것들이 국가 발전시설을 뭘로 보고. 자, 막자!"

발전소 직원들이 헬기를 향해 뛰어 달려오는 무관들을 몸으로 막았다. 날랜 무관들의 무술에 전혀 상대가 되지 않지만, 직원들은 무관들을 잡고 늘어지며 쉽게 보내주지 않았다. 쓰러진 직원 한 명이 앞으로 뛰어가려는 무관의 다리를 붙잡고 늘어지면서 외쳤다.

"팀장님, 빨리 떠나세요."

발전소 주차장에서 난장판이 벌어지는 사이, 강선아가 탄 헬기는 유유히 하늘로 날아올랐다.

보령 발전소
└ 이 나라를 깨웁시다!

서해안 바닷가에 위치한 중부발전의 보령발전본부. 이곳은 인근의 신보령 발전소와 함께 석탄화력발전기 8기를 운영하고 있으며, 우리나라 전체 발전의 5퍼센트를 담당하고 있다. 그러나 지금은 저장된 LNG 가스로 비상 상황만을 겨우 유지하고 있을 뿐이다. 상황은 형편없지만, 서해안 바닷가에 위치한 이 발전소의 비상대책본부는 지금 서울에 전기를 공급하고 있는 당인리와 인천화력본부 그리고 제주도 전기의 기본을 공급하는 제주발전본부의 총본부 및 지원본부 역할을 하고 있었다. 중부발전의 간부들과 주요 직원들은 전기를 공급받을 수 없는 본사 건물을 떠나 발전소 현장에서 비상 대기 중이었다. 지금 회의실에는 수십 명이 모여 있고, 막 헬기에서 내린 한정건과 신동호가 합류를 했다.

지금 한국의 전기를 총괄 지휘하는 사람은 누구일까? 한국전력공사가 붕괴한 이후 전체적인 지휘자는 없지만, 아직 살아 있는 발전기를 계통에 연결시키는 총괄 지휘는 발전 자회사인 중부발전 사장, 이준원이었다. 명실상부, 실무진의 총괄 책임자인 이현주가 수립한 '파워 리부팅' 작전은 그의 시그널에 의해서 시작됐다.

"자자, 우리끼리니까 좀 편하게 앉아 계셔도 됩니다. 다른 데랑 달리 저는 낙하산 사장 아니고, 여러분과 함께 뒹굴면서 발전 업무 보던 사람입니다. 자, 지금부터 당인리의 '파워 리부팅' 작전을 시작합니다."

사람들에게서 작은 웃음이 나왔다. 공기업이기는 하지만, 자회사 사장은 정말로 전기와는 아무 상관없는 사람들이나, 무능하다고 밀린 사람들이 청와대나 장관 줄 잡고 낙하산으로 내려오는 관행이 너무 일상적이었다. 회사 차원의 독자적인 작전, 그런 건 없었다.

"여러분도 잘 아시다시피, 지금 우리는 전계통 정전이라는 전대미문의 사태를 겪고 있는 중입니다. 서울 당인리에서 우리 직원들이 지금 긴급 계통 운영을 하고 있는 건 여러분도 이미 아시리라 생각합니다. 당인리를 책임지고 있는 한정건 처장이 방금 헬기로 도착했습니다. 지금부터 진행될 '파워 리부팅' 작전에 대해 잠시 설명해드리겠습니다."

몇 달만에 본사에 돌아온 한정건. 그러나 쓸 데 없는 감상으로 낭비할 시간이 없었다.

"네, 별 탈 없이 그냥 정년까지 잘리지나 않았으면 좋겠다고 당인리에서 허송세월하는 한정건입니다. 간단히 설명 올리겠습니다. 지금부터는 여러분의 협조가 절대적으로 필요합니다. 이건 시간 싸움입니다. 지금 서울 당인리에서 서울 지역 계통 운영을 하고 있습니다. 이걸 충청권까지 확대해서 수도권 등 한국의 3분의 2 정도 되는 지역에 전기 공급을 하려는 것이 지금의 목표입니다. 물론 전라도와 경상도도 포함시켜야 하지만, 아직은 원전 쪽 상황을 잘 모르고, 지자체 협의도 어려운 상황이라서 일단은 바로 이곳부터 시작하는 충남 지역의 공급 능력에 맞춰 전기 공급을 시작하는 게 목표입니다. 지금 여기 보령 발전소에 임시급전소를 설치해 서부발전 태안과 동서발전 당진에 있는 발전기들을 깨우려고 합니다. 물론 그쪽에 발전기가 몇 개나 움직일 수 있는지도 파악이 되지 않았고, 통신 두절 상황이라서 협의도 되어 있지 않습니다. 여러분도 잘 아시다시피 화력발전이 기동하려면 최소 여덟 시간이 필요합니다. 점검 시간 두 시간 잡으면, 우리 쪽 기동 시간 열 시간, 나머지 발전소 점검 및 기동 시간 열 시간, 최소 20시간이 소요됩니다. 이 준비가 다 되면 1차적으로 충남 지역에 전기를 공급하고, 경기도청의 협조를 받아 서부발전 소속 평택 발전기들을 깨울 겁니다. 평택이 충청도에서 서울로 가는 전기의 허브 역할을 하게 됩니다. 모든 일이 다 계산대로 잘되면 대략 내일 오후 4시 정도로 생각합니다. 미리 준비하고 있으면, 그 시간에는 서울 송전을 시작할 수 있을 겁니다. 송전 시작하면서 동시에 태안의 기력발전소들도 가동 시작하게 됩니다. 전기 여력 확보되면 바로 경기도 전역과 세종시를 포함한 나머지 충청도 지역에 전기를 공급할 수 있습니다. 질문 있으십니까?"

직원 한 명이 손을 들고 질문했다.

"우리 석탄발전기 기동되면 바로 평택으로 보내면 안 됩니까? 그러면 열 시간 후에 바로 평택 기동 준비 시작할 수 있을 텐데요? 충남 쪽 발전소 전부 기동될 때까지 기다릴 필요가 있나요?"

"네, 좋은 질문입니다. 변전소만 확보된다면 기술적으로 물론 가능하죠. 이것저것 눈치 안 보고, 그냥 우리 전기, 우리 당인리에 쏴주면 열 시간 후라도 가능합니다만, 충남도지사께서 옵션을 거셨습니다. 충남 지역에 전기 공급하기 전에 경기도든 서울이든, 역외 송전은 안 된다, 그런 옵션이 있습니다. 일단 켜면 충남 발전기들도 원전 깨어날 때까지는 계속 달려야 하니까, 시간을 갖고 안정적으로 기동 시작하는 게 더 좋습니다. 중앙정부와 한전이 따로 지침을 내려준 게 없으니까, 단체장 눈치 안 보면 이 짓도 못 합니다."

직원들 탄식 소리가 여기 저기서 터져 나왔다. 또 다른 직원 한 명이 질문을 했다.

"변압기 등 송배전 루트는 손 안 봐도 됩니까? 유인 변전소들도 지금 다 꺼져 있을 텐데요."

한정건이 옆에 있는 신동호에게 손짓하자, 신동호가 대신 답변에 나섰다.

"당인리 계통팀 대리 신동호입니다. 송전용 승압 변압기는 발전소들 바로 앞에 있으니까 직접 제어하면 됩니다. 배전 쪽 감압 변압기는 도청 통해서 지역 한전이 직접 현장에 나가 매뉴얼로 스위치 개방해놓을 겁니다. 서울도 그렇게 했습니다. 또 질문 없으십니까?"

이준원이 손목시계를 가리키며 출발하자는 손짓을 보냈다.

"보령, 여기가 조선 시대에 충청수군의 주둔지였습니다. 임진왜란 때 바로 여기에서 출발한 배 두 척에 실린 화살이 결정적으로 행주대첩의 승리를 만들었습니다. 지금이 딱 그렇습니다. 지금부터 우리는 대한민국의 전기, 파워를 리부팅시키는 일을 할 겁니다. 충청도를 깨우고, 수도권을 깨우고, 세종시에 있는 대한민국 정부를 깨울 겁니다. 그 새로운 역사를 바로 이 보령에서 시작합니다. 자랑스러운 중부발전 여러분. 우리가 대한민국을 깨웁니다, 우리가 대한민국을 리부팅시킵니다. 고맙습니다, 여러분."

직원들이 박수를 쳤다. 이준원이 거듭 손목시계를 가리키면서 큰소리로 외쳤다.

"야, 한정건. 빨리 가자, 시간 없다매. 너 지금 어디 출마하냐? 왠 장광설이야. 그래 내가 잘못했다, 잘못했어. 쟤를 진작 국회로 보냈어야 했는데, 내가 사장 노릇하고 싶어서 붙잡고 있었더니, 아주 그냥. 이 와중에 뭔 놈의 연설이야. 어휴, 그 자식 진짜 말 많네. 그동안 그 입 다물고 어떻게 살았나."

태안 발전소
└ 너, 왜 이러냐?

학암포, 학 모양을 하고 있는 큰 바위산이 있어서 학암포라고 불리는 서해의 한 해안. 원래는 중국과 거래하던 무역항이었지만, 지금은 해수욕장으로 이용되고 있다. 이곳은 바위산 너머로 거대한 굴뚝과 시설물이 서 있다. 한때 국내 최대 규모였던 서부발전의 태안 발전소인 만큼 무역항 대신 석탄발전소에 석탄을 실어 나르는 항구가 만들어져 있었다. 한정건과 중부발전 일행이 탄 헬기는 학암포를 왼쪽으로 돌아 바다 쪽에서 태안 발전소에 접근했다.

LNG 발전소로 자체 전력을 공급하고 있던 보령 발전소와는 달리, 태안 발전소는 디젤로 최소한의 비상발전만을 하고 있었다. 태안 처장실도 비상조명만 들어와서 매우 어두웠다. 태안 발전소 처장실에서 이준원과 한정건은 방 주인과 팽팽한 대치 중이었다. 이준원이 황당하다는 표정으로 태안 처장을 쳐다보면서 말했다.

"너 도대체 왜 이러냐? 원래 안 그랬잖아? 왜 이렇게 공무원처럼 굴어."

"선배, 내가 무슨 힘이 있다고 그래? 규정상, 여기 있는 석탄 발전기 다시 켜려면 경영진 지시가 있어야 한다니까 그러네. 태안 시내의 본사로 가야지, 왜 힘도 없는 발전처장인 나한테 와서 이래."

이준원의 목소리가 조금씩 높아지기 시작했다.

"사장이랑 본부장은 지금 어딨는지 모른다며? 지금 핸드폰이 터져, 삐삐가 있기를 해. 선임자들이 연락 두절이면 규정상 니 직권으로 해도 되는 거잖아?"

"이게 말이야, 형도 행정 해봐서 알잖아. 연락이 안 된다는 것도 경영진의 확인이 필요해, 그것도 문서로다가. 내가 혼자, 아 그냥 연락 안 되는구나, 그렇게 할 수가 없다니까. 왜 본사로 안 가고 여기 와서 날 이렇게 곤란하게 해."

두 사람의 답답한 언쟁을 지켜보던 한정건이 나섰다.

"야, 너 지금 말장난하자는 거냐? 너도 예전에 한전 개혁파였잖아? 왜 이렇게 됐어?"

"한정건, 너 말 잘했다. 너랑 선배랑 LNG파 줄 타고 올라가는 동안, 나는 발전기 앞에서 현장 지키고 살았어. 개혁? 지랄하고 자빠졌네. 지금 현장은 다 개판이야. 목 날아가고 싶지 않으면 규정대로 하는 수밖에 더 있어? 나중에 누가 막아줄 건데?"

태안 처장은 물러서지 않았다. 한정건이 목소리를 낮추며 다른 카드를 꺼냈다.

"좋아. 그럼, 도지사가 직접 찾아오면 되겠냐? 수도권에 전기 보내주는 게 급한 게 아니라 지금 충남 전기 공급이 먼저라고 하잖아. 바로 이 지역 말이야."

"도지사고 나발이고, 경영진 공문이나 정 안 되면 한전 협조 공문이라도 있어야 한다니까! 여기는 국가 시설물이고, 중앙정부 소유야. 도지사 꿋발 행정적으로는 안 통해. 한정건, 나는 뭐 감정도 없고, 세상 돌아가는 것도 모르는 바보라서 이러는 줄 알아? 여기 행정이 그래, 방법이 없어. 나도 식구들 다 서울 살아. 당연히 전기 보내주고 싶어. 근데 이러다 내가 잘리면? 우리 식구들, 뭐 먹고 살아?"

태안 처장이 완강하게 버티는 데 이준원도 방법이 없었다. 시간만 계속 흐르고 있었다.

"알았다, 알았어. 정건아, 태안 빼고 가면 나중에 전기 부족하겠지? 이 새끼 여서 꼴통 치는데, 방법이 없네."

한정건은 준비해 간 단파무전기들을 태안 처장 책상 위에 올려놓았다.

"자, 잘 들어. 우리도 시간 없어서 딱 한 번만 설명해줄 거야. 오전 5시에 보령에서 이쪽으로 송전 시작할 거야. 급전 통신망도 그쪽에서 연결할 거고. 평소에 급전하던 거랑 똑같이 여기 발전소들은 보령 쪽 계통에 들어오기만 해. 나머지 운전은 보령에서 알아서 할 거야. 발전기들 정비하고 준비하는 작업 그리고 석탄 공급 준비하는 데까지, 이건 발전기 켜는 건 아니니까 일상적 유지보수 업무 관리에 속하지? 그 정도는 너도 인간이면 할 수 있겠지, 행정 핑계 대지 말고."

태안 처장이 비로소 고개를 끄덕였다.

"발전기 켜는 거 아니라면, 준비 작업까지는 나도 할 수 있지. 그거야 일상적인 관리 업무 범위니까."

한정건이 무전기 스위치를 켜면서 말했다.

"서울에 있다는 사장 새끼를 잡아내든지, 아니면 태안 본사에 가서 행정실을 싹 뒤집어엎어서 공문을 받아내든지, 그건 우리 행정이 할게. 공적인 지시 안 내려가면, 발전기 켜든지 말든지 니 맘대로 해. 너는 무전기만 잘 켜놓고 있어. 공문 가고 무전기에서 지시 나가면, 그대로 따르면 돼."

한정건이 자리에서 일어나며 이준원에게 말했다.

"형, 갑시다. 서울에도 행정팀 있으니까, 필요한 건 현주네 애들이 알아서 해줄 거야. 시간 없어."

태안 처장이 돌아서는 두 사람의 등에 대고 말했다.

"간만에 봤는데 빡빡하게 굴어서 미안하다, 정건아. 공문이든 뭐든, 하여간 나도 좀 도망갈 수 있는 뭐라도 좀 줘라. 중부발전이야 미리 준비 잘해서 정전 끝나면 표창도 받고, 훈장도 받고, 뭐 그러겠지만 우리는 아마 100퍼센트 줄초상 날 거야. 이 나라가 그렇잖아? 공을 세워도 줄 잘못 서면 아작 나는 거. 준원이 형, 미안하지만 이해 좀 해줘. 내 사정이 좀 그래."

이준원은 이제야 웃음을 찾았다.

"알았어, 알았어. 엄한 놈들 낙하산 타고 오면서 회사 다 망쳐 났네. 행정은 이 형님이 처리할게. 질리도록 하던 게 행정 아니냐. 너한테 아무 문제도 안 생기도록 서류 절차 정리해놓을게. 한정건, 우린 무전기 배달이나 마저 가자."

당인리
└ 당인 3호 발진

해질 무렵, 중부발전 직원들의 몸싸움 끝에 겨우 제주도에서 출발한 헬기가 당인리에 도착했다. 그 사이 이미 해가 졌다.

강선아와 팀원들이 헬기에서 내렸다. 서울은 이미 깜깜해져 있었다. 헬기 바깥에서는 이현주와 하누리가 기다리고 있었다. 이현주는 강선아의 얼굴을 보자마자 잔뜩 긴장한 것이 잠시 풀리는지, 그녀를 안고 깊은 포옹을 했다.

"언니, 잘 왔어요. 여기 너무 힘들어요. 힘들다고 말할 사람도 없고."

"그래그래, 하루만 더 참자. 내일이면 끝이야."

얼굴에 표정이 잘 드러나지 않는 하누리도 기쁜 마음을 숨기지 못했다.

"팀장님, 진짜 잘 오셨어요. 이제야 재밌었던 옛날 느낌 나네요. 빨리 이거 정리하고 한 게임 하셔야죠?"

"게임 좋지. 뭐 좀 해놓은 거 있어?"

하누리의 표정이 진짜로 밝아졌다. 긴장 같은 것은 해본 적도 없는 표정이었다.

"몇 개 있지요. 내다 팔아도 될 정도인 것들도 좀. 오후에 강팀장님이 버전 업 맡아주신 덕분에, 몇 시간 좀 푹 쉬었습니다."

이현주가 웃으면서 하누리의 등을 두들겨주었다.

"어머, 얘가 쉬기는……. 하 대리는 보령에서 쓸 프로그램 만든다고 오후 내내 꼬박 컴에 매달려 있었어요, 언니."

"자, 수다는 천천히 떨고, 일단 프로그램 점검부터 하자. 여기 뒤에 서 계신 분들은 당인리 계통백업팀. 오늘 시작이라서 얼떨떨하지만, 그래도 도움은 될 거야. 인사들 하시죠."

제주도에서 강선아를 따라 올라온 팀원들이 뒤에서 잔뜩 긴장하고 서 있다가 그제야 얼굴들이 좀 풀렸다.

"당인리 계통팀장 이현주입니다. 워낙 상황이 급해서 염치없게 백업팀 구성하게 되었습니다. 여기 하누리 대리가 나중에 따로 시스템 오리엔테이션 해드릴 겁니다. 하 대리, 친절하고, 쉽게 좀 부탁해. 할 수 있지?"

당인리 계통실에 자리 잡은 강선아는 USB를 꽂고 프로그램을 기동시켰다. 곧 스크린에 '당인 3호'라는 로고가 떴다. 결국 이들은 당인 0호에서 1호, 2호를 거쳐 당인 3호까지 왔다. 그리고 잠시 후, 대한민국 지도가 떴다. 주요 발전소에 스폿 표시가 되어 있었다. 당인 1호는 서울만 목표 대상이었다. 당인 2호는 그보다 범위가 넓어져 서울과 인천 지역 일부가 지도에 떴다. 확실히 당인 3호의 범위가 넓어졌다.

"예쁘네요."

지도가 화면에 뜬 것뿐이지만, 디자인 처리 자체가 감각적이었다. 하누리가 감탄했다.

"예뻐? 듣기 좋네. 전에 작업해놓은 그래픽, 그냥 얹어놓은 건데."

이현주가 질문했다.

"뭐, 특별히 보강된 것도 있나요?"

"그럼! 이제는 우리도 여러 군데서 프로그램을 운용하게 되잖아, 그래서 오버라이드 기능을 넣었어."

하누리도 궁금한 것을 참지 못하고 질문했다.

"오버라이드? 계통 운영을 복수 지점에서 할 수 있나요?"

강선아가 자신 있는 표정으로 대답했다.

"그럼그럼! 하 대리, 이게 우리 메인이야?"

"네, 지금 당인 2호 돌리고 있어요."

강선아가 노트북을 보여주며 설명했다.

"자, 지금부터 이 컴퓨터가 우리 메인이야. 봐봐."

강선아가 클릭을 하자, 대형 모니터에 뜬 당인 3호가 당인 2호와 유사한 스케일로 변하면서 당인 2호와 똑같은 위치의 점과 선에 불이 들어왔다. 강선아의 목소리에 윤기가 넘쳤다.

"봐봐, 얘가 스카다 잡고, 오버라이드해서 지금 들어가고 있잖아."

이현주가 호기심 어린 눈빛으로 질문을 했다.

"이렇게 오버라이드하고 직접 계통 운전도 하나요?"

"당연하지!"

강선아가 다시 메뉴판의 '오버라이드 운전 항목'을 클릭했다.

"자, 당인 3호 발진 스탠바이 중. 하 대리, 당인 2호 정지시켜봐."

"테스트도 안 해봤는데, 괜찮을까요? 문제 생기면 진짜 난리 날 텐데."

"난리 안 나. 당인 3호가 바로 받아서 오퍼레이팅 들어갈 수 있어."

하누리가 당인 2호의 정지 메뉴를 눌렀다. 2호 쪽 스크린이 꺼지자마자, 당인 3호가 서울 지역 발전 및 송전 제어를 이어받기 시작했다. 사람들의 입에서 탄성이 터졌다. 강선아가 계속해서 설명했다.

"이론적으로는 오버라이드 기능 가지고 인천 프로그램에 직접 들어가서 제어할 수도 있어. 그쪽 제어망 꺼버릴 수도 있고. 물론……."

제어실에 있는 사람들이 모두 강선아의 입을 쳐다봤다. 새로운 기능이 신기할 뿐이다.

"물론 진짜로 그렇게 하면 인천에서 바로 우리에게 오는 LNG 연료 밸브를 꺼버리겠지. 우리 목줄을 꽉 쥐고 있는 거지, 뭐."

이현주가 한숨을 가볍게 쉬었다.

"인천 계통 가동은 오늘밤 자정이에요. 자기네들이 프로그램 만들 수 있는 것도 아닌데, 굳이 운전하겠다는 심보는 아직도 잘 모르겠어요."

"그것도 정치겠지. 서울에 꼬박꼬박 전기 보내주는 게 존심 상한다는 것도 다 하는 말이고, 존재감 확실히 보여주고 싶은 거 아닐까 싶어. 대통령 꿈 있으면 서울 표도 중요하겠지만, 인천시장 재선이 목표면 인천 표라도 확실하게 잡는 게 중요할 거야. 하여간 전기는 여기서 이 사람들이 운영하는데, 정치는 엉뚱한 사람들이 열심히 하고 있네."

뒤에서 조용히 이야기를 듣던 하누리가 심각한 표정을 지으면서 말했다.

"저, 밥 먹고 하면 안 될까요? 지금 안 먹으면 언제 또 먹을 수 있을지 몰라요."

강선아와 이현주가 순간 마주 보며 웃음을 참았다. 하누리가 긴장하는 경우는 거의 없었다.

"그래, 다 먹고살자고 하는 짓인데. 밥 먹고 하자. 하누리, 웬 일이야, 밥 먹자고 다 하게. 어지간히 배고픈가 봐. 여기는 하루 종일 택시 왔다 갔다 하는 것처럼 저 앞으로 헬기만 계속 왔다 갔다, 진짜 머리가 다 띵하네. 보령에서 송전은 내일 새벽 5시에 시작한다니까, 밥 먹고 잠시 눈들 좀 붙입시다. 보령 쪽 행정 지원은 행정팀장이 해주실 겁니다. 새로 합류한 제주도의 계통백업팀 분들도 좀 쉬세요. 새벽에 움직이기 시작하면, 내일은 쉴 시간이 전혀 없을 겁니다.”

이때 행정팀장이 계통실로 뛰어 들어왔다.

“현주 팀장, 태안 서부발전 본사로 서류 좀 보내 달래. 한정건 처장 부탁이야. 현장에 전달하고 처리하는 건 보령 본사에서 직접 할 건데, 일단 여기 서류에 사인 좀 해도. 급하데이.”

“네, 그러죠. 진짜 고맙습니다, 행정팀장님. 자회사 간 협조, 이거 까다로운 절차인데요.”

이현주가 행정팀장이 내민 서류를 검토하면서 말했다.

“아니다, 현주 팀장. 내도 쓸 데가 있다는 게 고맙기만 하다. 서류 처리하고 공문 보내고, 뒷마무리하는 거, 이런 건 내가 잘 한다.”

길고 긴장되었던 블랙아웃 두 번째 날이 이렇게 마무리되어 갔다. 당인리 계통실에서 한정건과 신동호는 충남으로 떠났고, 제주도에서 강선아와 새로운 사람들이 와서 빈자리를 채웠다. 당인리에 모인 사람들이 특별히 더 유능한 것일까? 사람은 다 거기서 거기다. 영웅들이 유능하고 잘났다는 것은, 그냥 사태를 수수방관한 사람들이 면피하기 위한 개수작에 불과한 것인지도 모른다. 한국에서는 개개인의 실력과 상관없이, 제대로 움직일 수 없게 만든 고착된 구조가 더 큰 문제인 경우가 많다. 위기일수록, 사람들이 더욱 대처하기가 어렵다. 그렇지만 꼭 사람들이 무능해서 그런 것은 아니다. 시스템이 그런 것이다.

보령, 송전 시작
└ 길고 긴 하루가 시작된다

중부발전 본사는 보령 시내에 있지만, 거기서 좀 더 해안가로 나가면 보령, 신보령, 두 개의 발전소가 있다.

새벽 5시, 보령 발전소 오퍼레이팅룸 한쪽에는 발전소 작동과 관련된 설비들이 있고, 보령 직원들이 오퍼레이터 앞에 앉아 있었다. 그리고 그 옆에는 약간 어색한 위치지만 컴퓨터와 대형 모니터가 설치되어 있고, 충남 지역 전기 제어 프로그램인 '보령 1호' 로고가 떠 있었다. 정상적으로 파워 리부팅 작전이 수행되면 보령 1호는 경기도 전기 허브인 평택까지 전기를 쏘아 올릴 수 있다. 평택이 허브 역할을 해서 보령에서 보내준 전기가 당인리까지 닿으면, 통신망을 연결해서 당인 3호가 직접 제어할 수 있다. 중부발전 사장인 이준원은 감격스러운 감정을 숨기지 않았다.

"그래도 너희들, 대단하다. 예전에는 미국, 캐나다, 프로그램을 수입해서 썼는데 이제 우리 직원들이 그냥 만들어서 쓰네."

신동호가 바쁜 손놀림으로 시스템을 점검하면서 말했다.

"초반에는 외부 전문 업체 자문도 많이 받았지만, 요즘은 그냥 자체적으로 다 만듭니다. 지금 이것도 외부 DB만 받아서 강선아 팀장과 하누리 대리가 직접 만들었습니다. 모듈식으로 되어 있어서, 손대기가 그리 어렵지 않습니다. 그 편이 시간도 훨씬 빠릅니다.”

"그래그래. 한정건이 로컬에 백업 시스템 꼭 필요하다고 할 때는, 뭐 있으면 좋겠지, 했어. 그렇더라도 과연 우리 직원들 캐파가 되나 싶었는데. 진짜 기쁘다.”

이준원의 호들갑스러운 말을 어색하게 듣고 있던 한정건이 말했다.

"이제 오전 5시 다 되어갑니다.”

그때 보령 발전처장이 문을 열고 들어오면서 말했다.

"보령, 신보령, 화력발전기 총 6기, 기동 준비 끝났습니다.”

이준원이 자리에서 일어나 기지개를 켜면서 말했다.

"자, 그럼 시작해보시죠.”

"역사적인 날인데, 사장님이 직접 기동해보시면 어떨까요? 옛날 생각도 나고.”

이준원이 웃으면서 손사래를 쳤다.

"됐어. 밤새 정건이랑 헬기 타고 사방을 돌아다녔더니 힘들어. 기동하는 것만 보고 좀 자야 해. 그냥, 발전처장 당신이 하시지.”

"네, 알겠습니다. 1호기부터 4호기, 보령 스탠바이.”

그리고 책상 위의 무전기와 연결된 마이크를 입에 대면서 말했다.

"신보령 5호기, 6호기 스탠바이.”

보령 발전기들의 작동을 맡고 있는 오퍼레이터가 대답했다.

"스탠바이."

대정전 이후 정지하고 있던 보령의 발전기들을 깨우는 첫 번째 명령을 보령 발전처장이 외쳤다.

"1호기 기동."

오퍼레이터가 발전기를 기동시킨 후 외쳤다.

"1호기 기동!"

바로 옆 자리에 앉아서 보령 1호를 제어하고 있던 신동호가 말했다.

"자, 1호기 계통 들어오세요."

"들어갑니다."

오퍼레이터가 첫 번째 발전기를 제어 프로그램 보령 1호 계통에 체결했다. 수치를 지켜보던 신동호가 다음 지시를 내렸다.

"헤르츠 59.9, 양호합니다. 동조운전 준비합니다. 2호기 체결하셔도 좋습니다."

"2호기 기동 시작. 계통 들어갑니다."

신동호가 수치를 살피면서 말했다.

"네, 들어오세요. 헤르츠 60.1, 2호기 헤르츠가 약간 높기는 합니다만, 양호합니다. 3호기 기동하시고 체결해도 좋습니다."

"3호기 기동 완료. 계통 들어갑니다."

"헤르츠 60, 상태 좋습니다. 계속 진행합니다."

신동호는 조심스럽게 오퍼레이터를 유도해서 보령의 여섯 기 전체를 계통에 연결했다. 금방 끝나는 일은 아니었다. 동조운전은 원칙적으로 한 기씩 계통에 진입하면서 진행된다. 전체 계통이 커지면 커질수록 개별 발전기가 계통에 주는 충격이 작아지지만, 맨 처음에 한 기씩 계통 자체를 형성할 때에는 미세한 변화도 충격이 된다. 때문에 조심스러울 수밖에 없다. 게다가 지금의 석탄발전기들은 블랙아웃 충격 이후 임시 정비만 받고 기동하는 기기들이었다. 이상 작동할 가능성이 있었다.

"보령 석탄화력발전 6기 모두 계통 체결에 성공했습니다. 보령 공조운전 중, 사이클 양호. 자, 이제부터는 보령 1호가 계통 프로그램 운전 시작합니다. 오퍼레이터들께서는 잠시 쉬셔도 좋습니다."

뒤에서 지켜보던 사람들에게서 박수가 터져 나왔다. 특히 사장인 이준원이 가장 열성적으로 박수를 쳤다. 그는 진심이었다.

"멋지다, 동호야. 이렇게 하는 거구나. 나도 발전만 해봤지, 배전 계통 운영은 이 나이에 처음으로 본다."

한정건은 이준원의 이야기를 귓전으로 흘리면서 벽에 걸린 시계를 잠시 쳐다봤다.

"신동호, 많이 지체되었다. 송전 시작하자."

신동호의 테이블 위에는 단파무전기 여러 대가 세팅되어 있었다. 비상계획으로 중부발전이 갖추고 있는 무전기들이 보령 계통실은 물론이고 서해안의 주요 발전소들에 깔려 있었다. 정전이 상황을 더욱 어렵게 만드는 것은 일상적인 커뮤니케이션은 물론 필수적인 통신도 곤란하기 때문이다. 신동호는 맨 왼쪽에 있는 단파무전기의 스위치들을 눌렀다.

"네, 시작합니다. 태안 나오세요, 태안 나오세요. 여기는 보령입니다."

단파무전기에서 목소리가 흘러나왔다.

"네, 태안. 아까부터 대기 중입니다. 보령, 말씀하셔도 좋습니다."

"태안, 잠시 대기해주세요."

신동호가 두 번째 무전기의 스위치를 눌렀다.

"당진 나오세요, 당진 나오세요."

오른쪽에 있던 단파무전기에서 목소리가 흘러나왔다.

"네, 당진입니다. 새벽부터 고생이십니다. 당진, 대기 중입니다."

"네, 고맙습니다. 태안하고 같이 움직여야 하니까, 잠시만 대기해주십시오."

신동호는 계통 제어 프로그램 보령 1호의 송전 메뉴 팝업을 띄우면서 말했다.

"태안, 당진, 밤새 준비 작업하시느라 고생 많으셨습니다. 지금부터 보령에서 송전 시작합니다. 승압 변압기 등 주변 시설 다시 한 번 확인해주시기 바랍니다."

태안과 당진 쪽 무전기에서 목소리가 흘러나왔다.

"네, 스위치 전부 개방된 걸로 확인되었습니다."

상황을 마지막으로 확인한 신동호가 태안이라고 적힌 아이콘을 클릭했다. 프로그램이 보여주는 지도에서 보령과 태안 사이에 붉은색 불이 들어왔다.

"태안, 송전 시작합니다."

"네, 전기 들어옵니다. 송전 양호."

이번에는 신동호의 손이 당진 아이콘을 클릭했다. 손이 떨릴 정도로 신중했다. 지도 위 태안에서 당진 사이에 붉은색 불이 들어왔다.

"당진, 송전 들어갑니다."

당진 쪽 무전기에서 소리가 나왔다.

"네, 전원 들어옵니다, 송전 양호."

신동호는 마이크 대신 급전용 전화를 들었다. 스피커폰으로 전화가 울렸다.

"네, 태안 급전통신망 살아났습니다."

"당진 급전통신망, 이상 없습니다."

태안 계통실은 새벽부터 에어컨이 강하게 돌아 한기가 느껴질 정도였다. 그렇지만 긴장감 속에서 서해안의 발전기들에 송전을 시작하고, 통신망을 살리면서 공조운전에 돌입할 준비를 하는 신동호의 이마에 땀이 구슬구슬 맺혔다. 옆에서 지켜보던 한정건이 손수건을 꺼내 말없이 신동호에게 건넸다. 키보드와 마우스를 연신 조작하는 신동호는 손수건을 건네받을 여유가 없었다. 잠깐이지만 긴박한 시간이 흐른 후, 이제야 신동호가 손수건을 건네받아 땀을 닦았다.

"태안, 당진, 모두 고생하셨습니다. 지금부터 저희 보령 1호가 동조운전을 시작하니까, 잠시 숨 돌리셔도 됩니다. 발전기 점검 시간 두 시간, 기동 시간 여덟 시간, 합쳐서 열 시간 후에 전체 기동 시작할 겁니다. 충남 도민들은 물론이고, 서울과 경기도에서 2,000만 국민이 지금 우리 전기 기다리고 있습니다. 가능하면 점검 시간 최대한 당겨주실 수 있으면 고맙겠습니다. 그럼 열 시간 후에 급전통신망 통해서 다시 연락드리겠습니다. 송신 끝."

신동호를 묵묵히 지켜보던 한정건에게는 많은 생각이 스쳐 갔다. 그는 잠시 울컥하면서 눈물이 날 뻔한 것을 가까스로 참았다. 한정건은 말없이 신동호의 어깨에 손을 얹었다.

"진짜 잘했다. 현주랑 너네 팀, 작전 한번 기가 막히게 짰다. 정말 대단하다."

이준원은 눈에서 눈물이 흐르는 것을 참을 수가 없었다.

"야, 진짜 멋있다, 진짜루. 당인리부터 발전기 하나씩 켜면서 여기까지 내려오려면 정말 택도 없었을 텐데, 밑에서부터 치고 올라가 평택에서 쏘는 거, 진짜 예술이다. 정건아, 난 가슴이 떨린다. 아름답다!"

신동호에게서 안도의 한숨이 나왔다. 잠시 주변을 둘러본 그는 침착함을 되찾았다.

"당인리 연락은 제가 할 테니까, 처장님은 잠깐 좀 주무세요. 전 저녁 때 푹 잤습니다. 어쨌든 석탄발전소들 기동 준비하는 시간 동안에는 우리가 할 게 없어요. 동조운전은 보령 3호가 알아서 할 겁니다. 오후에는 정말 바빠질 거니까, 잠시 좀 쉬세요."

이준원이 한정건의 어깨를 치면서 말했다.

"그래. 정건아, 넌 좀 자라. 나야 여기서 그냥 어영부영하고 있으면 되지만, 너는 오늘 정말 바쁘다."

다시 이준원의 눈에서 큰 눈물방울이 떨어지기 시작했다.

"내가 사람은 제대로 봤다. 난 니가 언젠가는 우리같이 대충 월급이나 받고 사는 게 아니라, 진짜로 나라 구할 거라는 생각을 했다. 참, 왜 이리 눈치 없이 눈물이 나냐. 우리 정건이, 정말 대단하다."

당인리
└ 애가 아파요, 끄면 안 돼요

전계통 정전 이후 세 번째 날이 밝았다. 지난밤 사이 엄청난 일들이 벌어졌다. 밤을 꼬박 샌 사람들이 있고, 잠시라도 짬을 내 눈을 붙인 사람도 있었다. 간밤에 당인리팀이 보령을 중심으로 서해안의 화력발전소들을 깨우기 위해 작전을 추진하는 동안, 인천에도 자체 계통이 시작되어 전기가 들어왔다.

길고 길 것이 분명한 이날 하루도 긴박하게 시작했다. 오전 8시가 조금 넘었을 때, 목동의 정성진이 당인리 계통실로 뛰어

들어왔다. 방에는 긴박한 표정의 당인리팀이 모여 있었다. 정성진이 회의실에 들어오는 순간, 전화기가 울렸다. 모두의 시선이 전화기에 고정되었다. 정선진이 전화를 받았다.

"네네……. 그렇지만 어떻게든 안 될까요? 시장님한테, 한 번만 더 부탁드립니다."

이현주가 표정 변화를 보이지 않으려고 노력하면서 말했다.

"시에서도 방법 없대지?"

"시장님이 인천시장에게 한 번 더 부탁해보기로 했어. 뒤통수 제대로 맞네."

안타까운 표정으로 강선아가 말했다.

"인천에서 제어 프로그램 달라고 할 때부터 이미 결정되었을 거야. 그냥 전기만 필요하면, 여기서 우리가 제어해주면 되는데, 뭐 하러 그게 필요하겠어? 뻔한 속임수인데, 알고도 당한거지."

이현주가 박수를 치면서 주위의 시선을 모았다.

"자, 일단 정확한 사정부터 알아보고 대응책을 마련하죠. 정 박사, 인천의 공식 입장은 뭐야?"

"오후 2시부터 인천의 공단 지역 재가동 시작하는데, 피크타임부터 전기가 부족할 겁니다. 저녁 7시까지, 다섯 시간 서울 송전 중단!"

다섯 시간이라는 이야기에 제어실 안에는 실망감과 절망감이 섞인 탄식이 흘러나왔다. 이현주가 제일 먼저 반응을 보였다.

"보령에서 빠르면 4시경에는 송전 가능하니까, 4시까지 두 시간만 버티면 되는데. 하 대리, 우리 옵션이 어떻게 돼?"

"네. 1번 옵션, 세 시간 동안 기본 수요 제외하고 전면정전, 제일 쉽습니다. 2번 옵션, 수요 제한과 5개 구씩 돌아가면서 순환 정전. 아슬아슬하지만, 에어컨 수요 빼고 상업시설 쉰다고 치면 버틸 수는 있습니다."

전면정전과 순환정전 이야기가 나오자 정성진이 날카롭게 반응했다.

"우리 딸이 병원 응급실에서 아직 의식불명이야, 급성 패혈증! 순환정전으로 단전하는 거 말고는 다른 옵션이 없을까?"

하누리가 계속해서 옵션에 대해 설명했다.

"가장 리스크가 크고, 불확실성도 제일 높은 3번 옵션이 있기는 합니다."

"3번 옵션? 그게 뭐야?"

정성진이 급하게 물었다. 이현주가 정성진의 어깨에 손을 올리면서 말했다.

"우리 힘으로는 못 하는 거야. 서울시와 서울 시민의 도움이 절대적으로 필요한 안. 정성진 본부장, 니 역할이 핵심이야."

"말해봐. 지금 내가 뭘 못 하겠어? 딸이 집중치료실에서 의식불명이야. 할 수 있는 건 다 할게."

하누리가 설명을 시작했다.

"저희도 몇 년 전에 기초 검토만 하고 진지하게 검토 안 하던 방법이 있기는 합니다. 지난 몇 년, 가정이나 자동차에서 한전이 피크타임 때 역송전이 가능하도록 인프라 정비를 했습니다. 지금은 가능하게 되었습니다. 후쿠시마 사태 이후 일본에서 가정용 비상발전기가 유행했습니다. 그 이후 한국에서도 비상발전기 구매한 사람들이 꽤 있습니다, 홈젠24는 홈쇼핑에서도 팔았구요. 낚시 등 레저용 비상발전기를 가지고 있는 집도 적지 않을 거구요. 한국의 최대 레저가 몇 년 전부터 낚시입니다."

정성진이 물었다.

"그게, 어느 정도 양이 되나?"

이현주가 뒷부분을 이어서 설명했다.

"최근 태양광 때문에 일반 가정에서 역송전 하는 장치들을 한전에서 다 달았어. 그냥 플러그에 꼽기만 하면 돼. 가정용 발전기에 플러그인 하이브리드와 전기차, 수소차, 이런 전기 베이스 차들도 역송전이 가능하도록 바꾸었고. 피크타임, 가정에서 에어컨 끄고, 냉장고 끄면 가정용 태양광도 계통에 역송전 할 여력이 생겨. 여름철 피크 부하 관리용으로 한전에서 주력 정책으로 좀 밀었지. 대형 건물들도 여름철 피크 부하를 관리하기 위해 비상발전기들도 이론적으로는 역송전 가능하게 설비 변경이 되어 있고. 최대 두 시간 정도인 게 한계지만, 미리 스케줄링만 잘해놓으면 요긴하게 쓸 수 있지."

"정말로 티끌 모아 태산이네. 그걸로 될까?"

강선아가 설명의 마무리를 했다.

"그렇게 버틸 때까지 버티다가, 정 안되면 순환정전을 아주 짧게 할 수 있지. 따님 병원이 종로구인가, 서대문구인가? 여력이 있으니까 서울시청 등 핵심 시설이 있는 데는 순환정전에서 빼도 되고. 기술적 옵션으로는 그런데, 이게 정치가 필요하고, 시민 참여가 필요해. 우리는 지금 숨어 있는 존재 아냐. 우리가 직접 부탁할 수가 없어."

시계를 잠깐 쳐다본 정성진이 이현주가 들고 있는 서류들을 받아들고 자리에서 일어났다.

"아무래도 시장 기자회견이 좋겠습니다. 참, 현주야. 계통 쪽 대표해서 너도 나가면 어때? 아무래도 더 신뢰감을 줄 것 같은데?"

이현주가 정성진의 어깨 위로 옷매무새를 잡아주면서 말했다.

"우리는 얼굴 드러내기가 좀 어려워. 공식 서류 없이 우리 판단으로 움직이는 중이라 말이야. 정 본부장님, 멋지게 잘하실 수 있습니다. 자, 파이팅!"

서류뭉치를 오른팔에 끼워 넣고는 후다닥 정성진이 뛰어나갔다. 정장과 힐 차림에도 달리는 폼이 어색하지 않았다. 그 모습을 보면서 강선아가 이현주를 툭툭 치면서 말했다.

"쟤 봐라. 급하게 뛰어왔다는 데도 풀메, 감색 정장 슈트, 바로 기자회견 준비한다고 튀어가는 거 봐. 아무리 친구라도 현주야, 저런 건 배워야 해. 너 이 상태로 기자회견 나갔다가는, 사람들이 도와주려다가도 안 도와주고 싶어질 거다."

"언니두 참. 난 집에도 못 들어갔어. 태권도 시합하다 말고 바로 여기로 뛰어온 거고. 하긴, 정성진 집에 옷 스타일러가 있기는 하지. 신기했어."

강선아가 부드럽게 웃으면서 말했다.

"옷 스타일러 쓰는 사람이 진짜 있기는 하구나. 누가 그런 거 사나 했더니, 바로 여기 있었네. 현주야, 너도 이제 그런 거 좀 배워야 해. 너 유니폼, 하누리 추리닝, 좀 그렇지? 한정건 봐. 그 인간이 일은 설렁설렁해도 늘 멀끔하게 하고 다니잖아. 너네도 기자회견하고, 사람들 앞에 나서고, 그런 거 배워야 해. 필요한 날이 와. 너랑 정성진, 동갑 아냐?"

서울시장 기자회견
└ 우리 같이 삽시다

오전 10시, 서울시장의 기자회견장 안에는 수많은 방송국 카메라가 몰려 있었다. 평소에는 별로 긴장하지 않던 서울시장이 오늘은 매우 긴장된 표정으로 천천히 단상 위에 올라 준비된 기자회견문을 읽기 시작했다. 긴급하면서도 매우 독특한 기자회견이었다. 기술과 정치가 만나는 현장이고, 구조와 일상이 충돌하는 현장이었다. 서울시장이 천천히 준비한 원고를 읽기 시작했다.

"존경하는 서울 시민 여러분. 우리는 전례 없는 전계통 정전이라는 국가적 비상 위기를 지나는 중입니다. 다행히 어제 새벽부터 서울 전역에는 현재 이상 없이 전기가 회복되었고, 도시 기능도 자족 구조라는 한계는 있지만 대중교통 정상화 등 점차 회복되어 가는 중입니다. 그렇지만 오늘 오후 2시부터, 우리는 최대 위기를 맞게 되었습니다. 시민 여러분의 적극적 협조 없이는 다시 오후 2시 이후로 다섯 시간 가량의 한시적 정전 혹은 지역별 순환정전을 맞게 됩니다."

기자들이 술렁거리기 시작했다.

"시장으로서 이런 부탁을 시민들에게 드리는 것은 심히 송구합니다만, 대규모 건물의 비상발전기 역송전 등 시에서 행정적으로 처리할 수 있는 방안들은 최선을 다해서 마련하겠습니다. 그러나 그걸로는 충분치 않기에 부득이하게 시민들의 협조가 필요해서 이렇게 간곡히 부탁드립니다. 오후 2시부터 다섯 시간, 최대한 우리의 힘으로 버텨내야 합니다. 오후 1시 50분부터 우리 시민들의 힘이 절대적으로 필요합니다. 첫째, 전기차나 플러그 인하이브리드 등 전기 베이스의 차량들은 그 자체로 발전기 역할을 할 수 있고, 역송전이 가능합니다. 자세한 기술적 방식에 대해서는 후속 방송에서 자세히 알려드리겠습니다. 둘째, 서울 시민 중 낚시 등 레저용 야외발전기나 홈젠24 같은 가정용 비상발전기를 가지고 계신 분들이 많이 있다고 알고 있습니다. 송구스럽지만 이건 저희도 규모 파악을 하기가 어렵습니다.

이런 발전기들은 아파트 베란다같이 환기가 잘되는 곳에서 운전이 가능합니다. 몇 년 전에 이미 가정에서도 역송전이 가능하도록 기본 시설을 마련해두었습니다. 두꺼비집 콘센트에 연결해주시면 됩니다. 셋째, 오후 3시부터 5시가, 요즘 같은 더운 날씨에는 여전히 피크타임입니다. 괴로우시겠만 에어컨, 주방용 전열기, 냉장고, 이렇게 열을 사용하는 것들이 전기 소비가 큽니다. 긴급한 몇 시간만 이런 에어컨 등 전열기 사용을 자제해주시면, 여러분들 가정에 설치되어 있는 태양광 발전기에서도 역송전이 가능할 여력이 생깁니다. 이런 부탁을 드려야 하는 저도 시장으로서 매우 송구스럽습니다만, 지금으로서는 방법이 없습니다. 시민 여러분의 각별한 협조 부탁드립니다. 우리 같이 삽시다. 고맙습니다."

서울시장의 짧은 연설이 끝나자 기자들의 손이 급하게 올라갔다. 기자 한 명이 질문했다.

"시장님, 고생하시는 건 알겠지만, 지금 우리는 너무 상황에 대해서 잘 모릅니다. 블랫아웃이 아니라 '블랙언론'이라고, 기자들 엄청나게 시민들에게 욕먹고 있습니다. 시민들에게 협조를 구하시는 것까지야 십분 이해되지만, 지금 너무 '깜깜이 행정'입니다. 추가적인 정보 공유 계획은 없으십니까?"

서울시장은 잠시 손에 든 자료들을 살폈다. 그중 정보 공유와 관련한 형광색 포스트잇에 적힌 작은 메모가 눈에 들어왔다.

"이 시간 이후로 재난 주관방송사인 KBS 등 저희가 제공 가능한 최대한의 정보를 실시간으로 제공하도록 하겠습니다. 브리핑룸을 상시 운영해서, 아무쪼록 시민 여러분들에게 최대한의 정보를 공유해드리도록 하겠습니다."

시장은 잠시 정성진 쪽을 돌아보며 포스트잇을 흔들어 보이면서 작은 목소리로 물어봤다.

"혹시 송배전 모니터 스크린이 언론하고 공유 가능한가요?"

정성진, 잠시 머뭇거리다가 고개를 끄덕였다.

"그리고 현재 서울시의 급전 기능을 하고 있는 계통 상황실 모니터 화면을 기자님들은 물론 시민 여러분들에게 오후 2시 상황 이후로는 공유하도록 하겠습니다. 오디오까지 제공해드리면 더 좋겠지만, 그건 기밀 상황이 많아서 좀 어렵습니다. TV 중계가 가능하니까, 시민 여러분들도 돌아가는 상황을 충분히 이해하실 수 있도록 시에서 최선을 다하겠습니다."

서울시장의 기자회견은 무사히 끝났다. 언론을 통해 배포된 시장의 말은 빠르게 온라인으로 퍼져 나갔다. 말은 빛의 속도, 아니 전기의 속도와 함께 달려갔다. 다시 목동으로 돌아가려는 정성진을 최철규가 잠시 불러 세웠다.

"정박도 이제 정치인 다 됐네, 임기응변을 다 하고. 그나저나 모니터 실황중계 건은 당인리 쪽하고 협의가 된 거야? 거긴 다 순진한 사람들만 모여 있어서 이런 공보 마인드로 접근할 사람들은 아닐 텐데."

"휴, 이제 가서 말해야 합니다. 싫다고 아주 펄펄 뛸 텐데. 보셨잖아요, 시장이 현장에서 바로 결정해버리는 거."

최철규가 가볍게 웃었다.

"시장이 그런 걸 뭘 알아. 포스트잇에 정박이 그렇게 적어준 거 아냐? 당신이 실무자로서 안 된다고 강하게 메시지를 쳤으면 시장도 못 했겠지. 다 필요하다고 생각해서 하자고 한 거 아냐? 그게 정치야. 정박도 슬슬 정치 시작할 때가 된 거지."

최철규의 이야기가 이죽대면서 빈정거리는 소리로 들린 정성진이 갑자기 소리를 높였다.

"이게 선배 눈엔 정치로 보여요? 딸이 지금 바이러스성 패혈증으로 병원에서 혼수상태예요. 엄마가 눈 돌아가는 거, 당연하지 않아요? 그게 정치로 보여요? 선배가 처음 전기 안전 얘기하고 시스템 설계할 때, 정치는 생각하지 말자고 그러지 않았나요? 선배, 변했어요!"

그렇지만 최철규도 물러서지 않았다.

"변한 게 아냐, 배운 거지. 너도 내 얘기 잘 들어 둬. 실무자 선에서 더 상위 리그로 가려면, 엔지니어링 실력만 가지고는 안 돼. 내가 고만고만한 박사들 중에서 왜 성진이 너를 딱 찍어서 본부장으로 밀었는 줄 알아? 넌 처음부터 달랐어, 접근하는 방식 자체가. 기회가 왔을 때 잡아. 너에게는 지금이 딱 기회야. 너도 더 위로 갈 수 있어!"

8장

대한민국
파워 리부팅
2

현주네 집
└ 홈젠24

인천으로부터 송전을 받던 서울의 정전 위기는 점심시간을 지나면서 급격하게 고조되어 갔다. 혜민의 병원에 있던 세영도 심 여사를 남겨두고 오후 1시경 집으로 돌아왔다. 혜민과 몇 년 동안 동갑내기 친구로 지냈던 큰아이가 근심스러운 표정으로 물었다.

"아빠, 혜민이는 괜찮아?"

"아직 정신이 들지는 않았지만, 의사 선생님들이 잘 치료해주시니까 곧 괜찮아질 거야. 자, 아빠랑 가서 혜민이네 병원에 전기 보내주자."

세영은 아이들과 함께 지하실로 내려가서 불을 켰다. 한쪽 구석에 작은 박스처럼 생긴 소형 발전기와 그 뒤에 가지런히 연료통들이 놓여 있었다. 소형 발전기에는 홈젠24라는 파란색 상품 로고가 붙어 있었다. 그리고 그 옆 종이에 이현주가 직접 쓴 메모가 스카치테이프로 붙어 있었다.

세영은 발전기를 들고, 큰아들은 휘발유 통, 둘째 아들은 자바라 주유기를 들고 마당으로 나왔다. 세영은 시계를 보고, 홈젠24를 마당 한쪽에 내려놓았다. 박정희 때 국민주택이라는 이름으로 대규모로 지어진 건평 50평 내외의 단독주택. 그리 넓지는 않지만 어쨌든 마당이 있는 집이다. 한동안 한국 중산층의 전형적인 주거 양식이었다. 세영이 조심스럽게 메모지를 읽었다.

"1. 발전기 오른쪽 아래에 있는 연료 주입구를 오른쪽으로 돌려서 연다. 2. 자바라 주유기를 이용하여 휘발유를 가득 넣고, 연료 주입구를 닫는다. 3. 발전기 후면에 있는 콘센트를 끝까지 빼고, 두꺼비집 옆의 콘센트에 꽂는다. 4. 'ON' 스위치를 넣는다. 5. 출력 스위치를 오른쪽 끝으로 돌려 MAX에 맞춘다."

세영은 메모지를 들고 순서대로 이행했다. 홈젠24의 전선은 제법 길게 나와서 현관에 있는 두꺼비집까지 연결하는 데 큰 무리가 없었다. '드르렁', 거친 소리를 내면서 홈젠24의 모터가 작동하기 시작했다. 발전기에는 푸른색 LED 조명이 상태를 보여주었다. '23:58', 앞으로 24시간가량 운전이 가능했다. 홈젠24시는 홈제너레이터, 그야말로 가정용 발전기이고 24시간까지 운전이 가능해서 폭발적인 인기를 끈 적이 있었다. 게다가 일반적인 중유 대신 휘발유를 사용해서, 매연과 소음 그리고 진동을 대폭 줄였다. 아파트 베란다에서 발전기를 운용해도 이웃 주민들이 크게 불편하지 않을 정도로 생활 밀착형 모델이 되었다. 물론 실제로 쓸 일은 거의 없지만, 홈쇼핑에서 위기 대처용 가정 필수품으로 마케팅을 워낙 잘했다.

홈젠24를 작동시킨 세영은 아이들과 집 안으로 들어가 냉장고를 비롯한 전기제품들의 전원 코드를 빼기 시작했다. 큰아이가 근심스러운 표정으로 물어봤다.

"아빠, 냉장고도 꺼? 음식 다 상하잖아."

"몇 시간인데 뭐. 지금은 그게 중요한 게 아니란다."

"이렇게 하면 정말로 혜민이 병원으로 전기가 가?"

세영이 무릎을 꿇고 두 아이의 눈높이에 맞춘 후, 자상하게 설명했다.

"지금 홈젠24가 전기를 만들잖아. 우리 집 지붕에 태양광 패널도 있고. 우리가 전기를 안 쓰면, 이 집에서 전기를 더 많이 보내줄 수 있지. 그걸 엄마 있는 데로 보내주는 거야. 엄마가 그걸 모아서 다시 병원으로 보내줘. 아마 많은 사람들이 지금부터 몇 시간 동안, 엄마한테 전기를 보내줄 거야. 신기하지? 봐. 여기, 숫자가 거꾸로 돌지?"

두꺼비집의 계기판이 정말로 거꾸로 돌고 있고, 전기 사용량을 나타나는 숫자판의 숫자들이 조금씩이지만 내려가고 있었다. 두꺼비집의 숫자가 내려가는 모습을 본 둘째가 눈을 떼지 못했다.

"정말이네. 아빠, 숫자가 내려가요. 2344, 2343, 2342……."

"그래, 우리가 지금 본부로 전기를 보내주고 있는 거야."

"오 예, 혜민이 파이팅! 힘내라!"

당인리
└ *차 키들 좀 주라*

오후 1시 30분. 30분 후에 벌어질 단전의 충격을 버티려는 당인리에는 긴장감이 극도로 높아지고 있었다. 어떻게든 농담이라도 하거나, 실없는 소리라도 하지 않으면 몇 시간 동안 오퍼레이터들이 긴장된 상황을 계속해서 버티기 힘들었다. 강선아는 여전히 좀 못마땅한 기색이었다.

"정성진, 은근히 자기 거 잘 챙겨. 자기는 기자회견 하고, 중계하는 생노가다는 우리가 하고. 대성할 스타일이야."

"선아 캉! 좋게좋게 생각하십시다. 우리가 직접 뛰어다니면서 무슨 수로 시민들에게 설명을 하고, 설득을 하겠어요. 시장이 나서서 아이디어를 낸 거라고, 그렇게 좋게 생각해요. 애 엄마가 속이 얼마나 타겠어? 어차피 중계는 하기로 한 거고. 그래도 오디오까지 같이 내보내거나, 여기 오퍼레이팅 실시간으로 중계하겠다고 안 한 게 다행이라고 생각하죠."

이현주가 정성진을 두둔하는 이야기를 하자, 강선아도 가만히 있지는 않았다.

"어머, 얘 좀 봐. 친구라고 너무 감싸고 돈다. 야, 기왕 할 거면, 차라리 여기까지 다 생중계해도 안 될 거 없잖아. 죽어라고 부려먹고, 공은 자기가 다 챙기는 전형적인 갑질이지, 뭐. 모르겠다. 팀장이 그렇다니, 그런가 부다 하자. 언제 카메라 들어올지 모르니까 나는 세수라도 해야겠다. 인간적으로 너도 세수라도 좀 해라. 너무 힘들고 피곤해 보인다."

"네, 우리 잠시 좀 쉬죠. 30분 후면 화장실도 가기 힘들 테니, 다들 잠시 마지막 휴식이요. 하 대리도 잠시 숨 좀 돌리고 와."

"전 푹 쉬고 왔어요. 괜찮습니다, 팀장님."

하누리가 집중해 모니터를 보면서 대답했다.

"예비율도 올라가고, 지금 전기 꽤 세게 들어오고 있습니다. 30분 전인데, 사람들이 벌써 송전을 시작했어요. 해볼 만할 것 같습니다. 지금 이 모니터, 중계되고 있는 거 맞죠?"

이현주가 웃었다.

"자기, 왜 그래. 아까 모니터 연결 스위치 자기가 올렸잖아?"

"아, 그렇죠. 게임하던 습관이 되어서, 사람들한테 문자 보내고 싶어지는데. 괜찮을까요, 팀장님?"

이현주는 잠시 생각하고는 부드러운 얼굴로 웃으면서 말했다.

"해, 뭐가 문제야. 욕만 안 하면 돼. 당인리나 중부발전, 우리 이름만 노출시키지 말고. 그냥 본부라고 하지 뭐."

"네, 팀장님. 본부 좋네요, 헤드쿼터."

하누리가 키보드를 빠른 속도로 치기 시작했다.

"고맙습니다, 시민 여러분. 여기는 본부입니다. 지금 여러분들이 보내주신 전기가 본부로 잘 들어오고 있습니다. 우리 같이 한번 잘 버텨봅시다. 파이팅!"

아직은 별 의미 없는 모니터 화면을 보고 있던 사람들이 화면 하단으로 흐르는 첫 번째 스크립트 자막을 보기 시작했다. 긴장감이 서울시 전역으로 흘러나갔다.

이현주가 잠시 화장실에 가기 위해서 문을 나서려는 순간, 오퍼레이팅룸 문을 열고 행정팀장이 직원들과 함께 들어왔다.

"어이, 하누리. 차 키 좀 주라. 처장님은 키 주고 가신다."

하누리가 테이블 아래에 눕혀져 있는 백팩에서 차 키를 꺼내주었다.

"내도 진작 전기차로 바꿀 걸. 진짜 내는 아무 생각 없이 살았다 부다. 그나저나, 차에서 송전하면 좀 도움이 되남? 뭐, 안 하는 것보다야 낫겠지. 자, 일단 에어컨부터 끄고."

건물 외부로 나가기 전 행정팀장은 계통실을 제외한 건물 나머지 부분의 실내 공기 조절장치의 스위치들을 내렸다.

"느그들 잘 봐둬라. 순환정전은 절대로 안 한다는 게 현주 팀장 방침이데이. 마른수건 쥐어짜듯이, 빡빡 전기 쥐어짜야 겨우 버틴다."

발전소 주차장으로 온 행정팀장과 직원들은 여기저기 주차

되어 있던 10여 대의 차를 전기차 구역으로 나란히 주차했다. 그리고 긴 콘센트를 연결해서 차마다 일일이 전기 코드를 꽂았다. 코드 정렬이 끝나자, 차에 시동을 걸고 송전 모드 버튼을 눌렀다. 모빌 제너레이터 사업이 몇 년 전에 강하게 추진되면서 전기 베이스 차에서 보다 손쉽게 송전을 할 수 있도록 인프라 사업이 진행됐었다.

"자, 여기는 됐고. 그나저나 기술 참 좋아졌데이. 좀 있으문 전기차 충전도 케이블 필요 없이 무선으로 한다 안 카나. 자, 이제 비상발전기도 키러 가자."

직원 한 명이 의아해하면서 질문했다.

"우리가 발전하는 발전소인데, 우리도 비상발전기를 켜나요"

"여, 바보 아이가? 닌 TV도 안 보나? 아침부터 하루 종일 나오고 있다 아이가. 중유발전기 돌리면, 그놈도 건물 하나는 두 시간 정도 거뜬히 버틸 전기가 나온대잖아. 메인 발전기 말고도, 끌어 모을 건 다 끌어 모아야 버티는 거구만. 놀면 뭘 해, 이거라도 돌려야지."

화장실에서 막 세수를 하고 거울을 보고 있던 강선아와 이현주가 긴박한 상황에서 만났다.

"긴장 돼?"

"조금요."

강선아가 물을 틀어놓고 세수를 막 시작한 이현주에게 말했다.

"예전에 원전 사고 날 때, 이상하게 그날 들어가기 싫었어. 결국 피폭사고가 벌어졌고, 평생을 후회하면서 살게 되었지."

이현주는 세수를 하면서 듣기만 했다.

"후회할 일, 다시는 안 한다고 했는데, 또 하게 되네. 그때 생각나."

손수건으로 얼굴의 물기를 닦으면서 이현주가 물어봤다.

"언니는 이 순간, 나중에 후회하실 것 같아요?"

화장실 문을 나서면서 강선아가 말했다.

"원전사고 나던 날, 뭔가 꺼림칙하던 그 느낌이랑 비슷해. 그렇지만 이제 와서 어쩌겠어? 방사능 피폭도 해봤는데, 그보다 더한 게 있겠어?"

당인리
└ 버려야 한다!

인천으로부터의 단전이 예상되는 오후 2시 이전에, 많은 시민이 다양한 방식으로 서울시의 전기 방어에 힘을 보탰다. 아직 인천에서 송전이 오기 때문에 전력 예비율은 100퍼센트를 한참 넘어 여유 있는 수치를 보여주고 있었다. 물론 전기는 배터리 없이는 저장되지 않는다. 전기가 남는다고, 좀 있다 쓰자, 그렇게 할 수는 없다.

오후 2시가 가까워졌다.

"자, 2시 카운트다운 들어갑니다. 10, 9, 8, 7, 6, 5, 4, 3, 2, 1!"

이현주의 카운트다운이 끝나고 잠시 후, 모니터에서 인천으로부터 오던 파란색 줄이 사라졌다. 동시에 초록색으로 가득 차 있던 게이지 그래프가 뚝 떨어지면서 붉은색으로 변했다. 그리고 붉은색 바가 깜박거리기 시작했다.

"예비율 12퍼센트입니다. 일단 버티기는 했는데, 간당간당합니다."

하누리가 수치를 보면서 이야기했다. 모니터를 응시하던 이현주가 긴박하게 지시했다.

"발전기들 출력 더 올려."

"지금도 100퍼센트, 최고 출력으로 운전하는 중입니다."

"아직 계통에 안 들어온 시민들이 많을 거야, 이제 막 2시야. 당인리는 좀 더 신규 설비니까 110퍼센트, 목동은 105퍼센트로 올려. 몇 십 분 정도는 오버 히팅, 버텨줄 거야. 10퍼센트 밑으로 내려가면 언제 쇼티지 날지 몰라. 거기가 정한 순환정전 기준선 아냐? 좀 버텨보자."

하누리가 발전기들 출력을 조정했다. 예비율이 25퍼센트 가까이 가기는 했지만 여전히 붉은색이었다. 시간이 흐르자, 모니터 위에는 서울 각지에서 작은 점들이 조금씩 늘어났고, 수치는 30퍼센트 근방까지 올라갔다. 이현주가 급한 목소리로 지시를 내렸다.

"출력 올린 발전기들 다시 정상 출력으로 하강. 예비율 25퍼센트에서 방어해보자고. 사람들이 더 들어올 거야."

당인리 뒤쪽으로 보이는 고층 아파트들 군데군데에서 회색 연기와 검은 연기가 아주 엷게 흩어지고 있었다. 홈젠24 등 휘발유발전기에서는 회색 연기가, 낚시 등 레저용 중유발전기에서는 검은색 연기가 나는 중이었다. 아파트 주차장에서도 10여 대의 전기차가 충전기기를 통해 역으로 송전을 하고 있었다. 그뿐만이 아니었다. 아파트 전체에 두 시간 정도 긴급전기를 공급하는 비상발전기도 지금 옥상에서 검은 연기를 내뿜으며 최대 출력으로 돌아가고 있었다. 당인리와 목동의 발전기들도 지금 최대 출력으로 운전을 하고 있지만, 몇 대의 대형 LNG 발전기들만이 서울의 전기계통망, 그리드를 지탱하고 있는 것은 아니었다. 각기 다른 이유로 설치된 인프라들이 지금 이 순간만큼은 각 시민들의 집에서 총동원되고 있었다.

어느 아파트 가정집.

"우리, TV 꺼야겠다. 우리가 본다고 해서 뭐가 바뀔 것도 아니고. 조마조마한데, 해줄 게 없다. TV라도 꺼서 조금이라도 줄이자. 이거, 그냥 핸드폰으로 봐도 되는 거 아냐?"

인천에서 송전을 끊은 지 50분 정도 시간이 지났다. 전력 예비율은 어느덧 32퍼센트까지 올라갔고, 게이지 바는 녹색이었다. 하지만 한동안 안정적 상황을 유지하던 예비율 게이지 바가 갑자기 쭈욱 내려가기 시작하더니 30퍼센트 밑으로 떨어졌다. 모니터를 주시하던 이현주가 커튼을 열고 창밖을 내다보았다.

"먹구름이야. 완전 비구름이네. 망했다."

"비도 올까요? 방법 없는데요. 태양광들 출력이 너무 내려갑니다."

오퍼레이팅을 맡고 있는 하누리가 한숨을 쉬었다.

"되는 일이 없냐, 이렇게."

잠시 생각을 하던 이현주가 결심을 했다.

"당인리 120, 목동 110, 출력 상승."

계기판을 조정하면서 하누리가 말했다.

"터집니다, 이러면. 그냥 순환정전하는 게 안전할 것 같습니다, 팀장님."

강선아가 자리에서 일어나 창문으로 하늘을 봤다. 아직 구름 사정은 좋지 않았다. 강선아가 살짝 인상을 쓰며 말했다.

"공업용 설비들이 보통은 3분의 1까지는 설계 허용 범위를 잡아. 일반 가정용이랑은 좀 달라. 이 정도는 충분히 버틸 거야. 불량 부품 없기를 바라야지."

강선아가 손수건을 꺼내서 하누리에게 건넸다. 더위는 물론이고 초조함과 싸우고 있는 하누리의 얼굴이 땀범벅이 되어 있었다. 하누리가 이마에서 흘러내리는 땀을 닦으며 말했다.

"고맙습니다. 신동호, 이 자식은 뭐 하는 거야? 지금쯤 슬슬 충남 발전기들 살아날 시간인데, 왜 연락이 없나?"

하누리는 초조함이 가라앉지 않는 듯, 두 손바닥을 쥐었다 폈다 하며 계속 안절부절못했다. 그 모습을 지켜보던 강선아가 말했다.

"하 대리, 내가 잠시 교대해줄게. 세수 좀 하고 와."

강선아가 손가락으로 담배 흉내를 냈다.

"이제 시작이야. 4시 넘어가도 송전 안 오면 진짜 충격이 올 거야. 앞으로도 한참 더 버텨야 해."

"고맙습니다. 잠시 부탁 좀 드리겠습니다."

하누리가 걸어 나가는 발자국 소리가 뚜벅뚜벅, 계통실 안에서 초조하게 모니터를 지켜보는 사람들의 가슴 속을 무겁게 두드렸다. 데스크에 앉아서 모니터링을 시작한 강선아가 말했다.

"현주야, 너는 괜찮아? 잘 버티네."

이현주가 살짝 미소를 지었다.

"내가 태권도 선수 출신이잖아."

이현주의 넉살에 강선아도 같이 웃었다.

"참, 그랬었지. 잘 믿기지는 않지만."

"시합하다 보면 발차기 하다 정강이랑 정강이가 부딪힐 때가 있어요. 겁나게 아파요. 진짜 죽을 것 같이 아파요. 그래도 아프다고 티 내는 선수가 한 명도 없어요. 왜 그런지 알아요?"

"그런 데도 따로 단련 같은 걸 하나?"

이현주는 지금 차분하기 위해서 노력 중이었다.

"그런 델 어떻게 단련해요, 언니두 참. 아파, 엄청 아파. 그래도 티 내면 계속 그쪽만 때리니까, 덜 아프려고 하나도 안 아픈 척하는 거예요. 선수들이라는 게 참 야비해서, 부상 부위만 집

중 공격해요. 시합 끝나면 파스 엄청 붙이지만, 안 아픈 척, 그냥 버티면서 해요. 그래도 지고 집에 가는 것보다는, 이기고 집에 가는 게 낫지."

"애잔하네, 선수들. 그래도 이건 참을 일이 아니다."

이야기를 하던 강선아가 테이블 위에 있는 단파무전기 스위치를 켰다.

"여기는 당인리, 여기는 당인리, 강선아입니다. 보령 한정건 나오시기 바랍니다."

무전기에서 한정건의 목소리가 흘러나왔다.

"여기는 보령. 어, 강선아 팀장이네. 거긴 잘 버텨?"

"죽을 맛이죠. 지금 당인리 발전기 110퍼센트 운전 중이에요. 전기 나가기 전에 불이 먼저 나겠어요. 뭐 좋은 소식 없어요?"

"지금 막 첫 번째로 태안 발전기 전기가 들어왔고, 나머지 공조운전 다 끝나면 충남 배전 시작할 거야. 조금 늦어지기는 했지만, 그래도 진도는 나가는 중이야."

무전기에서 들리는 한정건의 목소리가 어둡지 않았다.

"네, 잘 좀 부탁합니다. 먹구름 잔뜩 끼었고, 비 내릴 것 같은 날씨예요. 태양광들이 고전하고 있어요."

"버텨, 버텨야 해. 평택 연결까지만 끝나면 나랑 동호랑 바로 헬기로 올라갈 거야. 저녁 때, 상황 종료시키고 회식하자고. 오늘은 처장이 크게 쏜다, 기다리고 있어. 처장 턱, 대차게 한번 낼께. 힘내, 당인리팀. 자, 무전 들어올 게 밀려서, 이만 끊는다.

이따 보자구."

무전이 끝나자 강선아가 웃었다. 위기 속에서는 약간의 유머가 힘이 될 때가 있다.

"아이고, 이 인간. 이 와중에도 술 마실 생각밖에 안 한다. 하여간 성격 한번 끝내줘."

이현주가 커튼 밖으로 잠시 하늘을 봤다.

"저 인간 소원대로 오늘 밤에 술 마시겠네. 구름 좀 걷힌다. 언니, 발전기 출력 좀 낮춰주세요."

강선아는 마우스로 당인리와 목동 발전기들 출력을 정상 운전으로 돌려놓았다.

당인리
ㄴ *4시가 넘었어!*

63빌딩. 대부분의 사무실이 비어 있고, 건물은 엘리베이터와 비상등 같은 최소한의 설비만을 운용하고 있었다. 건물 지하의 동력실, 동력 담당 직원 둘이 TV를 통해 중계되는 당인 3호 모니터 화면을 보고 있었다.

"주임님, 우리 기름 끝나갑니다. 곧 비상발전기 꺼집니다."

직원이 안타까운 목소리로 말했다. 주임도 속이 타는 심정이었다.

"어쩌냐, 어쩌냐. 그래도 우리가 좀 덩치가 큰 놈인데. 4시까지 못 버텨주네."

"아까 우리가 계통에 너무 일찍 들어갔어요. 2시 되어서 들어가도 되는데요. 괜히 전기만 날려버렸네요. 큰일입니다."

63빌딩 비상용 발전기의 굉음이 서서히 멈췄다. 당인리 오퍼레이팅 화면에서도 여의도 인근의 제법 큰 파란색 점 하나가 사라졌다. 그리고 순차적으로 몇 개의 점이 더 사라져갔다. 모니터를 지켜보던 하누리가 외쳤다.

"저거, 63빌딩 비상발전기 같은데요. 방금 꺼졌어요. 먼저 들어왔나 봐요, 두 시간 정도는 충분히 버틸 텐데요."

이현주가 침착하게 외쳤다.

"할 만큼 했어. 건물 비상발전기 중에서는 먼저 들어온 것도 있을 거고, 정비 불량으로 퍼져버리는 것들도 있을 거야. 워낙 안 쓰는 시설들이니. 그래도 충분히 고마운 일이야. 덕분에 잘 버텼어, 두 시간 가까이."

모니터의 게이지 바는 다시 초록색에서 붉은색으로 바뀌었고, 예비율 수치는 30퍼센트 밑으로 내려갔다. 모니터를 응시하던 하누리가 말했다.

"우리도 출력 다시 올릴까요? 계기가 위험 존으로 들어갔습니다."

이현주가 쉽게 대답하지 못하자 무거운 침묵이 흘렀다. 그 사이에도 작은 점들이 모니터에서 잠시 깜빡이다가 하나씩 사라졌다.

"잘 버텼는데, 보령에서 금방 끝날 것 같지 않은가 봐. 현주야, 4시면 건물 비상발전기들은 거의 다 꺼져. 구 하나씩 돌아가면서 2분씩, 순환정전 한 턴 돌자. 그러면 50분은 버틸 수 있어. 비상발전기 나가는 정도는 그걸로 감당할 수 있을 거야. 전기차나 플러그인 배터리들은 충분히 여유 있을 거고, 가정용 비상발전기들도 그 정도는 충분해. 나머지 것들도 서너 시간은 버틸 거야. 그리고 우리 발전기 오버슈팅은, 마지막 카드로 쓰자고."

이현주가 뒤를 돌아보면서 무겁게 이야기했다.

"다른 방법은 없겠죠? 누리야, 시간이 없으니 보령하고 목동 같이 연결해줘."

하누리가 무전기와 전화로 보령과 목동을 연결하고 고개를 끄덕였다.

"고마워. 목동, 보령, 나오시기 바랍니다, 여기는 당인리입니다."

"네, 목동입니다."

"네, 보령입니다."

이현주가 차분하게 지시를 했다.

"5분 후부터 서울 25개구, 한 개구씩 2분간 순환정전 시작합니다. 50분 버틸 수 있습니다. 목동, 시민들에게 순환정전 안내 방송 부탁드립니다. 보령, 힘드신 건 잘 알겠습니다만, 조금만 더 작업을 서둘러주시기 바랍니다. 4시부터는 대부분의 건물 비상발전기가 꺼질 겁니다. 가정용 발전기들도 상당수가 아웃될 거구요. 구청별 순환정전 순서는, 미리 정한 루틴대로 하겠습니다."

이현주는 다시 창밖을 바라봤다. 아까 같은 짙은 어둠은 아니지만, 여전히 해는 보이지 않았다. 태양광 출력이 높아지면 순환정전까지 가지 않아도 어느 정도는 버틸 수 있을 것 같았다. 그러나 세상이 그렇게 계획한 대로 움직이지는 않는다.

순환정전 지시를 하고 난 후, 어두운 표정을 한 이현주의 뺨을 타고 눈물 몇 방울이 흘렀다. 그렇지만 무기력해지지 않기 위해 다시 한 번 이를 악물었다. 5분이 흘렀다. 하누리가 기능적으로 순환정전 루틴을 개시했다.

"5분 됐습니다. 서울시 전역, 구별 2분, 순환정전 루틴 시행합니다. 프로그램이 사용량 많은 곳과 적은 곳을 적당히 배치해서 최적 루틴으로 정전 조치 진행할 겁니다."

대답이 없는 이현주 쪽을 돌아보는 강선아가 먹먹한 표정의 이현주를 응시했다. 조용히 자리에서 일어난 강선아가 이현주의 어깨를 감싸 안았다.

"진 거 아냐. 아직 진 거 아냐. 순환정전은 원래 우리 옵션에 있던 거야. 2분이면 정말 최소한이야. 국민훈장이야 뭐야, 하여간 최고의 훈장 받을 지휘관이 왜 울어? 울지 마. 한정건 그 인간이 있어야 웃기는 얘기도 하고, 격려도 하고 그럴 텐데. 이 언니가 그걸 잘 못 한다. 그래도 지금, 너무너무 잘하고 있는 거야."

하누리가 마우스를 클릭하자, 순환정전 루틴이 돌기 시작했다.

"서울시 순환정전 루틴, 작동 시작했습니다. 강남구, 서초구, 영등포구 순으로 돌아갈 겁니다."

프로그램 작동을 확인한 하누리가 말했다.

"팀장님, 최선을 다하셨습니다. 저는 감동했습니다. 태어나서 처음으로, 제가 하는 일이 보람 있다는 생각이 듭니다."

적막의 시간이 흘렀다. 영원과 같은 시간 속, 침묵이 계속되고 있었다. 하누리도 당인 3호 프로그램에 조정을 맡기고 잠시 일어나서 서성거렸다. 몇 분 지나지 않았지만, 사람들의 속은 타들어 가고 있었다. 그리 오랜 시간이 흐르지 않았지만, 영원 같이 느껴졌다. 결정되지 않은 미래는 기다리고 있는 현재를 불안하게 만든다. 그리고 그 불안이 공포를 만든다. 잠시라도 불꺼진 엘리베이터에 갇혀본 사람이 느낄 수 있는 공포는 그런 종류다.

보령 쪽 단파무전기에 신호가 왔다. 하누리가 급하게 다시 자리에 앉으면서 무전기 버튼을 눌렀다.

"여기는 보령, 여기는 보령. 당인리 나오세요."

간절하게 기다리던 신동호의 목소리가 무전기 사이로 흘러나왔다.

"야, 신동호. 빨리빨리 못 해? 여기 게임 오버 직전이야."

신동호의 들뜬 목소리가 단파무전기 너머로 흘러나왔다.

"알려드립니다. 충남 전원 회복 완료, 평택 계통 연결 성공. 좀 늦어서 죄송합니다. 지금 평택 허브에서 서울로 바로 송전 들어갑니다. 스탠바이해주세요."

하누리가 마우스로 클릭을 하자, 서울 지역만 보여주던 지도가 평택을 포함한 경기권으로 넓어졌다.

"당인리, 평택 송전, 스탠바이 완료."

신동호의 밝은 목소리가 마이크로 흘러나왔다.

"평택 송전 개시! 불 들어갑니다!"

지도 위에 평택에서 서울까지 가장 빠른 경로로 놓인 송전선을 따라 붉은 불이 들어왔다. 그리고 게이지 바도 녹색으로 가득 찼다. 이현주가 마이크를 잡고 이야기했다.

"서울 전 지역 순환정전, 종료합니다. 정전 위기 상황 종료!"

모니터 뒤에서 숨죽이고 서 있던 직원들이 환호성을 지르면서 박수를 쳤다. 환호 속에서 이현주가 침착하게 후속 지시를 계속했다.

"보령, 오버라이드 실시."

하누리가 무전기에 대고 말했다.

"충남 지역 계통 프로그램, 보령 1호를 당인 3호가 오버라이드합니다. 문제없으시죠?"

마이크에서 신동호의 목소리가 나왔다.

"네, 충남 지역 배전 상황 양호. 프로그램 오버라이드, 아무 문제 없습니다. OK!"

"당인 3호, 보령 1호 오버라이드 실시."

하누리가 오버라이드 시퀀스를 작동시키자, 대형 모니터의 지도가 경기 지역에서 다시 충남을 포함한 광역권으로 커졌다. 충남 지역의 송배전 경로는 복잡하게 움직이고 있었지만, 대전과 충북 그리고 대전시 지역은 아직 아무 표시가 없었다.

"보령 1호 오버라이드 완료. 자, 이제 저희 쪽에서 계통 제어합니다. 보령 쪽 프로그램 종료하셔도 좋습니다."

신동호의 밝은 목소리가 들렸다.

"보령 1호 종료. 야, 하누리. 처장님 모시고 바로 뜬다. 오늘 크게 쏘신댄다."

"그러시던지. 신동호, 하여간 진짜 고생했다. 덕분에 살았어. 무전 종료."

무전을 마친 하누리가 이현주에게 말했다.

"팀장님, 평택의 기력발전기 기동까지는 30분 남았습니다. 약간 불안하기는 하지만, 경기도는 바로 배전 시작해도 될 것 같습니다."

이현주가 손가락으로 OK 사인을 내면서 말했다.

"지금 시간 오후 4시 30분, 경기도 전역에 배전 시작합니다."

하누리가 경기도 팝업 화면을 띄웠다. 평택에서 서울로 오는 메인 송전선 하나에만 들어왔던 불이 서울을 중심으로 실핏줄처럼 퍼져나갔다. 경기도 전역에 불이 들어오는 데에는 그렇게 오랜 시간이 걸리지 않았다. 모니터를 보던 하누리가 말했다.

"경기도 전역, 배전 완료."

이현주가 시계를 보면서 준비된 계획을 지시했다.

"나머지 지역도 바로 배전 준비합시다. 대전, 세종, 충남 순서로 갑니다. 그 사이에 평택 기력발전소들 가동 시작하면 강원도까지 가봅시다. 목동, 배전 지역들, 유인 변압기들 스위치 개방확인해주시기 바랍니다. 변압기 준비되고 평택 기력 작동하면바로 배전 시작합니다."

순간 이현주는 하누리와 눈이 마주쳤다. 피곤한 기운이 눈에가득 차 있었다. 옆을 돌아보니 서서 자신을 보고 있는 강선아의 모습이 눈에 들어왔다. 당인리 오퍼레이팅룸에 있는 팀원은물론 제주도에서 올라온 지원팀원 등 그 방에 있는 모두가 지금 자신만을 보고 있는 것을 느꼈다. 이현주는 지금까지 너무긴장해서 오히려 긴장감을 느끼지 못했던 것인지도 모른다는생각을 했다. 이 방의 모두가 극도로 긴장한 상태였다. 이 방은물론 한국의 모든 것이 지금 그녀의 판단에 달려 있다고 해도과언이 아니었다. 이현주는 잠시 크게 숨을 쉬었다. 몰려오던긴장감이 잠시 물러가는 것 같았다. 시합을 끝내기 위해 카운터를 조심스럽게 준비하는 기분과 같았다. 그녀는 몸을 돌려 사람들 쪽을 보며 섰다.

"우리는 지금 막 대한민국 '블랙스타트' 1단계를 마쳤습니다.몇 십 분 내로 2단계로 넘어갈 예정입니다. 다른 지역 배전 준비 끝날 때까지, 우리도 잠시 휴식을 갖겠습니다. 고생하셨습니다, 여러분."

짧고 간결한 이현주의 말과 함께 환호와 박수가 터져 나왔다. 강선아가 자리에서 일어나 이현주의 등을 두드리며 말했다.

"됐어, 현주야. 힘든 데는 다 넘어갔다. 너무 잘했다, 현주야."

당인리
└ 홍대 앞의 탱크들

보령에서 한정건과 신동호를 태운 헬기가 당인리까지 날아오는 시간은 30분이 채 걸리지 않았다. 올림픽대로로 진입한 탱크 두 대와 군 작전 차량 행렬이 홍대 인근을 거쳐 당인리 발전소까지 당도하는 시간도 30분이 채 걸리지 않았다. 경찰 오토바이의 에스코트를 받으며 탱크들은 빠르지 않은 속도로 좁은 도로를 달렸다. 좁은 길 주변에 있던 화분들이 탱크에 치어 넘어졌다. 길을 지나던 사람들이 이 어색한 모습에 당황해했다.

헬기가 당인리에 착륙하자, 한정건이 내리면서 신동호에게 물었다.

"지금쯤 어디까지 전기가 들어갔을까?"

"중유 쓰는 평택 기력들까지 가동될 시간이니까 아마 막 강원도 배전 작업이 어느 정도는 마무리되었을 것 같습니다."

한정건이 신동호의 어깨를 두드리면서 말했다.

"진짜 고생 많았다, 동호야."

두 사람이 헬기에서 내려 걸어오는 동안 행정팀장이 행정동 바깥에서 두 사람을 기다리고 있었다. 기쁜 마음으로 환영 준비를 하던 행정팀장이 놀라서 외쳤다.

"저건 또 뭐지?"

에스코트를 하던 경찰 오토바이가 정문 앞에서 정차하는 동안, 탱크 두 대가 당인리 발전소 정문의 출입 통제기를 부수면서 밀고 들어왔다. 그 뒤를 따라 중무장한 차량들이 따라 들어왔다. 그리고 차량 안에서 완전무장한 특수부대원들이 우르르 뛰어 내렸다. 행렬 맨 앞에 선 지휘관이 소총을 겨누면서 외쳤다.

"모두 손 들어!"

당인리에 배치된 서울시 소속 자치 경찰 수십 명 있었지만, 급작스럽게 탱크를 앞세우고 완전무장한 채로 진입한 특수부대원들에게 어떻게 해볼 도리가 없었다. 위력에 압도당한 그들은 순식간에 포위되어 무장해제를 당하고, 더 이상 저항할 수 없는 상태가 되었다. 순식간에 전광석화처럼 모든 일이 진행되었다. 지휘관이 무전기에 대고 말했다.

"당인리 외부 접수 완료. 지금 실내로 들어갑니다."

무전기를 내려놓고 잠시 어깨에 메고 있던 소총을 다시 손에 든 지휘관이 외쳤다.

"당인리 행정동, 신속 진입한다. 실시!"

바로 이 시간에 경상도 해안가의 주요 원전 시설은 물론 내류의 송배전 설비들에 중무장한 특수부대가 진입하고 있었다. 위성통신으로 연결된 이 부대들은 2002년 발전노조 파업으로 발전시설에 군 인력이 투입된 이후 처음 원전 등 주요 전기 시설에 진입하는 것이었다. 군부대에 전기병이라는 보직이 있다. 특수부대와 함께 전기병과 공병들이 따라 들어왔다.

당인리 인근 시설을 살펴보던 특수부대원이 총을 겨냥하면서 외쳤다.

"거기, 손 들어. 이리 나와."

당인리 변압기 근처에서 과열 상태를 지켜보던 발전소 직원들이 군인에게 끌려 나왔다. 막 발전소 부지로 들어온 한정건과 신동호도 총기 앞에서 무릎을 꿇고, 손을 뒤통수에 댄 채 꼼짝 못 하고 있었다.

무릎을 꿇고 있던 한정건의 눈에 옅은 연기가 보인 건 우연이 아니었을지도 모른다. 변압기에서 연기가 가늘게 퍼져 나오는 것을 보는 순간, 무릎을 꿇고 있던 한정건이 일어나서 질주하기 시작했다.

"서! 정지하라! 도주하면 발포한다!"

한정건은 군인들의 위협에도 불구하고 쏜살같이 변압기 쪽으로 달려가 재빠르게 소화기를 들고 변압기에 난 불을 끄기 시작했다. 소화기를 들고 있던 그의 모습이 멀리서 이 광경을 지켜보고 있던 군인들에게는 어떻게 보였을까? 그들에게는 갑자기 통제를 뚫고 뛰어나간 적군이 손에 무기를 들고 자신들을 위협하는 것처럼 보였다.

"발포!"

지휘관의 발포 명령과 함께 군인들의 총구가 불을 뿜었다. 이 광경을 지켜보던 행정팀장은 눈앞에서 순식간에 벌어진 이 상황을 현실로 받아들이기가 어려웠다.

"야이, 문디 새끼들아. 변압기에 불이 났다 아이가. 지금 불 안 끄면 여기 전기 다 나가뻔다, 어서 총질이고 총질이. 아이고, 한정건 처장님. 잠시만 기다리이소."

행정팀장과 신동호가 군인들의 저지에도 불구하고 한정건이 쓰러진 변전소 쪽으로 달려 나갔다. 여러 발의 총알을 맞고 쓰러진 한정건. 본인은 물론이고 아무도 이 남자의 삶이 여기서 이런 형식으로 마감될 것이라고 생각한 사람은 없었다.

당인리
└ 일동, 동작 그만!

잠시의 요란한 사격 소리가 들리는 것과 거의 동시에 당인리 계통실로 완전무장한 군인들이 문을 박차고 들어갔다.

"일동, 동작 그만!"

계통 상황을 지휘하던 이현주와 하누리가 상황을 파악하지 못해 당황해하고 있었다. 지휘관이 계속해서 말했다.

"금방 총소리 들으셨죠? 움직이면 경고 없이 사격합니다. 미리 말씀드리지만, 조금 전에 경비계엄령이 발동되었습니다. 계엄령 하에서는 군이 사법권과 행정권을 갖게 됩니다. 그리고 여기가 지금 1번 작전 지역입니다. 현장 지휘관이 발포권을 갖고 있습니다. 제 통제만 잘 따라주시면 아무도 다치지 않을 겁니다."

우리 헌법은 비상계엄과 경비계엄을 구분하고 있다. 경비계엄은 정도가 조금 더 약하다. 4.19 때 네 시간, 5.19 때 558일간 경비계엄이 내려진 적이 있다. 유신이나 부마항쟁 때에는 경비계엄 없이 바로 비상계엄이 내려졌었다.

군인들의 뒤를 따라서 검은 양복을 입은 사내들이 줄줄이 들어오자, 지휘관이 거수경례를 했다.

"충성! 당인리 계통실, 접수 완료했습니다."

"그래, 수고했어."

산업비서관과 에너지담당관이 군인들의 호위를 받으면서 주변을 돌아봤다.

"야, 이 쥐새끼들이 여기들 숨어서 그렇게 사부작거렸구먼. 이현주? 니가 이현주지. 내가 이런 짓 못 하게 조치를 했었는데, 이것들이 끝내 이 지랄들이야."

산업비서관이 두 손을 들고 앉아 있는 이현주의 뒤통수를 손바닥으로 세게 때렸다.

"너희들 때문에 내가 진짜로 죽을 뻔했어. 가만히 있으라면 가만히들 있지, 이게 뭔 짓들이야? 내 이런 자회사 직원들은 처음 봤네. 자회사면 자회사답게 그냥 자빠져 있지, 어서 지랄들이야. 니들 이거, 공공 시설물 탈취야! 전원 다 현행범으로 바로 체포야.”

산업비서관은 그의 뒤를 따라 들어온 사내에게 턱짓을 했다.

“자, 계통실 접수했으니까 기동 시작하시죠.”

산업비서관의 뒤를 따라 들어온 양복 입은 사람들은 최철규와 제주도 전력거래소 직원들이었다.

“하누리만 남기고, 나머지는 다 데리고 나가십시오. 거추장스럽습니다.”

최철규의 얼굴을 본 하누리의 표정이 굳어졌다. 무슨 일이 벌어졌는지 직관적으로 이해한 하누리의 몸이 먼저 움직였다. 순식간에 치트키를 이용해서 프로그램의 딜리트 화면을 띄워놓은 하누리. 어느 새 무선마우스를 손에 쥐고 있었다.

“이거 좆 같아서 못 해먹겠네. 내가 이거 클릭하면 프로그램 자폭해. 계통 프로그램 죽이고, 여기서 다 같이 죽을까?”

군인들과 사내들이 멈칫했다. 산업비서관이 장교의 권총을 넘겨받아 하누리의 머리에 겨누었다.

“이 미친 년아, 죽고 싶어? 너네 처장 벌써 죽은 거 몰라?”

“총 치워. 다 세워줄까, 이 양아치 새끼야. 니가 ‘시큐러티’ 떠들던 청와대의 그 양아치 새끼지? 옛날부터 죽여버리고 싶었어. 이 난리 꼬라지가 양아치 새끼, 다 너 때문에 생긴 거 아냐!”

하누리의 서슬 퍼런 말에 산업비서관이 총구를 잠시 내렸다.

하누리는 천천히 담배를 꺼내 불을 붙이면서 말했다.

"어이, 최철규. 너도 양아치였어? 너구리 같은 새끼가 어째 잔대가리 엄청 굴린다 했다. 담배 한 대만 피우고, 너 나랑 대화 좀 하자. 허튼짓하면 바로 프로그램 날려요."

하누리는 눈짓으로 이현주에게 나가라는 사인을 보냈다.

"팀장님, 다들 데리고 먼저 나가세요. 걸리적거리면 제가 싹 다 날려버릴 테니까요. 블랙스타트? 다시 한번 가보자고! 너네 실력 좀 보자."

이현주가 손을 내리고 잠시 생각을 했다. 그녀는 하누리의 어깨에 손을 올렸다.

"누리야, 끝났어. 가자. 저놈들이 나쁜 놈들이지, 국민들이 무슨 죄가 있어. 그만 내려놓자."

이현주의 말이 끝나자, 하누리가 담배를 끄고 마우스를 책상 위에 내려놓았다. 20대 하누리의 눈에서 눈물이 흘렀다. 이현주, 강선아, 하누리 등 당인리팀의 주요 멤버들 손에 거칠게 수갑이 채워졌다.

최철규가 이현주가 서 있던 자리에 서고, 하누리가 앉아 있던 자리에는 전력거래소 직원들이 앉았다.

"자, 이제 경상도 전기 회복하러 간다. 교신해!"

뒤에 서 있던 지휘관이 위성통신 스위치를 켰다.

"월성, 한울, 고리 나와라. 뻐꾸기 둥지 작전 시작한다, 뻐꾸기 둥지 작전 시작한다. 본대가 뻐꾸기 둥지에 들어왔다."

최철규가 산업비서관을 보면서 말했다.

"통신 확보되었습니다."

산업비서관이 여유를 되찾은 표정으로 말했다.

"자, 시작해보자고."

당인리 계통실에서 사람들이 줄줄이 끌려 나오는 시간, 혜민이 누워 있는 중환자실로 의사와 간호사들이 다급하게 뛰어갔다. 의사는 갑작스럽게 심장이 정지한 한 어린이를 되살리기 위해서 급히 전기충격기를 준비하고 있었다.

청와대 작은 회의실
└ 끝이 좋으면 다 좋다

늦은 밤, 군용 대형 헬기들이 군인들과 장비들을 싣고 나주 한국전력공사 본사 현장으로 속속 도착했다. 뒤이어 대규모 공병대가 동원되어 전라도 지역의 송전 설비 점검을 시작했다. 군인들이 전라도 전역에 투입되는 시간, 청와대 기자회견장으로 기자들이 속속 모여들고 있었다.

"이 정도면 되겠습니까, 비서실장님?"

비서실장이 발표문을 읽어보는 동안 앞자리에 선 청와대 대변인이 말했다.

"된 거 같네. 지금 빨간펜 할 시기는 아니지."

"부담스러우시면, 제가 혼자 발표해도 됩니다. 어려운 시기입니다."

비서실장이 덤덤하게 이야기했다.

"부담? 당연히 부담되지. 그렇지만 대변인, 정치라는 게 말이야 가끔은 부담을 져야 열매가 맺히거든."

그는 살짝 미소를 지으면서 좀 더 강한 어조로 말했다.

"나도 공을 세워야지, 안 그래?"

이때 산업비서관과 에너지담당관 그리고 에너지특보 최철규가 같이 회의실로 들어왔다.

"저기들 오는군, 공 세운 사람들!"

비서실장은 일일이 한 명씩 악수를 하고 나서 물었다.

"잘 끝난 거지?"

산업비서관이 당당하게 보고했다.

"광주, 전남을 제외한 전 지역에 전기가 회복되었습니다. 나주는 군 공병대가 송전 시설 점검 중이고, 긴급보수가 끝나는 새벽쯤이면 대한민국 전역에 전기가 공급됩니다."

비서실장이 크게 웃으면서 말했다.

"그래. 그거야, 그거. 청와대가 열심히 준비해서 서울로 오면서 전계통 정전 상황 종료. '아마' 딱 나오잖아."

그는 펜을 꺼내 연설문의 일부 문구를 고치면서 읽었다.

"이렇게 하자. '늦어도 새벽까지는 나주를 포함한 전 지역 전기 공급이 완료될 것입니다.' 셰익스피어가 그랬다는 거 아냐,

'끝이 좋으면 다 좋다', 딱 그거지. 이게 진짜 좋은 정치야. 끝이 나쁜 정치, 그건 나쁜 정치야. 사람들하고 다 오손도손 행복하게, 공도 세우고 뜨뜻하게 살아야지. 춥고 배고프고 어휴, 그런 정치 지겨워."

청와대 기자회견실
└ 여러분, 모두 안녕

청와대 비서실장이 연설문을 들고 발표대에 섰다. 대변인, 산업비서관, 에너지담당관 그리고 서울시 에너지특보인 최철규가 배석을 했다.

"네, 오늘은 상황이 상황이라, 좀 늦게 기자회견이 열렸습니다. 이해 좀 부탁드립니다. 전계통 정전이라는 초유의 사태를 조금 전에야 겨우 수습했습니다. 광주, 전남을 제외한 전 지역의 전기가 회복되었습니다. 나주는 군 공병대가 송전 시설 점검 중이고, 긴급보수가 끝나는 새벽쯤이면 대한민국 전역에 전기가 공급될 것입니다. 자, 그럼 발표문 읽겠습니다."

발표문

17시를 기하여 제주도를 제외한 대한민국 전역에 경비계엄령이 발동되었습니다. 국가 전력 기반시설을 불법으로 탈취한 범죄 집단과의 성공적 교전으로 시설물 재탈환에 성공하였고, 교전 중 범죄 집단 수괴 1명은 아군에게 위해 시도, 현장 사살되었습니다.

전계통 정전이라는 초유의 사태에도 불구하고 비상대책기구를 수립하지 않은 총리, 행안부 장관, 산업부 장관, 한전 사장, 전력거래소 이사장은 이 시간 이후로 즉각 파면 조치합니다.

전원 복구를 위하여 현장 지휘를 총괄해 사태를 수습한 산업비서관은 산업부 장관으로, 에너지담당관은 한전 사장 직무대리 그리고 서울시 에너지특보는 전력거래소 이사장으로 각각 임명합니다. 총리 등 후임 인선이 이루어지지 않은 부처는 공식적인 대행 체계로 즉각 전환하고, 비상대책기구를 수립할 것입니다.

혼란이 수습될 때까지 전력 시설 탈취 및 훼손, 생필품 약탈 등 각종 범죄에 대해서는 군인력이 직접 통제권을 가지고 현장을 안정시키게 됩니다.

비상대책기구 설립에 대한 행정 절차가 완료되는 대로, UN과 인접 국가의 구호 지원 절차가 시작됩니다.

위태로운 상황에서도 현장에서 질서를 잃지 않고 침착하게 대응해준 국민과 영토 내의 외국인 모두에게 각별한 감사를 드립니다.

비상계엄보다 한 단계 낮은 경비계엄은 이미 국회와의 협의를 마친 사항이며, 원전과 기력 등 주요 발전시설이 정상화되어 전기계통 안정성이 확보되는 순간 바로 해제될 것입니다.

청와대 비서실장이 주도한 짧은 기자회견으로 길고 길었던 하루가 마무리되었다. 결국 전기가 들어온 이후 사람들은 3일 간의 혼란과 아픔을 딛고 새로운 일상을 준비하기 시작했다. 삶은 그런 거다.

공을 세운 사람들은 이날 크게 웃었고, 공을 세울 뻔했던 사람들은 군인들에게 체포되어 군 교도소로 갔다. 진리와 진실? 그런 건 별로 중요하지 않다. 진실은 당사자들도 잘 모르고, 진리는 신문 스트레이트 기사에나 가끔 단편적으로 보일 뿐이다. 스스로 공을 세운다고 생각한 사람들 쪽에서 두 명이 죽었다. 너무 열심히 살았던 한 남자와, 채 열심히 살아볼 기회도 가져 보지 못한 열 살 정도 된 어린이……

이 많은 사건을 목격한 당인리 발전소는 아무런 말없이, 한강공원 지하에서 묵묵히 발전기를 돌리고 있다. 어느 무더웠던 여름 며칠은 그렇게 다시 역사 속의 작은 에피소드로 묻혀갔다.

이 블랙스타트 사건은 영원히 사라질 뻔했다. 문제를 만든 것도 정치지만, 문제를 해결하는 것도 결국은 정치다. 당인리에 대해서는 그렇다. 결국 모든 것은 사람들이 서로 사회를 이루고 살아가면서 생겨나는 일 아니겠는가?

면회실
└ 산 사람은 살아야지

군 교도소 면회실. 이현주가 수의 차림으로 들어오고, 아이들은 엄마를 보자마자 울기 시작했다. 이현주도 울음이 날 것 같은 것을 꾹 참고 아이들을 달랬다.

"울지 마! 씩씩한 우리 아들들, 왜 울어? 엄마 보기 싫어? 다시 들어갈까?"

큰아이가 억지로 울음을 참지만, 역시 울먹울먹 눈물이 나는 건 어쩔 수 없었다.

"아니에요, 엄마. 동생이 맨날 울기만 해요."

"형이 동생 잘 달래야지. 같이 우면 되나?"

둘째는 특히 엄마를 더 좋아했다.

"엄마, 집에 언제 와?"

이현주는 안스러운 얼굴로 둘째 아들을 품에 꼭 안았다.

"좀 걸릴 거야. 둘 다 엄마 말 잘 들어. 한동안 아빠랑 지내야 해. 아빠 말씀 잘 들어야 착한 사람이지?"

큰아이를 무릎에 앉히고 세영이 이야기를 시작했다.

"며칠 전에 한정건 처장 장례식 있었고. 혜민이 장례식도 조촐하게 치렀어. 사람 진짜 조금 불렀더라고."

세영은 눈물이 흘러서 이야기를 이어나가지 못한 채, 눈물을 연신 훔쳤다.

"이거 참, 울면 안 되는데."

"울지 마. 아빠가 울면 애들이 어떻게 버텨. 총 맞고 죽은 사람도 있는데. 그래도 여긴 밥 세 끼 잘 나오고, 잠도 편하게 자. 이 기회에 나도 밀린 잠이나 푹 자두려고. 선아 언니랑 누리도 잘 지내. 선아 언니는 남들이 수발 들어주고 친구들하고 같이 지내니까, 맨날 혼밥하던 집보다 낫대. 생각처럼 분위기가 험악하지는 않아."

세영이 눈물을 닦고 아내를 안쓰럽게 바라봤다.

"그 얘긴 들었는지 모르겠네. 정성진, 다음 달에 청와대 들어간대. 혜민이 일로 마음 안 좋을 텐데, 그 여자 독하긴 독한가 봐. 그럴 정신이 있나 몰라."

"여기 면회 왔었어."

세영은 놀란 표정을 감추지 못했다. 그가 모르는 다른 세계에 관한 이야기인 것처럼 순간 아득하게만 느껴졌다.

"면회? 가족도 한 달 만에 겨우겨우 지금 처음 된 면횐데, 벌써? 재주만 좋은 게 아니라, 빽도 좋네."

"최철규가 지금 청와대에 딱 붙어서 전력거래소 이사장 됐잖아. 결혼하자고 프러포즈했대. 줄 따라 죽죽 올라가겠지. 기왕 이렇게 된 거, 잘하라고 그랬어."

"뭐? 그 여자 배신 아냐? 나는 그렇게 달달 볶더니, 딴 사람한테는 왜 그렇게 너그러워? 당신은 화도 안 나?"

이현주가 옅은 미소를 지었다.

"화는 내서 뭐 해. 친구라도 잘되는 게 다행이지. 기왕 만나는 김에 결혼도 진지하게 생각해보라고 했어. 참, 이준원 사장은 어떻게 됐어? 군인들하고만 있으니까, 이것들이 신문도 안 보여줘, 뉴스도 안 보여줘, 소식을 알 수가 없네."

"잠깐 잡혀갔다가 금방 나왔어. 거기도 또 재주 좋은 사람 아냐. 한정건 장례식 끝나고 집에 왔었어. 의리는 있는 사람이야, 그러니까 한정건하고 그렇게 짝짜꿍, 한 몸처럼 지냈겠지."

"다른 건 몰라도, 그 인간들이 의리는 있었지. 그렇게 아끼는 후배가 죽었으니까, 그 속도 보통은 아닐 거야. 당신도 이제 술 좀 줄여. 술 처먹으려고 하는 개수작 좀 그만 부리고. 한동안 애들이 아빠만 보고 살아야 할 것 같아. 아무래도 좀 길게 있을 것 같네. 계엄령이라고 재판도 군 재판소에서 받는대나 봐."

세영의 얼굴에 씁쓸한 기운이 돌았다.

"나도 각오하고 있어. 요즘 술 안 마셔. 그리고 참, 밖에서 '전기대장'이라는 말이 떠돌아. 진짜 대장이 따로 있다는 거야. 청와대에서 그게 신경 쓰이나 봐. 자기들이 다 한 걸로 해야 하는데, 이 아줌마가 진짜로는 전기대장이었다, 그렇게 기사라도 나가면……, 형만 더 길어져. 이런 얘기 해서 미안하기는 한데, 기자들 만나거나 인터뷰 같은 거 하면 절대 안 돼. 좀 약게 굴어서 하루라도 일찍 나와야지."

"전기대장? 듣기는 좋네. 대장으로 치면 한정건이 정말 전기대장이지. 말로 표현을 잘 못 해서 그렇지, 속은 깊었어. 머리도

기가 막히게 돌아갔고. 머리 좋은 거, 다 소용 없네."

헌병이 면회실 문을 살짝 열고 들어오면서 차갑고 사무적인 목소리로 말했다.

"이현주 씨, 면회 시간 종료!"

세영이 주섬주섬 아이들을 데리고 면회실 밖으로 나갈 준비를 하면서 말했다.

"자주 올게. 너무 속상해하지 말고, 너무 화내지 마. 건강에 안 좋아."

"응. 이상하게 화가 안 나네, 후회도 안 되고. 그래도 최선을 다해서 그런가 봐. 애들 보고 싶은 것만 빼면, 크게 어려운 건 없어. 자기가 애들 데리고 고생이지. 미안해."

이현주는 두 아이를 가슴에 품고 꼭 안았다. 헌병이 시계를 가리키며 재촉했다. 세영이 두 아들을 데리고 면회실 문을 나섰다.

"참, 신동호가 자주 집에 와. 자기는 아직 면회 안 된다고, 안부 꼭 전해 달랬어."

자그맣게 '꽝' 하는 면회실 문 닫히는 소리가 세영과 현주의 가슴에 공명처럼 길게 여운을 남겼다.

세영의 인터뷰를 마치며

이제는 50대 중반이 된 세영, 흰머리가 절반쯤 머리를 뒤덮었다. 촬영용 카메라 세 대가 세영의 전면에 서 있고, 진행자와 스태프들은 세영의 이야기에 몰입해 있었다. 촬영이 거의 끝나가는 중이었다.

"그날 면회를 끝내고 나올 때 문 닫히는 소리가 참 오랫동안 기억에 남았습니다. 귀에 환청처럼 계속 들렸습니다. 현주 변호사 비용 대고 이리저리 돈 쓰다가 살기가 어려워져서 애들 데리고 반지하에서 꽤 오래 살았어요. 나중에 현주가 감옥에서 나오고 한참 쉬다가 다시 취직을 했어요. 그 뒤, 반지하에서 이사 나올 때 문을 닫았는데, 그때 다시 '꽝' 하는 소리가 들렸어요. 아마 그때, 저는 비로소 제 마음의 감옥에서 나온 것 같아요. 그렇게 우리 삶의 어려운 시기가 한번 끝나는구나, 그런 생각이 들었습니다."

세영의 말을 조용히 음미하며 듣던 감독이 짧게 박수를 치면서 외쳤다.

"네, 고맙습니다. 여기까지 하고 마치겠습니다. 수고하셨습니다. 긴 시간 협조해주셔서 고맙습니다."

진행자가 자리에서 일어나 세영에게 악수를 청했다.

"선생님, 진짜 감사드립니다. 듣는 내내, 제가 다 가슴이 짠해졌습니다."

담당 국장이 세영과 진행자에게 테이크아웃 잔에 담긴 커피를 건네주면서 말했다.

"저희는 당에서 준비하는 거라서, 일반 상업용 다큐와는 좀 다릅니다. 그렇지만 저희도 큰맘 먹고 하는 거라서, 너무 홍보성 짙게 안 하고, 최대한 감성적인 휴먼 다큐 스타일로 작업을 해보려고 합니다. 이건 그렇게 하는 게 더 효과가 좋을 것 같습니다."

세영이 웃으면서 말했다.

"저는 뭐 가볍게 사는 인생이라, 깊은 생각은 없습니다. 현주가 꼭 대선에 나가야 하는지도 아직은 잘 모르겠구요. 그렇지만 '그날'을 가까이에서 지켜본 사람으로서, 아니 작가로서, 좀 정확한 기록을 남기고 싶다는 생각이 들기는 했습니다."

담당 국장도 커피 한 모금을 마시면서 말했다.

"네. 잘 알고 있습니다, 선생님. 저에게도 울림이 있었습니다. 아마 관객들이 보셔도 선생님의 그 마음이 그대로 전달될 것 같습니다. 하여간 일이 잘되어서, 이걸 개봉하는 일이 꼭 생겼으면 하고 저희도 희망합니다. 당에서 이런 감각적인 다큐 작업을 하는 일이 거의 없습니다만, 상황이 상황이라.”

“현주는 이미 충분히 잘 살았습니다. 지금도 충분히 행복합니다. 제가 얘기한다고 듣고 말고, 그런 스타일이 절대로 아닙니다.”

“저희는 에너지부 이현주 장관님을 꼭 차기 대선 후보로 모시고 싶습니다만, 본인이 워낙 완강하게 고사하고 계셔서 미리 이런 거라도 좀 준비해두는 겁니다. 산업부에서 에너지부가 독립해 첫 장관이 되셨을 때만 해도 이렇게 인기 후보가 되실 줄 아무도 몰랐습니다. 대선 후보로서 지지율이나 인기나, 워낙 압도적이라서 본인만 결심을 해주시면 저희가 한번에 전세를 만회할 특급 카드입니다. 워낙 정치적인 이유로만 동기를 설명드려서 죄송하기는 합니다만, 장관님이 잘되시는 게 저희에게도 좋은 일입니다.”

대선 이야기가 나오자, 세영은 자리에서 기지개를 켜면서 딴청을 부렸다.

“에너지부가 새로 생기면서 초대 장관 맡을 때, 이거 끝나면 다 내려놓고 가족 여행 가기로 했었습니다. 그게 현주가 저에게 한 마지막 약속이었습니다. 대선? 혹시 아내에게는 무슨 의미가 있을지 모르지만, 저에게 그게 무슨 의미가 있겠습니까, 이 나이에.”

두 사람의 이야기를 듣던 진행자도 입을 열었다.

"이 인터뷰 진행하면서, 저는 내내 먹먹하고 답답하면서도, 뭐 깊은 사랑이라고 할까, 그런 게 느껴져서 뭔가 풋풋한 기분이 들었습니다. 두 분 모두 긴 인내의 시간을 버티셨는데, 아무쪼록 좋은 성과가 있기를 바라겠습니다. 국민주택 전세금 빼서 변호사 비용 쓰면서 반지하에서 두 아들을 데리고 사신 얘기, 개인적으로는 무척 안타깝기도 하고 감동적이었습니다. 제 남편 생각해보면, 쑥스럽지만 선생님과 닮은 건 술 좋아하는 것 말고는 없더라구요."

진행자의 말에 세영이 쑥스러운 듯한 미소를 보였다.

"현주가 형무소에서 나올 때, 전 그런 생각을 했어요. 복수 같은 건 물론이고, 아무도 미워하지 말고 살자. 남은 시간, 좀 더 사랑하고, 더 사랑하면서 살자, 그렇게 생각했죠."

"그래서 그렇게 되신 건가요? 진짜로 그래 보여요."

세영이 크게 소리 내서 웃었다.

"하하하, 그게 되겠습니까? 그런데 자꾸 미운 사람들 생각만 하니까 생활이 안 돼요. 그렇다고 맨날 술만 먹고 있을 수도 없구요. 애들 둘은 커가는데, 그림도 안 그려지고, 글도 잘 안 써지네요. 감옥에서 나온 후 선아 씨나 누리 씨나, 생각보다 방황이 길었어요. 아이고, 이게 미워하고 복수만 생각하고, 생활이 아예 안 되더군요. 공을 세우면 진짜로 죽고, 남의 공을 가로채는 사람들이 잘되는 사회가 새파랗게 젊은 누리 씨에게 용납이 되겠어요? 그래서 저는 그 사람들 얘기, 그냥 들어주기만 했어요. 아무 말도 안 했어요. 계속 들어줬어요. 저는 밥만 했어요."

"변화가 오던가요? 아, 왔겠네요. 강선아 차관, 하누리 국장, 소위 이현주 라인 사람들, 요즘 가장 핫한 피플들이잖아요? 정치권 인재 영입 1순위들이죠."

하누리와 강선아 이야기가 나오자 세영의 얼굴이 환하게 밝아졌다.

"미움을 내려놓는 것, 그런 건 어렵습니다. 선아 씨, 누리 씨, 다들 사랑할 것들을 찾았어요. 누리 씨는 정성으로 옥바라지하던 동호 씨랑 결국 결혼을 하고, 동호 씨도 게임 회사 차려서 괜찮게 되었습니다. 선아 씨는 피폭 관련 단체 활동을 하고, 결국 에너지 시민단체에서 세상에 봉사하는 마음으로 삶을 다시 시작했습니다. 전 한 게 아무것도 없어요. 자신들이 알아서 사랑할 것들을 찾아낸 거예요."

두 사람의 대화를 잠시 묵묵히 듣던 카메라 감독이 슬쩍 끼어들었다.

"그거 멋있습니다. 사랑할 것을 찾아낸 삶들, 돈 아니면 권력만 사랑하는 사람들 이야기보다 훨씬 더 느낌이 있습니다."

촬영이 마무리되고 서로 약간의 대화를 나누고 있을 때, 현관문을 열고 누군가 조용히 들어와서 사람들 뒤에 섰다. 하누리였다. 세영과 눈이 마주친 하누리가 빙긋 웃었다.

"앗, 하누리다."

스태프들 사이에서 조그마한 목소리들이 나왔다. 잠시 주저

하던 카메라 감독이 쑥스러운 듯, 결국 노트와 펜을 하누리에게 건넸다.

"죄송합니다만, 사인 좀. 저희 딸이 고등학생인데, 하누리 국 장님 팬입니다. 원래 이런 거 안 하지만, 부탁 좀 드립니다. 딸 이, 제가 하누리 국장 만났다고 하면 안 믿을 거 같아요."

하누리가 웃으면서 사인을 시작하자, 젊은 스태프들이 모두 종이를 꺼냈다.

진행자도 웃으면서 하누리에게 말을 건넸다.

"저희 딸도 이현주 사단 광팬입니다. 저도 사인 좀 받아야겠 네요."

세영이 웃으면서 크게 말했다.

"누리 씨, 요즘 핫하다는 얘기는 들었는데, 진짜 그렇네. 세상 오래 살고 볼 일이야."

사인을 하면서 하누리가 말했다.

"그런 말씀 마세요. 형부가 그 자리에서 등대처럼 흔들리지 않고 있었으니까, 우리 모두 길을 잃지 않은 거예요. 흔들려본 사람이라야 가만히 있는 사람의 고마움을 알죠. 자, 여러분. 오 늘 고생들 하셨는데, 맛있는 거 먹어요. 저 오늘 장관님 대신 밥 사러 왔어요."

스태프들의 입에서 작은 함성이 터졌다.

"감옥에서 나와 반지하 집에 모여서 형부가 해준 밥 먹을 때, 진짜 맛있었습니다. 그때 사는 게 재밌다는 걸 처음 알았어요.

기술이든 장비든, 결국 다 사람의 일이지요. 형부가 해준 된장찌개 먹으면서, 처음으로 음식에 코 박고 퍼 먹었어요. 그러고 나니 진짜 재밌게 살고 싶어졌습니다. 가족이 뭐 별건가요, 맨날 밥 같이 먹으면 가족 같은 사이지요. 오늘은 제가 쏠게요. 법인카드 아닙니다. 요즘 저 월급 많아요.”

하누리가 월급 이야기를 꺼내자 스태프들의 입에서도 웃음이 흘러나왔다. 지갑이 넉넉한 사람이 밥을 사는 게 아니라, 마음이 넉넉한 사람이 사는 것이다. 어느새 넉넉한 사람이 되어 있는 하누리의 표정을 보면서 세영은 편안한 마음이 들었다. 살아남은 사람들의 의무는 그냥 버티면서 사는 것이 아니다. 즐겁게 그리고 재밌게 사는 것이 먼저 떠난 사람들을 위한 의무일지도 모른다. 가끔은 남들도 좀 즐겁게 하면서…….

왁자지껄한 분위기 속에서 진행자가 세영에게 넌지시 질문을 했다.

“이런 거 여쭤봐도 실례가 아닐지 모르지만, 정성진 박사랑은 그 후에도 가끔 보시나요? 딸 혜민의 죽음이 선생님 삶에서 가장 가슴 아픈 일이라고 하셨는데요?”

세영의 눈가에 너그러운 미소가 흘렀다.

“사람들 사이에서 실수와 배신, 그런 단어들이 험악하게 오갔습니다만, 지금은 딸 둘 낳아서 미국에서 잘 살고 있습니다. 친구 사이에 배신 같은 게 뭐가 있겠습니까, 상황이 그랬던 거지요. 선아 씨랑 누리 씨가 하도 뭐라고 해서, 현주는 정성진 박사 자주 보지는 못합니다. 뭐, 그건 그 사람들 일이고, 저는 심여사 가끔 만나서 커피샵 한잔씩 합니다. 산다는 게 뭐 엄청난 게 있겠어요? 사랑, 용서, 제게는 다 너무 거창해요. 그냥 서로 위로하면서 남은 사람들끼리 지내는 거지요."

2008년과 2009년 즈음 유달리 발전사 엔지니어들과의 술자리가 많았다. 그때 그 사람들이 전력거래소의 계통 운전이 자기들이 느끼는 한국에서 가장 불안한 요소라는 이야기를 종종 했었다. 그리고 이런 이야기를 꼭 책에서 한번 다루어주면 고맙겠다는 말을 한 사람들도 있었다. 2011년 정말로 순환정전 사태가 벌어졌다. 2017년에는 서울남부정전이 벌어졌다. 그동안에 근본적으로 변한 것은 없다. 서울에 있던 전력거래소의 중앙급전소가 나주로 가면서 일반인들은 물론 엔지니어들 사이에서도 계통에 관한 불안이 더 커졌다. 삼성동 시절, 그래도 발전하는 사람과 배전하는 사람이 같은 건물에서 근무하니까, 이게 남의 일이라고 생각하지는 않았던 것 같다. 지금은 전국 각지로 흩어져서 주말이면 서울에 오느라고 정신이 없다. 눈에 보이지 않는 문제를 자신의 일이라고 고민하기는 어렵다.

한 번은 꼭 다루겠다고 엔지니어들과 했던 약속을 뒤늦게라도 지키게 되었다. 불행한 일은 원래 기가 막히게 사소하고도 작은 우연들이 연달아 겹쳐서 생겨난다. 그래서 확률적으로 거의 벌어지지 않은 일들이 결국은 벌어지게 된다. 시간이라는 변수가 무한대로 수렴하면, 나노 단위의 아주 낮은 확률도 결국은 필연이 된다. 지구라는 작은 별의 혼동스러운 물질 속에서 산소로 에너지를 만드는 유기물들이 결국 인간이 되어 서로 사랑하게 되는 것, 확률로는 거의 벌어지기 어려운 일이다. 그러나 우리는 서로 사랑한다. 그리고 지지리 궁상을 떨면서도 하루하루를 즐겁게 살아가기 위해 노력한다.

우리는 너무 많은 것을 한 그릇에 담아 놓는 방식의 삶을 만들었다. 이제 와서는 역사 속에서 누구의 잘못인지 따져 묻기도 어려울 정도로 이 많은 것들이 서로 섞여 있다. 뭐 하나 고친다고 될 일이 아니다. 그렇다고 이게 다 '관행'이라고 말하는 것도 이상할 것 같다. 확률을 제로로 만들 수는 없지만, 그 확률을 더 낮출 수는 있다. 그리고 그게 더 효율적일 수 있다. 전력 예비율을 높게 유지하기 위해 우린 일상에서 너무 많은 비용을 지출한다. 21세기, 어쨌든 우리는 전기 의존도가 더 높아졌다. 핸드폰은 이제 위성을 달에 보내는 계산을 혼자 할 수 있을 정도로 좋아졌지만, 카페나 식당에서 핸드폰 충전을 부탁해야 하는 번거로움이 생겼다. 자연인의 삶을 동경해도, 우리 모두가 자연인

처럼 살아갈 수 있는 것은 아니다.

《모피아》이후 7년만이다. 그 사이 두 아이가 태어나고, 나에게 사랑을 알게 해준 고양이들은 수없이 태어나고 또 무지개다리를 건넜다. 내 삶에도 크고 작은 굴곡이 생겨났고, 아픔들 사이로 작은 기쁨 같은 것들이 물결치면서 지나갔다. 그리고 나는 훨씬 더 무덤덤하게 삶을 살게 되었다. 슬픔이나 아픔이 사라진 것이 아니라, 조금은 더 익숙해진 것인지도 모른다.

처음《모피아》를 설계할 때에는 교육계 내의 비리와 정부의 토건 사업에 관한 비리로 3부작을 생각했는데, 그렇게 시리즈를 이어나갈 힘이 나에게는 없었다. 교육이나 토건의 이야기를 내려놓고, 좀 더 익숙한 에너지 이야기로 방향을 바꾼 건 2016년 여름에서 가을 사이인 것 같다. 좀 더 익숙하고, 좀 더 기술이 많이 들어간 이야기를 다루어보고 싶어졌다. 그렇게 《당인리》작업을 시작했다.

《당인리》는 정말 많은 사람의 도움이 있었다. 그렇지만 많은 사람이 발전소를 비롯한 현업에서 일을 하고 있는 중이기 때문에, 일일이 이름을 밝히기는 어려울 것 같다. 그들 모두에게 고맙다는 이야기를 하고 싶다. 소설에 등장하는 인물들은 원형이 있는 경우도 있지만, 기본적으로는 허구의 인물들이다. 그런 사람들이 이 사회 곳곳에 숨어서 묵묵히 자신의 일을 해주다가 어느 날 영웅적 활약을 해주기를 바라는 나의 소망이 담긴 허구들이다.

《당인리》첫 버전에는 많은 사람이 학교 동창생이거나 선후배 사이로 엮여 있었다. 우리 사회의 현실이 그렇다. 그 편이 개연성은 높다. 그런데 다시 보니까 그게 너무 '올드'해 보였다. 그다음 버전부터는 모든 사람이 직장에서 일하다가 만난 사람들로 재구성했다. 끈적끈적함이 줄어들고 인물들 사이가 너무 드라이해 보였다. 그래도 그게 우리의 미래라고 생각을 했다. 좀 덜 친하고, 좀 덤덤한 사이, 그게 우리가 살아갈 미래의 직장 모습이 아닐까 싶다.

이 세상은 과연 좋아질 것인가? 나도 잘 모르겠지만, 그래도 좋아질지 모른다는 막연한 희망으로 하루를 살아간다. 미래에 대한 희망이 너무 강해지면 종교적 신념이 된다. 무섭다. 희망이 전혀 없어지면 냉소적인 단계를 넘어 아무것도 쓰지 않고, 아무 말도 하지 않을 것 같다. 바람직하지 않다. 그리고 무엇보다, 재미가 없다. 우리의 삶은 모두에게나 대책 없는 희망과 이유 없는 절망 사이에서 끝없이 떠다니는 긴 항해 같은 게 아닐까 싶다.

《당인리》의 세상에서 지난 1년을 살았던 것 같은데, 막상 원고를 떠나보낼 순간이 오니까 허전하기도 하다. 중간에 원고를 읽어준 많은 사람이 대통령은 그동안에 뭘 했느냐는 질문을 많이 했다. 그건 따로 떼어서 수도를 떠나간 우리의 '국부' 이승만 이야기에서 다룰 생각이다. 과연 그가 다시 돌아올 때까지 무슨 일이 벌어졌을까? 자연스럽게 나도 당인리에서 나와 이승만으로 옮겨가는 중이다. 원고를 마무리하고 또 다른 원고를 준비하고, 어느덧 나도 이런 종류의 삶에 조금은 익숙해진 것 같다.

2005년에 처음 책을 낼 때에는 책 말고도 하는 일이 많았다. 37번째 책으로 《당인리》를 준비하면서, 이 책이 나에게는 아주 특별한 책이 될 것 같다는 생각이 들었다. 이 원고를 준비하면서 책 외의 다른 일들을 대부분 정리하게 되었다. 꼭 좋아서 그렇게 한 것만은 아니지만, 결국은 원고 정리하는 데에 지장이 되거나 생각을 분산하게 되는 일들은 포기하게 되었다. 책 쓰는 내내 이 책을 통해서 내가 세상에 대해 품었던 희망을 한 문장도 아니고, 단 한 단어로 요약할 수 있게 되었다. 미국에도 에너지부DoE, Department of Energy가 있다. 언젠가 우리도 독립된 부서로 '에너지부'가 생겨나면 좋겠다. 구조적 위기의 확률이 조금은 내려갈 것이다.

2019년 겨울
우석훈

당인리

초판 1쇄 발행 2020년 4월 28일
초판 3쇄 발행 2020년 6월 2일

지은이 우석훈
펴낸이 김문식 최민석
기획편집 이수민 김현진 박예나
　　　　김소정 윤예솔
디자인 엄혜리
제작 제이오

펴낸곳 (주)해피북스투유
출판등록 2016년 12월 12일 제2016-000343호
주소 서울시 성북구 종암로 63, 4층 402호(종암동)
전화 02)336-1203
팩스 02)336-1209

© 우석훈, 2020
ISBN 979-11-6479-120-0 03810